Esta é uma obra de ficção. Todos os personagens, organizações e eventos retratados neste romance são produtos da imaginação do autor ou usados de forma ficcional.

Diretor Editorial
Christiano Menezes

Diretor de Novos Negócios
Chico de Assis

Diretor de Planejamento
Marcel Souto Maior

Diretor Comercial
Gilberto Capelo

Diretora de Estratégia Editoria
Raquel Moritz

Gerente de Marca
Arthur Moraes

Gerente Editorial
Bruno Dorigatti

Editor
Paulo Raviere

Capa e Projeto Gráfico
Retina 78

Coordenador de Diagramação
Sergio Chaves

Preparação
Thiago Silva

Revisão
Alexandre Barbosa de Souza
Fabiano Calixto

Finalização
Roberto Geronimo

Marketing Estratégico
Ag. Mandíbula

Impressão e Acabamento
Braspor

DADOS INTERNACIONAIS DE CATALOGAÇÃO NA PUBLICAÇÃO (CIP)
Jéssica de Oliveira Molinari CRB-8/9852

Brom
Slewfoot / Brom; tradução de Vinicius Loureiro. — Rio de Janeiro: DarkSide Books, 2024.
416 p. : il.

ISBN: 978-65-5598-453-8
Título original: Slewfoot

1. Ficção norte-americana 2. Literatura fantástica
I. Título II. Loureiro, Vinicius

24-4297 CDD 813

Índice para catálogo sistemático:
1. Ficção norte-americana

[2024, 2025]
Todos os direitos desta edição reservados à
DarkSide® *Entretenimento LTDA.*
Rua General Roca, 935/504 — Tijuca
20521-071 — Rio de Janeiro — RJ — Brasil
www.darksidebooks.com

A FÁBULA DAS BRUXAS

BROM

SLEWFOOT

TRADUÇÃO | VINÍCIUS LOUREIRO

DARKSIDE

Dedicado à minha mãe,
Catherine Shirley Brom,
que sempre disse que eu era capaz,
quando outros disseram que não.

Cuidado aqueles que caminharem entre estas pedras sagradas, pois aqui, no quinto dia do mês de outubro de 1666, o demônio Slewfoot se apossou das vidas de 112 bons cidadãos da vila de Sutton. Que Deus guarde suas almas imortais.

Inscrição sobre as ruínas da cantaria da antiga casa de reuniões de Sutton.

CAPÍTULO 1

O Novo Mundo
Sutton, Connecticut, março de 1666

Uma sombra em meio à escuridão.

Um sussurro...

Outro.

"Não."

Outros sussurros — urgentes.

"Não posso escutá-lo... não posso escutá-lo. Pois os mortos não escutam."

Um coro de sussurros.

"Deixem-me em paz."

Você deve despertar.

"Não. Eu estou morto. E morto devo permanecer."

Você não pode mais se esconder.

"Não há nada mais para mim lá fora."

Há sangue.

"Não... não mais. Estou farto."

Eles se aproximam.

"Por tudo que há, deixem-me em paz."

Eles estão aqui, à sua própria porta.

"Não me importa."

Nós lhe trouxemos uma dádiva.

"Não desejo nada."

Sangue... sinta seu cheiro

"Não, não sinto cheiro algum. Estou morto."

Contudo, a sombra *sentiu* o cheiro de sangue pairando a seu redor, para dentro de si, tornando-se parte de si, e com ele veio a fome — senão uma comichão de início, então, conforme o odor permeava o ar, um doloroso arranhar.

"Ah," a sombra gemeu. "Doce sangue."

A sombra abriu os olhos, fechou-os e abriu-os outra vez.

Lá, em meio à terra, havia uma besta de quatro patas, não um cervo ou qualquer outro animal que reconhecesse, mas uma criatura desgrenhada com cascos fendidos e grossos chifres curvados. Estava retalhada, com suas entranhas escapando de seu abdômen, seus olhos tremeluzentes e sua respiração rápida e curta. A sombra deslizou em direção ao animal. A besta fixou os olhos selvagens na sombra e começou a estremecer, depois a balir. A sombra se alimentava do medo, deslizando para perto, mais perto, conduzindo seus membros nebulosos à sanguinolência morna, sorvendo tanto o terror quanto o sangue.

A sombra começou a encontrar sua forma, o sangue formando artérias e veias, cartilagem, ossos, tendões e músculos. Começou a lamber o sangue, a seguir — ao perceber que agora possuía dentes — cravou-os no animal, lançando seu focinho sobre as entranhas mornas, devorando carne e osso da mesma forma. A sombra sentiu um golpe em seu peito, outro, uma convulsão, então a batida de um coração, disparando, cada vez mais rápido. A sombra, que não era mais uma sombra, ergueu sua cabeça e deixou escapar um longo uivo.

Bom, disse o outro.

"Bom", disse a sombra, agora uma besta. E, pela primeira vez em eras, ouviu sua própria voz ecoando ao longo das paredes da caverna.

Ainda está com fome?

"Sim."

Gostaria de mais sangue?

"Sim."

Há mais lá em cima.

A besta ergueu os olhos, deparando-se com uma luz prateada no topo de um longo poço escarpado.

Qual é o seu nome?, perguntou o outro.

"Não me recordo", respondeu a besta.

Você se recordará. Ah, sim, se recordará... e eles também se recordarão.

"SAMSON!", Abitha chamou, tentando reprimir o pânico crescente em sua voz.

Ela se movia com rapidez, seguindo os rastros de cascos fendidos conforme serpenteavam em meio ao milharal seco. Ela sabia que o bode não poderia ter ido longe, pois não fazia mais que uma hora desde que havia avistado o animal. Alcançou a borda do campo e parou, analisando os densos bosques de Connecticut. As árvores, mesmo no ápice do inverno, com suas folhas decaídas sobre a terra fria, engoliam a luz, dificultando que se visse mais do que a cem passos adiante.

"Samson", ela chamou outra vez. "Sam!" O ar frio converteu suas palavras em névoa.

Ela observou as nuvens pesadas e soube que o crepúsculo logo viria. Se não encontrasse Samson até que escurecesse, então os lobos ou um dos selvagens certamente o encontrariam. Ainda assim, ela hesitava, sabendo o quão fácil era que uma alma entrasse naquela floresta e jamais retornasse. Ela olhou de volta para a cabana, refletindo se deveria buscar o mosquete.

Ao decidir que não havia tempo, inflou o peito de ar, ergueu a bainha de sua cinzenta saia de lã e se lançou na direção daquele obscuro labirinto de árvores.

Ela seguiu os rastros ao longo de um emaranhado de amoreiras, descendo por um dique, fazendo o máximo para não escorregar nas folhas enlameadas pelo degelo que se formava. Os galhos e os espinheiros se prendiam em seu casaco e sua longa saia. Um ramo se enganchou em sua touca, tirando-a de sua cabeça, soltando seus longos cabelos castanhos-avermelhados. Ela se inclinou sobre a touca e seu pé escorregou sob ela, fazendo com que deslizasse pela encosta, chegando a uma ravina pantanosa.

"Inferno, inferno!" Abitha exclamou, em seguida olhou furtivamente ao redor. Não havia ninguém ali, mas a cautela havia se tornado um hábito, pois bem sabia o preço caso alguém de sua seita a ouvisse praguejando.

Ela agarrou um galho e tentou se levantar, mas o galho partiu, jogando-a sobre suas mãos e joelhos, o lamaçal arrancou as botas de seus pés. "Filho da puta!", ela gritou, desta vez sem se importar com quem pudesse ouvir.

Abitha cuspiu um resto de lama e começou a cavar em busca de suas botas, encontrou-as e as tirou do pântano. Ela tentou sacudi-las para remover a lama. Quando não funcionou, ela começou a limpar o lamaçal, o couro duro castigando seus dedos quase congelados. Ao não suportar mais a dor, ela parou, juntando suas mãos dormentes sobre o peito, tentando recuperar algum calor.

"Samson," ela chamou, procurando pelo pântano encharcado, vasculhando o ermo sem fim, pensando em como uma garota de Londres viera parar em uma terra tão brutal e impiedosa. Ela sentiu o correr das lágrimas e enxugou o canto dos olhos com o dorso das mãos, espalhando lama em suas bochechas. "Pare de chorar. Você não é mais uma criança."

Ela deixou que esse pensamento pairasse por um instante.

Não, vinte anos quando chegar a primavera. Agora, uma mulher... e uma mulher casada ainda por cima. Sua testa franziu conforme tentou contar os meses, ao perceber que já estava casada havia quase dois anos, julgando aquilo tão difícil de aceitar — um esposo, uma fazenda, os puritanos, principalmente os puritanos e seu modo de vida austero. Por toda sua existência, havia sido levada a acreditar que seria criada de um lorde ou de uma dama. Não era uma grande vida, é verdade, mas ao menos não sentiria o medo de morrer de fome a cada inverno. *Não foi assim que aconteceu, não foi, Abi? Não, o pai certamente providenciou que não.*

Seu pai havia ouvido algo sobre uma recompensa do rei para noivas dispostas a ir para as colônias, vendendo-a ao governo em troca de um punhado de moedas. Estava prometida a seu marido, Edward Williams, mesmo antes de deixar o litoral da Inglaterra, uma garota de apenas dezessete anos.

No papel de professor, o pai de Abitha insistira que ela aprendesse as letras junto de seus dois irmãos mais novos. Assim, Abitha não teve dificuldade em ler sua nota promissória, recorrendo a ela durante a longa viagem sempre que precisava de uma boa risada ou de um bom choro.

> *Uma jovem mulher virtuosa e obediente, de belo rosto e compleição, boa aparência, bem-educada em um lar exemplar e de boas maneiras.*

Exemplar, de fato, ela pensou, *se isso fosse ter um pai que gastava mais dinheiro com a bebida do que com pão e uma mãe que xingava como se fosse poesia.* E chamá-la de virtuosa? Bem, se fossem ignorados os rompantes de profanidade, os furtos ocasionais e a propensão a brigas, então talvez ela fosse a candidata ideal para se casar em uma aldeia puritana. Quanto ao "belo rosto", bem, ninguém jamais havia dito isso a seu respeito, não com seu nariz atrevido, não com sua compleição que se avermelhava pelo gênio e corava pelo frio. E ela supôs que "boa aparência" possuísse outro significado para o homem que havia escrito essa baboseira, pois sua silhueta bagunçada em raras ocasiões chamou a atenção de qualquer homem que pudesse notar. Porém, tudo perdeu a graça quando o navio entrou no porto de New Haven. Ao se deparar com a realidade, teve certeza de que seu novo marido a rejeitaria assim que a visse. Contudo, se Edward estava surpreso, ela também o estava, pois ele não era tudo pelo que esperava. Ele era um homem de aparência agradável, talvez bonito, cerca de dez anos mais velho que ela, com a cabeça recoberta por um escuro cabelo ondulado, mas possuía uma lordose, uma corcunda, que o fazia caminhar inclinado.

E o que ele pudesse pensar dela, ela não poderia dizer, pelo menos não na ocasião, pois se Edward estava desapontado, ele jamais o revelou — cumprimentando-a na chegada com um sorriso tímido. Então, após um aperto de mãos constrangedor e uma introdução breve e formal, ele pegou sua única bolsa e a conduziu à sua carruagem puxada por uma mula, levando-a para sua nova vida.

E aqui estou eu, ela pensou, *cavando lama congelada de minhas botas e perseguindo um bode estúpido em meio à vastidão profunda e sombria.*

Um uivo distante arrancou Abitha de seus pensamentos. Ela desistiu de tentar remover a imundície de suas botas e, num esforço para se levantar, apenas as enfiou de volta. Sua saia longa agora estava coberta de lama e ensopada, fazendo peso, tornando a tarefa ainda mais difícil. Ela pegou um pedaço de galho robusto do meio de toda aquela sujeira para se escorar e procurou os rastros, mais uma vez os encontrou rapidamente. Eles a levaram ao extremo da ravina, um amontoado rochoso que se projetava para além da encosta.

Abitha examinou as pedras escuras e se espantou como eram similares a um gigantesco cepo de árvore partido, imaginando se poderia ser o resto petrificado de alguma árvore antiga, tentando imaginar que árvore colossal poderia haver deixado para trás uma relíquia de tais proporções. Ela notou outra coisa, rochas menores, erguidas sobre um espaçamento igual em um círculo amplo ao redor do cepo ela contou doze delas. Havia algo de peculiar no modo que estavam dispostas, como se colocadas por um gigante de outros tempos.

As marcas de casco desapareciam em um buraco na base do cepo petrificado. Abitha podia notar que era a entrada para uma toca ou pequena caverna e se acercou com cuidado, buscando por indícios de ursos ou lobos. Mas a única perturbação sobre as folhas úmidas eram as do bode.

Ela se aproximou e, colocando uma das mãos na beirada e olhando para dentro da caverna, encontrou apenas escuridão e sombra no interior. Ainda assim, ela se sentia incomodada, como se olhos estivessem sobre ela, arrependendo-se de não haver trazido o mosquete.

"Samson?"

Nenhuma resposta, apenas uma inquietante escuridão.

"Besta maldita, por que entraria em um buraco assim?" Então, ela se deu conta da estranheza de como os rastros eram tão diretos, quase uma linha reta desde o celeiro, como se o bode soubesse da caverna.

"Samson", ela chamou outra vez.

Nada.

"Samson! Venha aqui... *agora!* Não me obrigue a entrar aí para buscá-lo." A seguir, em um leve sussurro, "Por favor, não me obrigue a entrar aí". Ela contemplou a possibilidade de voltar à cabana e retornar com Edward, mas não sabia quando ele voltaria para casa — poderia levar horas. Não podemos perder o bode, disse em aflição, sabendo quanto o animal havia lhes custado, mais uma dívida sobre todas as dívidas acumuladas. Mas era mais do que isso, era saber que era sua culpa, pois era a única no curral das cabras naquele dia, descobrindo a fuga do bode apenas quando foi ordenar as duas fêmeas para o jantar. Porém, o que mais temia era ver o rosto de Edward quando contasse para ele o que havia feito, a necessidade de suportar sua derrota diante da perda. Não, isso ela não suportaria.

"Samson", ela suplicou. "Por favor."

Ela cerrou os dentes, se inclinou e enfiou a cabeça pela abertura, esperando enquanto seus olhos se ajustavam. A caverna era maior do que esperava, quase do tamanho de uma carruagem, com um teto baixo. Ela sondou o terreno mais adiante com seu galho, encontrando o chão, e deslizou para dentro.

"Samson", ela chamou, suas palavras ecoavam de volta do fundo da caverna. Seus olhos continuavam a se ajustar e ela pôde enxergar outro ambiente. *Não*, ela pensou. *Não vou entrar ali. Nada poderia me fazer ir até lá.*

Um rumor leve veio da parte mais distante, seguido de uma bufada, como a de uma cabra. Abitha ficou nervosa, pronta para fugir. "Quem está aí?", ela gritou, erguendo o galho como uma lança. "Samson? Me diga, é você?" Ela esperou, apertando o galho com tanta força que machucou suas mãos. Quando um minuto se arrastou sem qualquer outro som, ela lentamente soltou o ar de seus pulmões. *Deixe de ser um animalzinho assustado*. Ela mordeu o lábio e deu um cauteloso passo à frente, outro e de repente estava caindo.

Ela aterrissou sobre a lateral do corpo, se debatendo em busca de suporte conforme deslizava para baixo, se agarrando à terra solta em busca de algo, qualquer coisa, para frear sua descida. Ela agarrou uma pedra protuberante com uma das mãos, então a outra, segurou com firmeza enquanto tentava buscar equilíbrio para seus pés, suspirando quando compreendeu que não havia chão sob seus pés, apenas um buraco escuro.

Abitha pendia com a respiração forte e rápida, escutando as pedras soltas caírem pelo fosso parecendo cair para sempre, então ela ouviu outra vez o ruído. Desta vez, não foi difícil localizar sua origem — vinha do poço abaixo dela. Então, ela entendeu o que havia acontecido, que o bode havia caído no poço.

"Ah, seu animal idiota," ela disse. "Seu imbecil burro, burro." Ela tinha certeza de que o pescoço do bode estava quebrado, ou suas costas, e se este fosse o caso o animal não serviria mais para procriar, e não era possível ordenhar um macho até onde sabia. "Ah, você está acabado agora, bicho idiota. Quando eu chegar..."

Ela ficou em silêncio.

Outro som veio do fundo. Ela fixou o olhar sobre o poço escuro.

Mais uma vez o som, e ela tinha certeza absoluta de que não era o bode, mas um sussurro. Soava como crianças. Não podia compreender as palavras — parecia alguma outra língua. *Os nativos*, pensou, mas não, isto era outra coisa, pois ela não apenas ouvia as palavras, ela as sentia, como se rastejassem sob sua pele. Um calafrio percorreu seu corpo e, de súbito, ela *compreendeu*.

Solte. Nós vamos segurar você.

Abitha redobrou os esforços para escapar, lutando contra o peso de sua saia enlameada.

Outra vez, a voz — agora mais perto. Ela olhou de relance para baixo e nada pôde ver, seus pés desapareciam em meio àquela escuridão terrível. Ela ergueu um cotovelo, em seguida conseguiu jogar uma perna para cima, prendendo-a à borda do poço. Ela rolou para longe do buraco, colocou-se de joelhos, se arrastando o mais rápido que podia em direção à entrada, em direção à luz do dia, perdeu o apoio, caiu — então, foi tocada por *alguma coisa*! Ela gritou, mas não havia nada ali.

"Me deixe em paz!", ela gritou, se movendo sobre os quatro apoios para a boca da caverna, tombando colina abaixo. Ela se apoiou sobre os joelhos, olhando de volta para a caverna, esperando que aquilo, *o que quer que fosse*, viesse para fora.

"Você não é real", sussurrou, sacudindo a cabeça. "Não é real!"

Ela afastou o cabelo dos olhos e viu, nas sombras traiçoeiras do crepúsculo, uma árvore gigantesca se erguendo sobre ela, de uma imensidão impossível, suas folhas carmesim, da cor do sangue. Não podia se mover, muito menos piscar. Ela ouviu seu nome à distância, então mais perto, mais alto.

"Abitha!"

Abitha se virou para ver Edward segurando uma lamparina na extremidade do pântano, a silhueta de sua figura inclinada contra a luz que se apagava.

Ela olhou de volta para a árvore — havia desaparecido, mas em seu lugar uma árvore nova nascia no topo do cepo gigantesco. "Isso não estava aqui antes", ela sussurrou. *Não, não poderia ter deixado de ver, não com essas folhas tão vermelhas.*

"Abitha!"

Ela se colocou de pé, correu até Edward, contornando o pântano, feliz como nunca em ver o homem.

"Abitha... O que..." Ele ergueu a lamparina, olhando-a de cima abaixo, seus olhos arregalados em desalento. E que visão ela oferecia, coberta de terra e folhas, sua touca perdida, seu cabelo úmido e lamacento espalhado por seu rosto e — apenas então percebeu — sem uma das botas.

"Pobrezinha, o que..."

"Eu o perdi, Edward", ela disse, falando rápido, sua voz se estilhaçando. "Eu o perdi!"

"Quem? Quem você perdeu?"

"Nosso novo bode, Samson. Eu o perdi. Sinto muito."

Ele vasculhou a escuridão. "Vamos encontrá-lo."

"Não, você não está me escutando. Samson está morto. Ele caiu em um buraco. Morto... está morto, Edward." E ela viu a compreensão do que aquilo significava para eles estampada no rosto do marido. Sem o macho para procriar com suas fêmeas, não haveria filhotes na primavera.

"Você tem certeza?"

"Sim. Edward. Há um poço." Sua voz sumiu conforme apontava para trás de si. "Ele está no fundo. Eu sinto muito, muito. Eu... Eu..."

Edward foi até ela e fez algo raro — abraçou-a. O abraço era desajeitado e paternal, assim como todas suas tentativas de intimidade tendiam a ser, mas ela sabia que ele estava dando seu melhor para confortá-la.

Ela se afastou. "Edward, você não me ouviu? Eu perdi Samson. *Eu*. Você *deveria* estar furioso. Você tem o direito de ter raiva."

"Podemos nos preocupar com isso amanhã", ele disse. "Na luz do dia. Se esta for a vontade do Senhor, então... devemos nos contentar com ela."

Ela sentiu lágrimas quentes de raiva — raiva *contra* Edward, raiva *por* Edward, pois ele jamais perdia a calma, ao menos com ela. Ele jamais se alterava. Mas ela desejava que fosse o caso, desejava que ele a xingasse. Então, talvez, ela não precisasse ficar com tanta raiva de si mesma.

"Não foi Deus quem deixou o portão destravado", ela irrompeu. "Fui eu. Isso é culpa minha. Não podemos passar nossas vidas culpando o Senhor. Não adianta..."

"Chega!", ele disse, em um súbito tom de voz rude. Ela percebeu a fragilidade logo abaixo da superfície, porém, e teve que recordar a si mesma de não insistir com tanta vontade, deixando a ele espaço suficiente para resolver as coisas da própria maneira.

"Chega", Edward sussurrou e se virou, indo em direção ao declive, parecendo abatido e cansado.

Abitha olhou de relance para a caverna escura, e então o seguiu.

Ao se aproximarem da cabana, Abitha vislumbrou um garanhão branco amarrado ao pórtico.

Ah, não, essa noite não.

Edward parou e, por um instante, Abitha pensou que ele poderia dar as costas e fugir.

Ao invés disso, ele respirou profundamente e entrou. Abitha o seguiu.

Wallace, o irmão mais velho de Edward, estava sentado com as botas apoiadas sobre a mesa. Os dois homens compartilhavam o mesmo cabelo ondulado, os olhos escuros e as testas pensativas, mas era aí que as similaridades acabavam, pois Wallace aparentava ser tudo que seu irmão não era — um homem de grande porte e envergadura, audacioso em voz e modos, o queixo quadrado, um sujeito de aparência galante aos olhos de qualquer um.

"Edward!" Wallace chamou em meio a uma bocada de presunto.

Abitha estava preparando a mesa antes de se encaminhar à floresta, logo Wallace se viu à vontade para se servir de uma ou duas fatiazinhas de presunto. Abitha se esforçou para não gritar com o homem, sendo aquele o último pedaço de carne curada, e sabe-se lá quando poderiam pagar por outro.

Wallace olhou para a lama nas roupas e nos cabelos de Abitha. "Mal ouso perguntar." "Perdemos um bode", disse Edward, sem acrescentar nada mais.

"Ah... Entendo", respondeu Wallace, dando outra mordida no presunto. "Sinto muito em saber disso." Ele ergueu o naco de carne. "Espero que não se importe, irmão. É um longo caminho até aqui e ainda não jantei."

Você sabe muito bem que nos importamos, pensou Abitha, olhando para o marido, ansiando que ele chamasse a atenção do homem. *Não deixe ficar por isso, Edward. Pelo menos diga a ele que teria sido mais educado perguntar primeiro. Ao menos uma vez na sua vida, não o deixe passar por cima de você.* "Ah", disse Edward. "Bem... sim, é bom poder partilhar da graça do Senhor."

"Abitha", disse Wallace. "Traga um pouco do hidromel doce de Edward. Preciso limpar a garganta. Tenho notícias para compartilhar."

Abitha hesitou, sem disposição alguma para receber ordens daquele homem, não esta noite, não em sua própria casa. Porém, havia ainda outra coisa: estavam quase sem hidromel. Próximos do fim do inverno, sua despensa estava quase vazia e o homem diante deles era grande parte do motivo.

Wallace aguardou em expectativa. Ele limpou a gordura de seus lábios em suas mangas, então olhou para Edward. "Algo de errado com ela?"

"Abitha", disse Edward. "Um pouco de hidromel."

"Mas, Edward, temos apenas um resto..."

"Abitha", ele repetiu com dureza.

"Edward. Eu..."

"Abitha!" Edward irrompeu. *"Agora!"*

Wallace assistiu à interação com um sorriso perplexo. "A paciência que você tem com essa aqui, irmão. Você é um homem leniente, com certeza. Mas alguns dizem que é leniente demais. Não querendo me intrometer, mas uma mão severa dentro de casa pode salvar aquela ali de uma surra na cidade. Só isso."

Abitha corou, se virou e caminhou até a despensa. Ela sabia muito bem que as mulheres puritanas deviam ser vistas e não ouvidas, deviam ser subservientes e respeitosas a *todos* os homens, a *todo* momento. Aquilo havia sido incutido nela desde o dia de sua chegada e tinha certeza de que não precisava que Wallace repetisse toda aquela baboseira mais uma vez. Ela respirou fundo, tentando apaziguar seus ânimos, abriu a despensa e retirou um jarro de hidromel. Era seu último e, pelo peso, estava quase no fim. Ela pegou uma caneca, encheu até a metade e a colocou, com violência, na mesa diante de Wallace.

"Dá pra dizer com facilidade quando essa aqui está possessa", disse Wallace com um sorriso malicioso. "O rosto fica da cor de uma framboesa."

"Você disse que tinha notícias?" Perguntou Edward.

O sorriso de Wallace desapareceu e ele tomou o hidromel em um só gole. "Edward, aqui, sente-se. Abitha, uma caneca para Edward."

Edward se sentou à mesa e Abitha lhe trouxe uma caneca e a encheu. Wallace deu uma batidinha em sua caneca. "Um pouco mais."

Abitha olhou para Edward. Edward assentiu e ela serviu o restante de seu hidromel, mal preenchendo o fundo da caneca de Wallace.

Wallace não escondeu seu desapontamento.

"Não temos mais", Abitha disse sucintamente. "Este é o que restou."

Wallace suspirou. "Pois é, tempos difíceis em todo canto." Ele fez uma pausa, em busca das palavras corretas. "Edward, parece que estamos em uma enrascada."

"Hã?"

Wallace limpou a garganta. "Fiz o meu melhor com o tabaco... todos sabem disso. Não é?"

"Somente Deus pode controlar o clima", disse Edward.

"Sim", prosseguiu Wallace. "Exato. Não poupei esforços, como você sabe... assumi o trabalho e os custos de trazer a planta adequada, a nova e boa folha que parecia tão promissora. Fiz tudo da forma correta. Mas, sim, você falou bem, eu não posso trazer a chuva. Isso... apenas o Senhor pode fazer."

Ah, agora a culpa é do clima? Abitha pensou, lutando para não fazer troça. *O clima que o fez escolher o tabaco, mesmo depois de muito o terem alertado de que a planta não se dava bem com o solo de Sutton. Mas você deu ouvidos a eles? Não, porque você sempre sabe mais que os outros, Wallace. Mais do que todos os outros.*

Wallace permaneceu em silêncio por um momento, uma expressão de dor em seu rosto como se revivesse um pesadelo. "De qualquer modo, não estou aqui para passar por tudo aquilo outra vez. A colheita falhou e a empreitada não deu certo. É isso e pronto. O que importa agora é a circunstância de nossa família. Me envolvi com o tabaco em nome de *todos* nós. Você e Abitha também. Como sabe, eu tinha esperanças de trazê-lo para o negócio... expandir a operação para sua área aqui. Para honrar o legado de nosso pai e tudo que ele fez por nós ao construir um empreendimento familiar."

Ele fixara o olhar em Edward, seus olhos exigindo por concordância.

Edward assentiu.

"Bem, parece que esse empreendimento nos deixou em uma enrascada." Wallace fez uma pausa. "Parece... parece que temos um empréstimo a pagar."

"Um empréstimo? Mas... pensei que você havia feito uma sociedade com Lorde Mansfield."

"Sim... de certa forma. Mas... enfim... quando os custos continuaram a aumentar, ele exigiu uma contrapartida."

"Sua *fazenda*? Wallace... diga que não fez isso!"

Wallace espiou sua caneca vazia. "Não... não, eu não fiz isso. Jamais arriscaria a fazenda de nosso pai."

Edward pareceu aliviado.

"Ofereci este lugar aqui."

Edward se endireitou na cadeira. "Este lugar? Quer dizer, *minha* fazenda? Esta fazenda *aqui*?"

Wallace assentiu, devagar.

Abitha se apoiou contra a despensa. "O que você quer dizer?"

Wallace dirigiu a ela um olhar penetrante. "Fique fora disso, mulher."

Abitha mordeu a língua, sabendo muito bem que as mulheres eram terminantemente proibidas de se envolver em assuntos de negócios, assim era a lei.

"Wallace", disse Edward. "Por favor, me explique isso. Não entendo."

Wallace fez uma cara feia, seu rosto vermelho. "Da forma mais clara que posso explicar. Coloquei este imóvel como garantia. Sinto muito. Nunca imaginei que chegaria a este ponto."

"Mas você *não pode* fazer isso. Esta terra é *minha*."

"Irmão, não é tão simples, você sabe muito bem."

"Claro que é. Nós... nós fizemos um acordo. Fiz todos os pagamentos nos prazos. Falta apenas um ano."

"Não estou dizendo que é justo. O que aconteceu com o tabaco não foi justo com nenhum de nós. Você acha que não me sinto mal por tudo isso? O que estou dizendo é que estou tentando ser o mais justo *que posso*. Não apenas com você, mas com todos nós."

E quando foi que você se tornou alguém tão justo, Wallace? Abitha quis perguntar. *Foi justo você ter herdado as duas fazendas da família apenas por ser o filho mais velho, para então obrigar Edward a comprar esta aqui de você... estes hectares intratáveis longe da civilização? E por um preço que nos deixou na miséria. Cinquenta alqueires de milho por temporada. Cinquenta! Pelo menos duas, talvez três vezes o que valia. Isso foi justo?*

"Mas, ouça", prosseguiu Wallace. "Escute o que estou dizendo, não é tão desolador quanto você imagina. Negociei um acordo com Lorde Mansfield."

"Que tipo de acordo?"

"Vocês podem ficar aqui. Não precisam sair. Apenas pagarão a Mansfield em meu lugar."

"Então, farei meu último pagamento a ele?"

Wallace balançou a cabeça com tristeza. "Não existe último pagamento, irmãozinho. A propriedade agora pertence a Lorde Mansfield. Você trabalha a terra, dando a ele metade do rendimento de cada ano."

"Como um fazendeiro arrendatário", Abitha disse em voz baixa.

Wallace dirigiu a ela um olhar contundente. "Edward, eu intervim por você... expliquei a situação. Lorde Mansfield é um homem justo. Ele disse que está disposto a discutir termos para que você um dia seja o proprietário da terra."

"Quanto tempo?"

Wallace deu de ombros. "Vinte anos, quem sabe."

Vinte anos? Abitha pensou. *Vinte anos! Edward, não deixe que ele faça isso conosco.*

Edward não disse nada, apenas olhava para a mesa, como se estivesse perdido.

"Temos sorte de conseguir isso. Fiz o meu melhor. Acredite em mim."

Abitha começou a tremer, se deparando com as duas mãos em punho. *Edward, não consegue enxergar que este homem o está enganando, que ele sempre o está enganando?* Contudo, ela sabia que, não importava quantas vezes ela apontasse o fato, ele não enxergaria. Edward raramente conseguia reconhecer as intenções reais das pessoas, tornando-o vulnerável, e ela era obrigada a observar seu irmão tirar vantagem disso, uma vez após a outra.

"Deve haver outro jeito", disse Edward. "Talvez, se nós, nós dois, dermos um pouco mais em cada temporada para ajudar a pagar essa dívida."

"Não. Eu já pensei nisso. Esse é o *único* jeito."

Você deve confrontá-lo, Edward, pensou Abitha, dando um passo à frente. Edward olhou para ela, notando sua revolta. Abitha balançou a cabeça com veemência em sua direção.

"Wallace", disse Edward. "Sinto muito. Mas esta dívida é sua. Não é justo pedir isso de mim. Investi tudo neste lugar. Você não pode simplesmente abrir mão da *minha* terra."

"Edward, a quem esta terra pertence?"

"O que você quer dizer?"

"Irmãozinho", Wallace disse em um tom de voz brando, do modo como se fala com uma criança. "Estou fazendo o meu melhor para dizer isso de um jeito que não lhe apequene, pois nós dois sabemos que você nem sempre compreende a totalidade da situação. Mas você está me obrigando a ser franco." Wallace se inclinou para frente. "A quem esta terra pertence?"

"Bem, não é tão simples. A terra..."

"Sim, é muito simples", disse Wallace de forma rude. "Você só não é capaz de compreender. Veja, de quem é o nome que está na escritura da propriedade?"

"Ora... é o seu, é claro."

"É claro. E como este é um bem meu, logo poderia estar, e está, apto a quitar meus débitos. É simples assim."

Não, pensou Abitha. *Nada disso é simples assim, Wallace Williams. Você fez um negócio por esse lote. E aqui estamos com apenas uma temporada por pagar, e você... e você o quê? Você acha que pode levar tudo embora?* "Não!" Abitha irrompeu. "Por que precisa ser a terra de Edward? Mas, e... E quanto à *sua* terra, Wallace?"

Wallace se levantou e parecia pronto para esbofeteá-la. "Por que essa mulher está abrindo a boca?"

"Abitha!" Edward interveio. "Chega. Por favor. Wallace, me desculpe."

"Estou farto de tudo que suportei desta aqui."

"Vou resolver isso com ela. Mas este assunto, ele aborrece a todos nós. E você deve concordar que é uma pergunta válida."

"Como assim?"

"Por que você não coloca suas próprias terras?"

"Qual parte disto você não está entendendo? Estas aqui *são* as minhas próprias terras."

"Não, estou falando de sua residência."

"Como pode perguntar isso?", Wallace contestou, soando magoado. "Você quer que eu abra mão da própria casa em que nascemos e crescemos? A fazenda que papai construiu com os calos das próprias mãos? E isso não faria nenhum sentido, minhas terras valem dez vezes mais que este lugar."

"Edward construiu *esta* fazenda com os calos das mãos *dele*", disse Abitha. "Não valia quase nada até que a limpou e preparou o solo para ser arado. É o *esforço* dele, não sua terra, que você está usando para pagar sua dívida. Você não tem vergonha?"

Edward olhou horrorizado para Abitha. "*Abitha!*"

"Estou farto disso!", Wallace rosnou. "Entreguei esta terra para Mansfield. Está feito e isso é tudo!"

"*Não!*", Abitha exclamou. "Isso não será levado a cabo. Você assinou um acordo com Edward e você se aterá a ele!" Abitha sabia que deveria parar. "O que você fez foi vender seu próprio irmão à servidão para quitar suas dívidas."

"*Abi!*", Edward gritou. "*Chega!*"

"Edward, não deixe que ele o intimide. Não depois tanto trabalho duro nosso. Ele..."

"*Abitha! Sem mais uma palavra!*"

Abitha viu que Edward tremia, parecendo estar pronto para disparar para fora da sala.

Ela fechou a boca.

"Você passou dos limites dessa vez, fedelha," Wallace cuspiu, seus olhos em fúria. "Sua língua lhe conseguiu uma audiência com os ministros. Veremos o que eles pensam de sua explosão."

Abitha recuou. Ela sabia que não se tratava de uma ameaça infundada. Ela havia visto muitas mulheres atadas a troncos por falarem o que pensavam, uma até mesmo chicoteada por muito menos do que ela havia feito. E a ameaça de Wallace poderia ter menor peso se fosse sua primeira afronta, mas Abitha já estava sob condicional por não controlar a língua.

"Wallace", Edward suplicou. "Por favor... não. Estou estarrecido pelo comportamento dela. Por favor, perdoe-a. Ela é entusiasmada... ainda está aprendendo nossos modos. Eu..."

"Não. Chega de desculpas. Ela foi advertida muitas vezes. Farei a queixa contra ela amanhã. Já é hora de aprender seu lugar." Ele pegou seu chapéu e se dirigiu à porta.

Edward se colocou na frente daquele homem, maior que ele, e segurou suas mãos. "Por favor, Wallace, não faça isso. Por mim, por favor."

Abitha seguia tremendo, observando Edward implorar para ser ouvido. *Isso é culpa minha. Quando aprenderei a ficar com a boca fechada?*

Wallace avançou mesmo assim.

"Tudo bem, estou disposto a colaborar com você nisso", Edward cedeu. "A fazenda. Estou disposto."

Wallace parou, dando a Edward um olhar que se daria a uma criança arrependida. "Estou ouvindo."

"Preciso apenas de um pouco de tempo para organizar minhas ideias. Só isso. É muita coisa de uma só vez. Tenho certeza de que você compreenderá."

Wallace esperou.

"Eu...", começou Edward, com um olhar irascível sobre Abitha. "Eu tenho certeza de que podemos chegar a um acordo. Quero dizer, sei que podemos. Deve haver um jeito."

Wallace sorriu. "Agora, este é o irmãozinho que conheço e admiro. Às vezes, você esquece que papai deixou tudo para mim por um motivo. Ele conhecia bem a fragilidade de seu raciocínio e confiou que eu cuidaria de você. Você também deve confiar em mim. Não podemos decepcionar o papai."

Edward baixou os olhos.

Wallace deixou escapar um suspiro. "E, Edward, para ser sincero, acredito que eu poderia ter lidado com isso de um jeito melhor." Ele apontou um dedo contra Abitha. "É difícil manter a cabeça no lugar com essa harpia nos importunando."

"Vou resolver isso com ela. Mas me deixe resolver do meu próprio jeito. Por favor, não diga nada aos ministros."

"Mas você *consegue* resolver, irmão? Estou começando a acreditar que não. Não está vendo que ela tira vantagem de sua natureza gentil, o engana, o envolve conforme a própria vontade com aquela língua irritante e peçonhenta que ela tem? Olhe para ela neste exato momento, o veneno em seu olhar. Tenho a impressão de que alguns dias no tronco e uma boa surra seriam a melhor coisa para essa aí."

"Não, eu posso dar conta dela. Abitha", disse Edward, com severidade. "Você pedirá desculpas... Implorará o perdão de Wallace. Agora!"

Abitha suspirou. Mesmo sabendo que Edward estava apenas tentando poupá-la de sua punição, ainda sentia como se ele tivesse batido nela. Ela não confiava em si mesma para falar, então apenas continuou ali, tremendo.

"Abitha!", Edward quase que rosnou.

Wallace sorriu, e ela sabia que ele esperava que viesse a gritar e xingar, que jogasse algo sobre ele, qualquer coisa que aumentasse seu poder sobre Edward. Ela enterrou as unhas nas palmas das mãos conforme as lágrimas encharcavam seus olhos. *Você tem que fazer isso, Abi. Você deve.*

"Não adianta, irmão", disse Wallace. "Ela jamais..."

"Imploro seu perdão, Wallace", disse Abitha, a ponto de quase cuspir as palavras para fora. Ela agora tremia, sabendo que seu rosto deveria estar rubro. "Não deveria ter falado assim. Por favor, perdoe meu desrespeito."

Edward olhou para aquele homem maior que ele. "Aí está. Ela está tentando."

"Seus olhos são como facas", disse Wallace. "Não gosto de como ela está olhando para mim."

"Abitha", disse Edward. "Abaixe seus olhos."

Abitha continuou a encarar Wallace. "Abitha!"

Ela deslocou o olhar para Edward, desejando bater nele por tratá-la assim diante daquele animal. Mas, ao ver o medo em seu rosto, medo por ela, foi quando as lágrimas vieram, descendo mornas sobre suas bochechas. Ela abaixou os olhos, fitando seus pés.

"Wallace, o que mais você quer? Ela está arrependida. Por favor. Esta noite seria uma provação para qualquer um. Eu prometi colaborar com você. Agora, vamos deixar esse assunto para trás."

Abitha ergueu os olhos de súbito, percebendo o sorriso dissimulado no rosto de Wallace.

"Talvez você esteja certo, irmãozinho, há assuntos mais importantes a serem tratados aqui. Não devemos permitir que o comportamento malcriado desta aqui se ponha entre nós.

Contudo, prometo a você que na próxima vez em que ela se intrometer em nossos negócios, receberá a chibata. Fui claro quanto a isso?"

"Sim", disse Edward. "É claro."

"Estamos resolvidos quanto a isso, Abitha?", Wallace perguntou. Era óbvio que ele desfrutava de cada segundo disso. "Você entende seu lugar? Entende? Preciso ouvir da sua própria boca que, na próxima vez, não haverá discussão. Você... *entende*... seu... lugar...?"

"Eu entendo", disse Abitha, mantendo a cabeça baixa, empurrando as palavras entre os dentes.

Wallace sorriu. Ele não escondia sua satisfação. Abitha não tinha dúvidas de que ele havia conseguido tudo que queria com visita e muito mais.

"Amanhã então, irmãozinho", disse Wallace, seu tom de voz brando de repente. "Após o culto. Podemos resolver os detalhes e deixar os ministros a par de tudo." Ele colocou o chapéu e saiu da cabana.

"Vá com calma, Abi", disse Edward.

Abitha se virou e viu que Edward estava muitos metros atrás dela, totalmente perdido em meio à névoa matinal, a oscilação de suas costas atrasando seus passos. Ela parou e esperou.

"Não podemos nos atrasar, Edward. Não *hoje*."

"Temos tempo suficiente", disse em meio à respiração ofegante. "Estamos quase lá e sequer ouvimos o primeiro sino."

Abitha assentiu. "É verdade. Apenas estou nervosa, só isso. Mal consegui dormir noite passada." Mas a preocupação era apenas a metade do problema — ela não mencionou os sonhos com a árvore gigantesca, como ela sussurrava seu nome, como suas imponentes raízes deslizavam como serpentes, perseguindo-a através da floresta escura.

"Estamos com a razão aqui, Abitha. Você sabe disso e, com a ajuda de Deus, os ministros também enxergarão a verdade."

Ajuda de Deus, ela pensou. Se ao menos pudesse contar com isso. *Mas onde estava Deus quando assisti minha mãe morrer e meu pai perder o tino com o luto e a bebida? Quem me dera compartilhar da sua fé, Edward. E que conforto isso seria.*

Como se pudesse lê-lo em seu rosto, Edward segurou sua mão. Abi a empurrou para longe.

"O que foi?"

Ela não respondeu.

"Você ainda está zangada por causa da noite passada?"

"É difícil não estar."

"Abi, eu já disse que sinto muito, mas se você precisa ouvir outra vez, que assim seja. Sinto muito. Precisava falar com você daquela maneira. Você sabe muito bem. Wallace a teria delatado se não tivesse."

De fato, ela sabia. Ela também sabia que ele tinha razão, que ela tinha ido longe demais, mas ainda assim doía. Ela percebeu que ele buscava as palavras certas e parou.

"Estou perdido sem você, Abitha. Não deveria precisar dizer isso. Você sabe."

Ela tomou sua mão e a apertou com força, aquele simples gesto dizendo muito mais que as palavras dele. Foi então que o sino bateu uma vez, ressaltando o quão próximos estavam da aldeia. Edward soltou a mão de Abitha e se afastou. Ambos lançavam olhadelas ao entorno, angustiados, bastante cientes de que demonstrações públicas de afeto eram mais um delito na longa lista de infrações, e que olhos diligentes estavam em toda parte.

Eles prosseguiram juntos, os sulcos das carruagens se aprofundando conforme se aproximavam da aldeia, por vezes os forçando em direção aos arbustos para evitarem as poças congeladas. O sino tocou duas vezes e Abitha finalmente desacelerou o passo. "Não queremos chegar cedo, mas logo antes de as portas se fecharem."

"Wallace não ficará muito feliz com isso. Estou certo de que ele deseja discutir o assunto antes do culto."

Abitha sorriu. "Sim, eu sei." O que ela não disse foi que não queria dar a Wallace qualquer chance de confundir Edward antes que encontrassem os ministros.

Abitha sentiu o cheiro do rio, então viu o portão espreitando em meio à névoa, como se tivesse sido conjurado. As altas fortificações de madeira desapareciam na neblina em ambos os lados, com seus cumes pontiagudos como presas mortais. Essas fortificações circundavam toda a aldeia e foram construídas para proteção, para manter o mal afastado. Contudo, Abitha estremecia ao entrar. Passar pelo portão sempre lhe parecia mais com entrar em uma armadilha do que em um santuário.

Não havia guarda para refreá-los — todos estavam no culto –, de modo que logo tomaram seu rumo pela estrada, cuidadosamente se esquivando de poças e montes de esterco, atravessando as fileiras ordenadas de modestas casas de teto de palha. Cada uma se conformava à anterior, todas recobertas de ripas sem acabamento e separadas por cercas cinzas feitas de pinheiros jovens. Abitha procurou por decorações — guirlandas ou fios de árvores secas –, qualquer coisa para interromper o sufocante mar de cinza. Encontrou apenas vidraças descoradas e enceradas que a encaravam de volta como se a julgassem, avaliassem sua alma, apenas esperando que dissesse ou fizesse algo de errado para que a pudessem condenar diante de todos.

Não havia fumaça subindo das chaminés, as lareiras, fogões e velas todos apagados, uma vez que seus ocupantes já estavam no culto ou seguindo para este em silêncio. O único som que Abitha escutava era o de seus pés esmagando a delicada geada e, naquele momento, sentia como se ela e Edward estivessem perdidos em alguma melancólica cidade fantasma.

Por fim, vislumbraram a praça adiante e puderam perceber a silhueta da casa de reuniões ao longe.

"Agora, lembre-se pelo que passamos", disse Abi em voz sussurrada. "Não deixe que aquele homem..."

"Eu sei, eu sei", repetiu Edward em um sussurro. "Já passamos por isso uma dezena de vezes. Farei o meu melhor. Isso eu prometo a você."

"Desculpe, Edward. Não quero ser uma chateação. É só que... é só que muita coisa está em jogo." Ele sorriu e apertou a mão dela, discretamente. "Você não é uma chateação, Abi. Você é uma bênção. Você me dá forças. Não se preocupe, eu sei o que deve ser dito. Esperemos que os ministros vejam a legitimidade de tudo isso. Agora, você tem que *me* prometer uma coisa."

Ela lhe devolveu um olhar desconfiado.

"Não importa como as coisas acabem, você terá cuidado com a língua e ficará em seu lugar. Você está por um triz. Um deslize e Wallace fará com que a prendam ao tronco e receba uma boa açoitada. Agora, me prometa."

"Prometo", disse Abitha, pensando, *Por favor, Senhor Deus, me ajude a manter a calma*. Os troncos se materializaram em meio à escuridão, cruéis advertências a todos das consequências para aqueles que não se conformassem. Abitha sentiu um arrepio, o mesmo que sentia sempre que os via.

Havia um poste para açoitamento e cinco troncos na Câmara. Dois dos troncos estavam de pé, com uma cangalha para se prender ao pescoço e aos pulsos, e três grilhões que se prendiam aos tornozelos, de modo que a pessoas era forçada a se sentar na lama. Na ocasião de sua chegada, Abitha se surpreendeu a ver tantos deles, não compreendendo como uma pequena comunidade precisava de tudo aquilo, ainda que em mais de uma ocasião viesse à cidade e os encontrasse cheios.

Abitha notou uma figura agachada no chão. Ao se aproximarem, viu que era um homem, preso pelas pernas.

"Joseph?", Edward questionou em voz baixa.

Era de fato Joseph, mas ele não ergueu a vista e virou o rosto para longe, como se estivesse envergonhado. Ele estava agarrado ao próprio corpo, tremendo sem controle, e demorou apenas um momento para que Abitha entendesse o porquê. Seus cobertores estavam no chão atrás dele, onde não poderia alcançar. Ela se perguntou por que os teria lançado para longe. Foi apenas depois de ver a lama em suas costas e seus cabelos que compreendeu que não o fizera, que alguém havia feito isso *a ele*.

"Ah, pobre alma", disse Abitha, prontamente recolhendo os cobertores, trazendo-os de volta, em seguida hesitando ao notar o sangue seco em suas costas, compreendendo que havia sido surrado severamente. "Joseph... Sinto muito." Ela enrolou os cobertores ao redor do homem com delicadeza, e foi então que percebeu que não havia apenas lama em seu cabelo, mas também esterco. E aquilo, ela sabia, não era parte da punição acordada, mas o que alguém tomava por diversão. "Quem fez isso com você, Joseph? Quem tomou seus cobertores?"

Joseph não respondeu, apenas puxou os cobertores sobre sua cabeça, como se tentasse se esconder.

"Você não deveria fazer isso", alguém disse.

Abitha olhou ao redor e viu a filha de Wallace, Charity, junto de sua amiga Mary Dibble, passando em seu caminho ao culto.

"Tio Edward, seria bondade sua dizer a ela para não interferir." "E você faria bem em cuidar da própria vida, Charity Williams", disse Edward, no que era para ele um tom de voz severo. "Você não tem idade para falar assim."

As garotas pararam. "Não quis desrespeitá-lo, tio. Apenas não desejo ver minha tia compartilhando o tronco com este homem. Não neste frio." Embora suas palavras sugerissem preocupação, seus olhos não revelavam nada além de desprezo por Abitha.

Uma mulher atarracada, a mãe de Mary, Dona Dibble, veio e se juntou às garotas. "O que está acontecendo aqui?"

"Abitha estava ajudando este pecador. Achei que seria bom alertá-la das consequências."

"Abitha", Dona Dibble a repreendeu. "Você não sabe o que este homem fez? Ora, ele é culpado de não comparecer ao culto no meio de semana."

O culto de quinta-feira, pensou Abitha. Com frequência ela esquecia que as pessoas daquela aldeia deveriam comparecer obrigatoriamente a dois cultos.

"Não apenas ele é um malandro", prosseguiu Dona Dibble, levantando a voz, repleta de arrogância, "mas também um mentiroso. Pois ele disse ao reverendo Carter que estava debilitado por dores de estômago durante o culto. Mas ele foi descoberto quando seus vizinhos apareceram e relataram que o viram cochilando em seu celeiro, tanto antes quanto depois do culto". Ela apontou um dedo de reprovação ao homem. "Este homem mentiu diretamente ao reverendo."

E você, Dona Dibble, pensou Abitha, *deveria estar no tronco por ser uma alcoviteira incansável e por enfiar seu nariz nos assuntos de toda a gente.*

Dois rapazes apareceram, os irmãos Luke e Robert Parker. "Ele ainda está aqui?", perguntou Luke.

"Sim", disse Charity. "Depois do que ele fez, não estou surpresa."

"Quatro noites foi a sentença", disse Dona Dibble. "Aposto que ele não dormirá outra vez no horário do culto."

Luke se inclinou e pegou um punhado de esterco, arremessando-o em Joseph, como se não fosse nada demais.

O esterco atingiu o homem no ombro. Joseph deixou escapar um grunhido.

"O que você está fazendo?", Abitha, perplexa, questionou.

Luke olhou para ela como se não entendesse a pergunta, então se abaixou e pegou outro torrão.

"Ele está cumprindo sua tarefa perante Deus", disse Dona Dibble. "O reverendo Carter disse que todos devem ajudar a expulsar o Demônio... onde quer que ele possa estar à espreita."

Os outros assentiram e seguiram a deixa de Luke, inclusive as garotas e até mesmo Dona Dibble, todos pegando torrões de lama e esterco.

Abitha suspirou quando começaram a alvejar o homem que ali estava encolhido, Joseph emitindo balidos de dor a cada acerto.

Abitha se chocou com aquela veemência; não havia sorrisos ou risadas de travessura, nada além de rostos duros e inflexíveis. Ela sentia que poderia entendê-los melhor caso se tratasse apenas de crueldade, mas era como se estivessem em guerra contra o próprio Satanás, que de alguma forma estava dentro deste pobre homem.

Um torrão grande acertou a têmpora de Joseph, derrubando-o.

"Parem!", Abitha gritou, disparando à frente, mas Edward a agarrou pelo braço.

"Abitha, não."

"Me solte", Abitha irrompeu, tentando se libertar.

Uma voz severa veio por trás de todos. "Por que não estão no culto?"

O grupo ficou paralisado.

Um homem, vestido com um longo e esvoaçante sobretudo e um chapéu alto, surgiu da névoa. Era o reverendo Thomas Carter, o ministro-chefe, um homem magro, chegando aos cinquenta anos. A aba larga de seu chapéu mantinha seu longo rosto nas sombras, mas não podia ocultar suas pesadas sobrancelhas e olhos severos, olhos que pareciam julgar tudo e cada um deles. “Olhem para suas mãos. Estão imundas.”

O grupo parecia aturdido, incapaz de falar.

“Limpem-se e entrem no culto, *agora*.”

Eles soltaram os torrões e partiram às pressas, deixando Abitha e Edward a sós com o ministro. Abitha ansiava que ele não a houvesse testemunhado com Joseph, pois tinha certeza de que não ajudaria em nada seu caso se houvesse.

“Venham comigo”, disse o reverendo e eles o seguiram, dirigindo-se à igreja.

“Abitha, você supõe que estava ajudando Joseph?”

O sangue de Abitha gelou. “Eu... Eu não quis me exceder, senhor. Apenas... apenas...”

“Você jamais quer se exceder, mas está sempre se excedendo. Por que isso ocorre?”

“Eu estou tentando. Estou, de verdade.”

“Você supõe que estava sendo misericordiosa com Joseph?”

“Apenas pensei que... pensei que eles estavam sendo muito cruéis.”

“Você não consegue enxergar como suas intenções enfraquecem Joseph em sua busca pela graça? Enfraquecem nossa própria comunidade?”

“Não tenho certeza, senhor.”

“Joseph deve compreender que seus pecados são condenados por todos. Nem sempre é fácil e, sim, pode ser cruel, mas é o único jeito. Se um dos pais pune a criança por seu mau comportamento, enquanto o outro fornece amparo às suas lágrimas, então a lição é perdida e a unidade familiar posta em risco. Consegue perceber?”

“Sim, acho que sim”, ela disse, tentando entender como o que ele dizia se relacionava com o ato de atirar esterco em um homem.

“Todos devemos lutar juntos contra o Demônio. Se permitirmos que o Demônio nos divida, iremos sucumbir. Certo?”

“Certo”, ela concordou.

Eles cruzaram a câmara e se aproximaram da casa de reuniões — uma grande e sombria estrutura que, assim como todos os edifícios em Sutton, era coberta de ripas sem acabamento e desprovida de qualquer adereço. Quando Abitha chegou de Londres, havia se surpreendido ao descobrir que não havia de fato uma igreja em Sutton — nenhum edifício com campanário e uma cruz em seu topo –, estarrecida ao saber que os puritanos na verdade consideravam as igrejas, por mais sóbrias que fossem, uma ofensa a Deus. Assim, eles sediavam seus cultos na casa de reuniões, no mesmo espaço em que realizavam todas as reuniões sociais e civis.

Contudo, havia um pequeno adorno acrescentado à fachada naquele dia, uma fileira de cabeças de lobos pregadas sobre a porta, seu sangue carmesim escuro manchando as tábuas. Sutton pagava uma recompensa por lobos e estes troféus serviam como um lembrete a todos de que esta terra era selvagem e indomada, e que a morte e o julgamento divino poderiam recair sobre eles a qualquer momento. Abitha olhou para cima, em direção aos seus olhos mortos e estremeceu.

Eles subiram os degraus no instante em que o ministro auxiliar, o reverendo Collins, se preparava para fechar as portas, deram-lhe bom dia e entraram.

Todos estavam ali, toda a aldeia de Sutton, mais de uma centena deles, reunidos em uma sala. Os assentos eram definidos pelas propriedades das terras e pelo status social, com os homens à esquerda e as mulheres à direita. Abitha apertou de leve o braço de Edward e ele tomou seu lugar. Abitha, mesmo após dois anos, ainda era considerada como forasteira pela maioria, e assim se dirigiu a seu lugar, na retaguarda do lado feminino. Sua entrada na comunidade ainda havia de ser confirmada, em parte devido a seu comportamento, de modo que ela se sentava entre as criadas. Na verdade, Abitha se sentia aliviada por não sentir os olhos julgadores da congregação em sua nuca.

"Abitha", veio um chamado abafado.

Era Helen, acenando para ela. Helen foi imediatamente silenciada, pois era obrigatório que as mulheres permanecessem em silêncio ao longo de todo o culto.

Wallace localizou Edward e se dirigiu a ele, sentando-se próximo ao irmão mais novo, inclinando-se sobre o homem menor, enchendo seus ouvidos.

O idiota provavelmente está tagarelando sobre o que pai deles, o querido papaizinho, esperaria, pensou Abitha. *Juro que aquele homem acredita ser um veículo para a alma do pai.* Ela mordeu o lábio. *Cuidado com o que diz, Edward. Muito cuidado. Ele é uma cobra, esse aí.* Ela havia passado boa parte da noite anterior repassando com Edward todos os detalhes do assunto, mas ainda que ambos tivessem a impressão de que as reivindicações de Wallace estivessem além de qualquer coisa que já houvessem conhecimento que ele não tinha nenhuma base legal, ambos sabiam que a lei de Sutton em diversas ocasiões se revelava aberta à interpretação com base em sentimentos e parcialidades, e em *mais* ocasiões ainda com base na fortuna e nas propriedades que se tinha. Ela sentia que o reverendo Carter era um homem justo, mas os outros dois ministros não eram consistentes em suas decisões. Ela olhou para o reverendo Smith. O reverendo Smith era o vizinho mais próximo de Wallace e os dois eram bons amigos desde a primeira infância.

Abitha fechou os olhos, cruzou os dedos e orou para que Deus a ajudasse naquele dia. Ao abri-los, percebeu que Cecil, o filho de Caldwell, lançava olhares furtivos para ela e percebeu que uma mecha de cabelo havia se soltado de sua touca. Então, ela percebeu que a filha de Wallace, Charity, tinha os olhos fixos em ambos, sequer tentando esconder seu ciúme e desaprovação. Charity bateu com fervor na própria boina e apontou para Abitha, chamando a atenção de muitas das mulheres, a maioria balançando a cabeça e lançando olhares de reprovação para Abitha.

Senhor, até parece que eu vim ao culto com meus dois seios para fora. Abitha suspirou, enfiando a mecha para baixo da touca. *Que besteira*, ela pensou. *Que mal pode fazer uma mecha solta de cabelo?*

As portas se fecharam com um baque retumbante, sinalizando que o culto estava prestes a começar, e todos olharam para frente, sentando-se eretos e rígidos sobre os bancos duros e sem encosto.

O reverendo Thomas Carter veio caminhando pelo corredor e todos se levantaram enquanto ele removia o sobretudo e se instalava no púlpito. O reverendo Carter não portava as becas ondulantes que outros ministros preferiam, vestindo em vez disso a mesma simples capa preta e colarinho branco que usava quase todos os dias. Ele repousou sua imensa Bíblia com um estrondo que reverberou por toda a sala, colocando-a próxima a uma grande ampulheta. Ele abriu o livro na primeira marcação, começou a falar, quando uma batida tímida veio das portas.

O reverendo Carter fez um sinal para Samuel Harlow, um dos legisladores da cidade, que estava de pé segurando uma longa vara com uma saliência de madeira na ponta. Era sua função cutucar ou acertar aqueles que não estivessem plenamente atentos. Samuel foi até a porta e a abriu.

Ansel Fitch estava de pé nos degraus, o chapéu contra o peito, os olhos ao chão.

"Entre, Ansel", chamou o reverendo Carter diante da congregação.

Ansel fez uma breve reverência e se apressou até um assento na última fileira.

"Ansel", chamou o reverendo.

"Sim."

"Levante-se."

O homem se ergueu. Ansel era mais velho que a maioria. Abitha julgava que estivesse próximo dos sessenta. Era magricelo e um tanto abatido, com um rosto amargo e sulcado, e olhos evasivos que tendiam a saltar diante da menor das provocações — e assim estavam neste momento.

O reverendo Carter suspirou. "Você está atrasado. Você sabe o que isso significa."

"Por favor, peço que me perdoem... todos vocês. Mas havia outros afazeres sagrados que não poderiam esperar. Eu vi, é verdade, dois gatos agindo da maneira mais estranha. Andando lado a lado, murmurando no ouvindo um do outro, tal como fariam os servos do Demônio. Estava apenas tentando descobrir o que estavam tramando. Então, peço ao senhor, bom reverendo, que por favor me perdoe desta vez."

"Quantas vezes já lhe perdoei até agora? Foram três, quatro vezes? Parece que você está sempre seguindo gatos, ou perseguindo outros servos de Satanás, bem na hora do culto. Fico pensando se é sua vigilância que o está atrasando ou se talvez você apenas não deseje levantar da cama tão cedo quanto o restante de nós."

O rosto de Ansel corou. Ele encarou o reverendo com seus olhos arregalados. "Eu avisaria caso..."

"Basta! Suas responsabilidades com Deus começam aqui no culto. Agora, venha à frente."

O rosto de Ansel se enrugou como um homem forçado a comer formigas. Ele se arrastou para a frente e o reverendo apontou para uma marca no chão, logo ao lado do púlpito.

"Aqui. Fique de joelhos."

Ansel resmungou e lentamente se ajoelhou sobre as tábuas duras, seus joelhos estalando ao dobrar. De acordo com a lei, ele deveria permanecer ali, diante de todos, ao longo de todo o sermão.

O reverendo Carter retomou a leitura da Bíblia e os guiou na oração de abertura. Após a oração, ele virou a ampulheta e começou o sermão. Havia geralmente três sermões, um de cada ministro, ao longo de três horas de pregação.

De novo e de novo e de novo, Abitha pensou enquanto escutava, encontrando dificuldade em compreender como eles conseguiam falar repetidas vezes sobre as mesmas ideias a cada domingo. *Não é tão complicado assim*, ela pensou. *Apenas dê o seu melhor ao tratar o próximo como gostaria de ser tratado. O que mais precisa ser dito?* Contudo, na experiência de Abitha, os puritanos tendiam a complicar boa parte das questões morais o máximo possível. O que a surpreendia, pois as bulas, os ritos e os cânones, principalmente aqueles fatigantes do catolicismo, eram o cerne de tudo aquilo que queriam evitar, sua filosofia sendo a de eliminar todas as coisas entre eles e o Senhor. Isso não estava mais aparente em lugar nenhum do que na casa de reunião, onde tudo era desprovido de nuances, não havia qualquer adereço — nenhum altar, nenhuma cruz, nenhuma decoração além de um grande olho, o de Deus, pintado no púlpito, olhando para todos, julgando a todos.

Abitha olhou de relance para aquele olho, mas rapidamente desviou conforme uma intensa sensação de inquietude recaiu sobre ela. Não era em Deus em quem pensava ao se deparar com aquele olhar impiedoso, mas em seu próprio pai, em seu falatório e sua loucura, especialmente no fim, após a morte de sua mãe.

O reverendo estava se aproximando do clímax, erguendo-se inflexível e determinado, inclinando-se sobre a congregação como se lutasse contra os próprios ventos infernais. Ele agarrava o púlpito com uma mão nodosa, enquanto batia sobre a Bíblia com a outra, pontuando cada reprovação conforme os exortava sobre como cada um poderia ser mais virtuoso aos olhos de Deus.

Alguém deixou escapar um grito e Abitha olhou e viu Cecil esfregando a parte de trás da cabeça. O legislador Harlow o havia acertado um bom golpe com a longa vara. Ela imaginou que poderia haver cochilado ou talvez houvesse sido pego cochichando com um de seus amigos.

Abitha se endireitou, tal como a maioria, nenhum deles desejando aparentar não estar prestando atenção. Ela enrolou seu xale bem preso ao corpo, tentando se aquecer, jurando estar mais frio dentro da casa de reuniões do que fora. Havia uma grande lareira, mas era proibido acendê-la durante o culto, pois alguém, em algum lugar, havia considerado melhor congelar durante os sermões, pois isso de algum modo os traria para mais perto de Deus. *E quem teve essa ideia?* Abitha pensou. *Que tolo sádico pensou que seria uma boa ideia?* Ela imaginou um grupo de homens envelhecidos, todos de chapéu de copa alta, enfurnados em um gabinete malcheiroso, cada um buscando superar o outro em termos de fazer os párocos sofrerem.

O reverendo Collins assumiu seu turno no púlpito, e, por fim, o reverendo Smith. Foi a meio caminho do sermão do reverendo Smith que Ansel começou a gemer. Abitha pôde vê-lo tentando aliviar sua agonia ao trocar o apoio de um joelho para o outro. A maioria já o considerava louco, pelo modo como ele se esgueirava por aí, espiando as pessoas, sempre à espreita de diabruras e bruxaria, mas ali de joelhos, seus ombros afundando, ele parecia apenas um velho alquebrado aos olhos de Abitha, que não conseguia deixar de se sentir mal pelo homem. Contudo, ela não encontrou empatia nos olhos dos párocos, apenas reprovação. Às vezes, parecia que se deleitavam com as falhas dos outros, pois aquilo fazia com que parecessem melhores, mais devotos, mais propensos a serem incluídos no grande arrebatamento que por fim viria quando Deus levasse seu rebanho a Ele.

O sol se libertou das pesadas nuvens da manhã. Havia vidraças nas janelas da casa de reuniões, uma raridade em Sutton, a maioria das casas vedada com papel encerado. Os raios de sol tocaram o rosto de Abitha, cálidos e reconfortantes, e conforme as palavras do ministro começavam a evanescer em um longínquo murmúrio, seus olhos pairavam sobre a congregação, vindo a pousar no gracioso pescoço e maxilar forte do xerife Noah Pitkin, sua boca carnuda e seu sorriso fácil. Ela pensou, e não pela primeira vez, como seria bom sentir aquela boca pressionada contra seus lábios, aquelas mãos fortes em seus seios. Ela sentiu uma comoção leve em seu ventre, piscou, pensou, *Ah, não, Abi. Não faça isso consigo mesma. Aqui não.*

Seus olhos se lançaram sobre Edward e ela sentiu uma pontada de culpa. Edward era bom para ela e ela desejava fazer o certo por ele. Mas nem sempre era fácil, pois ele tendia a ser mais um tio carinhoso do que um marido para ela. Ela sabia que parte era devida à sua devoção, mas também pensava que era por sua condição, a maneira estranha como sua mente funcionava. Com frequência, ela lembrava a si mesma que ele era desajeitado com todos, não apenas com ela. Ela olhou para o xerife outra vez e suspirou. *Eu só preciso me sentir desejada, Edward. Só isso.*

"Levantem-se", disse o reverendo Carter, arrancando Abitha de seus pensamentos. Ela se levantou e esperou, assim como todas as mulheres, enquanto as fileiras de homens saíam em silêncio, da frente para o fundo. Edward a olhou de relance enquanto passava, e Abi tentou transmitir-lhe tanto encorajamento quanto possível. Wallace o seguia de perto, sua mão volumosa sobre o ombro de Edward, um largo e confiante sorriso em seu rosto.

Ah, ser um homem apenas neste dia, Abi pensou. *Como eu colocaria esse imbecil em seu lugar.*

Depois de todos os homens saírem, foi a vez das mulheres. Abi, estando no último banco, sentiu que sua vez nunca chegaria. *Será que podem se mover ainda mais devagar,* ela pensou enquanto a velha viúva Pratt caminhava a passinhos de criança. Por fim, Abi conseguiu sua chance, passando em meio a várias das mulheres mais jovens. Ela saiu e localizou Edward, Wallace e os ministros caminhando em direção à prefeitura da cidade. Ela partiu na direção deles quando Helen surgiu à sua frente.

"Está com você?", Helen perguntou, lançando olhares furtivos ao redor.

"Hã?"

"O talismã", Helen disse em um sussurro.

Por Deus, é claro, pensou Abitha. Ela passou a mão pelo bolso do avental, certa de que havia esquecido em meio a todo o tumulto, mas não, estava lá. Pusera-o ali no dia anterior. Ela retirou um objeto escondido em um pedacinho de juta dobrado.

Os olhos de Helen se arregalaram. "É isso?"

Abitha assentiu, pressionando o objeto na mão de Helen.

A garota o apertou contra o peito. "E funcionará?", ela perguntou, aos cochichos. "Para Isaac. Como você disse?"

"Com certeza", replicou Abitha, olhando para além de Helen. Ela não mais conseguia ver Edward. Ela precisava ir.

"E apenas o coloco debaixo do meu travesseiro com um..."

"Sim, sim." Abitha falou apressada. "Apenas faça tudo como disse. Mas não prometo nada. Algumas vezes, as musas lhe agraciam com seus dons, outras vezes não." Contudo, Abitha tinha quase certeza que o talismã funcionaria, pois estava óbvio para qualquer um que pudesse enxergar que Isaac possuía os mesmos sentimentos que Helen por ele.

"E quanto a..." Os olhos de Helen se deslocaram para algo atrás de Abitha e ela partiu. Antes que Abitha pudesse se virar, sentiu uma mão em seu ombro.

Era Sarah Carter, a esposa do ministro. Abitha sentia que o casal havia sido tecido pelo mesmo tear, uma vez que a mulher compartilhava da preferência do marido somente pelos vestidos mais austeros. Enquanto a maioria das mulheres preferia tingir suas saias e casacos de marrom ou anil, a senhora Carter cobria sua silhueta magra e esguia com o mais simples dos vestidos pretos e uma touca branca simples.

"Abitha", disse ela. "Seu cabelo." Apontando para a touca de Abitha, com um olhar de reprovação.

"Meu cabelo?", Abitha perguntou, então compreendeu: a longa mecha havia se soltado outra vez.

Com rapidez, ela a enfiou de volta embaixo da touca.

"Você precisa tomar mais cuidado consigo mesma. Não é necessário muito para desviar os pensamentos destes rapazes."

"Sim, perdoe-me, senhora Carter."

“Não é o meu perdão que deve implorar, mas sim o de Deus.”

Abitha se curvou. “É claro, senhora.”

A senhora Carter a mediu de cima a baixo com seus intensos olhos azuis. Abitha sabia que ela estava inspecionando o comprimento de suas mangas quanto ao que revelava de seus pulsos, a bainha de sua saia para que nenhum tornozelo estivesse à mostra, verificando qualquer indício de adorno, como um pedaço de fita ou um laço colorido ou qualquer outro item que pudesse atentar contra as várias leis suntuárias.

Já não temos o bastante com que nos preocupar? Abitha pensou enquanto se esforçava para esconder seu incômodo.

“O cabelo longo é uma arma do Demônio”, disse a senhora Carter. “Por que não considerou cortá-lo curto, como as outras mulheres?”

“Eu pensei nisso”, Abitha mentiu. “Mas, Edward… ele gosta do meu cabelo assim.” Isso não era mentira. De fato, Edward com frequência a encorajava a remover a touca em sua cabana, e ela o via admirando seus cachos. E ela gostava disso — de se sentir atraente. Havia muito de sua aparência que ela adoraria mudar, mas não seu cabelo. Era longo, volumoso e, quando lavado, se enrolava em cachos naturais. O reverendo Carter chamaria isso de orgulho, e talvez fosse, mas Abitha não via problema algum em ter orgulho de si mesma.

“E, garota”, acrescentou a senhora Carter, “você não é tão astuta como pode pensar. Não me deixe pegá-la negociando seus talismãs e poções. Nem aqui, nem em qualquer lugar da aldeia. Farei vista grossa dessa vez, mas, na próxima, estará nas mãos do reverendo”.

Abitha se encolheu. Ela sabia muito bem, conhecia os riscos, mas em raras ocasiões vinha à cidade, exceto para ir à igreja, e havia se espalhado o boato de que ela era uma mulher engenhosa, um fato que era verdadeiro apenas em parte. De fato, ela conduzia experimentos — permutava pequenas poções e talismãs por pequenos objetos quando surgia a oportunidade –, mas ela se considerava apenas uma novata. Sua mãe, por outro lado, havia sido uma mulher engenhosa e foi através de seus ensinamentos — ensinamentos abreviados por sua morte prematura quando Abitha tinha apenas doze anos — que ela havia obtido aquele punhado de medicamentos, talismãs e adivinhações que agora possuía.

"Uma gentileza de sua parte, senhora. Obrigado." Abitha fez outra reverência curta, afastando-se antes que a mulher pudesse dizer algo mais.

Ela encontrou Edward em meio a uma conversa com Wallace, o reverendo Carter e os dois ministros adjuntos, o reverendo Collins e o vizinho e grande amigo de Wallace, o reverendo Smith. Wallace aparentava calma e serenidade, e Abitha tomou aquilo como um mau sinal.

Ela perambulou, esgueirando-se na proximidade de um grande plátano, chegando o mais perto que ousava, sabendo que, se a pegassem bisbilhotando seus assuntos comerciais, ela seria severamente açoitada, ou talvez até mesmo levada ao tronco.

"É uma questão simples", Wallace declarou em voz alta e com ardor, como se o mero volume atingisse esse efeito. "A terra é minha. Não há nada mais a ser dito."

Edward segurava o chapéu, apertando a aba. "Mas... Eu sinto que... bem, veja..."

Ah, não, Abitha pensou. Ele está se atrapalhando. Ela captou os olhos de Edward, segurou as mãos juntas diante do peito e lançou-lhe um sorriso tímido, desejando que ele fosse forte. Ele se endireitou, fechou os olhos e em seguida os abriu, colocando-os diretamente sobre o reverendo Carter. Edward começou a falar com clareza e sem desvios, tal como ela o havia instruído. Ambos haviam concordado que o reverendo Carter era sua melhor chance. E, se o pudesse convencer, havia uma forte probabilidade de que ao menos o reverendo Collins o seguisse. "A terra foi prometida a mim antes. Este é o cerne da questão. Tomá-la de mim e dar a outro me parece voltar atrás em sua palavra."

Abitha prendeu a respiração, tentando interpretar os semblantes dos ministros.

"Irmãozinho", disse Wallace, balançando a cabeça como se demonstrasse pena. "É a minha terra. Chegamos a concordar nisso noite passada. Você não tem direito a opinar sobre a terra até sua quitação, o que ainda viria a ocorrer. Até lá, você não passa de um inquilino."

O reverendo Smith assentiu. "Entendo a opinião de Wallace. Até que a terra esteja quitada, legalmente pertence a ele, que deve poder fazer com ela o que quiser, incluindo utilizá-la para quitar suas dívidas."

Ah, Abitha pensou, *você é tão estúpido quanto um pedaço de madeira.* Ela lutou para não andar até lá e colocar o sujeito em seu lugar. E ela sentiu que quase valeria a pena o açoitamento se ao menos a escutassem. *Edward, você consegue fazer isso. Lembre-se do que conversamos. Agora, Edward, diga a eles ou perderemos tudo pelo que trabalhamos tanto.*

Edward pigarreou. "Como disse, limpei os campos de rochas e árvores, preparei o solo. Aprimorei a terra de tal modo que a maior parte do valor vem do meu trabalho. Fiz todos os pagamentos, exceto o último que virá. Isso já deveria ser o suficiente para me permitir o controle da terra. Contudo, a questão real é mais fundamental do que esta. Trata-se de manter a palavra diante da igreja e diante de Deus. Eu cumpri minhas promessas. Tudo o que peço é que Wallace cumpra a dele."

Abitha piscou. *Muito bem, Edward.*

O reverendo Carter examinou Edward por um momento, parecendo refazer todo seu julgamento. Ele assentiu. "Sim, Edward. O que você afirma faz sentido. Se não cumprirmos nossa palavra, então quem somos nós? Isso, de fato, faz sentido para mim."

"Que sentido?", Wallace questionou.

"Wallace", disse o reverendo Carter. "Seu acordo com Edward precede aquele com Lorde Mansfield, não é?"

"Sim, mas..."

"Assim, sinto que, se não o honrar, equivale a tomar de volta aquilo que já concedeu e prometeu a outra pessoa. Você não vê isso??"

Wallace balançou a cabeça. "Não, não vejo. O que você está dizendo não faz sentido."

O reverendo Collins assentiu. "Sim, entendo o que está dizendo. Wallace não estava em seu direito ao prometer a terra a Lorde Mansfield, visto que já a havia prometido a Edward."

"Exato", disse o reverendo Carter. "Então, em meu julgamento... desde que Edward efetue seus pagamentos no momento correto, a terra, estando assim aperfeiçoada pelo trabalho de

Edward, deve permanecer, por direito, sob seu domínio. O que dizem vocês dois?"

Abitha deixou escapar um gritinho, para então cobrir a boca com rapidez.

O rosto de Wallace se obscureceu. "O quê? Não! De forma alguma! Eu vou..."

O reverendo Carter ergueu a mão. "Basta, Wallace. Você já deu sua opinião. Ministros... o que dizem?"

"Sim", disse o reverendo Collins. "Estou de acordo."

O reverendo Smith pareceu estar em cima do muro, mas assentiu com relutância. "Sinto muito, Wallace. Mas estou inclinado a concordar."

"Então, este assunto está assim resolvido", disse o reverendo Carter.

Abitha quis gritar, quis correr e abraçar Edward. Nunca o tinha visto tão corajoso, tão seguro de si. Ela sentiu que estava prestes a chorar de alegria.

Wallace aparentou estar embasbacado, como se não compreendesse. "Não, mas e quanto a Lorde Mansfield? Como ele será pago?"

"Seu débito é uma questão entre vocês dois", disse o reverendo Carter. "Você deverá encontrar outros meios."

"Não!", rosnou Wallace, seu rosto se avermelhando cada vez mais. "Isso não é aceitável. Eu exijo..."

"Wallace!" O reverendo Carter irrompeu. "Você se colocará em seu lugar agora ou enfrentará as penas."

Wallace olhou furiosamente para eles, pronto para socar o ministro. "Veremos o que Lorde Mansfield tem a dizer sobre isso."

O reverendo Carter piscou, aparentemente surpreso. "Aqui é Sutton, não Hartford", disse, um tanto irritado. "Não recebemos ordens de Lorde Mansfield aqui."

Wallace encarou Edward. "O que você se tornou?", ele cuspiu. "Você permitiu que aquela mulher o virasse contra a própria família. Que traísse seu próprio pai e seu legado. Você deveria ficar grato que nosso pai não está aqui para testemunhar esse comportamento terrível. O desapontamento e a vergonha partiriam seu coração." Wallace deu a Edward um último olhar de desdém e se foi.

CAPÍTULO 2

Edward trouxe para dentro uma braçada de lenha, chutando a porta atrás de si. Ele colocou as toras e atiçou o fogo enquanto Abitha terminava de preparar o jantar — ovos mexidos e broa de milho do dia anterior.

Abitha tirou um segundo para abrir o corpete justo, deixando escapar um gemido de alívio ao removê-lo, lançando-o sobre a cama. Em seguida, tirou a touca, arrancando-a da cabeça. *Jamais poderia fazer isso em Sutton*, ela pensou, sabendo que as mulheres eram obrigadas a usar suas toucas até mesmo dormindo. *Mas não estou em Sutton, estou?* Ela balançou o cabelo para soltá-lo e correu os dedos por suas longas mechas, se demorando por um momento para aproveitar a liberdade daquela sensação, dando graças pela milésima vez por viverem longe da civilização, distantes de todos aqueles olhos intrometidos e línguas inquietas.

Ela levou a frigideira à mesa e os dois se sentaram.

Edward juntou as mãos e Abitha o seguiu enquanto ele dava graças.

"Amém", ele disse.

"Amém", disse Abitha, e começaram a comer.

"Por que essa cara, Edward? Você deveria estar sorrindo."

Ele levantou os olhos do prato. "Ah... sim, sim. Eu sei."

"É o jantar? A broa está dura, eu sei. Não temos mais banha, mas..."

"Ah, não, Abitha. Não é a comida. Você deixaria uma panela de cascas de árvore deliciosa. Não é mesmo nada disso."

Ela esperou; havia aprendido a lhe dar tempo.

Ele suspirou. "Apenas Wallace. O que ele disse sobre nosso pai...", e aos poucos ficou em silêncio.

"Está falando sobre ele se sentir envergonhado? Não faz sentido e você sabe muito bem, Edward Williams. Quem deveria se envergonhar é o seu irmão."

Ele assentiu. "Concordo. Sei que nem sempre vejo as coisas com tanta clareza, mas ao menos vejo isso. É mais do que estarmos em disputa. Ele é meu irmão. Minha família. O distanciamento é difícil demais de aguentar."

"E Wallace sabe muito bem disso, Edward. Faz disso uma arma, distorcendo seu amor para obrigá-lo a fazer o que ele quer."

Edward observou o fogo por um minuto. "Você conhece bem minhas dificuldades. Como as pessoas são um grande mistério para mim. É muito difícil saber o que se espera... o que fazer, o que dizer. Quando era mais novo, as outras crianças implicavam com isso... e as crianças podem ser muito cruéis com aqueles que não se encaixam. Bem, sempre era Wallace quem vinha em minha defesa. Ele não deixava que ninguém me maltratasse... nunca." Outra vez, a voz de Edward foi diminuindo.

Abitha quis apontar que, agora, era Wallace quem estava maltratando ele. Ao invés disso, ela suspirou. "Talvez, com o tempo, essas feridas sarem."

Edward não respondeu, apenas continuou a observar o fogo.

Abitha se levantou, caminhou até a despensa, retirou uma lata e a trouxe de volta à mesa. Ela a empurrou na direção de Edward.

Ele piscou. "O que é isso?"

"Uma coisinha que preparei para você."

Sua testa franziu.

"Ora, abra, bobinho."

Ele arrancou a tampa, revelando um bocado de biscoitinhos de mel, e um sorrisinho se apoderou de seu rosto.

"Podemos estar sem quase nada", ela disse. "Mas, graças a seus talentos como apicultor, temos bastante mel."

Ele pegou um, deu uma mordida, começou a mastigar. "Obrigado, Abi."

"Você se saiu bem hoje, Edward", ela disse. "Com Wallace. Fiquei tão orgulhosa. Sei como essas coisas podem ser difíceis para você. Mas você teve um desempenho admirável."

"Sim, é verdade, eu tive." Ele ficou radiante e até ensaiou uma risadinha. "E você perto daquela árvore, fazendo aquelas caras. Aquilo me ajudou tanto. Como uma coisinha como você consegue ter tanta valentia?"

Ele começou a tampar a lata.

"Não, pegue mais um. Você mereceu."

Ele, de fato, pegou outro biscoito.

"Um último pagamento a fazer, Edward, e estamos livres. Pense nisso. E assim que nos livrarmos desse fardo, nada vai nos faltar. Poderemos comprar açúcar, banha, sal, o bastante para fazer todo o pão de mel que você quiser. Talvez, até mesmo algum tecido para costurar roupas novas. Não seria ótimo? Não parecer mais pedintes, para variar um pouco."

"Se Deus quiser", ele disse, colocando sua mão sobre a dela. "Você é uma bênção, Abitha Williams. Eu estaria totalmente perdido sem você."

Ela riu. "E que dupla de patinhos feios nós somos. Bem, pode ser que juntos encontremos nosso lugar."

Abitha colocou os pratos e utensílios em um grande balde para serem lavados na manhã seguinte.

Ao terminar, ela encontrou Edward retirando a bolsa de couro escuro que ele mantinha escondida atrás do armário.

Seus olhos encontraram os dela. "Você leria para mim essa noite, Abitha?"

Ela sorriu. "Leria. Você sabe que leria."

Ele trouxe a bolsa até a cama, descalçou as botas e se sentou. Ele acendeu a lamparina, retirou um par de livros e escolheu um. Edward sabia ler, mas tendia a ser um processo lento de pronúncia de cada palavra.

"O que será esta noite, Edward?"

Ele entregou a ela *A rainha das fadas*, de Edmund Spenser. "Ah, eu amo esse."

"Eu sei que ama."

Era o que ela havia trazido da Inglaterra. Ela se recordava de como Edward ficara nervoso na primeira vez em que lhe mostrara aquele livro insistindo que ela o queimasse prontamente, pois era considerado um pecado ler qualquer outro livro além da Bíblia. Ela insistiu que deixasse ler alguns capítulos, então ele concordou em guardá-lo até que o terminassem. Estavam, naquela altura, na terceira releitura. Ela fitou os seis livros que agora ele tinha. Parecia que, a cada vez que ia a Hartford, outro romance aparecia. Ela sorriu. *Edward, ainda pode haver esperança para você.*

Abitha vestiu a camisola e se sentou de pernas cruzadas sobre a cama próxima a ele, abrindo o livro onde haviam parado e começando a ler.

Edward puxou a bolsa para perto. Era herança de seu pai. Continha alguns lápis de carvão e dúzias de folhas de pergaminho antigo, repletas de prolixas interpretações de seu pai sobre passagens da Bíblia. Edward não as guardava por conta disso, mas porque amava desenhar — na frente, no verso, em branco ou não, rabiscando por cima de letras e palavras, cobrindo as páginas com seus desenhos esparsos e atrevidos. Ele agora os retirava, apoiando a bolsa sobre o joelho, usando-a como prancheta para que pudesse desenhar enquanto a ouvia.

"Fico muito feliz quando você tira um tempo para desenhar", ela disse, pegando um dos desenhos. Era dela; a maioria era. Tratava-se de um dos primeiros que ele havia desenhado, o rosto estava torto, os olhos assimétricos, os lábios pouco mais que linhas grossas. Ela conteve uma risadinha — parecia um tipo de espantalho triste. Ainda assim, apesar da rudeza, ela percebeu que ainda reconhecia a si mesma. Ela pegou outro, mais recente, e se surpreendeu com o contraste. Neste, seu rosto e seu cabelo estavam gravados com traços suaves e fluidos, as nuances avivadas com um leve sombreamento. Mas o que mais gostava era que ele havia feito com que ela parecesse tão amável, e era assim, de fato, que ela desejava que ele a visse.

"Edward, diga, como é que cada desenho fica melhor do que anterior? Você fez aulas quando era criança?"

"Ah, não, a única lição de arte que tive na vida foi a surra que recebi do meu pai quando me pegou desenhando. Acho que tinha por volta de oito anos. Não voltei a desenhar até pouco tempo depois que ele morreu."

"Então, como você faz isso? Como alguém aprende por conta própria essa habilidade?"

Ele deu de ombros. "É só algo que está em mim. Não sei como me expressar de outra forma."

"Estes novos, eles são incríveis. É um crime que não possamos emoldurá-los e pendurá-los na parede." Ela imaginou a expressão de horror no rosto de Sarah Carter caso visse algum desses e sorriu. Abitha pegou outro. Não havia visto este antes; era dela enquanto dormia, seu cabelo em cachos oníricos ao redor de sua pele iluminada pelo luar, a ênfase em seus lábios grossos e o volume de seu seio levemente exposto.

É lindo, ela pensou, *tão lindo*. Ela olhou então para Edward, quase como se o visse pela primeira vez. Ela pensou em como ele parecia bonito, rabiscando com tanta paixão, seus lábios robustos entreabertos, seus olhos iluminados com intensidade. *Edward, acredito que há um romântico escondido debaixo de todos os seus impedimentos.*

Ela levantou o desenho. "É assim que você me vê?"

Ele corou e assentiu.

Abitha sorriu com falsa modéstia e começou a remover lentamente a camisola, revelando primeiro seus ombros, depois seus seios.

Edward desviou o olhar, mantendo-os grudados ao pergaminho.

"Gosto do jeito como me vê, Edward. Poderia me desenhar... assim? Por favor." Ele não proferiu nenhuma palavra, apenas ergueu rapidamente os olhos, quase se escondendo por trás do pergaminho, e começou a desenhar, de leve. Seu lápis foi ganhando velocidade até que começou a rabiscar em um ritmo frenético. Seus olhos estavam vívidos, percorrendo todo o corpo dela. Sua respiração foi ficando mais pesada, assim como a de Abitha, conforme seu pulso começava a disparar.

"Edward, acho que não estou mais interessada na leitura." Ela depôs o livro, esticou a mão e tomou o pergaminho e o lápis de suas mãos, colocando-os de lado.

Ela beijou seus lábios.

Houve um momento em que ele pareceu não saber o que fazer, então a beijou de volta, pressionando seus lábios com fervor sobre os dela, então suas línguas se encontraram e as mãos dele acariciaram todo o corpo dela.

Eles fizeram amor na escuridão ao som crepitante do fogo, nenhum deles atento às aranhas, dezenas e dezenas delas, grandes e pequenas, de repente afugentadas de seus esconderijos, correndo pelo teto e pelo piso. Nenhum deles atento às três pequenas sombras pairando no canto mais distante do quarto, observando, esperando.

"Não perderei sua fazenda, papai", Wallace sussurrou enquanto subia os degraus do imponente alpendre de Lorde Mansfield. "Isso prometo a você." Ele bateu a grande aldrava de latão três vezes e esperou.

O mordomo abriu a porta, aparentando confusão. "Senhor Williams. Ah, não estávamos esperando o senhor hoje."

"Sim, bem, preciso ver o Lorde Mansfield. É urgente."

"Hum, deixe-me conferir se ele está disponível. Por favor, entre. Pode se sentar aqui no saguão."

Wallace entrou, mas não se sentou, ao invés disso ficou andando de um lado para o outro. Ele espiou o interior do salão adjacente. Era a primeira vez que adentrava a casa de Lorde Mansfield e estava encantado pelos adereços metálicos, as belas pinturas a óleo, os tapetes ornamentados e a mobília. Lorde Mansfield era um puritano, mas, até mesmo entre os puritanos, a riqueza e a classe concediam muitos privilégios. Havia aqueles que sentiam que a riqueza revelava que estavam em bons termos com Deus e que, portanto, deveria ser exibida. Wallace sabia que a ostentação daquele homem não se encaixava bem com os ensinamentos do reverendo Carter, sendo esse um dos motivos pelos quais o ministro tinha tanto desdém pelo sujeito.

"Senhor Wallace", o mordomo chamou. "Lorde Mansfield o receberá em seu escritório. Por favor, siga-me." O mordomo o conduziu ao fim do saguão e abriu uma porta para ele. "Pode entrar."

Wallace entrou e encontrou três homens sentados em poltronas elegantes. Todos fumavam cachimbos e o cômodo estava revestido de fumaça, o odor de tabaco afligindo o nariz de Wallace. Os homens estavam em meio a conversas, então Wallace apenas aguardou. Por fim, Lorde Mansfield olhou para ele. "Ah, Wallace, junte-se a nós. Veja, conhece o magistrado Watson, não é?"

Um homem gorducho de meia-idade, usando uma peruca empoada e vestido em roupas impecavelmente sob medida, olhou sobre os ombros e cumprimentou Wallace com a cabeça.

Wallace o cumprimentou de volta. "De fato, já nos encontramos."

"E seu auxiliar, o capitão John Moore." O capitão era um homem de expressão dura com olhos escuros e penetrantes, vestido todo de preto. A coronha de uma pistola de pederneira sobressaía de seu largo cinto de couro e sua espada estava apoiada na cadeira em que estava sentado.

"Não tive o prazer."

"Capitão, este é Wallace Williams. Estivemos envolvidos em uma oportunidade de negócios. Ele é filho de Nathaniel Williams. O mesmo que ajudou na fundação de Sutton."

"Ora, sei quem é Nathaniel Williams." Ele deu um passo adiante, estendendo sua mão a Wallace. "É uma honra. Lutei ao lado de seu pai quando ainda era jovem." Os dois homens se cumprimentaram.

"Sim", disse Lorde Mansfield. "Ora, se não fosse pelo pai de Wallace, não tenho certeza se ainda teria este meu amado couro cabeludo. Quando tomei aquela flechada em Ferry Point, aquela que me acertou na coxa, foi Nathaniel quem me ofereceu o ombro. Juntos, demos um jeito de retornar a Fort Saybrook, com aqueles malditos selvagens nos atormentando durante todo o caminho. Seu pai era um grande homem, Wallace."

"Obrigado, senhor. Significa muito para mim ouvir isso do senhor, que sabe o quanto ele significava para mim."

"Sua ausência é profundamente sentida. Agora, o que há? Más notícias, receio, pela expressão em seu rosto."

Wallace suspirou.

"Entendo", disse Lorde Mansfield. "Bem, venha, sente-se. Conte-me como estão as coisas."

"Sinto lhe informar que o problema é a esposa de meu irmão, Abitha. Transmiti sua oferta, sua generosa e justa oferta. E estou certo de que Edward teria aceitado, teria feito sua parte. Assim como ele sempre fez. Porém, sua esposa segue se intrometendo em nossos negócios, aproveitando cada oportunidade para instaurar uma controvérsia entre nós. Foi ela quem o levou a recusar os termos."

"O quê? Uma mulher?" O magistrado Watson perguntou, falando pela primeira vez. "Ora, homem, por que não a denunciou no ato?"

"Deveria tê-lo feito. Mas meu irmão implorou que não o fizesse, então prometi que daria outra chance." Wallace balançou a cabeça. "Agora, arrependo-me disso. Meu irmão não dispõe de uma mente sã e ela se aproveita disso, virando-o contra mim."

"Você é uma boa alma, Wallace," disse Lorde Mansfield. "Cuidar de seu irmão desta forma. Sei que ele é sua família. Porém, você precisa ter em conta os interesses de todos neste assunto, não apenas os de Edward. Você também tem uma família para tomar conta. Ele o colocou em um impasse. Goste ou não, você deve ir até o reverendo Carter. O reverendo não tolerará o comportamento de Abitha. E ele fará com que Edward seja razoável, tenho certeza."

Wallace tossiu. "Eu fui e, veja só, a harpia introduziu na cabeça de Edward tantas tolices que ele convenceu os ministros."

"O quê?" Os três homens demonstraram perplexidade. "Com base em quê? Como isso aconteceu?"

Wallace explicou em detalhes e os três homens ainda pareciam embasbacados. "O reverendo Carter sempre foi uma pedra no meu sapato," disse o Lorde Mansfield.

"O sujeito consegue ser literal demais. Ele nem sempre percebe o contexto mais amplo de nossas doutrinas."

"Quem vê uma única árvore não enxerga a floresta", comentou o magistrado Watson.

"Sim, exatamente. Esse foi o cerne do problema há muitos anos. E por que ele partiu e se instalou aqui em Sutton." Lorde Mansfield emitiu um longo suspiro. "Wallace, em nome do seu pai, não farei com que você ou seu irmão percam suas fazendas. Deve haver um meio que seja bom para todos." Ele deu uma longa tragada em seu cachimbo. "Que tal isto? E se todos dividíssemos uma parte da dívida? Eu reduzo o pagamento e divido o restante entre vocês dois. Digamos, vocês dois me pagam um quarto da produção de sua fazenda por dez anos. Então, todos estarão livres e desimpedidos. O que acha?"

"Parece mais que justo", declarou o magistrado.

Dez anos! Wallace pensou e quase se engasgou, então se recordou de que era melhor do que perder a fazenda no ato e depois assentiu. "Sei que Edward aceitaria. Aceitaria em nome de nosso pai. Mas, outra vez, é a mulher que é o problema. Receio que, não importa o quão justa seja a oferta, ela o envenenará."

"Então, precisamos dar um jeito nela", disse o magistrado.

"Sim, precisamos dar um jeito nessa Abitha", concordou Lorde Mansfield. "Veja bem, Wallace, sei que você deseja proteger seu irmão, mas insisto que denuncie o comportamento da esposa dele ao reverendo de imediato. Este é um assunto em que ele com toda certeza *compartilhará* de sua opinião. Ele não tolera a desobediência dentro do lar. Um açoitamento severo e algumas noites frias no tronco e ela aprenderá a não meter seu nariz onde não é chamada."

Wallace deu um sorriso fraco.

"Permitam-me acrescentar algo que pode auxiliar", disse o magistrado Watson, caminhando até a mesa. Ele pegou uma folha de pergaminho, retirou uma pena do tinteiro e rascunhou um bilhete. Ele o dobrou e entregou a Wallace. "Apenas um incentivo para que o reverendo saiba que esperamos que ele resolva as coisas da melhor maneira."

"E, caso isso não funcione, Wallace", disse Lorde Mansfield, "sugiro fortemente que você elabore um plano que funcione. O que ela está fazendo é uma afronta aos alicerces de nossa sociedade, uma afronta a você, aos cidadãos de bem de Sutton, e ao próprio Senhor. Sei que você é um homem de Deus, mas se o Demônio estiver instaurando o caos por meio dessa mulher, então, às vezes é necessário que se saia do caminho ortodoxo para resolver as coisas. Você entende o que estou dizendo?"

"Acredito que sim, senhor."

"Os anjos, por vezes, devem cometer atos terríveis em nome do Senhor", acrescentou o magistrado Watson. "Não é verdade?"

Wallace considerou por um momento, então assentiu, mais para si mesmo do que para os outros. "Ora, sim… é verdade, eles cometem."

Wallace cumprimentou os dois homens com um aperto de mão firme e partiu. Conforme retornava para casa, eram as palavras do juiz que escutava sem parar.

"Os anjos, por vezes, devem cometer atos terríveis em nome do Senhor."

Acorde.

"Não."

Eles estão aqui. Você deve matá-los.

"Quem?"

As pessoas… sinta seu cheiro.

A besta obedeceu, sentindo o sangue correndo em suas veias. Havia dois deles. Ela abriu os olhos.

Você deve matá-los, Pai.

"Pai?"

Você se lembra do seu nome?

A besta ponderou. "Creio que tenho muitos nomes."

Muitos, de fato.

"Quem são vocês?"

Sua prole. Você deve nos proteger, proteger Pawpaw… das pessoas. Não falhe conosco. Não outra vez.

"Estou cansado."

Você precisa de mais sangue.

A besta-bode ouviu um ruído distante vindo de muito acima, compreendendo que não apenas podia ouvir as pessoas, mas *senti-las*, suas almas. Um era um homem, outra uma mulher. O homem agora estava na abertura.

Nós os chamaremos, traremos até você. Você pode fazer o resto. É hora do banquete.

"Sim, hora do banquete."

"Está perto o bastante", disse Abitha.

Edward a ignorou e caminhou até a boca da caverna, seu machado pendurado no ombro.

"Edward, você cairá lá dentro."

"Por Deus, mulher. Se acalme. Não cairei lá dentro."

"Pare!" Sua voz de repente se tornou severa. "Está... *está* aí dentro, Edward."

Seu olhar encontrou o dela.

"Sei que você me achará idiota, mas, sim, eu senti algo aí dentro. É verdade, eu senti."

"O que quer dizer?"

"O Demônio!", ela deixou escapar. "Eu posso senti-lo!"

"O Demônio?" Ele deu um sorriso malicioso. "O próprio Demônio? Aqui na nossa floresta. Devo alertar o reverendo Carter o quanto antes."

"Não é uma brincadeira!" O rosto dela estava corando, o que o fez sorrir.

"Abitha, você acha que o velho Slewfoot vai me agarrar e me arrastar para dentro desse buraco?" Pelo olhar no rosto da esposa, ele podia ver plenamente que era o que ela pensava.

"Você está achando graça?" Ela levou as mãos às ancas. "Ora, você pode simplesmente se jogar lá para dentro, poupar a mim e a Slewfoot do incômodo. Veja se me importo."

E, de fato, ele via que se importava, e via que se importava muito. Ele reprimiu o sorriso. "Ah, Abitha, me desculpe. Não quis zombar de você. Serei cauteloso. Eu prometo." Isso aparentemente a apaziguou um pouco. Porém, seus olhos continuavam a se fixar na caverna e ele se perguntou o que foi que ela viu ou pensou ter visto. O que quer que fosse, ela queria que ele construísse um portão na entrada. Ela havia dito que era para evitar que outros animais *entrassem*, mas agora ele estava certo de que era para impedir o que ela pensava estar ali dentro de sair.

Eles ouviram grasnados vindos do alto. Abitha se assustou. Ambos olharam para cima.

"Cisnes-trombeteiros", ele disse. "Estão voltando para casa."

Abitha afastou a touca para observar os pássaros e várias longas mechas de seu cabelo se soltaram, sua rica coloração avermelhada inflamada pela luz do sol que dançava por entre as árvores. *Que visão você é*, pensou Edward. Wallace havia feito piada com sua aparência, falando de suas sardas e silhueta descarnada. E poderia ser que ela não fosse dotada das adoráveis bochechas e covinhas de Rebecca Chilton, ou do corpo torneado de Mary Dibble, ainda que, para Edward, os impressionantes olhos verdes de Abitha parecessem irradiar mais vida e amabilidade do que os das duas moças juntas.

"A primavera está quase chegando", ele disse. "Podemos começar a plantar em breve."

Ela lhe dirigiu um sorriso quase perverso e ele compreendeu tudo com aquele sorriso. "E, se Deus quiser, nos livraremos *dele* em breve," ela esbravejou. "Wallace deverá encontrar outra pessoa para comandar. Glória, que dia maravilhoso este será. Não é?"

"Será."

Ela se aproximou, buscando a mão dele. Ele tomou a dela, apertou, mas ao soltá-la, ela seguiu apertando, trazendo-o para perto e deslizando o outro braço ao redor de sua cintura, pressionando seu ventre contra ele. Edward ficou tenso quando as memórias de sua noite de luxúria retornaram. Ele corou e se afastou, repentinamente incapaz de olhar em seus olhos.

"O que foi, Edward?"

"Você sabe que não deveríamos agir dessa forma. A carne nos torna fracos. Sobre a noite passada, eu me excedi. Estou envergonhado."

Ela se desvencilhou de sua mão e o olhar em seu rosto fazia parecer que ele havia lhe dado um tapa.

Veja, ele pensou, *tal luxúria vergonhosa apenas leva à dor. Destruirei aquele desenho, todos os desenhos. Senhor, me perdoe, fui tão fraco.*

Ela se afastou dele, em direção à caverna. Ele conseguia ver pela rigidez de seus ombros que ela estava chateada. Ela retirou algo do avental, pendurando diante da caverna. Edward se aproximou para olhar mais de perto e viu que era uma cruz feita de penas e gravetos, envolvida em fios vermelhos.

"O que é isso?"

"Apenas um talismã de proteção. Algo que minha mãe usava para manter distante os espíritos malignos."

Ele olhou rapidamente ao redor. "Abitha, você não deve fazer isso. E se alguém nos vir?"

"Não tem ninguém aqui, exceto nós dois."

"Chega desses feitiços que você faz. Está me ouvindo? Isso *deve* acabar." Ele percebeu que as palavras haviam saído mais severas do que pretendia.

"São apenas galhos de sorveira e barbante, Edward. Como..."

"Galhos e barbante que levarão você ao tronco!"

"Edward, você sabe muito bem que muitas das mulheres fazem talismãs; eles são considerados verdadeiras bênçãos." E isso, de fato, era verdade, e também era verdade que remédios caseiros, poções e feitiços eram usados quando as pessoas tinham acesso a eles, claro que na surdina, mas era uma prática comum, com certeza.

"Aquilo", ele apontou para os galhos, "não é uma simples benção. Agora, você deve me prometer que vai parar com seus feitiços e talismãs."

"Como foi que comemos biscoitos esta manhã, Edward? Seu irmão nos submeteu a tamanho fardo que é graças apenas à permuta desses mesmos feitiços e talismãs que temos hoje sal e farinha."

"S-sim", ele balbuciou. "Bem, teremos que nos contentar com isso. Deve parar a partir de hoje. É arriscado demais."

"Eu sou cuidadosa."

"Não há como se esconder de Deus. Ele nos verá e Ele nos punirá justamente!"

"Por que você está agindo assim, Edward? É por causa da noite passada? Você precisa abandonar essa crença de que Deus o punirá por buscar um pouco de prazer, por tentar encontrar alguma alegria neste mundo frio e cruel."

"Ao menos uma vez, faça o que peço. Chega de feitiços, Abitha. Prometa!"

"Você soa como meu pai. Devo abrir mão de todos os prazeres dessa vida? Estou farta desse *desejo* de sofrer sem necessidade. O sofrimento não aproxima ninguém de Deus." Ela arrancou a cruz.

"Eu estava apenas tentando *protegê-lo* de qualquer maldade que esteja escondida naquela caverna. Mas, se você prefere que ela venha rastejando até você, então por mim tudo bem!" Ela lançou um último olhar preocupado sobre a caverna e partiu a passos firmes.

Edward a observou caminhar para longe, desaparecendo em meio às árvores. *Por que tudo que digo acaba mal assim?*, ele pensou. *Abitha, eu não suportaria caso algo acontecesse a você, é tudo que estou tentando dizer. Não posso ficar sozinho... não outra vez.* Edward deixou escapar um longo suspiro e começou a derrubar as árvores mais próximas para construir o portão. Ele percebeu como o solo era rico nesta área, pensou que boa terra de plantio seria depois que estivesse limpa.

Um gemido baixo surgiu da caverna.

Edward se virou, o machado erguido. Ele esperou — nada, nenhum urso, nenhum demônio. Ele abaixou o machado. *Você está ouvindo coisas.* Porém, não havia apenas escutado aquele som peculiar, havia sentido, estava certo, como se algo o houvesse tocado. *Ela conseguiu assustá-lo, só isso. Toda essa conversa de Abi sobre demônios acabou colocando demônios na sua cabeça.*

Ele olhou de volta para a cabana, esperando ver Abitha, mas estava sozinho. Ele percebeu que o sol havia sumido, oculto por trás de nuvens espessas, e de repente a floresta parecia se fechar, como se as próprias árvores estivessem se esgueirando em sua direção.

Outro som, desta vez mais como um grito, talvez um balido.

Samson? É claro. Ele quase riu. *O bode. O que mais poderia ser?*

Ele foi até a caverna, tentando ver o interior. O som veio outra vez, fraco, de algum ponto profundo no interior. Ele removeu o chapéu e entrou na caverna, cutucando com cuidado o chão com o machado, verificando se havia declive. Conforme seus olhos se ajustavam, ele examinou a escuridão, encontrando apenas folhas esparsas e alguns galhos. Havia um cheiro no ar, algo além da umidade das folhas. Ele conhecia aquele cheiro — ele havia abatido muitos animais de fazenda em sua época — era sangue.

Outro balido; parecia vir das sombras ao longe.

"Samson", ele chamou e adentrou ainda mais a escuridão, agachando para não bater a cabeça no teto baixo, cerrando os olhos no escuro. *Isso é inútil*, ele pensou. *Preciso de uma lanterna.*

Ele recuou, então ouviu outro som, uma lamúria. Uma criança? Ele balançou a cabeça. Não, apenas os ecos pregando peças. Ele prosseguiu em direção à entrada.

Ouviu de novo, algo como um soluço sinistro. Os pelos em seus braços se arrepiaram conforme o som aberrante rastejava para dentro de sua cabeça. *Eu deveria sair daqui*, ele pensou. O soluço se converteu em balbucio; alguém estava falando com ele. Ele não estava entendendo as palavras, até que as entendeu.

"Ajude-me... por favor."

Edward congelou. As palavras eram as de uma criança, mas soavam ocas e ele não tinha certeza se de fato as ouvia ou se estavam em sua mente. "Olá", chamou Edward. "Quem está aí?"

"Ajude-me."

"Aguente firme, trarei uma corda e uma lanterna. Apenas espere."

"Estou assustado."

"Aguente, retornarei logo."

"Não consigo, não consigo segurar. Estou escorregando!"

Edward hesitou — a voz, tão estranha, quase inumana. Porém, o que mais poderia ser?

"Ajude-me!"

Aquilo não estava em sua mente. Ele tinha certeza.

"Ajude-me!"

Ele viu um rosto pequeno surgir no fundo das sombras, o de uma criança, talvez um menino, quase reluzente, uma ilusão luminosa que fazia parecer como se flutuasse na escuridão, como uma cabeça sem corpo.

"Ajude-me! Por favor!"

Edward engoliu seco e ruidosamente, então começou a rastejar em direção à criança o mais rápido que foi capaz de ousar, escorregando em seus joelhos, tateando o chão da caverna com o machado. Ele entrou em uma câmara menor, escura como breu. Ele tentou agarrar a criança, mas ela escapou para fora de seu alcance. E foi então que Edward viu que a coisa diante de si não era sequer uma criança, mas... *Mas o quê — um peixe? Um peixe com o rosto de uma criança?*

Edward gritou, puxando sua mão de volta.

A criança ria, sorria, revelando fileiras de pequenos dentes pontiagudos. Edward percebeu que a pele da coisa era enfumaçada, quase translúcida. Ele conseguia ver seus ossos!

"Ó, Deus! Ó, Cristo!"

Algo tocou a nuca de Edward. Ele saltou e se virou. Outro rosto, ali, diante de seu próprio rosto. Outra criança, mas não, seus olhos eram apenas dois orbes afundados de trevas. Ela abriu a boca e gritou. Edward gritou; todos gritaram.

Edward deu um salto, batendo sua cabeça no teto baixo em um baque de perder os sentidos. Então, ele estava caindo — deslizando e caindo, tentando se segurar na escuridão. Ele bateu contra pedras, então uma dor causticante, de novo e de novo, conforme ele se chocava contra as paredes do buraco e, por fim, depois de uma eternidade, a queda parou.

Edward abriu os olhos. Seu rosto doía, sua cabeça latejava, mas ele não conseguia sentir nada abaixo de seu pescoço, sabendo que isso seria uma bênção, sabendo que seu corpo deveria estar uma bagunça toda embaralhada e revirada. Ele gemeu.

Tudo deveria ser um breu, mas o ar pesado continha uma leve luminescência e ele pôde discernir pedras, rochedos e *ossos*. O chão não era nada senão ossos.

Onde estou? Mas ele sabia. *Estou no inferno.*

Então, ele o viu — o Demônio, o próprio Lúcifer. A besta estava agachada, olhos fixos sobre ele, como duas fendas ardentes de luz prateada. Aqueles olhos fervilhantes penetraram em sua alma, enxergando toda a sua vergonha, todas as vezes em que havia pecado, todas as vezes em que havia mentido para seu pai, as vezes em que havia profanado o nome de Deus, os livros, aqueles livros malignos que havia comprado em Hartford, e, acima de tudo, seus desenhos de luxúria, aqueles que havia feito de Abitha. "Deus, por favor, me perdoe, sussurrava, mas sabia que Deus não o perdoaria, que Deus o havia abandonado.

As bestas fantasmagóricas com rostos de crianças esvoaçavam, gargalhando enquanto o circundavam, mas Edward mal percebeu, seus olhos arregalados e aterrorizados fixos sobre o Demônio.

O Demônio se esgueirou sobre Edward.

Edward tentou se levantar, tentou rastejar para longe, mas não era capaz de nada além de tremer e piscar para afastar as lágrimas dos olhos.

A besta pôs seu focinho contra o rosto de Edward. Edward podia sentir o calor de seu hálito enquanto a besta cheirava sua pele, a umidade enquanto lambia sua bochecha, sua garganta. Então, uma dor penetrante quando a besta mordeu seu pescoço.

Edward olhou para cima, em direção à lasca de luz muito, muito distante, escutando o Demônio sorver seu sangue. O mundo começou a escurecer. *Estou condenado*, ele pensou enquanto muito, muito lentamente começava a perder a consciência.

"Edward!", uma mulher chamava de lá de cima. "*Edward!*", ela gritou.

Edward não ouviu. Edward estava para além destas coisas. Mas a besta ouviu.

A outra, Pai. Rápido, agora é nossa chance.

A besta balançou a cabeça desgrenhada. Seu estômago cheio, ele apenas queria fechar os olhos e aproveitar o calor que se espalhava por suas veias. "Esta noite", ele balbuciou, mal capaz de formar as palavras. A besta ergueu o casco dianteiro e observou enquanto do casco brotava uma mão, que brotava longos dedos espichados que, por sua vez, brotavam longas garras pontiagudas. "Matarei essa mulher hoje à noite." O sangue o arrebatou, como se estivesse flutuando, enquanto se perdia em meio a um sono profundo.

Esta noite, então, disseram as crianças.

Wallace trotava devagar em seu cavalo rumo à fazenda de Edward. Repassando repetidas vezes o que deveria dizer, imaginando como havia sido reduzido a isto, implorando a Edward que aceitasse a oferta de Lorde Mansfield.

Fiz tudo certo, pai. Você sabe muito bem. Edward e eu deveríamos estar trabalhando juntos, como você sempre desejou. Construindo nosso império de tabaco... assim como as plantações na Virginia. Em vez disso, sou o idiota de Sutton que não sabia nada sobre tabaco. Não posso ir a lugar algum sem que veja isso em seus rostos. Ele cuspiu. *Exceto por você, pai, ninguém me viu esfolando minhas mãos até os ossos tentando salvar a colheita, retirando pragas dia após dia, até mesmo sob a luz de tochas. É justo, pergunto a você, que deva me humilhar diante de Edward e daquela harpia com quem ele se casou? É justo?*

Wallace puxou o cavalo pelas rédeas no topo da colina sobre a fazenda de Edward, com um nó em seu estômago *E sabe qual a pior parte disso, pai? Será vê-la se deleitando enquanto imploro. Não sei se poderei suportar. Por que aquela mulher me despreza assim? Por que ela tem que me atormentar todas as vezes? Tenho sido generoso, dado o máximo para recebê-la bem na comunidade.*

Wallace ouviu um grito. Virou-se e viu Abitha, Charles Parker, seu irmão John e dois de seus filhos, todos se dirigindo a ele em disparada. John estava carregando um longo pedaço de corda e um par de lanternas.

"Wallace", gritou John. "Venha rápido. É Edward. Ele caiu em um poço!" "Um poço?", Wallace perguntou. "Como assim?"

"Apenas venha", John exclamou ao passar correndo.

Wallace os seguiu pela floresta abaixo do campo.

"Ali", disse Abitha, apontando para a abertura de uma caverna escondida entre as rochas.

Wallace pegou uma lanterna e deu uma olhada para dentro. "Edward", chamou. "Edward, você está aí?"

"Nada?", perguntou Charles.

Wallace balançou a cabeça negativamente. "Nada além de gravetos e folhas."

"Nos fundos", disse Abitha, aumentando a voz. "O poço fica nos fundos. Estou dizendo que ele caiu nele. Eu sei disso. Por favor, vocês devem se apressar!"

Wallace olhou para os irmãos Charles e John. Quando Abitha não conseguiu encontrar Edward, ela foi até a fazenda Parker para buscar ajuda, mas nenhum dos homens parecia ter pressa alguma em entrar na caverna.

Abitha pegou uma lanterna de John e se dirigiu à entrada, mas John a segurou. "Espere aí, Abitha. Se há um poço, deve haver mais. Devemos ser cuidadosos."

"Não temos tempo para ser cuidadosos."

Wallace notou o chapéu de Edward em meio às folhas. Ele o pegou e o entregou para Abitha. Aquilo tomou seu fôlego e ela parou de se debater.

"Aqui", disse Wallace, passando sua lanterna para Charles. Charles havia trazido sua corda mais longa e Wallace a pegou dele. Ele desenrolou a corda, atando uma das pontas ao redor de uma rocha. Ele testou a corda e assentiu para John. "Mantenha isso aqui fora." Ele então deslizou para dentro da caverna, seguido um instante depois por Charles e seu filho mais velho, Luke.

Luke e Charles seguravam lanternas, permitindo que Wallace fosse em frente enquanto mantinha suas mãos presas à corda. Ele examinava o chão com seu pé dianteiro enquanto seguia, curvando a cabeça para evitar o teto baixo. Com a luz, ele agora podia ver com clareza que a sujeira e as folhas haviam sido pisadas. Os rastros os levaram a uma câmara menor na parte posterior da caverna. Wallace hesitou; ele sentiu um calafrio, não pela temperatura, mas uma onda de pressentimento que não podia explicar.

Os homens levaram as lanternas adiante, revelando um poço de cerca de dois metros de diâmetro. Wallace viu um machado próximo ao poço. Ele testou a corda outra vez, então adentrou a câmara. Passado um momento, os três estavam observando o abismo. E outra vez aquele calafrio profundamente inquietante percorreu seu corpo; era como se a própria escuridão o encarasse de volta.

Ouviram uma comoção atrás deles e Wallace se virou e encontrou Abitha olhando por sobre os ombros de Charles, seus olhos tomados pelo temor.

"Você o vê?", Abitha perguntou em um tom abafado, desesperado. "Qualquer coisa?"

"Você deve sair agora mesmo," disse Wallace, ciente de que que desperdiçava seu fôlego. "Ali", disse Charles, apontando. "Aquilo pertence a Edward?"

Um sapato estava escorado contra a parede da caverna. Abitha se aproximou. Charles a agarrou, tentando evitar que chegasse perto demais do poço. "*Edward!*", ela gritou, sua voz ecoou pelo obscuro abismo.

Luke se agachou, aproximou a lanterna e cerrou os olhos. "E aquilo ali? O que é?"

Uma coisa branca reluzia de volta a eles desde uma pedra protuberante logo abaixo da margem do poço. Wallace se ajoelhou para olhar de perto. *Ah, meu Deus,* ele pensou. *Um dente, um dente humano.*

Abitha deixou escapar um gemido. "Ah, não, Edward. Não." Ela caiu de joelhos. Agora, todos olhavam para o poço da forma que se olha para uma cova. "Alguém tem que descer", disse Abitha.

Wallace jogou uma pedrinha no poço. Eles ouviram o *barulho* da pedra quicando poço abaixo. Ela seguia, seguia e seguia, jamais parando de fato, apenas desvanecendo. Eles se entreolharam, todos sabendo o que aquilo significava.

"Não podemos deixá-lo ali", ela disse. "E se ele ainda estiver vivo?"

"É fundo demais... perigoso demais", Wallace falou, mas o que não acrescentou era que nenhuma força no mundo poderia obrigá-lo a descer por aquele poço. Que cada célula de seu corpo estava certa de que havia algo sórdido e maligno aguardando lá embaixo. "Não podemos arriscar mais vidas."

"Bem, se você não vai, então eu vou."

"Abitha", disse Charles em tom suave. "Ninguém irá descer. Nenhuma corda é tão longa."

"Pode ser que ele não esteja no fundo, mas sobre alguma reentrância."

"Abitha, por favor", disse Charles, segurando a lanterna sobre o poço. "Olhe para baixo. Veja bem." Ele a segurou pelo braço com força para que ela pudesse dar uma olhada sobre a margem, seus olhos procuravam em desespero.

"*Edward!*", ela chamou e todos permaneceram ali enquanto o eco do nome de seu marido desaparecia, esforçando-se para ouvir uma resposta, um gemido, um suspiro, um choro, qualquer coisa, mas ouviram apenas suas próprias respirações.

E Wallace então viu no rosto dela, enquanto encarava o dente, que ela sabia da verdade, de que ninguém poderia sobreviver àquela queda.

Os habitantes da vila seguiam seu caminho solene pela estrada lamacenta rumo ao cemitério comunal. Os três ministros conduziam a procissão, seguidos pelo caixão e seus carregadores, seguidos pelos homens de Sutton, as esposas dos ministros, as mulheres de alta reputação e, então, na frente apenas das crianças, vinha Abitha. Mesmo sendo a viúva, nenhum privilégio lhe era concedido acima de sua classe.

O local ficava logo fora da cidade e, enquanto chegavam ao cume da subida, o vento do norte soprou com força, o céu parecia estar pronto para desabar. Os habitantes todos seguravam seus chapéus e toucas apertando o passo, na pressa de que tudo fosse feito antes que a chuva caísse.

Chegaram à lápide, uma pedra pequena e comum sem qualquer ornamentação, exceto pelo nome *Edward Williams* talhado na frente, pois os puritanos consideravam todos iguais perante Deus e proibiam quaisquer adornos especiais.

O reverendo Carter tomou seu lugar próximo à pedra e a congregação fez um círculo ao redor do túmulo recém-escavado. O cheiro de terra úmida pairava no ar.

Os carregadores Wallace, Charles, John e Isaac trouxeram o caixão adiante, arriando a caixa de madeira simples ao lado do túmulo. O pequeno caixão veio ao chão com um ruído oco, pois havia apenas uma muda de roupas de Edward no interior, além de seu chapéu e do dente enrolado em linho branco — que foi incluído por insistência de Abitha.

Sem proferir qualquer palavra, eles deslizaram a caixa para dentro da terra. Não se seguiu qualquer prece fúnebre, nenhuma canção ou hino, nenhum testemunho da família, nenhum sermão, nem mesmo uma oração, nada de cerimônia, uma vez que os puritanos buscavam evitar qualquer nuance papista. Abitha se perguntou que ofensa Deus poderia encontrar em uma última oração?

Ela se deparou com seus pensamentos se voltando então para o funeral de sua própria mãe. Como seu pai não havia poupado gastos, colocando dinheiro que não possuíam para adquirir uma lápide imponente. Até mesmo pagando o coro para cantar e o ministro para recitar a prece fúnebre que ele havia passado a noite inteira escrevendo. Como, ao descerem o caixão, seu pai havia perdido a compostura, chorando diante de todos. *Mas nenhuma dessas coisas aliviou seu luto, não foi, pai? Nem mesmo beber até perder o emprego ou nos arrastar para o culto três vezes por semana.* Sua última memória do homem veio a ela; foi pouco depois de tê-la vendido ao Novo Mundo, acenando para ela conforme o navio saía do porto. Um triste farrapo de homem com uma garrafa escapando pelo bolso do casaco. Ela se perguntava se naquele momento ele também estaria enterrado como indigente, sequer com uma pedrinha para marcar uma vida perdida.

Abitha examinou os rostos a seu redor, buscando algum sinal de que a morte de Edward importava para eles, mas todos pareciam duros como pedra, nenhuma lágrima à vista. Abitha quis gritar, berrar pelo nome de Edward, condenar a crueldade de seus dogmas e doutrinas, rir até chorar, qualquer coisa que quebrasse aquele silêncio opressor.

O vento aumentou e algumas gotículas de chuva caíram sobre os enlutados. Os carregadores pegaram as pás e começaram rapidamente a encher a cova rasa. A terra batia sobre o caixão oco, lembrando a todos que Edward não estava com eles. *Edward, será que você está morto?* Abitha se perguntou e não conseguia evitar pensar nele, jazendo no fundo daquele poço infernal, alquebrado e paralisado, esperando que a fome e a sede o levassem, ou pior, que os vermes e ratos o devorassem enquanto observava.

Com o buraco preenchido, os homens começaram a bater com as pás na terra. Cada golpe ressoando em silêncio. Abitha recuava a cada acerto, cada baque sentido como se estivessem golpeando Edward em seu túmulo, eliminando sua própria existência a pancadas. Eles pararam e o reverendo Carter veio adiante, com chapéu pressionado contra o peito. "Está feito."

As pessoas imediatamente se dispersam e retornam às suas fazendas, às suas vidas.

É isso? Abitha pensou. *Acabou? A vida inteira de um homem não merece sequer uma palavra?* E, outra vez, a necessidade de gritar o nome de Edward, de elogiá-lo aos berros, a tomou por completo. Naquele momento, ela ouviu Edward: *Não, Abi, guarde as palavras para você mesma. Você está sozinha agora, deverá aprender a se encaixar.* Ela balançou a cabeça. "Esperem", ela disse. Ninguém a ouviu e ela falou outra vez, mais alto. Ninguém parou. "Esperem", ela então gritou. "Vocês podem esperar por apenas um momento?"

Pararam de uma só vez, todos dirigindo os olhares a ela.

"Posso dizer algumas palavras? É pedir muito? Apenas algumas palavras?"

Vieram muitos olhares piedosos — estava claro que ela não era a única que sentia que o funeral era muito austero –, enquanto outros não esconderam sua ira.

O reverendo Carter a olhava como se olha para uma criança desobediente e, por um momento, Abitha pensou que a repreenderia na frente de todos, mas seus olhos recaíram sobre o túmulo de Edward e ele suspirou. "Prossiga, então."

Abitha respirou fundo. "Apenas quero que seja dito, diante de todos, que Edward era um bom homem. Isso é tudo."

Ela recebeu muitos olhares estranhos e percebeu que suas palavras não comoveram ninguém. *Que assim seja, então,* ela pensou. *As palavras são para Edward, não para eles.*

Eles viraram suas costas e se distanciaram, deixando Abitha sozinha com uma caixa de roupas na terra e uma pedra inscrita com o nome de seu marido.

Ela esperou até que passassem pela subida, então se ajoelhou. Ela colocou a mão no bolso do casaco e retirou uma mecha de cabelo amarrada com um lacinho. "Isto é para você, Edward. Por ser uma alma gentil e caridosa, por ser meu amigo." Ela beijou o laço e o colocou sobre a lápide.

Ela se levantou, bateu a sujeira das mãos e tomou o caminho de volta. Ao chegar ao cume, viu os três ministros esperando por ela na estrada. Wallace estava com eles. "Jesus", ela disse em voz baixa. "Esse abutre não poderia esperar nem mesmo um dia?"

"Abitha", chamou o reverendo Carter. "Uma palavrinha, por favor."

Abitha caminhou lentamente até eles, sentindo-se eclipsada por aqueles homens em seus chapéus de copa alta e suas amplas e escuras capas ondulantes.

"Peço perdão pelo que devo dizer aqui", continuou o ministro, "no mesmo dia do funeral de Edward, mas há assuntos urgentes." Ele hesitou, buscando as palavras certas. "Precisamos garantir seu bem-estar."

Abitha ficou nervosa, compreendendo que eles decidiriam seu futuro — seu próprio futuro — aqui e agora.

"Wallace e eu viemos discutindo o que seria melhor para você. Dado que agora você está sozinha."

O sangue de Abitha gelou. *Preste atenção, Abi*, ela pensou. *Seja esperta, isto é tudo, isto é a sua vida.* "Não vejo como meu bem-estar possa ser da alçada de Wallace."

Wallace travou.

"Abitha." O reverendo Carter limpou a garganta, sua voz se tornando rígida como quando proferia seus sermões. "Escute. Wallace é seu cunhado, seu parente masculino mais próximo e, portanto, seu bem-estar recai sobre os ombros dele. Estou certo de que você entende isto. E Wallace se colocou à disposição e lhe ofereceu ajuda. Se você ao menos der uma chance, creio que julgará sua oferta extremamente caridosa, considerando sua circunstância."

Circunstância? E qual a minha circunstância? Abitha se sentiu encurralada. Estes homens não estavam aqui para deliberar com ela, para ter uma discussão prolongada. Ela era uma mulher e as mulheres não tinham voz nesses assuntos. Eles estavam aqui para informá-la do que viria a acontecer. "Aprecio o que está tentando fazer, reverendo. Mas preciso de tempo para refletir..."

"Abitha", interrompeu Wallace. "Agora escute aqui." Ele falava como se dirigisse a um de seus filhos. "Edward se foi. Você não pode ficar sozinha. Sendo assim, estou a convidando para minha casa. Você pode ajudar Charity e Isaac com as tarefas e..."

"Você quer que eu seja sua criada?"

"Ele está oferecendo um teto para lhe abrigar," declarou o reverendo Carter. "Você ainda é jovem. Há muitos homens aqui que precisam de uma esposa. Você trabalharia para Wallace até o momento em que encontrasse um marido adequado."

"Eu já tenho teto. Assim como uma fazenda e um campo pronto para o plantio. Por que eu abandonaria isso para virar uma criada *deste* homem?"

Os quatro homens se entreolharam como se ela perguntasse por que precisava respirar.

Wallace jogou as mãos para o alto. "Eu disse que isso estava além do entendimento dela."

"Abitha", disse o reverendo Carter. "Você está em luto, confusa e sobrecarregada. Todos entendemos isso. Mas você precisa entender que, por conta das dívidas, Wallace não pode manter as duas fazendas. É óbvio que ele abrirá mão da propriedade de Edward. É melhor para você e para toda a comunidade. Ninguém quer que você fique ao relento."

Como ela se tornou a propriedade de Wallace?, Abitha pensou. *Eles podem simplesmente tomá-la? Não, isso não parece certo.* Alguma coisa atiçava o fundo de sua memória. Ela tentou se concentrar, ignorando o ministro enquanto ele divagava. *A viúva Pratt! Sim, é isso. A viúva Pratt não foi obrigada a abandonar sua casa quando seu marido morreu na última primavera. Por quê?* Abi não sabia o porquê, não com exatidão, mas era algo a respeito de representar o marido em sua ausência.

"Abitha", perguntou o reverendo, "você está me ouvindo, garota? Estas são suas únicas escolhas: trabalhar para Wallace ou se virar por conta própria. É um mundo impiedoso, este em que vivemos. Eu sugiro que..."

"Há outra escolha", ela disse com firmeza. "*Eu* posso cuidar da minha terra." Todos eles aparentaram perplexidade.

"Mas... Abitha", começou o reverendo Carter, "como..."

"Não!", Wallace interrompeu. "Você não pode. Esta propriedade não é *sua* para cuidar. Esta propriedade é *minha*. É apenas pela minha caridade que permito a você ficar mais uma noite."

"A propriedade pertence a mim desde que faça os pagamentos em dia. Este é o acordo."

"Este acordo era com Edward, não com você!"

Abitha voltou o olhar para os ministros. "Sou viúva agora," ela declarou calma e serena, tentando soar confiante. Ela não tinha lá muita certeza em relação aos seus direitos, mas sentia que, se falasse como se soubesse, poderia haver uma chance. "Isso não me concede o direito de ser a proprietária e conduzir os negócios em nome de Edward?"

Os ministros pareciam espantados, incertos do que dizer. Porém, naquele momento ela viu em seus rostos que *tinha* razão.

"Bem", começou o reverendo Carter. "Bem... sim, suponho que *possa* ser o caso." "E não é este meu dever diante de Deus, cumprir com os desejos do meu marido? Cumprir com as dívidas e obrigações de Edward no máximo de minhas capacidades?" O reverendo Carter ergueu as sobrancelhas. "Sim... mas..."

"Tolice!", Wallace exclamou. "Não ouvirei mais nada disso. Todos sabemos que ela não pode realizar aquela colheita. Ela perderá a propriedade de um jeito ou de outro, então por que todo esse jogo?"

Os ministros pareciam perdidos, sem saber como a conversa havia chegado a este ponto. "Um momento", disse o reverendo Carter, puxando o reverendo Collins e o reverendo Smith de lado, onde continuaram sua conversa aos sussurros.

Wallace se colocou à frente de Abitha, encarando-a de cima a baixo, sua raiva palpável. "É melhor você me ouvir, sua garota ingrata", sibilou. "Edward não está mais aqui para você se esconder atrás dele. Jogue este jogo e perderá tudo. Está me entendendo? Tudo. Prefiro vê-la debaixo da terra a conceder aquelas terras a você."

Abitha deu as costas a ele, as duas mãos juntas, tentando se manter firme.

Os três ministros retornaram.

"Abitha", disse o reverendo Carter. "Mais uma vez, permita-me enfatizar que sentimos que a melhor opção é aceitar a caridade de Wallace e morar com ele até que encontre um marido adequado. Sentimos que não seria apropriado ou prudente tentar gerir a propriedade de Edward por conta própria."

Wallace assentiu em acordo, um sorriso arrogante em seu rosto.

O reverendo Carter, então, olhou de modo pesaroso para Wallace. "Wallace, ainda que consideremos que não seja a melhor opção, as palavras de Abitha são genuínas. A lei diz que ela deve assumir o lugar de Edward. Ela tem a obrigação moral perante Deus de cumprir com os desejos de Edward da melhor forma possível. Assim sendo, caberá a ela decidir."

"O quê?", Wallace exclamou. "Isto é uma completa loucura! Não está vendo? Perderei minha fazenda? Onde vamos parar?"

"Não estou discordando de você", disse o reverendo Carter. "Mas esta é a nossa lei. Quem somos nós se não fizermos valer nossas próprias leis?"

"Você faria com que eu perdesse minha fazenda apenas para aplacar esta mulher insolente... esta *forasteira?*", Wallace rosnou o rosto vermelho de fúria. "Ora... esta é uma total insanidade!"

"Wallace!" O reverendo Carter irrompeu. "Por favor, acalme-se. Talvez haja outros modos de..."

"O magistrado estava certo", disse Wallace. "Você pensa só nas árvores e não na floresta inteira!"

"O magistrado? Qual magistrado?" O reverendo Carter lentamente cerrou os olhos. "Está falando do magistrado Watson? Você debateu com ele este assunto?"

"Debati e... e, bem, veja só." Wallace retirou uma carta dobrada de sua jaqueta. "Ele me disse para lhe dar isto." Wallace empurrou o bilhete na direção do reverendo Carter como uma faca.

O reverendo pegou o bilhete, desdobrou-o, sua boca se apertou em uma linha fina enquanto lia, então, de repente, amassou o bilhete e o jogou ao chão. "Aquele homem", o reverendo Carter disse em voz baixa, um tremor perceptível em sua voz, mas então suas sobrancelhas se uniram e seu rosto era o mesmo de quando falava do próprio Satanás. "O magistrado Watson gosta de deturpar a palavra de Deus sempre que lhe convém. Sua opinião não tem valor aqui. A decisão permanece."

Os reverendos Collins e Smith pareciam desconcertados por esta declaração. "Mas, reverendo", disse o reverendo Smith. "Talvez devamos discutir..."

"Eu disse que a decisão permanece."

Wallace ficou boquiaberto. "O quê... você não pode! Quem você pensa que..."

"É por causa de homens como o magistrado Watson, homens de fraca moral, que deixei Hartford há tantos anos. Jamais permitirei que sua laia exerça aqui sua influência. *Nunca!* A minha decisão permanece. Está ouvindo?"

"Não, não, não estou! Você tem a mínima ideia do que está fazendo comigo? Tem?", Wallace exclama, quase aos gritos. "Isso *não* é aceitável! O magistrado saberá que..."

"*Chega!*" O reverendo Carter gritou. "Coloque-se no seu lugar, Wallace Williams! *Agora!*"

Wallace fez uma careta.

"Esta é a lei de acordo com nossas escrituras, perante Deus", declarou o reverendo Carter. "Você está contestando a sabedoria do conselho em tais assuntos?"

Wallace abriu a boca para falar, foi incapaz de encontrar as palavras, mas seus olhos encontraram Abitha, ardentes sobre ela. "Virei à fazenda amanhã e conversaremos mais sobre este assunto."

Abitha o encarou de volta. "Já estou farta de falar com você", ela disse em voz alta e firme, como um sargento exclamando ordens. "Escute e escute bem, Wallace Williams. Fique *longe* de mim."

Todos os homens pareciam chocados pelo excesso de confiança na voz de Abitha, mas nenhum deles mais que Wallace.

Wallace ficou carrancudo. "Não! Suportei o quanto pude! Não tolerarei tanta insolência, não de uma mulher!" Ele a segurou, sua grande mão calejada engoliu aquele braço diminuto. "Você será levada ao xerife. Ele fará com que tome uma surra e seja levada ao tronco."

"Solte-a!", gritou o reverendo Carter. "Ou o surrado será você."

"O quê... o que quer dizer?", Wallace gaguejou, olhando incrédulo para o homem. "Não a escutaram?" Ele olhou de um ministro a outro. "Será que todos enlouqueceram? Nenhuma mulher tem direito de falar de tal maneira desrespeitosa."

"É direito dela se pronunciar sobre todos os assuntos pertinentes a Edward", disse o reverendo Carter em tom severo. "E se isso significar confrontar alguém como você, então é seu direito. Está me entendendo, Wallace?"

Wallace ensaiou uma resposta.

"Está me entendendo?", o reverendo Carter rosnou. Wallace não disse nada, mas soltou Abitha.

"Este assunto está encerrado", declarou com firmeza o reverendo Carter.

Wallace olhou em cada um dos rostos, como um vira-lata encurralado, sua respiração sibilando entre os dentes. Ele começou a assentir, o chiado lentamente se converteu numa risada maligna. "Ela não vai resistir até o fim da temporada. É claro, aí será tarde demais. Minha terra estará perdida." Então, virando-se para Abitha: "E você." Ele deu um sorriso malicioso. "Quando tiver fome, quando tiver frio, não venha implorar à minha porta. A porta está fechada para sempre."

Ele se virou e saiu furioso.

"Senhor", disse o reverendo Smith. "Preocupo-me com o magistrado. Ele não é um homem a ser menosprezado."

O reverendo Carter deu um longo e preocupado suspiro, balançando a cabeça. "Por que você faz isso, Abitha? É por despeito? É por seu orgulho? Nada de bom pode sair disso. Se eu fosse você, voltaria para casa e reconsideraria, então iria até Wallace implorar seu perdão."

A chuva caía mais forte e os ministros abotoaram suas capas e partiram.

Abitha permaneceu na estrada observando a terra se converter em lama, balançando a cabeça enquanto o peso de sua decisão assentava em seus ombros, enquanto o temor assolava seu coração. *O que está fazendo, Abi? Por que sempre deixa sua teimosia derrotá-la?*

Ela olhou em direção ao túmulo, pensou no caixão simples com as roupas de Edward no interior, e se sentiu mais sozinha do que nunca em sua vida.

CAPÍTULO 3

Gritos.

Chamas lambiam o céu noturno. Cabanas em chamas. Pessoas correndo em todas as direções, seus rostos repletos de terror. Corpos, tantos corpos, membros decepados, tripas à mostra, miolos espalhados. O ar cheira a sangue e carne queimada. E os gritos, continuando e continuando como se nunca fossem parar.

A besta abriu os olhos.

"Finalmente, Pai. Você acordou!"

A besta gemeu. Um gambá estava diante dele sobre as patas traseiras, magro a ponto de definhar, seu rosto similar ao de uma criança humana, talvez um menino. Seus dois olhos, pequenos e negros, com pequenos pontos de luz em seus centros, inquietos como vaga-lumes.

"Quem é você?", perguntou a besta.

"Ele está acordado", gritou o gambá, sua voz ecoa pelo poço.

Um grande corvo voou silenciosamente para dentro da câmara, pousando em uma rocha, seguido por um peixe. O peixe flutuava no ar, balançando a cauda suavemente para frente e para trás como se estivesse se mantendo no lugar contra uma corrente suave. Eles também tinham os rostos de crianças, o corvo com mãos humanas em vez de garras, a carne azul como o céu.

"Levante-se, Pai", disse o gambá. "Há sangue a ser derramado."

"Quem é você?"

"Você se esqueceu de nós?"

A besta encolheu os ombros.

O gambá aparentou profunda perturbação com o gesto. "Você nos conhece há muito tempo. Tente agora se lembrar. É importante."

A besta tentou se lembrar, se recordar de qualquer coisa, mas em sua mente não aparecia nada além de sombras vacilantes e ecos vazios.

O gambá agarrou a mão da besta. "Feche os olhos. Veja-nos!"

A besta fechou os olhos, sentiu um pulso suave vindo do gambá. O pulso igualou o ritmo de seu coração e formas nebulosas começaram a surgir. Lentamente, elas entraram em foco e ele as viu, pequenas bestas travessas como estas, centenas delas, correndo por uma floresta, cantando e uivando, seus rostos infantis cheios de fervor e selvageria. Ele tentou ver mais, mas a visão se turvou, começou a escapar, então nada mais.

A besta soltou um gemido frustrado, balançou a cabeça e abriu os olhos.

As pequenas criaturas compartilhavam um olhar preocupado.

"Não se preocupe", disse o gambá. "Você lembrará de tudo em breve. Você só precisa de mais sangue. Nós somos o povo selvagem... seus filhos." O gambá bateu no próprio peito. "Eu sou Floresta." Ele apontou para o corvo — "Céu" — e depois para o peixe — "Riacho".

"E eu sou *Pai*?"

"Sim", disse Floresta. "Você é o caçador... nosso guardião. É hora de deixar este poço. Hora de afugentar as pessoas antes que elas matem Pawpaw."

"Pawpaw?" O nome trouxe consigo uma imagem, uma miragem cintilante, a de uma árvore gigantesca com folhas carmesins. "Sim, eu a conheço."

As crianças sorriram, revelando dentinhos semelhantes a agulhas. "Depressa", gritou Floresta. "Siga-nos!"

Céu, o corvo, decolou, batendo silenciosamente as asas pelo poço. Floresta e Riacho o seguiram, o gambá escalando as rochas como se não fosse nada, enquanto o peixe nadava como em um riacho invisível, os três desaparecem em meio à luz pálida no topo do poço.

Pai se levantou sobre seus pés fendidos e notou que o chão estava coberto de ossos, alguns novos, a maioria antigos, de todas as formas e tamanhos, crânios minúsculos misturados com outros maiores, até mesmo algumas presas que se desfaziam. Ele deu um passo e percebeu que os ossos se acumulavam em grossas camadas, imaginando o quão fundo na terra eles chegariam.

Seus olhos se voltaram para os corpos, o homem e o bode, e compreendeu que ele era agora um pouco de ambos. Ele notou algo assentado sobre uma pedra acima do homem morto — algum tipo de fruta ovalada, dividida ao meio, sua polpa carmesim, a cor do sangue. Acima da fruta, pintada com o mesmo sangue, um olho. *Também conheço isto*, ele pensou enquanto olhava.

O olho piscou, dividido em dois, quatro, seis — seis olhos negros como os de uma aranha, piscando de um lado para o outro, procurando por algo.

A pele do Pai formigou. Ele raspou as garras no símbolo e os olhos desapareceram. Ele estremeceu, de repente querendo sair deste poço, deste sepulcro. Ele olhou para o feixe de luz pálida bem mais acima. *O sol, sim. O sol ajudará a clarear minha mente.*

Ele começou a escalar as pedras úmidas e pouco tempo depois se viu em uma caverna, olhando para a floresta. Parecia ser cedo, a névoa se demorando entre as árvores, alguns pássaros cantando sua canção da manhã. Ele rastejou para fora e se levantou, sugando o ar frio. Era doce com especiarias silvestres. Então, ele sentiu o cheiro de outra coisa.

"Eles fedem, não é?" Era Floresta. "As pessoas."

O Pai assentiu. "Eu já não os expulsei desta terra uma vez?"

"Ah, você está começando a se lembrar, Pai. Sim, você realmente os expulsou."

"E eles retornaram?"

"São pessoas novas. Um tipo diferente de pessoas. Eles vêm de longe e ainda não sabem que devem temer. Mas tudo isso está prestes a mudar. Agora, você se lembra por que os afugentou?"

Mais uma vez, o Pai viu a árvore como um sonho em sua mente. Desta vez, notando o fruto ovalado pendurado de seus galhos, o mesmo fruto que havia no poço. "A árvore."

Os rostos dos três se iluminaram.

"Sim!" Floresta aplaudiu e apontou para as rochas e pedregulhos acima da caverna. "Veja os ossos da grande árvore Pawpaw."

Pai enxergou apenas uma torre de pedras escuras e irregulares.

"Você não vê?"

Ele deu um passo para trás e percebeu que eram os restos de um vasto tronco de árvore.

"Que lugar é esse?"

"Este é o nosso coração e alma, nosso local de nascimento e nosso local de morte. Esta é a casa de Pawpaw. Olhe ali." Floresta apontou para o topo das pedras. "A Mãe Terra nos devolveu nossa Pawpaw." Sua voz soava à beira das lágrimas. "Depois de todos esses anos, ela nos deu outra chance!"

Pai viu apenas uma muda, não mais alta do que ele, brotando do topo do enorme tronco de pedra, com dificuldade.

"Nós temos nossa Pawpaw e agora temos você, nosso guardião. Um sinal claro de que o tempo do povo selvagem retornou!"

Nada disso fazia muito sentido para o Pai, e ele começava a dizê-lo quando um raio solitário de sol irrompeu pelas árvores, iluminando a muda. A luz refletia nas folhas, um profundo carmesim cintilante, deslumbrando o Pai. Uma onda de tontura o dominou e ele agarrou a pedra escura para se equilibrar e, quando o fez, sentiu um leve pulso emanando das rochas. Fechou então os olhos e soltou um gemido.

"O que é?", Floresta perguntou. "O que você está vendo?"

"Nada, eu..." Calor tomou sua mão e depois um clarão, apenas um clarão, mas ele viu a enorme árvore subindo para o céu, elevando-se acima de todas as outras árvores, suas folhas vermelhas balançando furiosamente em um vento selvagem. Fogo, fumaça, sangue, tanto sangue que saturava o próprio chão. Ele tentou manter a visão, ver mais, mas o pulso, a visão, tudo desapareceu. "Sangue", disse o Pai. "Sempre muito sangue."

"Bom", disse Floresta. "O sangue é sua linguagem, sua alma, seu propósito. A Mãe Terra está mostrando a você que você é seu caçador, seu campeão, seu guardião, que você deve proteger sua árvore Pawpaw."

Céu e Riacho, que o Pai percebeu que pareciam não falar, ao menos não com palavras, assentiram.

"A árvore, Pawpaw, produziu um *fruto*!" Floresta disse isso com todo o fascínio e reverência que sua pequena voz poderia reunir. "Um fruto...mas o fruto está cheio de grande magia, e foi assim que os trouxemos de volta. Como Pawpaw o trouxe de volta. Então, escute, ouça-nos. Você não deve deixar a árvore cair. À medida que cresce, também cresce a sua magia, assim como a nossa magia. Se nós, *se você*, pudermos manter a árvore segura, ela nos dará mais do seu precioso fruto. E com essa magia vamos, finalmente, recuperar tudo o que foi roubado de nós! Entendeu? É hora de você ir em frente e expulsá-los daqui. Hora de ser o caçador!"

"Eu sou o... *caçador*?"

"Você *é* o caçador."

O Pai ainda se sentia inseguro, mas assentiu. "Eu *sou* o caçador." Os rostos do povo selvagem se iluminaram.

"Siga-nos!", Floresta chamou e os três selvagens correram pela encosta, indo em direção aos cheiros desagradáveis.

O Pai os seguiu e depois de uma curta caminhada pararam em um aglomerado de árvores derrubadas e tocos queimados.

Floresta apontou um dedo em direção às árvores derrubadas. "Veja, olhe! As pessoas fizeram isso. Cada vez mais perto eles chegam de Pawpaw!" O rosto de Floresta se retorceu de medo, depois de raiva, os outros dois selvagens espelhando sua expressão. "Não temos tempo", ele cuspiu. "Precisamos detê-los, *temos* que detê-los! Quanto tempo até enfiarem suas lâminas em Pawpaw? Quanto tempo, pergunto a você? E no dia em que isso acontecer, estaremos acabados, completamente acabados. Se você não consegue entender mais nada, entenda isso!"

O Pai podia ver claramente que a linha das árvores derrubadas descia em direção à muda carmesim, sentindo uma raiva instintiva se acumulando em seu coração, seu âmago. Ele grunhiu e partiu em direção ao cheiro.

Os selvagens o seguiram até a borda do campo. O Pai notou o solo virado, o gado em seus currais sujos, as estruturas construídas de madeira.

"Veja só isso", Floresta sibilou. "Veja como eles cortam as árvores, sujam nossa água, queimam nossos ninhos e tocas. Eles são uma praga que mata nossa magia, nossas próprias almas."

Ele sacudiu seu pequeno punho. “E agora eles estão aqui, às margens de nosso último santuário.” O Pai observou um rastro fino de fumaça branca subir da estrutura principal. Ele sentiu uma grande tristeza, então viu uma mulher atravessando o quintal em direção aos currais. Ela era diferente das mulheres em seu sonho. A pele delas possuía um tom acobreado, enquanto a desta era pálida. Ela estava coberta de roupas, até mesmo seus cabelos capturados sob o tecido.

Ele não gostou, não gostou de nada nela, nem do cheiro, nem da pele descorada, mas acima de tudo, não gostou que ela mantinha esses animais em currais, em sua própria sujeira. Ele rosnou.

Floresta sorriu para o Pai. “Sim, aí está você. Aí está nosso caçador. Agora, vamos nos apresentar a essa mulher.”

Abitha entrou no celeiro, dispersando um punhado de galinhas, todas cacarejando para ela com reprovação, como se ela não pertencesse àquele lugar. Ela caminhou até a mula, encostou a bochecha no pescoço do animal e acariciou suavemente sua testa. “Tudo bem, Sid”, disse ela, falando baixinho. “Nós conseguimos. Você e eu. Mas temos que trabalhar juntos. Está bem?”

A mula sacudiu as orelhas.

“Bom garoto! Agora, vamos colocar o arreio.” Abitha deu um passo até onde a cangalha estava pendurada no trilho. A cangalha era feita de madeira, ferro e couro e parecia pesada. Ela deu um puxão; mal se mexeu. Ela tinha visto Edward fazer isso várias vezes e não parecia difícil, mas Edward era muito mais forte que ela. O truque era colocar a cangalha sobre a cabeça da mula e seus ombros, um truque duplamente difícil por conta de sua pequena estrutura, ela tendo a mesma altura do animal. Ela segurou a cangalha com firmeza, respirou fundo e a tirou do trilho.

“Merda”, ela chiou entre os dentes. A cangalha do burro parecia pesar quase tanto quanto ela. Ela lutou para não perder o controle enquanto cambaleava em direção ao animal. Com um imenso esforço, ela ergueu a cangalha contra o peito e empurrou para cima e para frente, na esperança de passar por cima da cabeça de Sid. A mula recuou, fazendo com que Abitha errasse o alvo, e tanto Abitha quanto a cangalha caíram na terra.

"Pelas chagas de Cristo!", ela gritou e bateu na terra, provocando um novo tumulto entre as galinhas.

Ela se pôs de pé e agarrou a canga novamente, levantando-a sobre o joelho com um grunhido alto, depois até o peito, quase caindo para trás no processo. Outra vez, ela cambaleou em direção ao burro; outra vez, ele se esquivou e Abitha caiu.

"Eu não consigo. Só, eu não consigo!" Ela sentiu o calor das lágrimas, se levantou e saiu do celeiro. Ela parou na entrada e olhou para o campo não arado. *Não saia daí. Se sair deste celeiro agora, você pode muito bem continuar em direção à porta de Wallace e dizer que a fazenda é dele.* Ela se virou, olhando para a cangalha. *Você precisa fazer isso. Precisa.*

Ela marchou de volta, desta vez apoiando o burro contra a baia, não deixando espaço para escapar.

"Por favor, Sid. Fique parado." Ela se inclinou, envolveu os dedos em volta da cangalha. "Tudo bem, um, dois, três!" Ela a ergueu sobre o joelho mais uma vez, depois manobrou à frente, mantendo um olhar atento no burro. "Calma, garoto. Calma." Ela balançou a cangalha até o peito e a empurrou em direção à besta. Sid abaixou a cabeça no último momento, fazendo com que a cangalha atingisse seu ombro. O burro zurrou e saltou para frente, derrubando a cangalha sobre Abitha. Ela caiu para trás e a cangalha caiu sobre ela.

Abitha gritou, lutando para tirar a cangalha de cima dela, mas estava presa. Ela se preparou para chamar por Edward, seu nome na ponta da língua, antes mesmo que percebesse. Foi quando as lágrimas vieram.

"Por que, Edward?", ela gritou, quase rosnando por entre os dentes. "Por que me abandonou?" Ela ficou chocada pela raiva em sua própria voz. "Que desgraça, Edward, é tão difícil sozinha!" Uma nova leva de lágrimas queimou suas bochechas. "Eu sinto sua falta... sinto tanto a sua falta", ela soluçou. "Está me ouvindo? Onde quer que você esteja, é melhor me ouvir." Uma súbita onda de arrependimento tomou conta dela ao se recordar das últimas palavras entre eles — ela o acusando de soar como seu pai. O olhar de dor no rosto do marido e ele apenas tentando cuidar dela, mantê-la segura no meio deste clã de víboras. Ela faria de tudo agora para tê-lo ao seu lado, para ouvi-lo se preocupando tanto com seu bem-estar. "Sinto muito, Edward. Deus, por favor, diga a ele, pelo menos me conceda isso, diga a ele que eu não quis dizer aquilo... que eu o amo. Por favor, Deus, você me deve isso!" Ela empurrou o jugo, depositando nele toda sua raiva, toda sua tristeza, rolando-o para longe dela.

Ela se sentou, embalando o braço, certa de que estava quebrado. Ela o flexionou, estremecendo com a dor. Parecia inteiro, mas ela sabia que na manhã seguinte estaria rígido e recoberto de hematomas.

Abitha ouviu um miado e sentiu uma pelugem quente pressionando contra o lado de seu corpo. Era Booka, seu gato laranja de um olho só. Ela havia resgatado o gato de alguns cães na aldeia fazia muitos meses e as costas do pobrezinho haviam cicatrizado mal, curvadas, e sua cauda ficara retorcida. Ele abriu caminho até seu colo, cutucando sua mão. Ela acariciou seu pelo irregular e ele começou a ronronar.

Abitha enxugou as lágrimas das bochechas. "Estou bem, Booka. Eu só preciso de..." Ela ouviu um som, um baque fraco, e o quê, um chiado? Vinha da parte mais distante do celeiro, perto dos sacos de sementes de milho.

Temos ratos agora? Mais um problema, como se já não bastassem os outros?

Ela olhou para as sementes, sabendo que já era abril, que ela logo teria que plantá-las na terra, imaginando como faria isso se não pudesse sequer atrelar uma mula a um arado. "Só preciso de uma ajudinha, só isso", sussurrou. Mas de onde e de quem? Ela não tinha dinheiro para contratar ninguém e, além disso, todos estavam muito ocupados plantando suas próprias sementes na terra.

Outro baque, seguido pelo que soava como uma risadinha de criança, zombeteira e cruel.

As galinhas cacarejaram em coro e fugiram do celeiro, as duas cabras baliam em seus currais e Sid bufava em sua baia. Booka saltou do colo de Abitha, com o olhar fixo na parte de trás do celeiro, com o pelo eriçado.

Abitha se levantou, procurando nas sombras. Ela localizou um forcado e, em um passo silencioso, o pegou. Ela esperou e, logo quando começou a duvidar de ter ouvido alguma coisa, a risada voltou, rastejando sob sua pele. Ela estremeceu, posicionou o forcado na direção do som, perguntando-se se poderia ser um dos nativos, de repente ciente de quão sozinha ela estava.

Um grande corvo veio caminhando das sombras. Era apenas uma forma preta na escuridão, mas ela podia discernir que estava olhando para ela. Ele riu, soando estranhamente humano, fazendo com que os pelos nos braços de Abitha se arrepiassem.

O burro pisava nervosamente.

Preciso pegar o mosquete, pensou Abitha, e começou a recuar enquanto mantinha os olhos no estranho pássaro.

Uma risada veio de trás de Abitha; ela girou, o forcado a postos.

Um gambá bloqueava a entrada do celeiro, muito longo, muito magro e sorridente. Abitha notou uma movimentação com o canto do olho — uma figura escura que se aproximava. Antes que pudesse se virar, uma mão áspera agarrou seu pescoço e todos os sentidos a deixaram. Ela largou o forcado e desabou, a cabeça atingiu o chão com força. Sua visão ficou embaçada e, ao recuperá-la, ela viu o gambá se aproximando, andando sobre as patas traseiras como uma pessoa pequena. O corvo pousou ao lado dele, e então algo que fazia ainda menos sentido: um peixe veio nadando, apenas flutuando no ar ao lado dos outros. Lentamente, seus rostos se transformaram nos de crianças, os três sorrindo e olhando para ela com pequenos olhos negros.

Eles começaram um cântico, pulando e se abaixando conforme as palavras rastejavam em sua cabeça e o mundo começava a girar. "*Sangue, sangue, sangue!*"

Abitha tentou gritar, conseguindo apenas um grito estrangulado, antes que *aquilo*, a figura escura, chegasse ao seu lado. Inclinou-se sobre ela, toda feita de sombras e formas colidindo, mas ela viu seus olhos, ela viu seus chifres, ela viu seus cascos.

O demônio veio atrás de mim! Ela arranhou a terra, tentou fugir, mas seu corpo estava entorpecido e mal conseguia se mover.

Ele passou os longos dedos aracnídeos por seus cabelos, descendo pela testa e apertando seu rosto entre as mãos quentes e úmidas. Ela sentia sua fome, sua ânsia.

Que Deus me salve!

A mão da figura deslizou ao redor de sua garganta, pressionando, apertando até que ela não conseguisse respirar e seu pulso martelasse contra seus dedos.

E, ainda assim, as criaturinhas dançavam, cantando, seus olhos negros vivos de alegria.

O mundo começou a escurecer.

Abitha sentiu um latejar, percebendo que era um pulso, um batimento cardíaco, que vinha das mãos da coisa. O pulso se igualou ao próprio ritmo dela, como se compartilhassem um coração.

O demônio soltou um suspiro agressivo. Seus olhos prateados ardiam. Ela sentiu o calor que emanava destes enquanto a encaravam, para dentro dela, e de repente ela compartilhou de seu coração, de sua mente, sentiu seu espanto, sua confusão, sentiu que se misturavam com os dela.

A figura soltou um gemido e também ela, enquanto o mundo entrava e saía de foco, desvanecendo-se em noite, enfim irrompendo em uma explosão de calor e chamas resplandecentes.

Abitha se viu de pé em um círculo de cabanas. Elas estavam em chamas e as pessoas estavam correndo e gritando; corpos mutilados por toda parte. O ar cheirava a sangue e fumaça pungente. Ela viu uma sombra — uma longa projeção causada pelas chamas — de uma besta com grandes chifres, de pé sobre suas patas traseiras. A sombra se dividiu, rasgando-se em duas sombras separadas, mas idênticas. As duas sombras começaram a se enfrentar, depois a se retalhar, arranhando e rasgando uma à outra. Ela sentia cada ferida como se sua própria carne fosse dilacerada.

Houve um longo grito de angústia e dor; vinha da besta, vinha dela, transformando-se em um uivo, cada vez mais alto, até que ela teve certeza de que rasgaria sua garganta.

O trovão retumbou e uma chuva fuliginosa começou a cair, mas não era chuva. Para seu imenso horror, aranhas, minúsculas aranhas negras — centenas, milhares, milhões, maculando o próprio céu. Elas cobriram seus braços, suas pernas, seu rosto até que ela não pudesse se mover. Elas rastejaram para dentro de sua boca, seu nariz, seus ouvidos, seus olhos até que não pudesse ver, ouvir, cheirar ou respirar, e seu pulso, o pulso que compartilhavam, desacelerou, amainou enfim expirando, e tudo se tornou escuridão, nada além de escuridão sem fim.

Abitha abriu os olhos, sem saber onde estava.

"Aranhas", ela sussurrou, sentando-se rapidamente, olhando com ansiedade ao redor. Não havia aranhas, mas o celeiro estava repleto de sombras. Ela piscou, tentando clarear a visão. Onde eles estavam? A coisa, a besta, as criaturinhas?

Ela viu o forcado, agarrou-o e cambaleou trôpega em direção à luz do sol — luz do sol e da salvação.

"Jesus, Deus! Não me abandone!"

Ela conseguiu sair do celeiro, largou o forcado, caiu, quase empalando a si mesma em suas pontas afiadas, levantou-se e caminhou aos trancos até a cabana. Mergulhou para dentro, batendo a porta e deslizando a barra pesada para travá-la. Agarrou o mosquete, encostou na parede oposta tremendo e ofegando enquanto esperava que *ele* viesse e batesse em sua porta.

O que estou fazendo sozinha em meio à vida selvagem? Por que não escutei?

Sangue escorreu para dentro de um de seus olhos e ela enxugou um pequeno corte na testa, encontrando ali um inchaço de bom tamanho. Ela olhou de relance para o mosquete, imaginando de que serviria contra um demônio, e pegou a Bíblia de Edward que estava sobre a lareira, segurando-a contra o peito como um talismã protetor.

Um minuto se arrastou, outro, e depois que vários mais se passaram sem a besta imunda entrar pela porta, sem milhares de aranhas se espalhando pelas tábuas do assoalho, sua respiração começou a desacelerar, seus pensamentos a clarear. *O que era aquilo? Que coisa maldita está lá fora? Ela tocou o inchaço na cabeça. Estou enlouquecendo? Vendo coisas? Deus, Jesus, me ajude!* Ela ouviu uma voz, não a de Deus ou de Jesus, mas de sua mãe. *Você sabe o que deve fazer.*

Abitha balançou a cabeça. *Não, eu não posso.* Seus olhos se desviaram da porta para a cama, de onde o canto de uma bolsa de viagem esfarrapada se projetava — a mesma que havia trazido da Inglaterra. Ela a esvaziou, exceto por uma coisa: uma bolsinha amarrada que havia pertencido à sua mãe.

Deixe-o, Abitha pensou, mas ela continuou a olhar para a bolsa e não havia como interromper as memórias. Ela fechou os olhos, tentando bloqueá-las, tentando permanecer sã, mas sua cabeça parecia aturdida pelo golpe e ela estava ficando tonta e as memórias inundaram, tão vívidas, tão reais — Abitha ali, no galpão do jardim de sua mãe, mal havia completado os doze anos de idade, sua mãe ainda não estava fria no túmulo, mais uma vítima incontável da praga que varria Londres.

Ela se observou vasculhando freneticamente o armário de sua mãe. Era noite e ela tinha apenas uma pequena vela para ver enquanto remexia em tigelas de ervas e raízes, garrafas de besouros secos e aranhas, procurando o livro. Estava aqui, ela sabia. Ela tinha que encontrá-lo agora, *neste momento*, antes que *ele* aparecesse.

Ela abriu uma gaveta, descobriu alguns livros, mas não *o* livro. Ela rapidamente os puxou para fora e lá, finalmente, escondido sob todos, encontrou — várias dezenas de folhas de pergaminho esfarrapado costuradas entre dois pedaços grossos de couro de cabra desgastado.

Ela o abriu, olhando para as centenas de rabiscos, esboços e marcas, alguns na caligrafia afiada de sua mãe, mas a maioria em outras. Sua mãe o chamava de livro de receitas — uma coleção insubstituível de remédios passados de uma geração de mulheres astutas para a próxima. As lembranças mais afetuosas de Abitha eram de sua mãe repassando-os com ela, ensinando-a a decifrar os símbolos e códigos, ensinando-lhe as poções e unguentos mais básicos.

Abitha chegou ao final do livro e parou. As bordas das últimas páginas eram pretas como se salvas de um incêndio. Aquelas eram as que sua mãe havia proibido que ela visse. Abitha hesitou; sabia que o livro continha mais do que remédios, que a astúcia de sua mãe não se limitava à medicina herbal, que ela tinha a visão e previa destinos, que até havia rumores em raras ocasiões de que ela havia agido como um canal para chamar entes queridos mortos para falar com suas famílias. Mas Abitha tinha certeza de que o que estava escrito nas páginas pretas era mais profundo.

Ela virou a página e por um momento esqueceu tudo sobre seu propósito enquanto olhava para o rabisco obscuro. Ela só conseguia decifrar pedaços aqui e ali, mas o suficiente para reconhecê-los pelo que eram — maldições, venenos, portas para os mortos. Ela estremeceu. Ela nunca soube que sua mãe vagava por lugares tão sombrios, mas todos tinham seus segredos.

Um rangido veio da porta. Abitha se sobressaltou, fechou o livro com um tapa, olhando para trás, furtivamente. Ele estaria aqui a qualquer momento e qualquer coisa que ela não escondesse ele destruiria. Ela nunca mais teria outra chance. Ela enfiou o livro no corpete, mas ainda não tinha terminado. Havia um outro item que ela *tinha* que proteger, *tinha*. Ela continuou procurando, vasculhando gaveta após gaveta.

"Onde está?", ela sibilou, tentando acalmar seu pânico. "Pense. Onde ela o teria colocado?"

Abitha congelou.

Alguém estava lá, no galpão com ela.

Ela olhou ao redor.

Ninguém.

Ela sentiu um perfume, lavanda e sálvia, como o sachê que sua mãe sempre usava no pescoço.

"Mãe?"

Abitha se levantou, olhou ao redor e viu, a trança, o item que ela estava procurando. Posicionado sobre a mesa, à vista de todos. Ela sabia que estava lá antes. "Mãe... você está comigo?"

A trança era composta por doze laços de cabelo entrelaçados para formar uma corrente, cada laço um tom ligeiramente diferente de ruivo. Um alfinete de cobre simples no formato de uma serpente atava as duas extremidades. Sua mãe o usava no pescoço — um pingente de cabelos ruivos cintilantes — mas em raras ocasiões. Ela disse a Abi que apenas o usava quando precisava da ajuda de suas mães, para conjurar, para alcançar os espíritos, ou talvez por conta de algum remédio herbal mais complicado em especial.

Abitha nunca esqueceria a primeira vez que sua mãe permitiu que ela o segurasse. Sua mãe havia tocado no último laço da sequência e disse a Abitha que o laço era seu, que o próximo era de sua mãe, seguido do de sua avó, bisavó e assim por diante, remontando a doze gerações. Ela tocou o elo inferior e disse: "Um dia, quando você estiver pronta, você se juntará a todas as suas mães e seu cabelo será acrescentado aqui".

Abitha a pegou da bancada de jardinagem e, no momento em que tocou as tranças, sua mãe estava lá no galpão com ela. Abitha não podia vê-la, mas o cheiro de lavanda e sálvia era forte, como se sua mãe estivesse a seu lado.

"Seja corajosa, Abitha. Ouça o seu coração. Aprenda a confiar em si mesma."

"Mãe... *mãe*?", Abitha segurou as tranças sobre o peito e começou a chorar. "Eu sinto sua falta, mãe."

"*ABITHA!*" Seu pai estava na porta, seus olhos furiosos ardendo sobre ela. Abitha pulou para trás, caindo sobre a bancada.

"O que está fazendo aqui?", ele demandou.

Ela escondeu a trança na parte de trás de sua saia, em suas roupas íntimas, torcendo para que ele não notasse.

"O que você tem aí?" Ele partiu para cima dela. "Entregue agora!"

Ela não conseguia falar, apenas balançar a cabeça.

Ele agarrou o topo do corpete dela, rasgou-o e o livro de receitas saltou para fora, caindo no chão. Seus olhos ficaram ainda mais arregalados e ele a empurrou para longe como se o livro fosse uma víbora.

"*O que eu disse a você?*", ele gritou. "Aí está a própria mão de Satanás! Sua mãe brincou com o demônio e isso lhe custou a vida e a alma. Ela amaldiçoou a todos nós!"

Ele derrubou uma prateleira de jarros e vasos de plantas, quebrando-os no chão. "Olhe ao redor para toda essa perversidade."

Ele pegou uma lâmpada a óleo, removendo o pavio, despejando o óleo sobre o livro de receitas, depois no armário e nos outros livros.

Abitha observou, aterrorizada, incapaz de se mover.

Ele pegou a vela de Abitha e incendiou o óleo, inflamando os livros.

Abitha encontrou sua voz. "*Não!*", ela gritou, alcançando a chama, tentando salvar o livro de receitas.

Ele a agarrou pelo braço, arrastou-a aos gritos do galpão para o quintal, segurando-a, seus dedos duros cravados no braço de Abitha enquanto o galpão queimava.

"O demônio a levou! Não está vendo?", ele berrou e começou a chorar. "Sua mãe era uma boa mulher. Uma boa esposa... uma boa mãe. Não se esqueça disso, nunca se esqueça. Mas o demônio é traiçoeiro. Ele se apoderou dela por meio daquele livro, através de seus pequenos feitiços e adivinhações. Ela abriu a porta... sua pobre mãe deixou o demônio entrar e ele a tirou de nós!"

Seu pai começou a chorar de maneira ruidosa, o que assustou Abitha mais do que seus gritos. Ela jamais havia visto aquele homem chorar tanto; era como se seu coração estivesse sendo arrancado. "Como eu não vi?", ele gemeu. "Eu pensei que ela só estava praticando sua medicina. Cumprindo seu dever cristão. Eu estava tão cego. Agora é tarde demais... para ela, para nós. Estamos condenados." Ele apontou para as chamas. "Veja-o lá no fogo... o *demônio!* Ele tem o seu nome, Abitha. Está escrito em seu livro. A única chance que você tem é orar a Deus todos os dias... todos os dias, a cada momento que puder. Então, apenas então, talvez Deus apague seu nome do livro de Satanás."

Ele caiu de joelhos, levando Abitha para baixo consigo. "Temos que começar agora, neste exato minuto. Junte as mãos, criança. Reze para Deus. Implore o seu perdão."

Ela fez o que lhe foi pedido.

"Agora, Abitha, prometa... jure para mim e para Deus, para Jesus, que abandonará todos os maus caminhos de sua mãe. Que você nunca se envolverá em seus ofícios perversos."

Ela não respondeu, apenas olhou para o fogo.

Ele a sacudiu, torcendo seu braço com tanta força que ela pensou que iria quebrá-lo. "Jure! Jure para Deus!".

"Eu juro!" ela gritou.

"Jure para mim! Jure para Deus!".

"Eu juro para você, pai. Juro para você, Deus, Jesus. Nunca mais tocarei em tal perversidade!"

E, então, ele por fim a soltou, deixando-a ali olhando para as chamas enquanto reunia todos os pertences de sua mãe da casa — roupas, sapatos, pentes, até mesmo os cobertores com os quais dormia, qualquer coisa pessoal dela — e também os queimou.

Não havia acabado para Abitha, não. Todos os dias depois disso, seu pai exigiu que ela e seus irmãos orassem, às vezes por horas, dependendo de quanto ele estava bebendo, de quão sombrio seu humor, orando para que seus nomes fossem riscados do livro do demônio, para que tivessem a força para manter suas mãos longe dos ofícios perversos.

Mas ele nunca encontrou a trança de cabelos. Abitha a colocou em uma bolsinha velha e a escondeu. Mas toda aquela conversa sobre demônios, suas intermináveis sessões de oração, apresentaram resultados e Abitha não abriu aquela bolsinha, não se atreveu a isso.

Abitha abriu os olhos e se viu de volta à cabana. *O demônio está à minha porta.* Ela se aproximou e pegou a bolsa, desabotoou-a e tirou de lá a bolsinha de sua mãe. Encarou-a.

Ela mantivera sua promessa ao pai, a Deus, pelo menos até chegar aqui, no Novo Mundo. Então Edward, ou ela, precisava de um pouco de medicina herbal aqui ou uma bênção ali. Ela não era uma criança, ela sabia bem a diferença entre unguentos e talismãs e feitiços e adivinhações. As orações não eram bênçãos? Mas com o fardo de Wallace e suas exigências, eles tinham tão pouco que, quando surgia a oportunidade de trocar alguns talismãs, algumas previsões de sorte ou talvez um pequeno feitiço, por coisas de que precisavam desesperadamente, era difícil dizer não. E então Londres, a praga, seu pai, aquela vida, parecia um sonho distante.

Ela desatou o laço da bolsinha.

O meu nome está mesmo no livro do demônio? Ela olhou para a porta de sua cabana. Meu pai estava certo? Satanás esteve esperando por mim o tempo todo, esperando que eu abrisse a porta com minhas incursões? Esperando que eu desatasse esta bolsinha?

Ela ergueu a bolsinha sacudindo-a. A longa corrente de cabelos trançados deslizou sobre a cama.

Foram as palavras de sua mãe que ela ouviu então. *"Seja corajosa, Abitha. Ouça o seu coração. Aprenda a confiar em si mesma."*

O que meu coração diz? Ela olhou para o broche em forma de serpente. *Tenho medo.* Mas isso não era tudo; ela sabia que sua mãe era uma mulher de Deus, que ela certamente não era um joguete do demônio. *Não, alma nenhuma estava mais em paz consigo mesma, com a natureza, com Deus. E nunca a vi fazer nada que fosse perverso. Ela morreu da peste, juntamente com milhares de outros, isso é tudo. Então eu lhe pergunto, Pai, eles eram, todos aqueles atingidos, então eles eram também joguetes do demônio? Não, acho que não, pai. Eu acho que não.*

Um rangido veio da porta.

Abitha se sobressaltou. *Mas aquilo, aquela coisa lá fora, é algum tipo de diabo ou demônio. Disso, tenho certeza.* E ela se recordava bem de sua mãe falando sobre espíritos rebeldes, demônios que atormentariam uma alma se tivessem a chance. Ela também se lembrou de sua mãe mostrando-lhe alguns truques para afastá-los.

Cinza e sal, ela pensou, mas isso era apenas um encanto popular comum. Ela sabia que o feitiço ia além disso, o feitiço verdadeiro incluiria outros ingredientes. *Eu vi, sim. No livro de receitas. Se ao menos eu ainda o tivesse.* Ela tentou se lembrar dos detalhes. Estava lá, tão perto, mas não, ela não conseguia ver.

Ela olhou outra vez para a corrente de cabelo. Sua mãe a havia usado quando precisava da ajuda de suas mães.

A mão de Abitha pairou sobre ela.

"Mãe, eu preciso de você."

Ela a tocou, uma carícia delicada, e quando o fez, uma leveza correu sobre ela e sentiu um cheiro de lavanda e sálvia e com ele uma torrente de memórias.

Abitha colocou o mosquete e a Bíblia sobre a mesa, pegou sua maior frigideira, repousando-a ao lado da Bíblia e, em seguida, com rapidez, juntou o saco de sal e uma faca. Não lhe restava muito sal, mas ela pegou dois punhados mesmo assim, jogando-os na frigideira. Ela pegou a faca e arrancou um pedaço de seu cabelo. Ela cuspiu três vezes no cabelo e o acrescentou à frigideira. Em seguida, ela arrancou várias páginas da Bíblia, levou-as aos lábios, fez uma oração e depois rasgou-as por completo, lançando-as sobre a mistura.

Ela pegou a faca outra vez e hesitou. Havia mais um ingrediente. Ela ergueu o dedo. *Sangue,* pensou ela, *meu sangue. Por que todos os feitiços mais poderosos parecem precisar de sangue?* Ela espetou o dedo, observando enquanto duas gotas salpicavam as palavras de Deus, manchando o papel de vermelho escuro.

Ela levou a frigideira até a lareira. Ainda havia algumas brasas do fogo da manhã. Ela as atiçou e incendiou a mistura, repetindo sua pequena oração sem cessar até que as chamas se apagassem. Então, ela derramou a mistura carbonizada no balde de cinzas, mexendo-a com as cinzas.

A poeira a fez tossir e foi o discurso de seu pai que ela ouviu então, sentindo seus olhos queimando sobre ela.

"Não", ela sussurrou. "Não! Não ouvirei mais. Eu não me importo com as promessas que fiz a você, pai. O demônio está na minha porta."

Ela ouviu um baque, se assustou, ficou de pé, o coração acelerado.

O que era aquilo? Mas ela sabia.

O som ficou mais alto, um bater suave como cascos sobre a terra.

Abitha pegou o balde, correu para a porta, espalhou uma linha de sal e cinzas no umbral, depois para a pequena janela, fechando e trancando a espessa veneziana e espalhando um rastro fino da mistura no peitoril. Ela agarrou o mosquete, as mãos tremiam enquanto vigiava a porta e esperava.

"Vá embora, Slewfoot", ela sussurrou. "Vá embora."

Os cascos continuaram rondando a cabine; ela avistou sua sombra através das fendas finas na veneziana enquanto passava.

Os cascos voltaram para a frente e pararam perto da porta.

"Olá", alguém chamou. "Abitha? Você está aí?"

Um homem! Alguém da aldeia! Graças a Deus!

Ela correu para a porta, apoiando o mosquete contra a parede, depois levantando a trava pesada. Ela abriu a porta.

Do alto de seu garanhão branco, Wallace Williams olhava para ela.

Acorde.

"Não."

Eles estão aqui. Você deve matá-los.

"Estou morto."

Cheire-os.

A besta o fez, cheirando o sangue correndo em suas veias. Havia dois deles.

Você deve matá-los, Pai.

"Pai?"

Não se lembra de seu nome?

A besta tentou se lembrar, mas tudo era escuridão, então a escuridão começou a se contorcer, pernas brotando, tantas pernas pequenas e espinhosas. "Não!", ele sibilou, ao ver que a escuridão estava viva, que era uma massa emaranhada de aranhas negras em ebulição, milhões delas, rastejando sobre ele. Ele tentou afastá-las, apenas para descobrir que não podia se mover, que estava preso em suas teias úmidas.

O Pai ofegou, abriu os olhos e se sentou. Ele olhava freneticamente para as aranhas — não havia aranhas, apenas um gambá, um corvo e um peixe, olhando para ele, horrorizados.

"Você está bem, Pai. Foi só um pesadelo."

O Pai olhou para eles.

"Você não nos conhece?"

A cabeça do Pai latejava. "Você são Floresta ... Céu... Riacho." O povo selvagem parecia aliviado.

Pai ouviu alguém gritando.

"Tem um homem aqui", disse Floresta.

Pai se contraiu e esfregou as têmporas.

"Seu sangue. Isso fará com que a dor desapareça."

O Pai assentiu, rastejando lentamente para se erguer, fraquejando, agarrando o poste do celeiro. Ele ouviu vozes e deslizou para as sombras, lembrando-se de como não ser visto e não foi visto.

Ele avistou a mulher e um homem na cabana. A mulher saiu da varanda e passou direto pelo homem sem nem olhar para ele direito, encarando o celeiro, seus olhos arregalados de medo. Ela parou a vários passos de distância. "Você os viu?", perguntou ao homem. "Viu?"

"Quem?"

"No celeiro, Wallace. Você viu alguma coisa ao chegar?"

Ambos estavam olhando em direção ao Pai, mas não podiam vê-lo ou ouvi-lo, não agora, pois ele não queria que o fizessem.

"Eu não vi ninguém", disse o tal Wallace. Ele desceu do cavalo. "O que aconteceu, Abitha? Por favor, diga."

A mulher começou a dizer algo, depois fechou a boca. O Pai sentiu uma grande desconfiança entre eles.

"O que aconteceu com você?", perguntou o homem, olhando-a de cima a baixo. "Você está um desastre. Veja, você está sangrando."

A mulher, a tal Abitha, endireitou suas roupas, afastou os cabelos soltos de seu rosto, em seguida limpou o sangue dos olhos e da testa com seu avental.

Algo espetou a perna do Pai. "Mate-os", Floresta sibilou. "Agora."

Céu pousou no trilho perto do Pai, enquanto Riacho flutuava ao lado do pássaro. Eles também não queriam ser vistos ou ouvidos pelo povo, de modo que ninguém os via.

"O que você está esperando?", Floresta rosnou.

Mas o Pai não se mexeu, sentiu que, se tentasse, poderia desmaiar. Ele estudou a mulher. *O que ela fez comigo?* A visão retornou, apenas um clarão — duas sombras lutando. *Era real? Era feitiçaria?* Então, ele viu outra vez as aranhas, transbordando pelas bordas de sua visão, milhares delas esperando sua chance de atacar, cobri-lo em sua teia pegajosa, arrastá-lo de volta para a escuridão. Ele balançou a cabeça, tentando limpar a mente, tentando se concentrar no homem e na mulher.

"Eram nativos?", perguntou o homem. "Os Pequot?"

Pequot, pensou o Pai. *Eu conheço esse nome. Sim, eles são um dos povos. Uma das tribos.* Ele acenou com a cabeça para si mesmo e se perguntou se os Pequot teriam sido o povo em seu sonho.

"Não", respondeu Abitha. "Foi... foi apenas um acidente. Caí e bati minha cabeça. Eu estava tonta, vendo coisas que não estavam lá. Apenas isso."

O homem olhou para ela com desconfiança. "Isso é muito preocupante... e você deve admitir que é um bom exemplo de como esta fazenda é muito perigosa para você trabalhar sozinha."

Ela lançou sobre ele um olhar sombrio.

Wallace levantou as mãos e acrescentou, "Abitha, seria perigoso para qualquer um. A floresta não é lugar para ficar sozinho. Ouça, ouça-me. Eu não vim para brigar." Ele foi até o balde junto ao poço, pegou um copo com uma alça longa, encheu com um pouco de água e trouxe para ela. "Aqui, por favor."

A mulher pegou o copo e bebeu tudo, enxugando a boca na manga. "Obrigado", disse ela, mas sua voz soou forçada.

"Vamos para dentro da casa onde podemos nos sentar", ele sugeriu. "Onde podemos conversar."

"Não tenho cabeça para conversar."

"Muito bem", ele assentiu. "Então, pelo menos, posso lhe trazer uma cadeira? Você parece prestes a desmaiar."

"Wallace, se você tem algo a dizer, diga logo." Ela olhou para ele, esperando. Wallace respirou fundo. "Após refletir, devo admitir que eu poderia ter lidado melhor com parte desta situação. É um momento difícil para todos nós, e ninguém senão o Senhor é perfeito. Espero por um novo começo entre nós."

Ela cruzou os braços, as palavras dele aparentemente fazendo-a levantar ainda mais a guarda.

"A solução para nossos problemas, seus e meus, veio a mim enquanto Charity estava lendo as Escrituras para a família na noite passada. É do Eclesiastes. 'Melhor é serem dois do que um, porque há melhor recompensa no trabalho de duas pessoas. Porquanto, se um cair, o outro levantará seu companheiro. Mas pobre do que estiver sozinho e cair, assim não haverá quem o ajude a se reerguer!' Você não percebe aonde isso está indo?"

A mulher balançou a cabeça.

"É muito simples. Você e Isaac deveriam se casar."

A mulher piscava para ele como se tivesse ficado muda. "Agora, esta não é uma decisão que tomei de forma leviana. Eu..."

"Você quer dizer *Isaac*? Seu filho, *Isaac*?"

Ele assentiu.

"Você deseja que *eu* me case com Isaac? Meu sobrinho por lei?"

"Sim."

"O menino não tem sequer dezesseis anos."

"Ele tem dezessete anos e logo terá dezoito."

Ela balançou a cabeça.

"Isaac é jovem", continuou ele. "Eu sei disso, mas ele é muito maduro para sua idade. Não seja precipitada, Abitha. Há muito a considerar. Se vocês dois se casarem, todos os seus problemas desaparecerão. Você terá um homem forte para dirigir a fazenda e a ajuda de toda a sua família. E aqui, aqui está a melhor parte. Falei com Lorde Mansfield em Hartford. Ele concordou em elaborar termos razoáveis para que a fazenda eventualmente acabe em sua posse."

"Você quer dizer que seria de Isaac e, dessa forma, *sua*, exceto pelo nome."

"E o que há de errado com isso? Papai sempre quis manter tudo na família, porque sabia que não há laços como os da família."

"E o que Isaac tem a dizer sobre isso? Você falou com ele?"

"O menino vai consentir. Casamento não é meramente uma questão de amor. Ele verá a oportunidade e a aproveitará. E tenho certeza de que, com o tempo, vocês dois desenvolverão um vínculo."

"O menino apenas tem olhos para Helen e Helen para ele. Você sabe disso." O homem desviou o olhar.

"Wallace, você está realmente disposto a arranjar um casamento de seu único filho para pagar a *sua* dívida? E com uma mulher da qual você professa não gostar? Você destruiria o amor entre Isaac e Helen, condenando-os a uma vida inteira de desgosto, de anseios insatisfeitos? Olhe para você, Wallace. É esse o tipo de homem que você deseja ser?"

O Pai sentiu a raiva crescente do homem.

A mulher soltou uma risada indelicada. "E lá estaria eu, sem terra, sem direito a opinião, em dívida com você e seu filho. Nada diferente de uma criada, até mesmo pior, pois ao menos uma criada pode ir embora se as coisas ficarem muito ruins. Não. Não. Eu não serei sua para ser maltratada por toda a minha vida."

"Abitha, você não está me ouvindo."

"Não vou me casar com seu filho, Wallace. Não farei isso com ele, nem com Helen, nem comigo."

"Você não passa de uma tola então", o homem rosnou, seu rosto avermelhado, seu constrangimento e humilhação palpáveis. "Você sabe que não pode realizar essa colheita sozinha. Não deixe que o seu orgulho arruíne a todos nós. Pare por um momento. Pense com muito cuidado antes de responder, pois não vou perguntar outra vez. Agora, o que você diz, Abitha? Você vai ao menos considerar se casar com Isaac?"

"Se você tem tanta certeza de que fracassarei, então por que fazer isso? Você precisa apenas esperar até o outono e a terra será sua. Você poderá dá-la então a Lorde Mansfield. Tenho certeza de que ele resolverá a situação com você. A menos que..." Ela inclinou a cabeça, dando ao homem um olhar interrogativo. "Sim." Suas sobrancelhas se ergueram e ela riu. "Ora, Wallace, é preocupação o que vejo no seu rosto?" Ela riu outra vez, mais alto. "Você está com medo. Sim, com medo de que eu *faça* a colheita e então você perderá as *duas* fazendas! Bem, se *você* acredita que posso fazer isso, então eu também acredito. Obrigada por isso. Você me deu um sopro de confiança quando mais precisei de um. Você..."

Ele a esbofeteou, fazendo com que se esparramasse na terra. "Eu não permitirei que você roube a fazenda do meu pai!", rosnou. "Está me ouvindo, garota?" Ele deu um passo à frente, seus olhos fervendo de raiva, suas grandes mãos cerradas.

A mulher custou para se levantar, correu até um forcado fincado na terra. Ela o agarrou, olhou para o homem com olhos ferozes e selvagens, mostrando os dentes. "Mais um passo", ela sibilou, projetando a arma diante dela, "e vou enfiar isso em sua barriga!"

O Pai sorriu.

Wallace hesitou. O Pai sentiu sua surpresa, sua incerteza.

"Sua garota estúpida", Wallace cuspiu. "Sua garota estúpida, estúpida. É melhor você começar a praticar sua língua Pequot porque, depois que você terminar de arruinar tudo, eles serão os únicos que receberão você."

O homem voltou para o cavalo e montou. "Isso não acabou", gritou. "Ouça-me e com atenção quando digo que não a deixarei roubar esta fazenda." Seus olhos penetraram nela, sua voz descendo ao nível de um cicio. "Você está sozinha na floresta, querida Abitha. Vulnerável, sempre tão *vulnerável*. Qualquer coisa horrível poderia acontecer com você aqui. Entendeu? *Qualquer coisa.*" Ele sorriu então, um sorriso largo e sinistro, chutou o cavalo e partiu a galope.

A mulher ficou ali segurando o forcado em suas mãos trêmulas até que o ruído dos cascos desaparececeu. Finalmente, ela o deixou cair, virou-se e olhou para o celeiro, seu peito arfando.

Seu medo fora substituído por uma raiva fervilhante. O Pai podia ouvir e *sentir* seu pulso acelerar.

Ela retornou para a cabana, marchando de volta pouco depois, quase esmagando a terra em direção ao celeiro, carregando um balde de ferro e uma longa vara de metal e madeira, não uma lança, mas ainda assim algum tipo de arma. Ela parou na entrada, apoiou a arma contra a cerca. Ele sabia que ela não podia vê-los ou ouvi-los, mas ela estava olhando diretamente para os três.

"Esta é a minha maldita fazenda! Meu maldito celeiro!", ela gritou, sua voz estridente, rachando como se estivesse à beira da insanidade. "Saia de uma vez! Eu ordeno! Voltem para o inferno! Em nome de Deus, em nome de tudo o que é sagrado, em nome da terra, da lua e das estrelas, em nome de minha mãe e de todas as suas mães, em nome de qualquer merda que seja, *VÁ EMBORA*!"

Ela enfiou a mão no balde, tirou um punhado de pó branco e jogou no celeiro.

O pó atingiu o Pai, irritando suas narinas, queimando seus olhos. Ele se encolheu, fechou os olhos quando uma série de imagens incandescentes o tomaram: um homem franzino, branco como cinza, com linhas pretas pintadas em seu rosto e longos cabelos prateados, saltando sobre ele, cobrindo-o de pó amarelo. Dor, confusão, uma máscara, centenas de máscaras, todas olhando para ele, e a risada do homem franzino ressoando em sua cabeça. Então as aranhas voltaram, cobrindo-o em sua teia pegajosa, tentando puxá-lo de volta para a escuridão espinhosa.

Não!, pensou. *Não!* Ele balançou a cabeça, sacudindo as aranhas, forçando os olhos a se abrirem, mirando-os na mulher, encarando essa mulher vil e ameaçadora. Ele a tomaria agora, acabaria com sua maldade, sua feitiçaria, para sempre.

Mas a mulher não estava olhando para ele; seus olhos estavam fixos no céu. "Por que, Deus... por que você faz isso comigo?", ela gemeu, caindo de joelhos. Ela afundou o rosto nas mãos e começou a chorar. "Já recebi tudo o que poderia suportar. Está me ouvindo? Tudo o que poderia suportar!"

As emoções da mulher ardiam tanto que o Pai as sentia queimar nele, lúcidas e viscerais. Ele quase podia espiar dentro da alma dela. Recebeu um lampejo dos pensamentos que vinham dela, viu-a amarrando uma corda em volta do próprio pescoço.

Abitha enxugou as lágrimas com raiva, olhou além dele, através dele, para o celeiro. Ela se levantou, pegou uma corda da cerca e caminhou até o celeiro, com o rosto rígido e sombrio.

Ela entrou em uma baia, lançou uma extremidade da corda sobre a viga, amarrou-a e deu um nó na outra extremidade. Ela o testou contra seu peso; o nó resistiu. Então, ela apenas ficou ali olhando para a corda, seus olhos distantes e vidrados, enquanto se passaram longos minutos.

O Pai sentiu seu desespero, tão profundo, tão cortante.

Por fim, a mulher soltou um suspiro profundo como se estivesse prendendo a respiração durante todo este tempo, olhou para o burro que estava ali olhando para ela, depois de volta para a corda, depois de volta para o burro, então, para surpresa do Pai, ela sorriu com selvageria.

"Eu não sou uma garota estúpida, Wallace Williams."

Abitha pegou a ponta da corda e a prendeu à cangalha. Ela puxou a corda até que a cangalha pendesse ao nível dos olhos do burro, amarrou-o e depois o guiou sobre a cabeça do animal, deslizando o arnês no lugar. Ela amarrou tudo e levou o burro para fora.

"Vamos, Sid, temos um terreno para arar."

O Pai saiu aos tropeços do celeiro, através do milharal, seguindo para bem longe da mulher conforme ela revirava a terra com seu burro e seu arado. Ele não se importava com ela, não agora. Ele apenas queria que a dor, o uivo em sua cabeça, acabasse, que as aranhas o deixassem em paz.

Floresta e o povo selvagem o alcançaram quando entrou no bosque.

"O que foi, Pai? O que tanto o atormenta?"

O Pai o ignorou, seguiu e retornou aos restos da árvore gigante e, conforme adentrava o círculo de pedras, finalmente, sentiu algum alívio do latejamento em sua cabeça. Mas as aranhas, elas ainda estavam lá, fora de vista, mas lá, esperando; ele podia senti-las, ouvi-las correndo para lá e para cá.

Ele caiu, apenas caiu sobre as folhas e olhou para a delgada muda carmesim. Um ponto de luz solar a fazia brilhar e uma calma o tomou a passos lentos.

Floresta, Céu e Riacho se sentaram ao redor dele.

"Por que quando fecho os olhos", perguntou o Pai, "vejo máscaras olhando para mim, vejo assombrações me amaldiçoando? Por que há aranhas esperando para me levar para a escuridão? Por que há duas sombras como a minha tentando matar uma à outra? Por que eu sinto sua dor, atormentando tanto a minha alma? Vocês sabem? Vocês devem saber."

"São as pessoas", disse Floresta. "Eles colocaram esses demônios em sua cabeça. Envenenaram você assim como envenenaram a terra. Se quiser paz, você deverá afugentá-los antes que se tornem muitos. Deixe-os com tanto medo para que contem a todos os seus parentes que este é um lugar de sofrimento e morte, para que fiquem longe a não ser que queiram servir de alimento para os vermes. Esta é sua única chance. Nossa única chance."

"Você disse que me trouxe de volta, de volta de onde? Do quê? O que aconteceu comigo? Conte-me."

O povo selvagem trocou um olhar ansioso; o Pai captou seu medo e incerteza.

Floresta começou a dizer algo, parou, pareceu reconsiderar, depois começou de novo. "Eles mataram você. Eles roubaram sua alma."

"As pessoas?"

Floresta assentiu. "As primeiras tribos. Há muito tempo. Eles nos mataram por nossa magia, pelo fruto de Pawpaw. Você tentou impedi-los, mas não era para ser. Houve sangue, tanto sangue, nosso sangue, seu sangue, e..." Ele gesticulou para os ossos enegrecidos da árvore. "Pawpaw."

"E você me trouxe de volta... dos mortos?"

"Sim", disse Floresta, com as sobrancelhas franzidas como se estivesse ponderando algo. "Talvez parte de você ainda permaneça na terra dos mortos... A morte não abandona seus cidadãos com facilidade. Não sei. O que sei é que, se pudermos manter Pawpaw a salvo, se pudermos lhe pagar o devido tributo, em breve, muito em breve, a árvore nos recompensará com mais frutos, mais magia, e então... então seremos capazes de curá-lo. Torná-lo inteiro."

O Pai olhou para a abertura da caverna, imaginando se o uivo em sua cabeça era o grito dos mortos. Ele fechou os olhos, deixou sua mente vagar, para seguir os sons, em busca de um caminho, alguma conexão com os fantasmas de seu passado. Ele não viu nada, mas lá, por um momento, o uivo ficou mais alto.

"Pai!"

Ele abriu os olhos; o povo selvagem parecia assustado, olhando preocupadamente para os lados.

"É melhor não chamar os mortos", alertou Floresta. "Não aqui... Os mundos em torno de Pawpaw são estreitos. Devemos ter cuidado com as portas que abrimos." Floresta o examinou por mais um momento. "Pai, perdemos você, perdemos Pawpaw. Tudo por causa da ganância deles. As pessoas. Não podemos deixar que aconteça outra vez. Você é nosso guardião; você sempre foi nosso guardião, o senhor da natureza selvagem, o caçador. Salve-nos e você salvará a si mesmo. Esse é o único caminho."

O Pai sentiu que o gambá estava escondendo algo. *Há mais*, ele pensou, lutando para perfurar as sombras nebulosas de sua mente. Ele olhou para as árvores, observou-as balançar na brisa suave, observou o sol vagar lento pelo céu, hora após hora, até que começou a sumir de vista, tentando se desprender, deixando sua mente vagar. *As lembranças estão lá, tão perto, tão perto.*

Uma estrela apareceu na noite sem nuvens, brilhante, outra, depois outra, depois cem mil. O Pai bebeu de sua luz antiga. Ele observou uma coruja voar em silêncio. Os insetos e as criaturas noturnas começaram suas canções. A lua espiava por trás das colinas, banhando a floresta com seu brilho prateado.

Você não é a mesma lua da minha outra vida?, ele se perguntou, fixando-se nela, tentando atravessar o fino véu do tempo, ouvindo de novo as vozes dos fantasmas. E lá, no fundo do poço, os gritos e berros de animais de uma noite distante ecoavam, vagos. Ele fechou os olhos e a lua ainda estava lá, mas agora maior. Havia formas à distância, grandes e pequenas, apenas sombras, mas ele as conhecia, as chamava, e elas não pareciam ouvir. Ele chamou outra vez, um longo uivo de algum lugar no fundo de sua alma, e desta vez, desta vez, elas responderam. Seus sons cresciam, chegando cada vez mais perto, até que soaram como se estivessem na floresta com ele.

O Pai abriu os olhos e se sentou.

Os selvagens estavam todos olhando para a caverna, seus rostos cheios de espanto. "Pai!", Floresta sibilou. "Não!"

Uma névoa começou a sair da caverna; cheirava a coisas mortas há muito tempo, serpenteando, o luar iluminando seus tentáculos tortuosos. Ele ouviu um uivo, outro, ecos ocos, como se viessem de um sonho. O movimento no nevoeiro chamou sua atenção, seus tentáculos giravam juntos, tomando formas fantasmagóricas, criaturas de todos os tipos e tamanhos.

"Eu os conheço", sussurrou o Pai. Ele viu ursos e gatos de dentes longos, alces e bisões, e lobos, dezenas de lobos, todos trotando, suas patas sem tocar o chão. Os vaga-lumes começaram a persegui-los, enxameando ao redor deles, iluminando suas formas fantasmagóricas com seu brilho dourado.

"Você despertou os mortos!", Floresta sussurrou.

Seus uivos e berros ecoavam ao redor do Pai, estirando seu coração. A dor, o latejar em sua cabeça, começava a se dissipar. Ele sentiu a luz, tão leve, como se pudesse simplesmente flutuar para longe. Ele se levantou e começou a segui-los.

"Não!", Floresta gritou, correndo na frente do Pai. "Você não deve!"

"Eles estão me chamando."

"Sim, para se juntar a eles na terra dos mortos."

"Eles podem me mostrar o meu passado. Preciso ver. Preciso encontrar as peças que faltam!"

"Se você seguir fantasmas, você se tornará um fantasma. Agora, volte!"

O Pai ofegou quando um poderoso mamute veio caminhando do nevoeiro, percorrendo corajosamente o desfile de feras como se fosse o senhor de tudo. Ele ergueu sua tromba ao céu e rugiu, a explosão sinistra enchendo o coração e a alma do Pai. "Sim, sim! Eu lembro disso!"

O Pai empurrou Floresta para o lado, partiu em um leve trote, em seguida a galope, seus cascos levantavam as folhas enquanto perseguia as criaturas espectrais, desaparecendo em meio à névoa e às árvores.

"Pare!", Floresta gritou, correndo atrás dele. "É um truque! Preste atenção no que digo. Pai! Preste atenção no que digo!"

CAPÍTULO 4

Riacho cutucou Floresta.

O gambá se sentou rapidamente, examinando as nuvens. "Sim, lá. Eu consigo vê-lo!"

Um corvo desceu voando entre as árvores e pousou em uma pedra próxima à muda carmesim. Era Céu.

"E então?", Floresta perguntou, todavia ele já sabia a resposta, podia lê-la no rosto do corvo.

Céu balançou a cabeça com tristeza.

"Nada? Rastros? Cadáveres mutilados... alguma coisa?" Mais uma vez, Céu balançou a cabeça negativamente.

Riacho cutucou Floresta.

"Eu não sei o que isso significa, Riacho. Estou tão cego quanto você. Será que o Pai está perdido na terra dos mortos? Sua alma flutuando pelo purgatório? Ou ele vagou para mil léguas daqui? Como saberemos?"

Céu balançou de um lado para o outro.

"Não, não diga isso", retrucou Floresta. "Ele não está com Mamunappeht. Como eu sei disso? Porque se estivesse... Mamunappeht já teria vindo atrás de nós, pela árvore."

Nem Céu nem Riacho contestaram o argumento, mas isso não pareceu diminuir sua preocupação. Todos eles estavam procurando, vasculhando cada canto e recanto por quilômetros ao redor, todos os lugares assombrados onde os fantasmas poderiam ter levado o Pai, procurando por quase um mês, dia após dia, noite após noite. *O verão está quase chegando e ainda não há uma única pista de seu paradeiro.*

"Eu não sei o que deu errado. Por que fica me perguntando como se fosse minha culpa? Qual é o seu palpite?"

"Não, não é como antes. Pare de dizer isso. Isto é diferente. Vai passar." Contudo, ele sabia que o Pai estava mostrando todos os mesmos sinais preocupantes. *Não, Mãe Terra, eu imploro, não deixe que isso aconteça novamente.*

Riacho se balançou.

Floresta suspirou. "Sim, continua retornando a isso. Não consigo pensar em mais nada. Por mais que me doa admitir, não somos o que costumávamos ser. Parece que até mesmo juntos, mesmo com nosso sangue misturado com o do fruto, não tivemos magia suficiente para completar o feitiço a uma distância tão grande. Concordo, ele *não* está inteiro. Receio que parte dele ainda esteja com Mamunappeht."

Céu e Riacho estremeceram.

"Ele falou de aranhas em sua cabeça. O que mais isso poderia significar?" Outra vez, eles estremeceram.

"Dizer o quê ao Pai? A verdade? Você realmente acha que é tão simples assim?" Floresta podia ver que era o que os outros pensavam.

"Não. Ele está enfraquecido, seu coração e alma confusos. O que você acha que vai acontecer se contarmos a ele sobre Mamunappeht?"

Floresta esperou, contudo pôde ver que eles sabiam a resposta.

"Isso mesmo, ele irá até o xamã. Para confrontá-lo. Você acha que ele está pronto para isso?"

Nenhum dos dois respondeu.

Floresta suspirou. "E se o xamã descobrir que o Pai está livre, onde você acha que será o primeiro lugar aonde ele virá?"

Riacho e Céu olharam para a muda carmesim, angustiados.

"Isso mesmo. Tudo chegará ao fim. É por isso que, se em algum momento *encontrarmos* o Pai, devemos manter as coisas simples. Não confundamos sua mente com o que ele era antes, com erros e fracassos do passado. Por enquanto, é de sangue que ele precisa. Se quisermos que ele seja o caçador, ele deve caçar. Ele deve nadar em seu sangue, então se tornará forte novamente, irá afugentá-los.” A voz de Floresta se elevou, cheia de vingança e ardor. “Pawpaw crescerá às alturas, nos dará uma recompensa tão grande que até Mamunappeht se acovardará diante de nós. E... e...”

Floresta olhou para a fina muda carmesim, não mais alta do que um homem médio, balançando naquela brisa leve, sem uma fruta, uma flor, pouco mais que um botão em seus ramos. Ele soltou um grande suspiro. “Mas primeiro devemos encontrar o Pai... encontrá-lo antes de Mamunappeht.”

Abitha olhava para uma pequena macieira perto das colmeias de Edward, maravilhada com a saborosa fruta pendente. As folhas da árvore eram de um carmesim deslumbrante e ela se perguntou como nunca havia notado essa árvore extraordinária antes. As maçãs, em vermelho-sangue, sem dúvida com a aparência mais deliciosa que ela já tinha visto. Sua boca se encheu de água e ela se aproximou, prestes a colher uma, então ouviu um sibilo e recuou a mão. Uma serpente negra e sedosa com olhos vermelhos estava enrolada no galho.

“Olá, Abitha”, disse alguém, a voz de uma mulher, baixa e reconfortante. Abitha procurou sua interlocutora, então percebeu que era a cobra.

“Vá em frente”, disse a serpente. “Pegue uma. São para você, minha filha. Elas a ajudarão a enxergar.”

Abitha estendeu a mão outra vez e parou. A serpente havia desaparecido, mas Abitha ainda ouvia sua voz. “*Apenas tenha cuidado com as aranhas.*”

“Aranhas?” Abitha não viu nenhuma aranha.

Ela arrancou a fruta, que brilhava com o orvalho, parecia firme e madura, cheirava tão doce. Sua boca se encheu de água e ela deu uma mordida. Ao fazê-lo, a maçã se contraiu. Ela olhou para a fruta, para a marca onde havia mordido. Estava sangrando, como uma ferida aberta. O sangue borbulhou, então pernas espinhosas escuras começaram a surgir. Eram aranhas, pequenas aranhas negras, dezenas delas! Espalhavam-se da maçã para sua mão. Ela jogou a maçã no chão, tentou cuspir o resto de sua boca, e foi quando ela as sentiu em sua língua, seus dentes, o céu de sua boca, contorcendo-se e revirando-se, picando e cutucando. Ela abriu a boca para gritar, mas não conseguiu pois já estavam em sua garganta.

Abitha se sentou na cama, sufocando, tossindo enquanto lutava para respirar. Bateu nos braços, no cabelo, no rosto — mas não havia aranhas, apenas seu gato, Booka, olhando para ela sobre o cobertor.

Abitha pulou da cama, correu para a porta, abriu-a bem, deixando entrar a luz do amanhecer, lavando todas as sombras, todos os lugares escuros onde minúsculas aranhas poderiam se esconder. Ela ficou olhando para o quintal, observando as galinhas ciscarem enquanto a luz da alvorada fazia o nevoeiro brilhar.

Ela notou o quão empoeirado o chão estava se tornando. Era junho, a chuva da primavera dera lugar aos dias quentes do verão, a terra secando aos poucos. Isso trouxe a compreensão de que Edward havia saído de sua vida havia quase dois meses. No entanto, isso não a impediu de procurá-lo em cada canto, esperando vê-lo no campo, ou sair da floresta a qualquer momento com um sorriso brilhante apenas para ela.

"Edward", ela sussurrou, e se sentou ali mesmo na porta, agarrando o próprio corpo, tentando se lembrar do som quente de sua voz. Então, de repente, ela percebeu o quão brilhante estava a manhã. "Pelas chagas de Cristo!" Ela se levantou. "Booka, é domingo. Não posso me atrasar!"

Ela então lavou o rosto na tigela de água, esfregando o máximo de sujeira que pôde. Pegou sua melhor saia, notou a bainha esfarrapada, mas a vestiu mesmo assim. *Darei um jeito nisso*, ela prometeu a si mesma, depois rindo com amargura ao simples pensamento de que teria tempo para essas coisas novamente.

Abotoou apressadamente o colete, pegou a touca e algo para o desjejum — metade de um biscoito, duro como pedra já que a banha havia acabado — e saiu.

Ela parou na porta, onde pendurou a corrente trançada de cabelo em um gancho. Ela se demorou para correr suavemente o dedo pelos elos. Ela fazia isso todas as manhãs e, quando o fazia, afastava os medos noturnos e uma sensação de calma se apoderava dela. Ela se permitiu um momento para respirar.

Ela saiu para a varanda ainda mastigando e Booka começou a se esfregar em suas pernas, quase a fazendo tropeçar enquanto tentava impedi-la de sair.

"Eu sei, Booka. Eu também não quero ir. Tenho muito trabalho a fazer para ficar sentada ouvindo sermões intermináveis."

Ela desceu da pequena varanda, examinando o céu em busca de sinais de chuva. O sol da manhã brilhava sobre o milharal, revelando as fileiras tortas e irregulares, algumas plantadas, outras não. No entanto, Abitha teve uma sensação de orgulho. *Eu fiz isso, Edward. Se ao menos você estivesse aqui para ver. Você ficaria tão orgulhoso. Eu sei que você ficaria.* Os primeiros brotos estavam começando a aparecer e ela pensou que poderia ter uma colheita no fim das contas. *Só preciso de um pouco de chuva.* Ela havia passado a maior parte dos últimos dias carregando baldes de água do poço, mas sabia que não era possível que uma só pessoa mantivesse tanto milho regado.

"Vai chover em breve", disse a Booka.

O gato respondeu com um miado alto.

"Bem, pelo menos tenho algo pelo que orar no culto hoje."

Uma das cabras baliu e Abitha olhou para o celeiro, procurando por qualquer indício do demônio sombrio que a havia atacado. Ela não o via desde que a tocou e queria acreditar que as cinzas e o sal o haviam afastado. Mas, se fosse assim, por que então ela ouviu sons até tarde da noite, sons desnaturados, uivos ocos e gemidos? E quantas vezes ela teve um vislumbre de formas espectrais, coisas fantasmagóricas por um momento e que depois se foram? E Edward, quantas vezes já *o* havia percebido no limite de sua visão? Chamando seu nome, não encontrara ninguém, nada. E sempre aquela sensação de que algo estava lá na floresta, observando, esperando.

"O que você quer?", ela perguntou pela milésima vez. "O quê?"

Ela se virou para as colmeias de Edward, procurando a macieira, aquela de seu sonho, precisando se assegurar de que era realmente apenas mais um de seus pesadelos.

Não havia nenhuma macieira, nenhuma serpente tentando-a como Eva no jardim. Embora Abitha precisasse se lembrar de que foi sua mãe quem disse que a serpente no Éden não havia trazido uma maldição, mas o dom da iluminação. Abitha pensou outra vez em como a visão de sua mãe era forte, como ela era capaz de alcançar o vazio no mundo dos mortos e evocar almas perdidas. *É isso? Será que este demônio despertou a visão dentro de mim?* Sua mãe contara que a mãe dela, sua avó, era dotada de visão, como todas as mães foram. *Por que não eu, então?*

Ela percebeu uma movimentação perto das colmeias — um homem de costas para ela, olhando para os talos que brotavam.

"Edward?", ela sussurrou, dando um passo em direção a ele. "Oh, Deus, Edward, é você? Por favor, seja você."

Desta vez, ele não desapareceu, mas se virou, e de fato era Edward.

Ele estava ali, bem ali, mas...

Abitha apertou a boca, sufocando um grito.

Os olhos de Edward haviam desaparecido, deixando para trás órbitas escuras e vazias.

Os joelhos de Abitha bambearam.

Edward levantou a mão e apontou um dedo condenatório para ela, iniciando uma pesada marcha em sua direção.

Abitha permaneceu imóvel.

Ele se aproximou cada vez mais, desaparecendo lentamente a cada passo, até que finalmente desapareceu, dissipando-se como fumaça, a poucas passadas de distância.

"Santo Deus! Jesus Cristo!" Abitha chorou e se virou, tentando não tropeçar enquanto corria pelo caminho, de repente querendo, não, precisando estar no culto, entre as pessoas, até mesmo pessoas que ela desprezava. Ela chegou à estrada, olhou de volta para a fazenda, procurando o homem sem olhos.

"Edward", ela sussurrou. "Onde você está de verdade?" Ela pensou no corpo do marido naquele poço horrível, preso para sempre com aquele espírito demoníaco. *Ele capturou você, sua própria alma?*

Ela pensou na maneira acusadora como Edward havia apontado para ela.

Sou eu a culpada? Será que meu pai estava certo, de alguma forma me intrometi onde não deveria? Meu nome está em seu livro?

Abitha correu pela floresta ao longo da trilha de dois sulcos até a casa de reuniões. As árvores altas ficavam cada vez mais densas à medida que avançava, inclinando-se sobre ela de ambos os lados, bloqueando o sol — um túnel retorcido de galhos e folhas e raízes deformadas que pareciam prontas para engoli-la a qualquer momento.

Ela continuou olhando para trás, esperando que Edward estivesse lá, seguindo-a.

Na metade do caminho para a aldeia, ela ouviu alguém falando. Parou e apertou os olhos na escuridão profunda da floresta, procurando algo, evidenciando que cada forma e sombra parecia um demônio pronto para vir atrás dela.

Ela ouviu de novo, pouco mais do que um sussurro, mas perto. Sua pele formigou.

É só o vento, ela pensou. *Não há nada ali*. Mas algo *estava* lá; ela sentiu seus olhos sobre ela.

"Deixe-me em paz", ela gritou, sua voz trêmula. "Por favor, deixe-me em paz."

Ela ouviu o que parecia ser um rosnado, mas estranhamente distorcido como se viesse de baixo da terra. Ainda assim, ela soube então quem era — o demônio, o mesmo de seu celeiro.

Ela se afastou correndo, o rosnado a perseguia.

Ela ergueu a saia e correu, mas ele estava logo atrás dela. Ela sentiu a mão dele em seu ombro, e então nada.

Ela ousou olhar para trás, certa de que estaria lá, tropeçou, caindo nos arbustos.

Não havia nada ali. Nada além das árvores.

O Pai se sentou na margem entre os ossos sem fim, observando o rio gigantesco correr lentamente. Tudo era cinza, o rio, os ossos, as colinas e montanhas próximas, o céu turvo e esfumaçado. A única cor era um brilho alaranjado muito distante, sugerindo um grande fogaréu. As cinzas flutuavam na brisa quente, o ar cheirava a fuligem.

Ele limpou as cinzas dos olhos, notando formas cinzentas ao longo da margem distante. Eram eles, os fantasmas, um urso gigante, alguns bisões, vários lobos e um mamute. Mas eles não estavam correndo como quando ouviu pela primeira vez seu chamado; eles estavam se arrastando indiferentes ou apenas parados, olhando incessantemente para o nada, seus olhos tão mortos quanto eles.

O Pai não sabia há quanto tempo estava sentado aqui, pois não havia dia ou noite, não entre os mortos, apenas um cinza sem fim. Ele pegou um osso, observou-o esfarelar em sua mão e tentou se lembrar de como havia chegado ali. Ele conseguia se lembrar de seguir o fantasma, como se sentiu bem ao correr com as bestas espectrais, compartilhar sua canção, mas parecia que havia se perdido em algum lugar ao longo do caminho e agora não sabia como voltar ou se queria mesmo voltar.

Eles gemiam, aqueles no rio; era possível ouvi-los enquanto passavam, rodopiando e balançando na corrente preguiçosa. Um rosto emergiu da superfície, apenas por um momento, não um dos animais, mas uma pessoa, uma mulher. Ela ficou flutuando apenas o tempo suficiente para que o Pai visse o olhar de vazio absoluto em seus olhos.

"Estou pronto", suspirou o Pai. "Pronto para me juntar a vocês."

"Não, você não está", disse uma voz. Era o javali, aquele com o pequeno sigilo de chama flutuando acima de sua cabeça, aquele com três olhos — o terceiro no centro de sua testa — todos eles tristes. Estava entre os ossos próximos ao Pai. "Você continua dizendo isso", acrescentou, os três olhos piscando em uníssono. "Porém, ainda está aqui. Apenas admita. Você está com medo."

O Pai grunhiu.

O javali era tão cinza quanto a lama, sem pelos, faltando uma orelha, uma perna, sua cauda e todos os seus dentes, exceto uma grande presa se projetando do canto da boca. Parecia estar se desfazendo, desmoronando como se lentamente se transformasse em poeira. Ele farejou a água. "Esse é o rio Lete. É o rio das almas perdidas. Suas águas oferecem esquecimento a qualquer um que se afogar nelas."

"Você já me disse isso", respondeu o Pai.

"Disse?"

"Sim, muitas vezes."

"Hum, isso é perturbador de ouvir. Parece que, quanto mais eu fico aqui, mais esquecido me torno. Eu preciso dar um mergulho, agora, agora mesmo, antes que eu esqueça que é por isso que eu vim." Mas o javali não entrou no rio, apenas baixou a cabeça.

"Diga-me", disse o Pai. "Por que estou aqui?"

O javali inclinou a cabeça. "Agora é você que está se repetindo. Por que você *está* aqui?"

O Pai suspirou, voltando sua atenção para o rio, ponderando o que significava o esquecimento. Uma hora se passou, ou talvez um dia, ou talvez uma semana.

Passos se aproximando em um ritmo apressado.

O Pai olhou em volta.

"O que é?", perguntou o javali.

"Alguém está vindo."

O javali olhou em volta, farejando o ar. "Eu não ouço nada."

O Pai se levantou, percebendo uma forma nebulosa vindo em sua direção. Uma pessoa, uma mulher, mas ele não conseguia distinguir suas feições. Ela parecia flutuar, seus pés não tocam o chão enquanto se aproxima cada vez mais.

"É ela?"

"Quem?"

O Pai apontou. "É a mulher... Abitha."

"Não há ninguém ali. Você está vendo coisas."

A mulher passou por ele, parou e começou a olhar inquieta ao redor.

"O que está fazendo aqui?" O Pai rosnou, mas ela não parecia ouvi-lo, seus olhos fitavam além dele. Então, como se estivesse assustada, ela partiu em disparada.

"Você não me atormentará mais!" O Pai rosnou e partiu atrás dela, mas quanto mais perto chegava, mais turva ela se tornava. Ele saltou sobre ela, mas, no instante em que a tocou, ela desapareceu.

Houve um abalo e o mundo fantasmagórico começou a desmoronar, a girar.

O Pai estava caindo, girando em uma tempestade de ossos cinzentos e poeira.

A poeira lentamente se dissipou e ele se viu deitado no chão em uma floresta, sozinho.

Abitha entrou na vila e finalmente diminuiu o passo, dando uma olhada para trás, a fim de se certificar de que *aquilo*, o que quer que *aquilo* fosse, não a havia seguido até Sutton. Ela não viu nenhum demônio, mas, em vez disso, Dona e Mary Dibble, acompanhadas de uma dezena de outras mulheres vindo em sua direção a caminho do culto.

Abitha prontamente limpou o suor de sua testa, removendo as folhas e a sujeira de sua saia esfarrapada.

"Um pequeno conselho, Abi, querida", disse Dona Dibble. "Se você saísse um pouco mais cedo, não precisaria se preocupar em aparecer aqui tão suada e desarrumada. Não concorda?"

As mulheres olharam para ela de cima a baixo, não fazendo nenhum esforço para esconder seu desgosto com sua aparência.

"Suas botas, Abi", Dorthy Dodd acrescentou. "Ora, apenas olhe para elas. Estão imundas. É lamentável."

"Se quer minha opinião", acrescentou Dona Dibble, "diria que é a loucura de uma mulher tentando assumir o trabalho de um homem".

"Verdade", disse Fanne Howell. "Se você se ativesse ao trabalho das mulheres, não estaria tão desmazelada."

As outras assentiram com firmeza.

"Sim, você realmente acha que é apropriado?", perguntou Dona Dibble. "Você arando aquele campo?"

"Bem, de minha parte, acho que não", Fanne acrescentou.

"Nem eu", disse Dorthy.

As mulheres encorajavam umas às outras, seus comentários disferidos rápida e duramente enquanto circulavam Abitha, falando umas sobre as outras, não dando a Abitha nenhuma chance de responder.

"Não fica bem para a nossa comunidade."

"Sim, você está dando a todas as mulheres de Sutton uma má reputação."

"Sim, Abi. Por que tinha que ser tão teimosa? O que você quer provar?"

"O que você está fazendo é um pecado. Até mesmo o reverendo Smith disse."

"Já é hora de você devolver a Wallace sua terra, baixar a cabeça e cumprir seu dever como uma mulher cristã de respeito."

"Se você é de fato uma mulher cristã como afirma e não uma pagã qualquer."

Abitha começou a tremer, sentiu seu rosto corar, sabia que devia estar ruborizada.

"Sim, o seu pecado é o orgulho. Só isso."

"De fato. Pobre Wallace. Por que está fazendo isso com ele?"

Abitha fechou as mãos, cerrando os punhos.

"É pouco mais do que roubo, se quer saber."

"E depois de tudo o que ele tentou fazer por você."

"Cuidem de suas próprias casas!", Abitha gritou. "Vocês não passam de um bando de cadelas latindo!"

As mulheres ficaram quietas, de uma só vez, olhando para ela com olhos arregalados e boquiabertas. "Apenas cuidem de suas próprias casas!" Abitha se afastou, quase derrubando a Dona Dibble no chão ao abrir caminho para fora do círculo.

Abitha entrou na casa de reuniões, sentando-se em seu assento habitual no último banco ao lado de Helen e dos outros criados, apertando as mãos, tentando conter seus tremores.

Helen a olhou, seus olhos cheios de preocupação. "Você está bem?", ela perguntou em um sussurro, depois olhou para trás enquanto Dona Dible e sua corja entravam, todas dando a Abitha olhares reprovadores.

Abitha manteve o olhar fixo adiante. *Você foi longe demais outra vez, Abi. Elas não vão deixar passar. Você estará no tronco até o meio-dia. Você sabe que vai.*

Helen estendeu a mão e deu um aperto rápido na mão de Abitha.

Abitha apertou em resposta, desejando poder dizer a Helen o quanto aquele gesto simples significava para ela naquele momento.

O reverendo Carter subiu ao púlpito e começou o culto, seguido pela ladainha infinda dos sermões dos outros ministros. Abitha tentou se concentrar, mas seus pensamentos continuaram voltando para os buracos negros que eram os olhos de Edward, para a longa caminhada que a esperava de volta para casa através daqueles bosques escuros, para as denúncias que Dona Dibble e seu bando fariam contra ela.

Ela percebeu uma movimentação pelo canto do olho, uma sombra estranha tremeluzindo ao lado do fogo, em direção à parte de trás da casa. Ela fez o possível para manter os olhos atentos à sua frente, mas ao perceber que estava crescendo, ela se virou e olhou.

A sombra se alongou, esticou, depois enrolou, depois esticou novamente, assumindo a forma de uma serpente. Abitha colocou a mão sobre a boca quando a sombra começou a deslizar, subindo pela parede.

Um golpe abrupto atingiu a parte traseira da cabeça de Abitha. Era o oficial Harlow. Ele a havia acertado com vara longa.

Abitha começou a protestar, a apontar para a sombra, mas ao olhar para trás, ela havia desaparecido. *Uma serpente na casa do Senhor. Jesus, por favor, salve-me.*

Finalmente, os sermões terminaram e todos se levantaram para a oração final, após a qual os paroquianos começaram a sair em fileiras. Ao chegar no quintal, a maioria das mulheres formou um círculo em torno da esposa do reverendo, Sarah Carter. Como fazia todos os domingos, Sarah ouvia suas preocupações e disputas. Abitha a observou resolver uma pequena querela entre as irmãs Pratt, cativada pelo comando que aquela mulher poderia exercer. Decisão proferida, todas assentiram incondicionalmente. Sua palavra era a lei, ao menos entre as mulheres, mas Abitha podia ver em seus rostos que era mais do que isso, que essas mulheres compartilhavam um respeito desmedido por essa mulher rígida. Abitha não podia afastar a impressão de que era Sarah, intimidadora como só ela, que mantinha a vida diária funcionando sem problemas pelas bandas de Sutton, ainda mais do que o próprio reverendo Carter.

Alguém puxou a manga de Abitha.

"Obrigado, Abi", disse Helen, sorrindo timidamente. "Eu acredito que seu talismã cumpriu a função."

"Ah, é?"

Helen assentiu e sussurrou. "Tenho um segredo. Prometa que não vai contar."

"Prometo."

"Isaac me deu um beijo."

"Helen, isso é maravilhoso." Abitha sorriu e acrescentou: "É melhor você ter cuidado para que a senhora Carter não descubra."

Helen estava radiante. "Ele me disse que espera se casar comigo um dia."

"Estou tão feliz por você", disse Abitha, avistando Wallace em seguida, com sua esposa, seu filho e sua filha, todos a encarando. Ela cruzou olhares com Wallace e o fitou, imaginando como um homem poderia estar tão disposto a arruinar a felicidade do próprio filho.

Wallace foi em direção a Abitha.

Helen o viu e saiu correndo. Abitha começou a segui-la quando Wallace agarrou seu braço, puxando-a para encará-lo, seus dedos grossos beliscando sua carne. Ele se inclinou sobre ela. "Você não teria essa expressão arrogante se soubesse o que está por vir para você", ele sussurrou. "Isso não acaba com o reverendo Carter. Você logo saberá o que quero dizer." E a empurrou para longe e caminhou como se estivesse livre de qualquer preocupação, retornando à sua família.

Todos a observavam agora, não apenas Wallace e família, mas muitos dos outros, e ela não encontrou compaixão alguma nos olhos de ninguém, apenas olhares mordazes de desdém.

Abitha esfregou o braço e se virou de súbito tomada por uma só vontade: ir para casa. *Demônios em casa, demônios na floresta, demônios na igreja, demônios em todos os lugares. Não há escapatória?* Ela mal havia finalizado este pensamento quando notou Dona Dibble e seu bando conversando atentamente com Sarah Carter, e Dona Dibble apontava repetidamente para Abitha. *Quando aprenderei a manter minha boca fechada?* Abitha pensou e se pôs em retirada, torcendo para passar despercebida.

"Abitha", gritou a senhora Carter.

Abitha fingiu não ouvir.

"Abitha Williams", a senhora Carter gritou com severidade. "Uma palavrinha."

Abitha parou, enrijeceu; ela não sabia se poderia suportar uma bronca pública agora, não hoje. "Sinto muito. Não era minha intenção profanar. Apenas que... bem... aquelas mulheres, elas podem ser muito cruéis. Eu apenas..."

"Venha", disse a senhora Carter, levando-a para longe. "Gostaria de falar com você em particular."

Ela levou Abitha até a lateral da casa de reuniões e fixou seus olhos austeros e firmes sobre ela.

Abitha olhava para o chão.

"Ouça-me, Abitha. O que eu tenho a dizer, não posso na frente dos outros."

Abitha se preparou.

"O que você está tentando fazer é corajoso e nobre. Eu admiro você. Eu realmente admiro. E não estou sozinha."

Abitha não tinha certeza se havia ouvido direito. "Senhora?"

"Porém, você está muito vulnerável de todos os lados. Wallace se mostrou desonesto no passado, e eu não confio nele. Acredito que seu interesse vá além da terra neste momento. Temo que ele queira lhe fazer mal, arruiná-la se possível. E ele tem aliados poderosos nisso, alguns homens de Hartford, Lorde Mansfield e um juiz, o magistrado Watson. Estão pressionando o reverendo Carter a apoiar Wallace. Se você não puder realizar essa colheita, eles planejam transformar sua dívida não paga em servidão."

"Servidão? Eu não estou entendendo."

"Você será legalmente propriedade de Wallace. Você será sua serva até que suas dívidas sejam pagas. Isso pode levar anos, Abitha."

"Mas... pensei que todas as dívidas estariam ligadas à propriedade."

"A dívida de Wallace com Mansfield não afeta sua dívida com ele. Ela ainda será devida."

"Ele pode fazer isso? Mesmo que eu perca a terra?"

"Receio que possa."

O coração de Abitha disparou. *Meu Deus, em que eu havia me metido?*

"Você deve se casar assim que puder. É a sua única saída para isso."

"Não é tão fácil assim."

"Não, eu entendo. Não se escolhe um marido como um fruto de uma árvore. Contudo, há vários aqui que precisam muito de uma esposa. Simon Dibble, por exemplo. Ele esteve perguntando por você. Ou, quem sabe, Winifred Howell?"

Abitha tentou esconder seu desgosto.

"Eu sei, ambos são muito velhos e Simon já ficou viúvo duas vezes." A senhora Carter suspirou. "Há outros, tenho certeza, mas Wallace deixou claro para qualquer pretendente que você é assunto dele e que devem deixá-la em paz. Nenhum deles quer confrontá-lo. E por uma boa razão, como você bem sabe."

Assunto dele, Abitha pensou, percebendo o que tudo isso realmente significava, que se sua fazenda se arruinasse, ninguém poderia se casar com ela, a menos que pagasse sua dívida integralmente com Wallace primeiro — isso *somente* se Wallace concordasse. Ela estava em suas mãos. Ele poderia fazê-la trabalhar para ele ou até mesmo alugar para terceiros seus serviços. Ela seria praticamente sua escrava.

A senhora Carter balançou a cabeça e Abitha percebeu que a mulher lutava contra sua raiva. "Senhor, perdoe-me por falar assim, mas ele é um homem tão ruim. Ele deixou a ganância e o orgulho corromperem sua alma. E odeio dizer isso, até mesmo pensar nisso, mas temo que aquele homem não tenha aversão ao derramamento de sangue. Temo que possa causar sérios danos a você, se tiver a chance. Você deve ficar atenta, Abi, e não sair sem o mosquete de Edward. Eu odeio que você esteja sozinha por aí. Por mim..." Os olhos da senhora Carter desviaram para algo atrás de Abitha. "Ansel Fitch, saia daí agora mesmo."

O velho sulcado surgiu detrás de um arbusto, o rosto avermelhado, os olhos bulbosos lançados para baixo.

"Você foi avisado sobre isso de ficar se esgueirando por aí, sobre espionar as pessoas. Vá antes que eu chame o reverendo."

Ansel pareceu ofendido. "Eu não estava fazendo nada disso! Estava apenas procurando por rastros. Rastros do demônio. É preciso sempre estar diligente."

A senhora Carter não se preocupou em responder, apenas o penetrou com seus olhos frios e severos.

Ansel se encolheu e se afastou, resmungando baixinho.

"E esse aí", disse a senhora Carter. "Será a ruína de todos nós. Espalhando o medo com sua língua perversa. Se ele realmente deseja encontrar um demônio, basta olhar para si mesmo." Ela voltou o olhar para Abitha e seus olhos se suavizaram. Ela suspirou. "Abitha, não há muito que possa fazer por você, mas o que eu puder, eu farei."

A bondade na voz de Sarah Carter era quase mais do que Abitha poderia suportar.

Essa mulher tão severa tratando-a como um ser humano, até mesmo uma amiga — o mínimo que poderia fazer era não cair em lágrimas. "Ore pela chuva", disse Abitha, incapaz de esconder o tremor em sua voz. "Essa é a única saída para mim."

"Aqui", disse a senhora Carter. "Algo para você." Ela retirou um pacote de seu avental e o entregou a Abitha. "Não se trata de caridade. A caridade é para aqueles que não podem ajudar a si mesmos. Você vale o dobro dos homens aqui."

Abitha deu uma olhada. Era uma boa quantidade de peixe salgado. As lágrimas começaram a fluir então e ela rapidamente as enxugou.

Sarah Carter riu por trás da mão. "Fazem bem algumas lágrimas, querida. Agora, todos esses intrometidos que nos observam pensarão que eu lhe dei uma bela bronca." Ela pegou a mão de Abitha e a apertou. "Vou rezar para chover."

O Pai se sentou, arrancando o musgo e as trepadeiras que cresciam sobre ele e ao redor dele. Procurou pelas intermináveis pilhas de ossos, mas não encontrou nenhuma. Sorveu a rica fragrância dos pinheiros e samambaias, então soube que deveria estar de volta entre os vivos. Ele se perguntou por quanto tempo esteve ausente, olhando para aquele rio cinza. Ao arrancar um pedaço de musgo de sua pele concluiu que já fazia um tempo. *E, ainda assim, não tenho respostas.*

Um zumbido enchia seus ouvidos e ele observou vários zangões saltarem de flor em flor. Ele achou o zumbido deles calmante, e lá, naquele momento, sentiu que poderia observá-los para sempre. Ele sentiu o cheiro de flores, o doce ar quente, a luz do sol tremulando através das folhas densas. Ele arrancou uma flor, a examinou e depois a esmagou em seu punho. *Eu saberei quem eu sou.*

O Pai sentiu uma presença se aproximando. Ele se pôs de pé lentamente, limpando a sujeira e os insetos de seu pelo enquanto os passos se aproximavam cada vez mais.

Ele notou uma trilha larga, rastejou até ela, se escondeu atrás de um enorme carvalho e esperou.

Ela surgiu na curva mais distante, movendo-se a um ritmo regular, seus olhos disparando em todas as direções.

É ela... Abitha.

Quando ela se aproximou, ele sentiu seu pavor, o coração batendo acelerado em seu peito, então cheirou seu sangue e sua fome retornou, percorrendo seu corpo, quase o esmagando.

Ela se aproximou ainda mais e ele soltou um rosnado baixo.

Abitha virou de uma só vez a cabeça em direção a ele, com o olhar fixo na floresta, em seguida saiu correndo, disparando pela trilha.

O Pai saiu para a estrada, observando-a desaparecer na curva mais distante.

Ele desvelou suas presas e disparou para persegui-la, parando em seguida. *O que foi isso?* Ele inclinou a cabeça, para ouvir.

Esperou.

Ouviu outra vez. Um uivo, o de uma fera das profundezas da floresta. O lamento atingiu com força, fazendo com que seu coração disparasse e ele se viu dividido quanto ao caminho a seguir. Olhou para frente e para trás, da trilha para a floresta.

Surgiu um som como um trovão distante, seguido por outro uivo cheio de dor e angústia.

O Pai rosnou e correu para a floresta, indo em direção ao uivo a todo galope, saltando sobre troncos e riachos enquanto voava em meio às árvores. Ele subiu um aclive e lá, bem no fundo da encosta, um do novo povo, um homem. Ele carregava uma longa arma de metal, fumaça saindo da ponta de seu cano.

Vários lobos estavam rosnando, guardando uma toca na margem oposta, outro deitado no chão, sangrando por um grande buraco em seu flanco, sua respiração era rápida e superficial.

O homem enfiou uma vara no cano de sua arma, apoiou-a sobre o ombro e, para o desespero do Pai, enviou uma rajada de trovão e faíscas em direção aos lobos. Veio então um ganido e outro dos lobos caiu.

"Não!" O Pai rosnou.

O homem girou, viu-o, arregalando os olhos. Ele enfiou uma carga no cano o mais rápido que suas mãos trêmulas puderam se mover.

O Pai foi em direção ao homem, rasgando através dos arbustos e espinhos densos, a galope.

O homem apontou a arma e disparou.

O Pai sentiu algo bater em seu peito, fazendo com que girasse e viesse ao chão. Ele tocou o local onde havia sido atingido, olhou para o sangue negro e depois para o homem.

"*Demônio!*", o homem berrou e começou a recarregar.

O Pai se levantou, marchando em direção ao homem.

O homem deixou cair a carga, gritou e balançou a arma. O Pai a derrubou, saltando sobre ele, arranhando e rasgando, levando o homem ao chão. O Pai enfiou seu focinho sob o queixo do homem, cravando os dentes em sua garganta e a retalhando. O sangue quente jorrava de sua boca e ainda assim ele não parou, não pararia, permitindo que o sangue o tomasse, mordendo e rasgando, despedaçando o homem de uma ponta a outra, desencadeando toda a sua raiva, seu sofrimento e sua angústia. Bebendo o sangue, aquele doce, doce sangue, sentindo-o correr através de seu corpo, seu coração. Ele soltou um gemido, bebendo e sorvendo ruidosamente, parando apenas quando não havia mais sangue a ser bebido.

O Pai se sentou, ofegante e encharcado pela sanguinolência. Ele sentiu uma leve ardência no peito onde o homem o havia acertado, tocando a ferida. Estava quase curado.

Ele ouviu um rosnado, limpou o sangue do focinho ao longo do antebraço e olhou ao redor. Os lobos estavam se aproximando, suas orelhas para trás, rosnando.

O Pai arrancou uma tira de carne do morto e a estendeu.

Uma fêmea, a maior da alcateia, se aproximou, um passo depois do outro, com seus pelos crispados, seus lábios à mostra, rosnando. Ela pegou a carne e a devorou.

Quando ela retornou, o Pai estendeu a mão. A loba farejou e seu pelo se acomodou, suas orelhas se erguendo. Ela começou a lamber os dedos do Pai.

O resto da matilha se reagrupou, com suas caudas caídas em submissão, conforme o Pai os alimentava um por um com tiras da carne do homem. Ele foi inundado por uma sensação de retidão e percebeu como se sentiu bem ao salvá-los do homem, que alguma parte dele ansiava por isso, precisava disso. *Floresta estava falando a verdade? Isso é realmente quem eu sou então? O guardião... o caçador? É o sangue que irá me curar?*

"Lewis", alguém chamou de longe.

O Pai e os lobos olharam na direção do som. Outra vez, agora mais perto. "Lewis!"

Os lobos começaram a rosnar.

"Lewis! Onde você está?" Outro homem chegou no alto do aclive, um homem muito mais jovem. Ele viu os lobos, depois o cadáver ensanguentado, depois o Pai. "Ah, meu Deus!", ele gritou, virou-se e correu.

O Pai se levantou, partindo atrás do jovem, e os lobos o seguiram. Ele começou a correr, a galopar, e os lobos correram com ele. O Pai chegou ao cume, localizou o jovem em fuga, soltou um uivo e a matilha uivou com ele.

O jovem olhou para trás, seu rosto tomado por absoluto terror. Ele gritou, jogou de lado sua bolsa, sua arma, abaixou a cabeça e correu pela floresta, atravessando os espinheiros.

O grito inflamou o pulso do Pai. Ele sorriu, deixando o sangue tomá-lo.

O Pai perseguiu o jovem por uma colina e por outra, alcançando-o em um campo aberto. Ele não atacou, ainda, apenas emparelhou com o jovem, saboreando a emoção da caçada enquanto os lobos corriam com ele. E ali, naquele momento, ele se sentiu inteiro, completo.

"Sim", ele sussurrou. "É isso o que sou. O pai das coisas selvagens, o guardião, o matador, o caçador!"

O jovem viu o sorriso terrível do Pai e gritou, seus olhos arregalados enquanto tentava correr ainda mais depressa.

O jovem tropeçou, se estatelou, então o Pai e os lobos o cercaram. O jovem ficou de joelhos, espalmando as mãos com força diante dele. "Ó, Deus, Jesus, por favor, salvem-me!"

O Pai mal ouviu a voz do jovem, amortecida pelo tamborilar de seu pulso, sorvendo o cheiro de suor quente, sangue e medo. Ele agarrou o jovem pelos cabelos, colocando-o de pé.

"Eu lhe imploro! Poupe minha vida, Satanás! Poupe minha vida!"

O Pai enfiou o focinho no pescoço do jovem e abriu sua garganta. Bebendo em goles lentos e profundos enquanto o sangue jorrava em sua boca, descendo por seu pescoço e peito. Ele o soltou e o jovem desabou no chão, contorcendo-se e sacudindo, agarrando-se à terrível ferida.

O Pai se deparou com os olhos famintos dos lobos, acenou com a cabeça, e eles se lançaram sobre o jovem, rasgando-o, destruindo-o.

O Pai os observou enquanto se alimentavam e outra vez sentiu aquela sensação avassaladora de retidão. "Eu sou o caçador."

Ele lançou a cabeça para trás e uivou. Os lobos se juntaram a ele, a floresta ressoando por quilômetros com seu chamado plangente.

O Pai partiu e os lobos o seguiram. Ele começou a correr, a galopar, e os lobos correram com ele pela floresta.

Ele viu as primeiras estrelas no céu em meio às árvores, enxergou a lua minguante e não demorou muito para que os fantasmas começassem a aparecer, juntando-se à sua corrida, seus uivos se fundindo, criando uma sinfonia de vivos e mortos.

O Pai subiu uma crista e viu luzes cintilantes no vale abaixo, distinguindo as formas dos edifícios. Ele parou e contemplou. *O novo povo*, pensou, e sentiu a fome voltar. "Eu sou o caçador."

Era final de julho, o calor do verão no auge, e Wallace estava sentado no escritório de Lorde Mansfield, feliz por não estar sob o sol quente. O magistrado Watson estava sentado diante dele, abanando seu rosto redondo e úmido com um leque.

"E não há chance de Abitha colher esse milho?", Lorde Mansfield perguntou de trás de sua mesa.

"Nenhuma", disse Wallace sem hesitar. "Passei por lá na semana passada. Como você bem sabe, quase não tivemos chuva neste verão. O calor secou a maior parte de sua colheita. Mesmo que começasse a chover e o pouco que restasse resistisse, posso garantir que não renderia o suficiente."

Lorde Mansfield se recostou, parecendo aliviado. "Parece que o bom Senhor, não aprova as ações desta mulher mais do que nós."

"Ela está deplorável", disse Wallace. "Parece meio faminta, magra, com olheiras fundas. Ela tem se esforçado demais... está esgotada." Wallace pensou em como ela ficaria labutando naquele sol quente, encharcada de suor, seus cabelos caindo sobre o rosto, emaranhados e desgrenhados, vestindo apenas uma blusa e saia sujas, sem touca ou sapatos, seus pés imundos. "Qualquer pessoa sã nota que é uma causa perdida. Mas temo que sua mente esteja deteriorando. Eu a vi tentando regar o campo com um balde de cada vez."

Os homens trocaram olhares em choque.

"Pobre criatura, ela realmente se perdeu", disse Lorde Mansfield. "Ela sequer chegou a ir à igreja por vários domingos."

"O quê?" O magistrado Watson ofegou. "Como é possível?"

"O reverendo Carter, ele teve pena dela. Deu-lhe permissão devido às dificuldades."

"Esse homem não tem piedade", disse o magistrado. "Garanto que está fazendo isso para nos irritar."

"Posso lhe afirmar que as ações dela e as dele não foram bem recebidas pela vila. Eles temem que tal heresia faça com que Deus vire as costas para nós. Há aqueles que andam insatisfeitos com ele por um longo tempo. Fala-se até mesmo em expulsá-lo da vila."

"Eu, por exemplo, ficaria feliz ao ver isso acontecer", acrescentou o magistrado.

"Bem", disse Lorde Mansfield. "Parece que não precisamos mais nos preocupar com o reverendo ou com essa Abitha Williams. Não, agora é uma questão simples; já que está óbvio que Abitha não conseguirá fazer o pagamento, precisamos apenas esperar. Então, faremos o seguinte: estenderemos o prazo. Contanto que você consiga a escritura da propriedade de Edward para mim até o final de outubro, então tudo fica como combinamos no início. O que me diz?"

Wallace demorou um momento para responder. "Eu... Eu digo que Deus o abençoe, senhor. Que Deus o abençoe."

Lorde Mansfield sorriu e estendeu a mão. Wallace a pegou e os dois homens se cumprimentaram com entusiasmo.

A corça corria para o desfiladeiro, às pressas para escapar do barranco antes de seus perseguidores, sem saber que seu caminho já estava interrompido. Ela viu três lobos vindo atrás dela, escoiceou, girou, tentou subir a ribanceira, mas perdeu o equilíbrio. Antes que ela pudesse se colocar de pé novamente, o Pai estava lá — um golpe forte na lateral da cabeça quebrou seu pescoço.

Os lobos se amontoaram, rosnando e mordendo até destroçar o animal, lutando pelos melhores bocados.

O Pai deu um passo à frente e os lobos se afastaram, rosnando, mostrando os dentes ensanguentados. O Pai enfiou a mão na barriga mutilada da corça, forçando a mão no tórax do animal, sondando até encontrar o que queria, o que precisava. Ele arrancou seu coração, segurou-o acima do rosto e espremeu o sangue em sua boca.

O Pai se afastou, deixando os lobos voltarem ao seu banquete. Ele se sentou, de costas para uma árvore, a absorver o cheiro de sangue e carnificina enquanto os lobos devoravam a corça. Ele fechou os olhos e esperou que o sangue afastasse as sombras e a dor. E, por um momento, isso aconteceu, e por um momento o Pai se sentiu inteiro. Ele teve visões de uma floresta selvagem com feras e o povo selvagem brincando à vontade. Ele respirou fundo, sentiu um cheiro levíssimo de madressilva. Ele assentiu, o prenúncio de um sorriso em seu rosto, então, de repente — uma mancha preta na borda de sua visão, outra, mais outra, balançando. As aranhas voltaram rastejando e com elas a dor. "Não!" O Pai gritou e abriu os olhos.

Os lobos olharam para ele, em um balanço nervoso de uma pata a outra.

"Quanto tempo faz?", perguntou a eles. "Há quanto tempo corremos juntos, caçando, matando, bebendo o sangue de nossas presas?"

Eles, é claro, não responderam, não puderam, apenas olharam para ele.

O Pai tinha certeza de que era lua cheia quando os conheceu, e estava quase cheia novamente. *Um mês depois, e ainda assim as aranhas não me deixam em paz.* Outra onda de dor o atingiu, aquela sensação de estar fraturado, de estar partido em dois. Ele estremeceu, ficou de pé segurando a cabeça, começou a tropeçar, caminhando sem rumo pela floresta.

A loba se separou da matilha e o seguiu.

O Pai encontrou um caminho largo. Examinou os sulcos profundos. "É um deles, não é? Uma das estradas do novo povo."

A loba olhou para a estrada, fungou — rosnou.

"Você acha que Floresta poderia estar certo no fim das contas? Que é do sangue *deles* que preciso... do povo?"

O Pai seguiu a estrada, a grande loba trotando a seu lado, e não demorou muito para que sentisse seu cheiro — seu suor, seu lixo, seus refugos. O cheiro crescia, aos poucos se tornando opressor.

A loba se sentou, não iria mais longe. O Pai sentiu seu medo, seu ódio pelo povo, muito parecido com o do povo selvagem.

"Não tenha medo, loba, hoje é o dia em que *eles* sangrarão." O Pai prosseguiu sozinho até que vislumbrasse os telhados. Ele parou na margem da floresta, estudou a parede irregular construída a partir de árvores derrubadas. Ouviu vozes vindo em sua direção e retornou, sorrateiro, para os arbustos enquanto uma mulher de cabelos grisalhos conduzia uma criança pequena. A mulher carregava um balde e, ao chegar ao matagal, largou-o então começou a colher amoras e guardá-las no balde.

A velha vagou ainda mais fundo nos arbustos, carregando as frutas em seu avental enquanto caminhava, deixando o menino, uma criança de talvez três anos de idade, sozinha ao lado do balde.

O Pai saiu do arbusto, dirigindo-se para o menino, sentindo a cada passo seu pulso acelerar, sua fome crescer, sua sede de sangue se tornar um animal à parte.

O menino avistou o Pai, olhando para ele, com o rosto coberto do néctar das frutas. O Pai esperava que a criança começasse a gritar, mas para sua surpresa a criança sorriu.

O Pai hesitou.

"Bá-bá", o menino chamou e apontou para o Pai. "Bá-bá."

"Bá-bá?", disse o Pai.

Os olhos do menino se iluminaram e ele riu. "Bá-bá." Ele pegou um punhado de frutas e as estendeu em direção ao Pai.

A visão deste simples ato revirou algo na memória do Pai. Ele tentou se concentrar, encontrá-lo, mas precisava de mais, só um pouco mais. Ele estendeu a mão e o menino colocou as frutas na palma estendida. No momento em que as frutas tocaram a pele do Pai, a memória floresceu — homens e mulheres vestidos de pele de animais ajoelhados diante dele. Eles lhe ofereciam frutas, coroas de flores e colares feitos de contas.

"Jarret", alguém chamou e a cena começou a desaparecer.

"Não", o Pai rosnou, lutando para manter a visão, para ver mais.

"Jarret, traga-me aquele balde."

O Pai piscou, a visão se foi, mas não o sentimento em seu coração. *O que é isso?*, ele se perguntou. Não a emoção da caçada ou o arrebatamento do sangue, mas algo profundo, uma exaltação estranha, tudo tão familiar. Ele olhou novamente para as frutas em sua mão.

"Jarret!" Uma velha saiu do matagal carregando um tanto de frutas em seu avental dobrado. "O que há de errado com você, criança? Você não..."

Ela viu o Pai, suspirou, seus olhos arregalados, tropeçou para trás, caindo no mato, derramando frutas por toda parte. Ela apontou um dedo trêmulo para o Pai. "Satanás!"

O garotinho olhava ansiosamente para um e para o outro.

O Pai esmagou as frutas que estava segurando, observando a polpa escura escorrer de sua mão conforme aquele sentimento bom escorria de seu coração.

A mulher lutou para se endireitar, para se libertar das trepadeiras, sem tirar os olhos arregalados e agitados dele. Ela começou a suspirar, ofegante, tentando puxar o ar para os pulmões.

Ela me conhece, pensou o Pai. *Como é que ela me conhece?*

Ele se aproximou dela e ela conseguiu inspirar ar suficiente para soltar um guincho alto.

O Pai a agarrou pela garganta. "Pare com isso agora ou arrancarei a vida de seus ossos."

Ela se aquietou.

"Diga-me, quem sou eu?"

"O q-quê?", ela gaguejou, tremendo sem controle.

"Quem sou eu?"

"O demônio, é claro", ela choramingou. "Você é Satanás. "Por favor, não me mate. Por favor, eu imploro."

"Satanás? O que é Satanás? Satanás é o caçador?"

Ela balançou a cabeça, confusa.

Ele apertou sua garganta com mais força. "O que é Satanás?"

"Você! *É você!*", ela soluçou, depois começou a tossir, emitindo um som horrível de quem estava prestes a vomitar. De repente, ela arqueou as costas, começou a agarrar e segurar o peito.

O Pai a soltou, sem saber o que estava acontecendo.

Seu rosto ficou vermelho, depois roxo, as veias saltaram em seu pescoço e testa, seus olhos rolaram em sua cabeça. Ela convulsionou com rapidez, depois recuou, e então simplesmente desabou e ficou ali, imóvel.

O Pai percebeu que o coração da mulher havia parado. Ele soltou um suspiro longo e frustrado, então ficou ali sentado olhando para ela.

Nada, não sinto nada. Onde está minha fome agora, meu desejo por sangue? Morte, apenas morte. A morte não tem respostas. Ele olhou para as fortificações de madeira, ouviu, foi de encontro às pessoas de lá, não sentiu nada. *Não há respostas aqui. As almas dessas pessoas não cantam.* Ele pensou em Abitha, na conexão ao tocá-la. *Há algo entre nós. Não sei o quê, mas há algo.*

Ele ouviu alguém chorando, virou-se e viu o garotinho, lágrimas escorriam pelo seu rosto.

O Pai se levantou, estendendo a mão para o menino. O menino recuou, aterrorizado.

"Bá-bá", sussurrou o Pai, e o menino fugiu em direção à vila.

O Pai pegou o balde de frutas e entrou na floresta. Ele encontrou a estrada outra vez, mas a loba não estava mais lá. O Pai começou a andar, indo para o oeste, retornando para o povo selvagem e Pawpaw, de volta para a pequena mulher que poderia abrir as portas de sua alma.

CAPÍTULO 5

Abitha subiu de volta a encosta em direção ao poço carregando um balde de água. Ela costumava carregar dois por vez, mas não mais; estava muito fraca. Fez uma pausa à sombra do celeiro, grata por escapar do sol escaldante do meio do verão, mesmo que por um momento. Ela costumava perscrutar o céu uma centena de vezes ao dia em busca de sinais de chuva; havia parado de fazer isso semanas atrás.

Ela enxugou o suor da testa e esforçou-se para seguir adiante. Seu pé ficou preso em um buraco e ela tropeçou. Ela ouviu, então, risadinhas, como se houvesse criancinhas rindo dela, como no dia em que fora tocada pelo demônio. Por semanas após aquele incidente, ela por vezes as ouvia, bem leves, mas quanto mais fraca ela se sentia, mais nebulosa sua mente, mais claro o som se tornava — ainda mais perto da floresta. Ela procurava por eles, o gambá, o corvo, o peixe. Sabia que estavam lá, esperando, mas para quê? No início, eles a aterrorizavam, mas quando a seca arruinou suas colheitas, conforme sentia sua sanidade derreter, enquanto outubro se aproximava e assim chegaria o dia em que Wallace e o xerife viriam e a levariam rumo à servidão, esses fantasmas e suas provocações se tornavam só mais uma parte de seu tormento diário.

Ela pegou o balde de madeira, se levantou com dificuldade e continuou até o poço, porque era isso que ela fazia, o dia todo, todos os dias, a única coisa que podia fazer: um balde de água de cada vez, para cima e para baixo pelas fileiras, o dia todo, tentando manter a plantação viva.

Ela chegou ao poço, desejando pela centésima ou milésima vez que tivesse sido cavado mais próximo do campo, e enganchou o balde na corda. Desceu o balde com a manivela até que um pequeno respingo ecoou de volta. Esperou um momento até que o balde afundasse, então começou a içar lentamente o balde carregado de água para cima. A polia rangia conforme ela girava a manivela, de novo e de novo e de novo.

Ela costumava conseguir dar uma volta completa de uma só vez, mas agora tinha que parar e descansar depois de cada oito ou nove giros. Ela fez uma pausa, recuperando o fôlego, com medo pela primeira vez de não ter forças para recuperar o balde. Ainda lhe restavam duas galinhas, então havia comido apenas um ovo ao amanhecer, nada mais desde então, e agora já passava do meio-dia. Suas mãos estavam dormentes, sua cabeça vazia, mas o balde estava quase no topo.

"Continue, Abi", ela sussurrou, respirando fundo e prosseguindo, colocando seu peso sobre o ato.

Ela ouviu de novo as risadinhas, depois uma gargalhada; soava como se estivesse no poço. Sentiu um puxão na corda, seguido por um estalo alto, e a manivela de repente perdeu a resistência, girou, mandando-a para o chão. Ela ouviu o som do balde batendo contra as laterais do poço ao mergulhar de volta, então um respingo, seguido por outras daquelas risadinhas sinistras.

"Ah, não!", ela gritou, se colocando de pé outra vez. Ela agarrou a manivela, deu uma volta e, para seu horror, não havia peso, nem resistência. Ela olhou para a alavanca e perdeu o ar — a corda havia soltado da polia e tanto o balde quanto toda a corda haviam caído no poço.

Ela se inclinou sobre a borda do poço, olhando para as profundezas, e não viu nenhum sinal da corda ou do balde, apenas escuridão. Tinha somente uma outra corda, que já estava desgastada, esfiapada e não era longa o suficiente — e não tinha como comprar outra. Ela olhou para os campos, para as colheitas murchas, e a magnitude do que havia acabado de acontecer começou a assentar. *Não haveria mais água... nenhuma.*

Seus lábios rachados começaram a tremer. "Ó, Deus. Por que tantos tormentos assim?" Ela olhou para as poucas fileiras de milho com algum resquício de vida, sua cabeça vagando no calor. *Por que ainda estou fazendo isso? Já perdi uma vez. Teimosa e estúpida demais para admitir.*

Ela se arrastou até a beira do poço, inclinando-se, olhando para a escuridão úmida. *Que doce seria*, ela pensou, *estar lá embaixo naquela água fria e clara.* Ela se inclinou ainda mais, sentindo o cheiro da aquosidade, o sangue correndo para sua cabeça e deixando-a tonta. Sua visão começou a se turvar.

Não resista, ela pensou. *Só mais um pouco e tudo estará resolvido. E se a queda não me matar, e depois?* Ela sorriu com selvageria. *Então, morrerei no molhado e frio, meu corpo lentamente ficando entorpecido.* Parecia bom, muito melhor do que morrer de sede ou de fome, ou trabalhar até a morte por nada. *E meu corpo podre corromperá o poço para Wallace.* Ela se esforçou para emitir uma risada fraca, pouco mais do que um coaxar. *Ele terá que cavar outro longe daqui.*

Ela se inclinou um pouco mais, vacilante, retida apenas pelas coxas e pelas pontas dos dedos.

"Não resista", ela sussurrou. "Não resista. Não resista. Não resista." Ela percebeu que outra voz começou a fazer coro. Ela viu um peixe flutuando no fundo da escuridão molhada. Ele começou a nadar lentamente em direção a ela. Ela o reconheceu, aquele do celeiro, aquele com o rosto de uma criança. Seus olhos pequenos e escuros se encontraram com os dela. *"Não resista"*, cantou para ela. *"Não resista."*

Sua mão escorregou e ela deslizou para frente.

"Não!", ela gritou, se agarrando ao poste do poço. Ela se segurou, quase escorregando, então o agarrou com firmeza, puxando-se para longe da borda.

Ela rolou para o chão, sua bochecha contra a terra, ofegante, a respiração dificultosa soprando a terra seca. Ela se sentiu prestes a desmaiar, viu algo se movendo pelo celeiro, uma forma sombria.

Ela caminhava em sua direção. Abitha lutou para permanecer acordada. Ela se aproximava cada vez mais, até parar e a fitar de cima para baixo. Sua forma estava embaçada, mas ela não teve problemas para distinguir seus longos chifres retorcidos.

"Não me atormente mais, Slewfoot", ela murmurou enquanto o mundo girava na escuridão.

Um miado.

Abitha sentiu uma pelagem macia se esfregando em seu rosto. Ela abriu os olhos e piscou. Booka, diante dela, a olhava.

Uma brisa fria soprou.

Abitha se sentou, tentando se firmar. Sua cabeça parecia atordoada. O dia estava se aproximando do crepúsculo, o céu encoberto. Não estava chovendo, mas havia uma leve névoa no vento. Aquilo lhe parecia o céu. Ela se perguntou o que estava fazendo no chão, começou a se levantar e então viu — o balde.

Ela esfregou os olhos; o balde ainda estava lá. *Mas... ele havia caído no poço.* Ela desmaiou. *Talvez eu tenha sonhado com isso. Talvez ainda esteja sonhando.* Então, ela viu outro balde. *Dois baldes?* Ela colocou a mão no novo balde; era real e era pesado. Ela o puxou, olhou para seu interior e então soube que estava sonhando, porque o balde estava cheio de frutas silvestres.

Ela lambeu os lábios ressecados e pegou uma das amoras. Era grande, madura e tinha um cheiro delicioso, não como aquelas ressecadas que cresciam junto à borda do milharal. Ela a enfiou na boca. A fruta rompeu entre seus dentes — doce e suculenta. Abitha deixou escapar um gemido fraco, pegou outra, depois outra, depois um punhado inteiro, até que não conseguiu colocar mais nenhuma na boca. Ela fechou os olhos, mastigando, engolindo, saboreando a sensação do doce sumo fluindo pela garganta, saciando sua sede ardente.

Sua mente começou a clarear e o mundo retomou o foco. Ela sentiu suas forças retornando. Ela começou a pegar outro punhado de frutas, mas parou. Limpou o sumo de seus lábios e queixo, contemplando as manchas úmidas em suas mãos. *Não estou sonhando. Isso é real.*

Ela viu a corda. Estava encharcada sobre uma poça ao lado do poço. Recordou de toda a cena, a corda e o balde caindo no poço. Alguém havia acabado de tirá-lo. *Quem?*, ela se perguntou. Mas ela *sabia*.

Abitha olhou para o celeiro.

Estava lá — uma sombra imóvel entre as sombras.

Um calafrio tomou seu corpo; o próprio ar parecia vivo.

Ela se ergueu, caminhou até a varanda e pegou o mosquete. Ela verificou o gatilho. "Esta é a minha fazenda", disse ela baixinho e avançou lentamente até o celeiro.

Abitha parou na entrada, mantendo o mosquete apontado contra a sombra. *Aquilo* estava na última baia.

"O que você quer?", Abitha perguntou.

A forma se moveu, mas sem reposta.

Ela não sentia a raiva, a malícia, não como antes, mas sentia sua necessidade, sua fome, emanando como uma febre.

"O que você quer?", ela perguntou outra vez.

Ela respondeu com uma voz suave e baixa. "Sua ajuda, Abitha."

Um arrepio percorreu seu corpo ao ouvi-la dizer seu nome. "Quem é você?"

A sombra se afastou das outras sombras, apenas uma silhueta contra os fundos do celeiro, mas ela podia ver que tinha o corpo de uma cabra desgrenhada, que caminhava sobre as patas traseiras. Seus braços e mãos eram mais parecidos com os de uma pessoa. Ela não conseguia distinguir seu rosto, apenas o brilho de seus olhos e os chifres se contorcendo para cima.

"Não tenho certeza."

"O que você quer?"

"Respostas."

"Não há nada para você aqui. Por favor, deixe-me em paz."

"Acredito que *você* possa me ajudar." Ele deu um passo à frente e Abitha recuou um passo.

"E por que eu faria isso?"

"Porque posso ficar com raiva e matar você se não o fizer."

Abitha deu mais um passo para trás.

"Espero que você possa me ajudar a ver", disse ele, sua voz ficando rouca. "Isso é tudo. É tanto assim?"

"Ver? Ver o quê?"

"Eu não sei", ele rosnou. "É isso que estou tentando descobrir."

Ela balançou a cabeça, recuando mais um passo. "Eu não tenho nada para você."

As narinas do Pai se inflaram. "Por que... por que..." Sua voz rachou. "Por que ninguém quer me ajudar?" Ele se afastou dela e saiu correndo do celeiro.

Abitha abaixou o mosquete e o observou partir.

Ele parou no limite do milharal, olhou de volta para ela e lá na luz desbotada, ela viu seu rosto. Não era nem caprino nem humano, mas algo entre os dois. Ele não parecia maligno, como ela esperava, mas talvez triste e um pouco perdido. Ele lançou sobre ela um olhar grave, depois continuou a se afastar, desaparecendo na floresta.

As mãos de Abitha começaram a tremer. Ela se agarrou à cerca para se firmar. Booka pulou a cerca e começou se a esfregar na mão dela.

Ela acariciou o gato. "O que acabou de acontecer, Booka?"

Abitha acordou em sua cama, feliz por ver que estava quase amanhecendo. Ela havia se revirado a maior parte da noite, seus sonhos assombrados não por serpentes desta vez, mas por sombras com chifres. Seu gato estava enrolado a seu lado. "Estou enlouquecendo, Booka?"

Ela deslizou da cama e se vestiu — apenas sua saia, avental e blusa. Havia desistido de qualquer esforço além disso. Ela caminhou até a porta, mas antes de abri-la, tocou na corrente de tranças. *Mãe, o que está acontecendo comigo?*

Abitha abriu a porta, saiu para a varanda descalça e examinou o celeiro, o quintal e o campo. Ela não encontrou sinais *dele*.

Queria acreditar que ele, a besta, estava apenas em sua cabeça, porque um toque de loucura era melhor do que o demônio vivendo em seu celeiro. Então, ela viu o balde de frutas na varanda. *Não era onde eu havia deixado.*

Ela pegou uma grande amora, levou-a ao nariz, sentindo o cheiro doce. Ela abriu a boca e hesitou.

Isso é uma armadilha?, ela se perguntou. *Aceitar um presente de um demônio dará a ele domínio sobre minha alma?* Ela ouviu o grito estridente de seu pai. *"Não ouse aceitar comida da mão do demônio! É um pecado!"* Em seguida, a voz forte de sua mãe. *"Pecado seria desperdiçá-la... Você precisa de comida... coma."*

Abitha assentiu. "Senhor, se isso é pecado, por favor, perdoe-me." Ela comeu a amora; ela comeu todas elas.

As galinhas botaram dois ovos naquela manhã, então entre as bagas e os ovos ela tinha muito mais energia do que o habitual. Ela colocou o mosquete na varanda, em um ponto de fácil acesso, e começou a trabalhar para recolocar a corda na polia, retomando a operação com rapidez.

O céu estava nublado, o ar quente porém com uma brisa, ainda que sem chuva. Com comida no estômago e o clima mais frio, sua mente se desanuviou pela primeira vez em semanas. Ela tentou contar os brotos que poderiam sobreviver. Mesmo com chuva, não era nem perto do suficiente. Ainda assim, ela não podia desistir, porque mesmo que perdesse a fazenda, ela precisava de cada espiga de milho para pagar sua dívida com Wallace. Mesmo um quarto de colheita poderia significar um ano a menos de sua servidão. *E se chegar a esse ponto, será que alguma coisa vai importar? Provavelmente não*, ela pensou, *porque nunca servirei aquele homem.*

Ela passou a manhã da mesma forma que havia passado todas as manhãs nas últimas semanas, carregando água do poço para o milho. Mas agora, a cada viagem em que passava pelo celeiro, ela pensava nele. A maneira estranha como ele falava. *O que ele é? Ele é o demônio? Por que o demônio precisaria da minha ajuda?* Ela ouviu a voz de seu pai. *"Porque seu nome está no livro dele."* Abitha estremeceu.

Ela ficou de olho nele nas sombras do celeiro e na margem da floresta, mantendo o mosquete perto a todo momento.

A besta com chifres reapareceu no final daquela tarde, assim que as sombras começaram a espichar. Ela o sentiu perto enquanto regava as fileiras inferiores e o avistou a apenas alguns metros de distância na borda da mata sentado em um cepo. Ela piscou, demorando um momento para se certificar de que realmente o estava vendo.

"Olá, Abitha."

"Olá", respondeu ela, olhando de relance para o mosquete.

Ele se levantou e emergiu das sombras, olhou para ela com seu estranho rosto comprido, aquela mistura peculiar de feições humanas e bestiais. No entanto, ele não era hediondo ou feio; ela acabou por descobrir que havia uma espécie de nobreza nele. Especialmente seus olhos, que eram um pouco femininos e felinos, prateados e brilhavam com uma luz interna.

"Você tentará me ajudar?"

"Quem é você?", ela perguntou, lutando para manter a voz firme. "Responderei a sua pergunta quando você me disser quem você é."

"Eu sou chamado de Pai."

"Você é Satanás?"

"Satanás? Outra vez esse nome!"

Ela ouviu a agitação dele voltar.

"O que é esse Satanás?"

"Por que você me atormenta tanto?", Abi perguntou. "O que foi que eu fiz?"

Ele parecia surpreso e genuinamente confuso. "Atormentar? Ora, é você quem me atormenta!"

"O quê?", ela caçoou. "Você tentou me matar no celeiro."

"Se quisesse matá-la, você estaria morta."

"Por que você matou meu bode? Por que você *assassinou* meu marido?" As sobrancelhas dele se franziram e ela sentiu a angústia nele.

"Eu não fiz essas coisas."

"Você fez."

"Não. Não, eu não fiz", ele rosnou.

"Você me atacou. Disso eu sei."

Ele manteve os olhos fixos nos dela por um momento, depois olhou para o chão. "Sim", ele admitiu, o fogo escoando de sua voz. "Mas não era eu. Quero dizer, era, mas *não* era." Ele balançou a cabeça. "Eu fiz isso porque não sabia quem eu era então."

"Quem é você agora, então?"

Ele soltou um longo suspiro. "Isso... é o que estou tentando entender." Suas emoções fluíram para ela junto com suas palavras e ela sentiu sua solidão, seu desespero. "Eu venho tentando lembrar... mas preciso de ajuda."

"Bem, comece com o que você se *lembra*. Conte-me algo do seu passado."

Ele fechou os olhos, apertando as sobrancelhas. "Caos, tantas peças desencaixadas. Eu vejo a luz do sol, é quente, é boa."

Abitha também sentiu o calor; era como se seus pensamentos estivessem se forçando sobre os dela. Ela fechou os olhos e viu uma imagem borrada do sol, porém de um laranja escuro e tamanho irreal.

"Estou correndo com as feras", disse ele.

Ela também viu aquilo, sentindo a alegria de correr sem impedimentos pelo tempo que fosse possível, na companhia de toda sorte de bichos, alguns que reconhecia, outros que não, a canção de seus gritos selvagens em seus ouvidos. Abitha percebeu que estava sorrindo. Então sangue, gritos de feras, seguidos de gritos de homens, mulheres e crianças. Abitha deixou escapar um berro e abriu os olhos.

O rosto do Pai em tormento, um rosnado surgindo do fundo de sua garganta. Ele balançava a cabeça para frente e para trás como se estivesse tentando se livrar do ferrão de uma abelha. "Não. *Não!*"

Ele abriu os olhos, soltando um gemido longo e triste. Ele estava tremendo. "É o mesmo... toda vez que tento olhar para o meu passado... o sangue, a morte... isso fica no caminho. Não consigo enxergar ao redor disso quem eu sou... quem eu era."

"A menos que sangue e morte *sejam* quem você é."

"Não!", ele rosnou. "Não, sou mais que isso. Eu sei. Eu já vi."

Ele se levantou e começou a andar. Ela podia vê-lo lutando para controlar seu temperamento, cerrando e abrindo o punho. Então respirou fundo, soltando o ar devagar em seguida. "Preciso de ajuda para entender meu lugar neste mundo no qual despertei. Isso é pedir demais?" Ele fez uma pausa. "Talvez se você me ajudar, eu possa ajudá-lo?" Ele lançou seus olhos penetrantes sobre ela, contemplando o que havia por trás. "O que você quer, Abitha? Aquele homem, aquele Wallace. Você gostaria que eu o matasse?"

Seu sangue gelou. Ela ficou tensa. Não era justamente esse o feitio dos demônios, oferecendo presentes e favores em troca de... *quê?* E esta oferta para matar um homem? Em quantos sermões havia escutado sobre as tentações de Lúcifer?

"O que eu disse agora?", ele perguntou.

"Isso é algum truque?"

"Truque? Que tipo de truque?", ele perguntou, inflando as narinas. "Alguma trapaça pela minha alma?"

"Sua alma? Eu não quero sua alma. O que eu faria com sua alma?" Ele parecia genuinamente perplexo. "O que devo fazer para convencê-la a me ajudar?"

"Como você pode esperar isso de mim... que esqueça que você matou meu marido e que confie em você? É demais."

"Outra vez *isso*!" Sua voz se aprofundou e ela sentiu sua raiva fervilhando. "Garanto que não aconteceu como você pensa." Ele se afastou dela. "Se pudesse desfazer essa coisa, eu faria. Mas não posso." Sua raiva se converteu em desespero. Ela o sentia no ar e se impressionou como seu rosto parecia humano naquele momento. "Você não compreende. Como poderia? Eu sou um tolo por tentar falar com você." Ele fechou as mãos e partiu outra vez, desaparecendo na floresta.

Ela não o viu no dia seguinte, mas pôde senti-lo. Sua amargura ameaçadora pairava no ar, tornando-se palpável sempre que ela se aproximava da floresta.

Ela interrompeu seu trabalho e olhou para as árvores, se perguntando como deveria seguir em frente com o próprio demônio à sua porta, então se perguntou por que continuava insistindo que ele era o demônio. Seria porque ele tinha chifres e cascos? Sua mãe não havia ensinado a ela que havia muitos espíritos vivendo na floresta — alguns bondosos, outros perversos? Sua mãe dizia que a igreja afirmava que todos eles eram demônios, mas que esses espíritos já estavam aqui muito antes da chegada do cristianismo. Abitha pensou em como ele parecia magoado, perdido e confuso, e isso não soava como o diabo de quem tanto havia escutado falar.

Ora, ele poderia ser um deus da floresta ou algum primo longínquo das fadas, talvez um elfo ou goblin, ou alguma alma indomável perdida entre os mundos. Ela considerou isso e decidiu, à parte de tudo, que precisava encontrar uma maneira de afastá-lo, algum encanto ou feitiço de proteção, algo diferente de cinzas e sal. Ela enxugou o suor de sua testa. *Mas será que me atrevo a provocá-lo ainda mais? Ele não é intratável o suficiente? Então, o quê? Apenas me deito e me entrego a ele?* Ela balançou a cabeça e tentou se recordar mais das práticas de sua mãe.

Sua mãe detinha o conhecimento de muitos rituais, feitiços e oferendas para essas assombrações e seres místicos, alguns destinados a afastar os ímpios, outros para atrair os gentis e tantos mais apenas para manter os espíritos perversos contentes. Abitha se lembrou de sua mãe colocar leite para pacificar as criaturas pequeninas. Ela disse que, caso não o fizesse, eles ficariam irritados e cometeriam terríveis travessuras. Abitha se lembrou de oferendas de doces e às vezes uma pequena pulseira ou colar feito de flores, contas e cabelos. Sua mãe esclarecia que não importava tanto o que era, mas que você estava pagando tributo, que os espíritos e o povo das fadas eram muitas vezes um bando arrogante e esnobe que apenas precisava se sentir importante.

Talvez se eu não puder afastá-lo, possa pelo menos apaziguá-lo, pacificar sua alma torturada. Ela achou que não faria mal tentar, então se lembrou de sua oferta de matar Wallace e se perguntou sobre isso, já que não se lembrava de espíritos matando ninguém na Inglaterra. *Bem, se não posso afastá-lo, se não posso lhe dar as respostas que ele procura, então que outra escolha resta?*

Ela passou aquela noite tecendo uma coroa de flores frescas, milho seco e uma mecha de seu próprio cabelo. Ela também cozinhou uma pequena porção de doce de favo de mel, feito com o mel de Edward.

Ao vir a manhã, Abitha levou seus presentes para a margem do milharal e esperou.

Ela o sentia, sentia seu temperamento sombrio. *Estou louca? Preparando uma oferenda para um demônio? O que de bom pode vir disso?*

Ela percebeu uma forma distante no campo e suspirou. Era Edward, ali nas árvores. Seu rosto estava obscurecido por sombras de tal modo que ela não conseguia distinguir suas feições, mas podia ver que ele estava olhando para a floresta, em direção à caverna.

"Edward", ela sussurrou, dando um passo tímido em direção a ele. "O que foi? O que você sabe?" Ela segurava as oferendas em suas mãos. "Isso está certo? Isso lhe ajudará a se libertar? Ou estou condenando a nós dois?" Ela deu um passo mais. "Diga-me, Edward. Não sei mais o que fazer."

Ele começou a desaparecer.

"Não, Edward, não vá!" Ela começou a ir em direção a ele, mas a cada passo ele desaparecia até que não restou mais nada, nada, nem mesmo uma pegada.

"Não me deixe", ela gritou, lutando contra as lágrimas que desciam. Ela caiu de joelhos e tocou o chão onde ele estava. "Edward... Não posso fazer isso sozinha."

Abitha ficou lá de joelhos, alternando o olhar entre a cabana e a floresta, enrolando a mecha de cabelo cada vez mais apertada ao redor do dedo, mordendo o lábio com tanta força que sentiu o sangue escorrer. Por fim, ela se levantou, segurando as oferendas contra o peito. "Jesus, perdoe-me", disse ela e foi para a floresta.

"Olá", ela chamou. Sem resposta, no entanto ela sentiu a besta com chifres por perto. Ela se emaranhou nas árvores densas e encontrou a criatura sentada sobre uma pedra de costas para ela como uma criança mal-humorada.

Ela respirou fundo, tentou se firmar e caminhou até ele.

Ele não se virou.

"Eu trouxe algo para você", disse ela.

Com *isso*, ele se virou, em um movimento moroso, os olhos caindo sobre o guardanapo dobrado nas mãos dela.

"Eu tenho um presente. Posso dar a você?"

Seu rosto estranho, um tanto humano, um tanto bestial, parecia incerto, seus olhos prateados se estreitavam de desconfiança. "Um presente?"

Ela desembrulhou o guardanapo, revelando o doce, colocando-o diante dele.

Ele olhou para a comida e, a princípio, ela pensou que ele estava com medo, depois talvez com raiva, sua testa franzia cada vez mais. Lentamente, ele se abaixou e pegou um dos doces. Ele o cheirou, depois o mordeu, apenas um bocado, fechando os olhos enquanto mastigava. Ele deu outra mordida, engoliu, depois os outros dois.

"Eles são bons?", ela perguntou.

Ele assentiu.

Encorajada, Abitha ergueu a coroa. "E isso." Ele inclinou a cabeça. "O que é isso?"

"Uma coroa... para você." Ela a estendeu. "Posso?"

Ele ponderou por um momento e ela teve certeza de que recusaria, mas por fim ele fez um leve aceno.

Abitha notou que suas mãos tremiam. *Enlouqueci mesmo,* ela pensou, dando um passo à frente até ficar cara a cara com ele. "Ela fica no topo de sua cabeça."

Ele inclinou a cabeça para frente e Abitha introduziu a coroa entre seus chifres, deslizando-a para baixo até que repousasse sobre suas grandes orelhas de bode. Os dedos de Abitha permaneceram por um momento em seu pelo, desejando confirmar que ele era concreto, que ele era real. Seu pelo era macio e cheirava a terra e folhas.

Ela recuou, tentando elaborar algo para dizer. "Você... você parece imponente e nobre... como um senhor da floresta."

"Pareço?" Ele tocou a coroa, olhando para ela com seus olhos prateados. "Um presente, uma oferenda... como as amoras do menino da vila." Ele inflou o peito de ar e ela sentiu o júbilo que o tomava. "Sim. Eu sei disso."

O ar começou a se agitar e Abitha sentiu um formigamento em seus dedos, no ponto onde o havia tocado.

Ele soltou um suspiro. "Está vendo?"

As folhas começaram a girar e ela ouviu vozes, sussurros ao vento, que começava a cantar.

"Está vendo?", ele rosnou.

Abitha recuou e ele a agarrou, tomando-a pelo pulso. Ao fazê-lo, os olhos de Abitha rolaram para dentro de suas órbitas e ela os viu. Pessoas oferecendo a ele círculos de flores e colares feitos de contas. Ela mal conseguia distinguir as pessoas, em sua maioria formas opacas, pensando que talvez fossem nativos.

"Eu sei disso!", ele gritou, sua voz agora vívida, selvagem de excitação. "Sim. Eu sei o que devemos fazer!" Ele a sacudiu e a visão desapareceu, a floresta voltou, mas as formas espectrais das pessoas permaneceram, dançando ao redor dos dois.

Ele saltou, puxando-a, quase arrastando-a. A força dele machucou seu pulso conforme a conduzia para fora da floresta e em direção ao campo, sob a luz da manhã.

"O que é aquilo de que você mais precisa?", ele perguntou.

"O quê... Eu não..."

"Milho. Você precisa de milho, não é?"

"Sim."

"Você fez sua oferenda para mim. Agora, me peça o milho."

O que está acontecendo?, pensou ela. *Que barganha eu consegui?*

Ele entrou em uma fileira de brotos secos de milho, ajoelhou-se e empurrou a mão dela na terra arenosa na base de um caule murcho. Ele pressionou a palma de sua mão sobre a dela, prendendo-a ali.

"Agora, faça isso, antes que o momento passe!", ele gritou. "Agora!"

"Dê-me milho."

"Não é suficiente. Você deve dizer com vontade!" Ele pressionou com mais força, machucando a mão dela.

"Dê-me milho!", ela gritou.

"Deve vir do seu coração!"

"Milho!", ela gritou. "Dê-me milho, maldito! *Dê-me milho!*"

"Aqui!", ele exclamou. "Está sentindo isso?"

E ela sentiu, um pulso subindo do chão, fluindo por sua mão, pelas mãos dos dois, por seu braço, por seu peito. Ela sentiu as batidas do coração dele — havia se colocado em uníssono com o dela, depois com o pulso, tudo em compasso, tudo batendo como um só.

"Ó, Deus", ela chorou quando a doce sensação a preencheu.

Ele começou a murmurar, depois a cantar, falando com a terra, com o milho, mais sons do que palavras. O canto encontrou um ritmo, em harmonia com as batidas de seus corações, transformando-se em música. Os fantasmas começaram a circundá-los, cantando e dançando ao ritmo da música.

Abitha percebeu que cantava junto, sons estranhos fluindo de seus lábios, de alguma forma familiares e reconfortantes. O pulso continuou a latejar através de seu corpo, ganhando intensidade até que se sentisse parte daquilo, em comunhão com ele, com os fantasmas, com a terra... *o milho!*

Ela podia sentir a ânsia do milho, seu desespero de viver, como se berrasse com ela, implorando para que o alimentasse.

Ela o fez.

Em um gesto simples, ela canalizou o pulso como se fosse uma correnteza, como se fosse algo perfeitamente normal e natural de se fazer, nada diferente de respirar. A magia fluía para a planta, percorrendo seus entornos e seu interior. O talo a sugava como se estivesse faminto por ela.

O pé de milho começou a tremer, depois a zumbir, e Abitha ofegou ao observar o talo vicejar diante de seus próprios olhos, tomando maior altura, e uma espiga de milho brotou, seguida por outra e outra. De repente, o ar estava saturado com o cheiro de pólen e néctar.

Abitha irrompeu em lágrimas. *Deus,* ela pensou, *eu quero isso. Como eu quero isso. Deus, me salve, eu quero isso!*

Ele rastejou sobre as mãos e joelhos para o próximo caule, arrastando Abitha consigo, a música ganhando volume. E, outra vez, Abitha canalizou seu pulso para a planta, outra vez o caule floresceu, assim como o próximo e o próximo. Eles continuaram até que mais de duas dúzias de magníficos talos de milho se ergueram balançando na brisa.

Ele a soltou e ela gemeu conforme o pulso escapava. *Mais,* ela pensou. *Dê-me mais!* Ela caiu, segurando o peito, tentando respirar à força.

Ele desabou ao seu lado, o peito arfando.

A música desvaneceu e os fantasmas começaram a se afastar.

Ele sorriu para ela, radiante. "Abitha... veja o que fizemos!" Ele parecia tão surpreso quanto ela. "Veja!"

Abitha não conseguia desviar os olhos. Devia haver quarenta espigas de milho onde não havia nenhuma.

"Senti algo bom, algo... certo", disse ele. "Creio que isso é o que estou destinado a ser!" Ele agarrou sua mão, agora com gentileza, segurando-a como se fosse preciosa. "Louvada seja você, doce criatura. Você me libertou."

Abitha observou os fantasmas se dissiparem do campo, até que restou apenas um, parado sozinho à beira da floresta. Era Edward, olhando para ela com os olhos vazios. *O que eu fiz, Edward?*

Floresta arrancou uma espiga de milho e seguiu para o interior do bosque. Ele encontrou Céu e Riacho.

"Onde ele está?"

Os dois espíritos acenaram em direção à caverna, então pousaram atrás de Floresta enquanto ele avançava.

Floresta avistou o Pai sentado sobre uma das pedras verticais, seus olhos distantes e perdidos.

"O que é isso?", Floresta o questionou, empurrando a espiga de milho contra o Pai.

"É milho."

"Você deveria afastá-los. Ao invés disso, você os está alimentando! Alimentando os mesmos que destruiriam Pawpaw!" Floresta jogou o milho no chão aos pés do Pai.

O Pai o pegou, admirando-o. "Eu fiz isso", disse ele com orgulho. "Eu fiz o milho brotar."

"Primeiro, você foge", rebateu Floresta. "Nos abandona. Agora você nos trai... trai Pawpaw! Por quê?"

Céu e Riacho assentiram com ele.

"Talvez você tenha entendido errado, talvez essa mulher Abitha possa ajudar a todos nós. Você já pensou nisso?"

"Nós tentamos fazer amizade com eles antes. Nunca funcionou. Eles sempre querem mais. Mais e mais até que não sobra mais nada para nós."

"Por que você não me disse que eu poderia fazer o milho crescer?", o Pai perguntou, com voz severa. "Se eu sou o que você diz, um caçador, então por que possuo esse grande dom da vida?"

"Você é o guardião do mundo selvagem. Há muitas coisas que você é capaz. E, sim, por vezes você é um curandeiro, mas esta não é uma dessas horas. Agora, é a hora do sangue."

O Pai tocou sua coroa de flores. "Isso me fez sentir mais vivo do que o abate. Algo profundo foi tocado." Ele batcu no peito. "Algo primitivo, algo puro." Ergueu o milho. "Eu quero mais disso. Sentir a magia da vida fluindo através de mim. Impregnando meu ser."

"Escute, por favor, me escute. A magia que você está usando flui através da terra... uma coisa frágil e preciosa. Como uma pequena nascente subterrânea. Pawpaw precisa de cada gota para crescer e você, você está roubando! E a troco de quê? Em nome de quem? Aquela mulher? Para alimentar os mesmos que estão matando essa magia!"

Floresta escalou as rochas e arranhou uma camada de folhas velhas ao redor da base da muda. Ele arrancou um osso, outro, depois um pequeno crânio. "Veja", ele exigiu, segurando o crânio. "Veja!"

O Pai olhou.

"Muitos de nós doamos nossa magia, nosso próprio sangue, o mesmo sangue que corre em suas veias, para trazer Pawpaw de volta. Sua prole estava exatamente onde estou agora e eles se sacrificaram para que a Mãe Terra nos devolvesse Pawpaw. Sabe o porquê?"

O Pai não tinha resposta.

"Porque Pawpaw é o coração do povo selvagem, o coração da nossa magia, o coração da nossa alma, e só a sua semente nos trará de volta!"

O rosto do Pai se obscureceu. Ele examinou o milho, então o deixou escapar de sua mão. Floresta podia ver sua confusão, seu desassossego. Deixou escapar um suspiro. "Chegará o momento para isso... para que o curandeiro retorne. Mas é como sigo dizendo: primeiro, devemos salvar Pawpaw."

O Pai esfregou a testa como se estivesse com dor.

"Traga-a aqui", disse Floresta.

O Pai encarou Floresta, com olhos frios e perigosos.

"Se você quer que o tormento acabe, traga a mulher Abitha aqui. Pague o tributo a Pawpaw com o sangue dela. Honre a Mãe Terra. É o único caminho."

"Estou farto de sangue", disse o Pai, seco, levantando-se. "Não há paz na matança." Ele baixou a voz como se falasse consigo mesmo. "Há mais do que apenas sangue no fim das contas." Assim, ele foi embora, retornando à fazenda. "Aonde está indo?", Floresta indagou, mas ele sabia. "Fique longe dela. Eu imploro. Ela trará desgraça para todos nós. Está me ouvindo?"

O Pai continuou.

"Fique longe dela!", Floresta gritou.

O Pai desapareceu em meio às árvores, e Céu e Riacho olharam em desespero para Floresta. "Eu não sei o que fazer", disse Floresta em tom grave.

Floresta olhou para a colina em direção à fazenda. "A mulher é um veneno. Se ela continuar assim, ele certamente saberá sobre Mamunappeht, ou pior, Mamunappeht saberá sobre ele!"

Riacho e Céu começaram a tremer e se contorcer, estalando os dentes. Floresta sentiu o pavor neles, o pânico crescente, reflexo do que ele próprio sentia. E começou a andar de um lado para o outro diante da muda. E parou. "Nós iremos matá-la."

Céu e Riacho olharam surpresos para ele.

"Vamos matar a mulher Abitha. Temos que fazer isso."

"Sim, sei que o Pai ficará com raiva, mas que escolha temos? É a única maneira de mantê-lo são, evitando que caia outra vez nas mãos do xamã." Ele chutou a terra. "Tudo começou quando ele a tocou. Há algo de peculiar a respeito dela. Vocês não sentem?"

Ele podia ver que sim.

"Ela está abrindo portas para o passado dele. Não podemos permitir que isso aconteça."

"Não, Riacho, não estamos perdidos. Nós somos o povo selvagem." Então, ele se recordou de quando essas palavras possuíam sentido, quando eles eram tão numerosos que pareciam tão infinitos quanto as estrelas e quão forte era sua magia antes que as pessoas começassem a roubá-la.

"Podemos não ser tão poderosos quanto antes, mas ainda temos alguns truques. Algo além de lançar sombras e assombrações sobre ela. Podemos não ser capazes de aniquilar uma vila inteira, mas estou certo de que podemos encontrar um modo de matar uma mulherzinha."

O Pai parou à beira do campo. Uma névoa matinal se agarrava à terra. Ele examinou a fileira de milho que trouxe à vida. *Quem sou eu?*

Ele entrou na fileira, tocou uma das espigas, fechou os olhos, tentando reviver o momento, a conexão com seu passado. *Eu estava tão perto. Se pudesse ver um pouco mais.* Ele se concentrou, em busca de resposta. Nada.

Ele ouviu ruídos na cabana. *O que mais pode me mostrar, Abitha?*

O Pai se aproximou da varanda e viu Abitha olhando para as nuvens.

"Não haverá chuva hoje", disse ele, assustando-a. "Mas logo estará aqui. Eu sinto."

"Mesmo?", ela perguntou, em seguida olhou para além dele, estreitando os olhos. Floresta, Céu e Riacho seguiam atrás. Ele compreendeu que eles se revelaram para ela.

"Quem são eles?", Abitha perguntou.

"É difícil dizer", respondeu o Pai. "Obter a verdade deles pode ser espinhoso."

"Somos o povo selvagem e esta é a nossa terra", disse Floresta para Abitha, seus pequenos olhos escuros fixados furiosamente nela.

"Eles podem me machucar? Me machucarão?"

"Eles seguem me pedindo para matar você. Mas não acho que eles podem fazer muito por conta própria. Se pudessem, acredito que você já estaria morta."

"Morta e enterrada", cuspiu Floresta. "Você e toda a sua espécie." Céu e Riacho assentiram em concordância.

"Minha mãe me ensinou uma coisa ou duas sobre os pequeninos", disse Abitha. Ela voltou para casa, retornando um momento depois com três pires e um balde. Booka a seguiu para fora, sentou-se e observou enquanto ela derramava leite do balde em cada um dos pires. Abitha acenou para o povo selvagem. "Leite de cabra. Para vocês."

O povo selvagem trocou olhares incertos.

"Não somos animais de estimação", disse Floresta com um sorriso de escárnio.

"Está bem doce." Abitha empurrou os pires para frente. "Ainda morno, está bem fresco. Ordenhei as cabras esta manhã."

Riacho lambeu os lábios e avançou. "Não ouse!", Floresta ordenou.

Riacho parou, olhando para o leite com melancolia.

Abitha empurrou um dos pires em direção a Floresta, oferecendo-lhe um sorriso.

Floresta se eriçou. "Seu sorriso morrerá quando o Pai vier buscar seu sangue."

"Se ele quisesse meu sangue, você não acha que ele já o teria tomado?"

"Em breve, despertaremos seu espírito, seu *verdadeiro* espírito. E, quando o fizermos, ele se empanturrará com suas entranhas."

Abitha endureceu. "Não acredito nisso."

O gambá bufou. "Você não tem ideia com o que está brincando."

"Então, diga."

"Sim", acrescentou o Pai. "Diga-nos. Chega de jogos e enigmas."

"Jogos? Enigmas?", Floresta berrou. "Como se atreve? Você ainda estaria apodrecendo naquele poço fedorento se não tivéssemos levado sangue para você!"

"Sangue?", Abitha perguntou. "Sangue de quem?"

Floresta deu as costas e não respondeu.

"Sangue de quem?", Abitha clamou. "De quem é o sangue que você levou?"

Ainda assim, Floresta não respondeu.

"Diga a ela", disse o Pai. "Pare de esconder a verdade."

Floresta se virou. "O bode!", ele cuspiu. "Eu o alimentei com seu bode."

Abitha estreitou os olhos. "E... e Edward? E quanto a Edward?"

Floresta cruzou os braços sobre o peito.

As mãos de Abitha começaram a tremer. "Você matou Edward? Foi você? Diga a verdade."

"Sim!", Floresta irrompeu. "Matei. Eu o atraí para a caverna com aquele bá, bá, bá, e ele caiu. Foi tão fácil enganar aquele homem estúpido. Aí... aí está uma verdade. Gostaria de outra?"

Abitha levou a mão à boca, seu rosto empalideceu de súbito. O Pai sentiu que era como se ela tivesse recebido um golpe.

"Aqui está outra", Floresta rosnou. "Esse seu doce demônio, esse idiota amante de milho... bem, você deve saber que ele fez um banquete com as tripas de seu marido. Agora, pense nisso na próxima vez em que quiser lhe oferecer algumas de suas guloseimas e..."

Abitha pegou um pires e o arremessou em Floresta. O gambá se esquivou, a tigela passou por cima de sua cabeça.

Abitha gritou, agarrou outra, jogou o mais forte que pôde. Outra vez, Floresta se esquivou da trajetória, soltando uma risada desagradável.

Abitha pegou o balde e correu em direção ao gambá, usando-o para tentar esmagar a criatura.

Floresta dançava ao redor dela, gritando para ela.

O pé de Abitha se prendeu no degrau e ela perdeu o equilíbrio, mas o Pai se adiantou, apanhando-a antes que caísse no chão.

"Nós somos o povo selvagem!", Floresta gritou. "Estamos aqui para comer suas tripas, suas e de toda a sua espécie. E o Pai, ele providenciará isso! Essa é a verdade. A única que importa!"

"Vá embora, sua besta miserável!", o Pai rosnou. "Para que não sejam as suas tripas que eu coma." O sorriso perverso sumiu do rosto de Floresta. Sorriu em direção ao Pai com escárnio, virou-se e foi embora.

Abitha se sentou na varanda, cobriu o rosto e começou a soluçar baixinho.

"Sinto muito, Abitha", disse o Pai, sentando-se ao lado dela. "Há tanta coisa aqui que não entendo. Mas eu entendo sua dor. Também entendo agora que não desejo nenhum mal a você. Aquilo foi um erro... Estava confuso. Mas, por sua causa, acredito que estou encontrando meu caminho. Espero que, se trabalharmos juntos, ambos possamos encontrar o que precisamos."

Eles permaneceram sentados daquele jeito por um longo tempo, o balido ocasional de uma das cabras e o gato lambendo o leite eram os únicos que sons que se ouviam, até que por fim Abitha soltou um grande suspiro. Ela enxugou as lágrimas e tirou um guardanapo do avental. Ela o colocou na varanda entre eles, desdobrando-o para revelar três quadrados de doce. "São para você."

O Pai estendeu a mão para pegá-los, mas parou. *Há mais que isso*, ele pensou. "Abitha, o que você acha que realmente sou?"

Ela refletiu por um momento antes de responder. "Eu não sei, mas sei o que espero que você seja. Minha mãe me falou de todos os tipos de espíritos da natureza, de fadas, duendes e deuses da floresta, grandes e pequenos, fracos e poderosos. Dos guardiões da natureza que despertavam na primavera e davam vida a flores e árvores, vigiavam e protegiam a terra e as pessoas em troca de tributos. Dos pagãos que celebravam o solstício e renascimento com eles em grandes cerimônias, festas e rituais em sua honra. Como eles se reuniam no círculo da morte e do renascimento. Espero que você seja um deles, que, ao despertar por completo, você abençoe esta terra e cuide dela. Que talvez você me abençoe e cuide de mim."

Riacho e Céu trocaram olhares preocupados, mas o Pai assentiu, aprovando tudo o que estava ouvindo.

Honra e tributo, pensou o Pai, suas palavras recuperando as visões do dia anterior, do povo lhe dando guirlandas de flores e contas, a reverência que mostravam. Pensou em Floresta falando sobre tributos à Mãe Terra em troca de suas bênçãos. Seu pulso acelerou. *É parte disso... parte da magia!*

O Pai pegou um dos doces. "Deve haver outros."

"Você quer mais doces?", Abitha perguntou.

"Não, não outros doces. Outros de você." Ele sentiu a desconfiança de Abitha voltar, consciente de que as ameaças de Floresta ainda estavam frescas, se questionando como eles superariam isso. "Por que você me presta essas oferendas?", ele perguntou.

"Parece ajudá-lo... a apaziguar sua alma atormentada, mas sendo sincera... Acho que estou esperançosa de que você praticará sua magia e dará vida às minhas colheitas."

Sim, você me dá algo que preciso e eu lhe dou algo que precisa! Ele lançou seus olhos penetrantes sobre ela, contemplando o que havia por trás. "Abitha, o que você quer desta vida?"

"É muito simples para mim. Carne de caça fresca, ovos, um jardim cheio de vegetais, um campo de milho vigoroso."

"Isso não é o que você quer, isso é o que você precisa. Você não é feita de necessidades, você é feita de seus sonhos e desejos. O que você deseja e sonha?"

Ela tentou responder, mas hesitou. "Eu não sei. Depois que minha mãe morreu, tudo em que pensei foi em sobreviver. Não sonho desde que era criança."

"Então, o que você sonhava quando criança?"

Ela precisou de um momento; ele podia senti-la vasculhando por memórias há muito enterradas.

"Você vai me achar tola. Mas eu queria ser uma rainha das fadas, correr descalça pela floresta, cantar como um pássaro e voar pelas árvores." Ela sorriu. "Ser capaz de falar com os animais." Ela gargalhou. "Como meus irmãos e eu costumávamos correr pelo quintal batendo os braços e gritando como passarinhos." Ele viu a alegria em seu rosto enquanto ela se perdia nas memórias.

"Honre-me", disse ele.

"O quê?"

"Deixe-me ajudá-la com suas necessidades... seus sonhos." Ele colocou a palma de sua mão sobre o peito. "Sinto que há uma grande magia em algum lugar dentro de mim e, com a sua ajuda, sabe-se lá do que somos capazes. Mas entendo agora que, para desbloquear essa magia, primeiro você deve me honrar da forma apropriada. Ofereça-os para mim... os doces."

Ela devolveu um olhar confuso. "Acabei de fazê-lo."

"Você deve fazer melhor."

"Não entendo."

"Seu tributo deve ser uma oferenda *legítima*... do seu coração. Não está vendo? Esses deuses da floresta de que sua mãe falou... eles não eram adorados? Como parte desse pacto entre os povos e a natureza? Sim, é óbvio."

"Adorados? Não tenho certeza de que..."

"Você ainda tem medo de mim?"

Ela permaneceu em silêncio por um longo tempo, depois assentiu. "Estou com medo, confusa e aflita. Ouço meu pai me avisando, dizendo que você levará minha alma, depois minha mãe me dizendo para ouvir meu coração."

"E o que diz seu coração?"

Ela se deparou com seus olhos prateados. "Meu coração deseja acreditar em você. Muito mesmo."

Ele estendeu o braço e tocou suavemente a parte superior da mão dela. Ele sentiu o pulso dela acelerar. "Lembre-se de como a magia uniu os batimentos de nossos corações para que pudéssemos fazer o milho brotar. Lembre-se do êxtase, do arrebatamento, da alegria. Como isso pode não ser bom? Talvez se você acreditar que sou um deus da floresta, então serei um deus da floresta. Acredite em mim, Abitha."

"Mas *quem* é você? Como posso não estar cautelosa, não ter medo de que você seja um diabo ou demônio? Que, se eu der muito de mim para você, você será dono da minha alma? Não é justo dizer isso, visto que você, você mesmo, não sabe quem é?"

"Se isso funcionar, provará que sou mais que um caçador, mais que um demônio. Ajude-me a encontrar o meu verdadeiro eu e eu vou ajudá-la de todas as maneiras que puder. Eu lhe darei um milharal e, quem sabe, talvez um dia voemos juntos pela floresta."

Ela olhou para o milho. "Ouvi dizer que o demônio não pode negar seu nome. Seu nome é Satanás ou Lúcifer? Jure que nenhum deles é seu nome. Que você não é o Grande Tentador."

"Esses não são meus nomes. Eu juro."

Ela examinou seu rosto por um longo tempo. "Você ainda não se lembra do seu verdadeiro nome?"

Ele balançou a cabeça. "Não."

"Bem, você precisa de um nome. Não o chamarei de Pai." Ela olhou para ele, para seus chifres, e depois tocou em seu pelo desgrenhado. "Samson."

"O quê?"

"É apropriado. Vou chamá-lo de Samson. O nome do meu bode. Ele era um bom bode."

O Pai não tinha certeza de como se sentia a respeito disso.

“É um nome forte. Nobre e poderoso.”

“Sam... son”, disse ele, como se estivesse provando a palavra. “Samson.” Ele olhou para ela. “É isso que você precisa que eu seja?”

“Sim.”

“Então, para você, eu sou Samson, o deus da floresta.” E, após essa declaração, algo se agitou nas profundezas de seu peito. Ele assentiu. “Certo. É certo isso... que você deva me dar um nome.” E, outra vez, ele sentiu o véu entre ele e seu passado esmorecer.

Ela pegou os três doces, estendeu-os diante de si no guardanapo e olhou fundo nos olhos dele. “Em nome de Deus Todo-Poderoso”, disse ela, lenta e claramente e com o coração, “eu faço esta oferenda a você, Senhor Samson. Por favor, cuide de mim e da minha fazenda. Por favor, dê vida às minhas plantações.” Ela levantou os doces na direção dele.

Samson pegou os doces e a sensação em seu peito se dilatou, a vitalidade afluiu ao longo de seu corpo. Ele os comeu, um de cada vez, e com cada um deles, o vigor e a potência cresciam dentro dele.

“Sim, *este* é o caminho certo.” Ele sentiu o ar se agitar, olhou para as fileiras de milho ressequido, e era como se pudesse ouvi-los chamando por ele. “É o momento de ser grandioso.”

CAPÍTULO 6

Abitha saiu para a varanda com um copo de leite e a Bíblia de Edward. Ela derramou o leite nos três pires e se sentou. Ela contemplou o milho, ainda tendo dificuldade em acreditar no que estava vendo. A parte mais alta da propriedade estava quase toda recoberta de caules altos e saudáveis.

Nas últimas duas semanas, havia feito pequenas oferendas e presentes a Samson e juntos, a besta e ela, trouxeram o milho de volta à vida. Até houve chuva, não muito, mas o suficiente para que pudesse finalmente cumprir com todas as tarefas que estava negligenciando: as duas cabras, galinhas, sua pequena horta e as abelhas de Edward, especialmente as abelhas de Edward, pois Samson parecia mais afeiçoado ao doce de favo de mel.

Ela procurou por sinais de Edward entre as árvores, mas não encontrou nenhum. Ela não o via desde seu pacto com Samson. "Funcionou, Edward?", sussurrou ela. "Você está livre? Você está em paz?"

Booka se juntou a ela, começou a lamber o leite, então Abitha abriu a Bíblia e começou a ler.

Céu chegou voando e pousou na varanda, olhando com desejo para o pires de leite. Um momento depois, Riacho se juntou a ele, Booka mal lhes dirigia o olhar. Todos os dias Abitha deixava leite para eles. Ela podia ver que eles queriam, embora se recusassem a beber.

Abitha não via o gambá desde que deu seu chilique, e tudo bem para ela; que esperava nunca mais ver aquela criatura imunda outra vez.

Ela viu Samson saindo da floresta. Ele se aproximou e se sentou na varanda ao lado de Abitha. Foi então que viu os lobos, três deles se demorando na fileira de árvores por onde Samson havia acabado de sair. Abitha começou a se levantar, para pegar seu mosquete.

Samson colocou a mão em seu ombro. "Eles não lhe farão mal algum."

"Como você sabe?"

"Porque eu os proíbo."

Abitha ficou de olho nos lobos e, poucos momentos depois, eles se emaranharam novamente nas árvores. Abitha suspirou. "Você pode falar com eles?"

Samson deu de ombros. "De certo modo." Por cima de seus ombros, ele olhou para a Bíblia. "Essas são as palavras do seu deus?"

Abitha assentiu. "Sim, o reverendo me deu licença do culto e, em troca, prometi ler várias passagens por semana. E, se bem o conheço, ele fará perguntas para mim."

"O que diz o seu deus?"

"Ele diz muitas coisas boas. Entretanto, tudo pode se tornar um pouco confuso. Por exemplo, como é que Deus permite que o demônio atormente as pessoas dessa forma?"

"Você fala muitas vezes de deuses e demônios. Qual é a diferença?"

"Isso é fácil", disse Abitha. "Os deuses são benevolentes, cuidam de seu rebanho em troca de sua devoção. Demônios afligem e atormentam."

"E se não for tão simples assim?", Samson perguntou. "Pode um deus ser tanto o caçador quanto o pastor? Recompensa e aflição? O seu deus apenas faz o bem?"

Abitha começou a dizer sim, então contemplou o livro em suas mãos. "Não, acho que não. O Senhor, Deus, Ele inundou o mundo, trouxe pragas, envia aqueles que O ofendem para o tormento eterno. Talvez isso dependa de como se define o bem."

"Seu deus, ele é um caçador." Samson pareceu satisfeito ao ouvir isso.

"Sim, por vezes. Diz-se que o Senhor escreve certo por linhas tortas." Abitha fechou a Bíblia. "Como eu disse... tudo pode ser um pouco confuso."

"Talvez não, talvez um deus apenas tenha muitos lados." Samson soava esperançoso. "Hum... você me faz oferendas, eu cultivo o milho, cuido de você em troca de sua devoção. Talvez eu seja um deus, afinal? O seu deus."

Abitha riu. "Se ao menos fosse tão simples. Deus nunca foi algo fácil para mim. Entre os ensinamentos pagãos de minha mãe e as visões conflitantes de meu pai sobre o cristianismo, muitas vezes me deparo com minhas inseguranças sobre quem mesmo é Deus."

"Por que você se limita a apenas um?", Samson perguntou.

Abitha fez uma pausa, percebendo que não tinha uma resposta. Não era algo que já houvesse levado em consideração antes. Mas agora, pensando nisso, sua mãe havia falado muitas vezes de Jesus e do mundo espiritual como uma só coisa conectada. "Quantos deuses você acha que existem?", Abitha perguntou.

"Não tantos quanto antes", disse uma voz.

Eles se viraram e encontraram Floresta encostado na coluna mais distante da varanda, com os braços cruzados firmemente no peito, de cara fechada.

Floresta arrancou um carrapato debaixo do braço e o comeu. "E se o Pai não mudar seus caminhos, e logo", disse ele amargamente, "haverá um a menos."

Abitha entrou na praça da vila, passando rapidamente pelo tronco de açoitamento. Esther Hollister estava curvada nos troncos verticais, suas pernas tremendo como se pudesse desmoronar a qualquer momento. Abitha se perguntou há quanto tempo a pobre mulher estava lá, mas não se atreveu a parar, pois estava quase atrasada para o culto.

"Abitha!" Era Helen; ela alcançou Abitha e caminharam juntas.

"Abitha, devo avisá-la que..." Helen parou, olhando para Abitha.

"O que foi? Meu cabelo?" Abitha rapidamente verificou se nenhum de seus cachos havia escapado de sua touca.

"Você parece... veja... absolutamente radiante?" Helen pareceu chocada, mas contente. *Radiante?* Abitha pensou, sentindo-se corar. *Ora, veja, é uma novidade*. De fato, havia feito algum esforço, limpando a si mesma e suas roupas, por fim encontrando tempo para consertar suas saias e outras peças. Mas ela sabia que era mais do que isso. Finalmente estava dormindo uma noite inteira e comendo como deveria. Samson não havia parado com o milho, e agora havia bastante. Samson havia derramado sua bênção por toda a fazenda, agraciando-os com uma abundância de mel, frutas silvestres, legumes e uma fartura de ovos e leite de cabra. Porém, ela suspeitava que poderia até ser um pouco mais, que talvez parte da magia de Samson a estivesse contagiando.

Elas prosseguiram.

"Eu ia dizer que... ia avisar que há muitos que estão infelizes que o reverendo tenha lhe concedido licença nos últimos meses. Ele não recuou, mas causou muitos atritos."

"Meses? Não... veja, foi apenas..." Ela parou. "Estamos em agosto, não é?"

"Agosto? Não, Abi, já chegamos a setembro."

"Setembro?", Abitha gaguejou, buscando compreender como o tempo passou com tanta rapidez. "Bem, estou aqui agora e estarei a partir de agora, para que eles possam encontrar outra pessoa para se preocupar. Mas, diga, quem é que está tão aborrecido? Seria Wallace por acaso?"

"De fato, seria. E também sua esposa e Charity. Eles têm incitado o grupo habitual de intrometidos, Dona Dibble e seus amigos. Mas as coisas não estão como de costume, não desde que encontraram o corpo da velha viúva Pratt."

Abitha parou. "O que houve?"

"Você não soube?"

Abitha balançou a cabeça negativamente.

"Ela morreu enquanto colhia amoras do lado de fora dos muros. E a parte mais estranha, eles não encontraram um arranhão nela."

"Ela era velha."

"Sim, mas ela estava com seu neto, Jarret, que disse que uma besta com chifres os atacou. Então, é claro, agora a maioria das pessoas acredita que foi o demônio que veio e arrebatou sua alma. Em nada ajuda o fato de que o velho Ansel está destrambelhando, bisbilhotando por aí, espionando as pessoas, gritando que é o demônio toda vez que um gato peida."

"Jarret disse como era essa besta?"

"Sim, de fato, várias e várias vezes. Ele acorda à noite em meio a ataques, gritando e chorando. Diz que está atrás dele em seus sonhos. Diz que é como um grande bode, com chifres retorcidos, dedos longos e afiados e olhos prateados."

Abitha levou a mão à boca.

"Ah, e ouça isso. O menino conta que o demônio roubou o balde de amoras da viúva Pratt. Bem, o que é certo é que o balde nunca foi encontrado. O que acha disso tudo?"

"Eu... Eu..." Abitha não conseguia encontrar palavras. *O que aconteceu? Samson, o que você fez?*

"E onde está o seu mosquete, Abi? Não há razão para perambular por essa trilha sozinha em primeiro lugar. Por esses dias, ninguém está saindo da vila a menos que esteja armado, visto que os lobos se tornaram tão audazes. Lewis Ward e seu filho saíram para caçá-los há algum tempo e ninguém os viu desde então."

O sangue de Abitha gelou quando seus pensamentos de imediato recaíram sobre os lobos que rondavam sua fazenda.

"Todos temem que o pior pode acontecer com eles", continuou Helen. "E você pode ouvir os animais uivando nas proximidades, às vezes até durante o dia agora. Muitos acreditam que não são lobos, mas o próprio Slewfoot. Que ele está à espreita nessas mesmas florestas, nos observando, esperando para..."

"Não seria a primeira vez que lobos matam um caçador solitário", disse Abitha com a voz ríspida. "Ou que homens se aventuraram por essas florestas perigosas e não retornaram. Acontece. Não é nada de novo." Abitha se surpreendeu com a atitude defensiva em sua própria voz, então se perguntou quem ela estava tentando convencer.

Helen lançou um olhar preocupado, disse outra coisa, mas Abitha não a ouviu. Ao invés disso, ouviu as palavras de Floresta: *"Em breve, vamos* despertar *seu espírito, seu verdadeiro espírito. E, quando o fizermos, ele se empanturrará com suas entranhas."*

"Não devemos nos demorar", disse Abitha, querendo que o assunto terminasse, e elas retomaram seu caminho. Abitha logo viu Dona e Mary Dibble com seus pares habituais diante da casa de reunião. "Falando no demônio", disse Abitha baixinho.

As mulheres ainda não haviam notado Abi, pois observavam o xerife Pitkin, que estava no topo de uma escada pregando uma cabeça de lobo acima do batente da porta — sangue ainda pingando do macabro troféu.

Abitha apressou-se, com a intenção de passar tão despercebida quanto podia, não querendo problemas com aquelas mulheres naquele dia, mas Mary a notou e prontamente alertou o grupo. Todas as demais se viraram, fixando rostos severos cheios de indignação sobre Abitha. A postura do grupo era de confronto franco.

Abitha ficou tensa e respirou fundo.

"Ó, Senhor", sussurrou Helen. "Agora, elas estão todas eriçadas."

Dona Dibble começou a falar, mas quando Abitha se aproximou, ela apertou os olhos, como se não estivesse enxergando direito. As outras mulheres repetiram o gesto. Seus rostos variavam entre o desprezo e a surpresa. Abitha sabia que deveriam estar tão chocadas com sua aparência quanto Helen e pretendia tirar proveito de sua perplexidade para escapar.

Dona Dibble deu um passo à sua frente, bloqueando o caminho com sua corpulência.

"Ora, Abitha", disse Dona Dibble, inclinando-se sobre a mulher menor. "Como sua pele está sedosa esta manhã. Parece que a licença do culto lhe fez muito bem. Faz pensar se você não está apenas se aproveitando da graça do reverendo."

Abitha sentiu seu rosto corar, junto de uma torrente de palavrões em sua língua. *Cuidado, Abi,* ela pensou. *Cuidado.* "Agradeço a sua preocupação, Dona Dibble. O bom Deus tem sido misericordioso nas últimas semanas. Agora, com licença, preciso ir e agradecer."

Abitha tentou seguir caminho quando Dorthy Dodd se colocou à sua frente. "Será justo que alguém seja tratado de forma tão especial?"

As mulheres todas balançaram suas cabeças.

"Você deve saber que", acrescentou Dorthy, "sua ausência causou muita divisão dentro do rebanho".

"Sinto muito por isso. Sinto muito, muito mesmo. Espero poder me reconciliar." Todas começaram a falar.

"Sim, como disse o reverendo Smith, seu orgulho, seu comportamento egoísta enfraquece a todos nós."

"Há aqueles que defendem que você está abrindo a porta para o próprio Slewfoot."

"Sim, muito se fala disso."

"É mais do que conversa, isso tudo. Ansel encontrou evidências."

"Sim", disse Dona Dibble. "Evidências de que o demônio está trabalhando. E isso começou mais ou menos na mesma época em que você achou por bem tomar a fazenda de Wallace. O que acha disso? Coincidência?"

Abitha forçou um sorriso. "Eu não sei. Apenas sei de minha humildade diante do Senhor e quero agradecer por todas as suas graças. Agora, por favor. Devo seguir meu caminho." Ela podia ver em seus rostos que essa não era a resposta que esperavam, mas não se importava, apenas precisava ficar longe antes de fazer algo que se arrependesse.

Abitha abriu caminho entre as mulheres maiores e se dirigiu aos degraus. Alguém a agarrou pelo braço, puxando-a. Era Dona Dibble. "Não terminamos."

Abitha havia passado muitos anos nas ruas de Londres lidando com toda sorte de gente atrevida, então reagiu por instinto, enfiando um dos pés atrás do calcanhar da Dona Dibble e dando à mulher maior um empurrão forte.

Dona Dibble recuou, caiu, aterrissando com força em suas ancas.

Abitha olhou para ela. "Escute bem minhas palavras, Dona Dibble. Coloque as mãos em mim outra vez e descobrirá quão afiadas são minhas garras." Embora quase todas as mulheres pesassem um tanto mais do que Abitha, ela olhou em cada um de seus rostos, desafiando qualquer uma delas a dar um passo à frente.

"Xerife", Dorthy gritou. "Você não viu isso? Ela atacou a pobre Dona Dibble. Você deve prendê-la imediatamente!"

"De fato, eu vi", disse o xerife ao descer da escada. "Eu vi Dona Dibble colocando as mãos em Abitha. E eu, pelo menos, pensaria duas vezes antes de fazer isso outra vez." Ele sorriu para Abitha. "Talvez todos nós devêssemos entrar e passar algum tempo com nosso Senhor. Creio que isso seria bom para todos. O que dizem?"

As mulheres fizeram cara feia como se mordessem algo azedo. O rosto da Dona Dibble ardia de ódio enquanto olhava para Abitha.

Abitha se virou e subiu os degraus. Entrou na casa de reunião e foi recebida por olhares austeros, mas esses olhares rapidamente se transformaram em consternação, pois pareciam estar tão atordoados por sua aparência quanto Helen e as outras mulheres. Ela percebeu Wallace olhando para ela, de boca aberta, observando-a como se tivesse retornado do túmulo. Ele parecia confuso e perplexo, depois dolorido, como se sofresse de uma indigestão. Abitha imaginou que deveria parecer uma visão diferente da última vez em que se viram. Ela lhe deu um sorriso malicioso e pensou, *Wallace, querido, há muitas outras surpresas pela frente para você.* Ela sabia que era pecado se vangloriar, mas mal podia esperar para ver o rosto dele quando quitasse o débito.

O reverendo Carter subiu ao púlpito e conduziu a congregação em suas orações, seguido por seu sermão de abertura. Não demorou para que o reverendo falasse do demônio e de suas tentações, mas Abi conseguia apenas pensar na viúva, nos caçadores, nos lobos, torcendo nervosamente a bainha da manga entre os dedos. *Samson, o que você é?*

Floresta estava na varanda de Abitha, olhando para a fazenda, certificando-se de que o Pai não estava à vista. Céu e Riacho deveriam assobiar se ele voltasse, mas já não podia contar tanto com os dois, sentindo que não possuíam mais discernimento entre eles do que uma galinha comum.

Floresta entrou na cabana e franziu o nariz. *Tudo cheira a ela.* Ele olhou ao redor, procurando por suas roupas de trabalho, encontrando-as na cama. Ele sabia que as vestiria quando voltasse; ela sempre as vestia. Porém, desta vez ele pretendia fazer uma surpresa para ela.

Ele escalou a cama e subiu nas roupas, fechou os olhos, buscando com sua visão, procurando em todos os pequenos esconderijos e rachaduras e fendas da cabana de madeira, no telhado de palha, nas cavidades sob as tábuas do assoalho, todos os lugares onde os peçonhentos, as cobras, as centopeias e as viúvas negras gostavam de se esconder.

Floresta sabia que tinham que estar lá, mas não encontrou nenhum.

"Não deveria ser tão difícil", ele rosnou. Quando estava em seu auge e Pawpaw era a maior árvore da terra e o mundo estava cheio de magia, poderia ter sondado toda a fazenda, encontrando todas as criaturas nela.

"Mãe Terra, ouça-me. Por favor, não posso fazer tanto por conta própria." Ele tentou outra vez, desta vez recorrendo ao pulso da terra, mas era tão fraco, um delicado fio tênue no fundo da terra. Ele o tocou.

Ali! Alguns leves brilhos ganharam vida no quarto. E, em uma cavidade ao lado da cabana, uma cobra, uma cabeça-de-cobre! Não muito grande, mas grande o suficiente.

Venham a mim, ele acenou, mas não recebeu resposta.

Ele chamou outra vez, esforçando-se conforme tentava introduzir seus pensamentos naqueles minúsculos cérebros.

Venham a mim, agora! E alguns deles *de fato* o ouviram, mas permaneceram imóveis, nenhum deles desejava abandonar seus ninhos aconchegantes.

"*Venham!*", murmurou entre dentes. "Malditos sejam, venham até mim agora!" Ele estava tremendo, a tensão cobrando seu preço, perdendo sua conexão com a magia. O mundo começou a girar e ele caiu.

"Não", ele gemeu. "Não é possível. Não posso estar tão desamparado. Como poderia lançá-los sobre ela se não posso trazê-los de seus ninhos?"

Floresta permaneceu ali por muito tempo, olhando para as vigas. Lentamente, ele começou a acenar com a cabeça. *Há outra forma. Será terrível e doloroso, mas isso não pode ser evitado. Só preciso de uma ajudinha.*

Depois de quase uma hora de sermões, as costas de Abitha estavam começando a doer; ela se mexia no banco duro, mas simplesmente não havia como ficar confortável. O reverendo Carter começou a ler alguma passagem de Colossenses sobre dar graças a Deus, ser frutífero em todo o seu bom trabalho, perseverança e paciência e assim por diante. Abitha ouviu muito pouco, seus pensamentos em Samson e seus atos sombrios, mas quando o reverendo leu: "Porque por Ele foram criadas todas as coisas que estão no céu e estão na terra, visíveis e invisíveis", ela se endireitou.

Havia mais que isso, mas Abitha estava perdida em seus próprios pensamentos. *Se Deus realmente criou todas as coisas, então Ele não criou Samson? Então, Samson não é apenas mais uma das criaturas de Deus desempenhando Seu papel no grande desígnio do Senhor?* Ela ponderou como um lobo matar para alimentar a matilha não tornava aquele lobo mau, apenas perigoso. E os anjos não eram perigosos? Os anjos cometeram diversos atos terríveis em nome do Senhor. Ao realizar uma oferenda a Samson, ela não estava escolhendo Samson em vez de Deus, apenas alimentando o lobo. E se ela fosse mordida, então seria a sua própria morte, não uma ofensa a Deus. E quem poderia afirmar que Samson não estava distribuindo a bênção de Deus como um anjo? Ele não havia levado vida para sua fazenda? Que mal poderia haver em tal ato?

Abitha gostava da ideia de Samson ser algum tipo de mão de Deus. Sua mãe não o havia ensinado que muitos deuses pagãos benevolentes eram bestas com chifres? Ela também combinava Deus e o paganismo em suas práticas, dizendo que quanto mais bênçãos, melhor.

Abitha torcia a bainha da manga cada vez mais apertada e se perguntou se não estava apenas dizendo a si mesma o que queria, o que *precisava* ouvir. Ela balançou a cabeça. *É possível, mas a dura verdade é que Deus julgou ser conveniente virar meu mundo de cabeça para baixo.* Ela olhou para o grande olho julgador pintado sobre o púlpito. *Senhor, estou fazendo o melhor que posso. Se isso não for nada mais que uma provação, um grande teste da minha fé, então a vergonha é sua por me atormentar tanto.*

O reverendo Carter fez uma pausa e o silêncio repentino tirou Abitha de seus pensamentos. O reverendo parecia ter se perdido, e não pela primeira vez naquele dia. "Peço desculpas", disse o reverendo. "Não estou lá muito bem esta manhã. Reverendo Collins, você poderia nos fazer a gentileza de concluir os sermões de hoje?"

O reverendo Collins subiu ao púlpito ao passo em que o reverendo Carter se dirigia ao seu assento. Foi então que Abitha notou que sua esposa não estava presente. *A senhora Carter jamais perdia os dias de culto,* ela pensou, preocupada com o que isso poderia significar. Abitha agarrou o guardanapo dobrado no avental. Ela havia trazido para a mulher um punhado de doces de favo de mel, um pequeno agradecimento pela gentileza que havia demonstrado a ela.

O primeiro sinal que Abitha percebeu do motivo de a senhora Carter não estar no culto veio quando, enfim, o reverendo Collins pediu a todos que curvassem a cabeça em uma oração especial por Martha — a filha do reverendo Carter — pedindo ao Senhor que auxiliasse em sua recuperação.

Assim que o culto terminou, Abitha esperou do lado de fora pelo ministro, aproximando-se dele em seu retorno para casa.

"Abitha, você não sabe como me agrada vê-la aqui. Precisamos falar sobre a sua ausência."

"Não se preocupe, reverendo. Prometo que estarei aqui conforme exigido a partir de hoje."

Ele pareceu aliviado. "É bom ouvir isso."

"E não posso agradecer o suficiente por esta graça. Isso fez toda a diferença e eu prometo compensá-lo."

Ele olhou para ela com ar curioso. "Você parece bem." Aquilo era quase uma pergunta.

Abitha notou que Dona Dibble e vários outros paroquianos os observavam, não escapando dos olhares severos dirigidos a ela e ao reverendo.

"Senhor. Eu trouxe isso para você e sua esposa." Ela lhe entregou o guardanapo dobrado. "É um presente singelo, mas um agradecimento sincero."

Ele espiou sob a dobra e sorriu. "Sarah ficará feliz."

"Por favor, diga a ela o quanto sua bondade significa para mim."

"Direi a ela."

Ela pôde notar que ele precisava seguir seu caminho. "Reverendo, mais uma coisa."

"Diga."

"Sua filha, Martha. Senhor, o que tanto a aflige?"

"Aparentemente ela está com sarampo. Esperávamos que já estivesse melhor a esta altura, já que Sarah e eu fomos acometidos quando crianças e nenhum de nós teve uma reação tão forte."

"Ela está piorando então?"

"Odeio dizer isso, mas sim, esse é o caso. É por isso que Sarah não está conosco hoje."

"Talvez haja algo que eu possa fazer para ajudar?"

"Você pode manter Martha em suas orações. Agora, sinto muito por me apressar, mas tenho que ir."

"Sim, é claro. Todos vocês estarão em minhas orações."

Abitha o observou ir embora, então começou sua longa jornada para casa. Ela caminhava a passos ligeiros, perdida em seus pensamentos, não pensando em lobos ou demônios, mas tentando se lembrar de como sua mãe havia tratado o sarampo.

Floresta espiou sob a cama de Abitha, rondou seu armário, a fornalha, depois até a velha penteadeira onde guardava suas roupas. Ele estava procurando o lugar certo — um esconderijo onde seus ajudantes poderiam dar a ela a surpresa de sua vida. Ele parou de repente, farejando. "O que é isso?"

Floresta correu para a porta e torceu o nariz. "Alguém está a caminho." Ele fechou os olhos, procurando. "Um homem... em um cavalo?"

Um sorrisinho perverso se espalhou pelo rosto do gambá e ele saiu correndo da varanda para o milharal, em direção à floresta. "Pai!", chamou ele. "Pai, temos um visitante!"

No momento em que Abitha se dirigiu para casa, Wallace já estava a caminho de sua fazenda, cavalgando veloz. Ele deixou a vila antes dela, montando e partindo antes mesmo que ela saísse de lá.

O que está acontecendo, meu pai?, ele se perguntou. *Ela parecia... o quê? Saudável... vibrante? E aquele sorrisinho nojento? Aquele não era o rosto de uma mulher derrotada.*

Ele subiu a colina acima da fazenda, deu sua primeira boa olhada nos campos de milho e gelou por completo. "Isso não é possível", gaguejou. "Não, não!" O campo estava recoberto de milho, milho alto e saudável. Ele continuou balançando a cabeça como um homem que havia perdido a sanidade.

Ele cavalgou até a cabana, desmontou, quase caindo do cavalo. Seu coração batia forte. Ele beliscou as bochechas, puxando o próprio rosto. "Eles levarão minha fazenda, minha casa. Estou arruinado. Perderei tudo!"

Wallace agarrou-se ao cavalo para não cair de joelhos. "Eu irei dar um jeito nisso, pai... Eu prometo. Eu *irei* dar um jeito nisso." Ele olhou para o celeiro — cogitava incendiá-lo, o celeiro, a cabana, o burro, cabras e galinhas, tudo aquilo — quando uma ideia melhor surgiu. Esmagar o milho, ele pensou. *Sim, basta cavalgar com meu grande alazão através dos campos!*

Ele sorriu como um bárbaro e montou no garanhão. Ele virou o cavalo em direção ao campo e parou.

Ele não estava sozinho. Alguém estava lá, no milho alto.

Wallace não viu ninguém, mas alguém estava lá, ele o sentia em seus ossos. Foi então que ele percebeu que, na pressa de sair antes de Abitha, havia deixado seu mosquete para trás, que não levava sequer uma faca consigo.

"Olá", ele chamou.

A brisa aumentou e os talos balançaram. Ele pensou ter percebido um movimento, mas era difícil ter certeza entre todas as sombras que dançavam.

"Saia agora mesmo", ele exigiu. "Saia ou eu..."

Uma figura, um homem com o rosto obscurecido, estava à distância em meio aos talos; ele parecia familiar.

Wallace apertou os olhos e ofegou. "Edward?", ele chamou, com a voz trêmula. "Diga-me, é você, irmão?"

Edward ergueu a mão e acenou para ele. Então, Wallace teve um vislumbre de seu rosto, viu que seus olhos eram apenas duas cavidades negras. Todos os pelos do corpo de Wallace se arrepiaram. "Que diabrura é essa?"

O vento soprou mais intenso e as folhas de milho estalaram, soando como risadas de crianças. Wallace balançou a cabeça, tentando se livrar do som sinistro.

Então Edward abriu a boca, como se estivesse tentando falar, mas nenhum som saiu de seus lábios.

"Não", sussurrou Wallace. "Você não é Edward." Sua voz se ergueu, rachando. "Edward está morto!"

O rosto de Edward assumiu uma tristeza insuportável e ele começou a desaparecer, afastando-se com as sombras, desaparecendo no milharal como se nunca tivesse estado lá.

Wallace piscou e esfregou os olhos. "Não, aquele não era Edward. Você está apenas vendo coisas. Essa..."

O garanhão bufou e pisou, cambaleando para trás.

Alguém — não, *alguma coisa* — estava lá.

Wallace puxou as rédeas com força, esforçando-se para manter seu cavalo sob controle.

Longe, perto das árvores, os talos se dividiram, balançando de um lado para o outro enquanto algo se movia com firmeza em direção a ele através do milho. Wallace não podia vê-lo, mas o sentiu, sentiu sua maldade tão certa quanto o sol em sua pele.

Wallace chutou o garanhão, empurrando os calcanhares em seus flancos. A besta berrou e saltou para longe do campo, mas não rápido o suficiente para Wallace. Ele continuou chutando a montaria, incitando-a a galopar à máxima velocidade, sem ousar olhar para trás, até que subisse a colina, quando então olhou, certo de que Edward o estaria perseguindo, mas um Edward que teria longas presas e garras.

Não havia ninguém lá.

Wallace puxou as rédeas, olhando para o milho, seu pulso acelerado, sua respiração vindo forte e rápida. Ele esperou que Edward saísse rastejando do milharal, ou talvez um urso, um lobo... ou talvez o próprio demônio, mas nada, nem ninguém, saiu.

O que foi isso, meu pai? Por favor, diga. Era o Edward? Quem sabe seu fantasma? Wallace observou o vento e as sombras brincarem com os caules altos e balançou a cabeça. *Não, não, claro que não. Estou fora de mim. Isso é tudo. Isso é tudo!* No entanto, ele não desceu de volta para pisotear o milho, afirmando a si mesmo que não adiantaria de qualquer maneira, que o milho estava maduro, pronto para a colheita. Abitha precisaria apenas arrancar as espigas de milho do chão. Em vez disso, ele se sentou lá olhando para a fazenda, *sua* fazenda, para todo aquele belo milho.

"Ladra", proferiu. "Você não passa de uma ladra, sua mulher miserável." Seus olhos se estreitaram ao máximo. "Darei um jeito nisso... tão certo quanto Deus está no céu, eu vou." Ele mordia o lábio enquanto um plano começava a tomar forma, depois balançou a cabeça. *Não... Não consigo. Como poderia fazer algo assim? Seria um pecado. Seria...*

Ele olhou para suas mãos, viu que estavam tremendo. "Contenha-se", rosnou. "Não deixe que sombras e ecos coloquem medo em sua alma. Você está com a razão nisso. Deus sabe que você está." Foi então que as palavras do magistrado Watson vieram a ele. "Os anjos, por vezes, devem cometer atos terríveis em nome do Senhor."

"Sim." Wallace assentiu, sua voz crescendo com o senso de justiça. "O que deve ser feito, será feito!"

Ele deu à fazenda mais uma longa olhada, vasculhando os altos talos de milho. "Se você estiver aí, irmão, saiba disso ... Corrigirei esse erro. Eu trarei a paz que você deseja. Isso eu lhe prometo."

Ele chutou o garanhão e foi embora, trotando de volta pela longa estrada até Sutton, seu rosto era como uma máscara sombria enquanto ponderava o cumprimento de seu plano. Quanto mais se afastava da fazenda, da visão de Edward, do riso sinistro, da coisa ameaçadora no milharal, melhor o plano soava, até que finalmente, sem sequer perceber, ele estava sorrindo.

A cerca de um quilômetro da cidade, Wallace avistou Abitha indo para casa e chutou seu garanhão para que galopasse, cavalgando diretamente em sua direção.

Abitha, com os olhos arregalados de medo, saltou para o lado da estrada, por pouco evitando ser atingida.

Wallace riu e gritou: "O julgamento está vindo para você!" E seguiu cavalgando.

Abitha, ainda abalada por seu encontro com Wallace, entrou em sua cabana. Ela fez uma pausa na entrada, respirando fundo e tentando se acalmar. Ela examinou o cômodo — algo não estava certo, mas não encontrou nada fora do lugar. Ela estendeu a mão para a porta, onde pendia a corrente de tranças, buscando seu conforto, passando suavemente os dedos pelos elos e, ao fazê-lo, ela viu Floresta, nada além de um contorno fantasmagórico.

"Vá embora", disse ela, com um olhar severo sobre eles. E ainda que mal pudesse vê-lo, ela ainda podia captar sua surpresa.

Ele se materializou, olhando para ela de uma maneira totalmente nova. "Você *é* um deles. Uma das pessoas mágicas!"

"Saia."

Ele se dirigiu para a porta, demorando um momento para estudar a corrente de tranças, dando-lhe mais um olhar astuto antes de sair.

Abitha vestiu prontamente suas roupas de trabalho, parando na porta para amarrar seu avental curto ao redor da cintura. Seus olhos retornaram para a corrente de tranças, o alfinete de serpente de cobre. "É verdade então, mãe? Eu sou como você?" Ela estendeu a mão para as tranças, hesitou, querendo levá-las com ela, querendo seu conforto, mas se perguntando se deveria, se estava pronta para esse passo. Ela mordeu o lábio e ergueu as tranças do gancho, segurando-as contra o peito.

"Mãe, estou cega, andando por um caminho que não posso enxergar. Mas devo percorrê-lo. Guie minha mão com firmeza, ajude-me a ficar longe da mácula do demônio." Ela levou as tranças aos lábios e um levíssimo cheiro de lavanda e sálvia veio até ela. Ela fechou os olhos e inalou profundamente enquanto boas lembranças de sua mãe fluíam através de sua mente, tocando seu coração. Ela abriu os olhos, enfiou as tranças no fundo do bolso do avental e partiu direto para a floresta, a passos rápidos.

Ela ouviu alguém vindo atrás dela. Era Samson. Ele a alcançou em um pequeno prado. Abitha olhou profundamente em seus olhos prateados, prestes a perguntar sobre os caçadores, sobre a viúva. Contudo, o rosto dele estava tão cheio de preocupação, preocupação com ela. *Mais tarde,* ela disse a si mesma. *Quando houver mais tempo.*

"O homem Wallace. Ele esteve aqui."

"Eu sei", disse Abitha enquanto procurava na grama alta. "Quem dera pudesse ter visto seu rosto."

"Era um rosto dos mais infelizes."

Ela gargalhou.

"Ele pretende causar mal a você."

"Sim, ele pretende", disse ela sem olhar para cima. "Ah, aqui estamos." Ela pegou sua faca e cavou em volta deu uma pequena planta, revolvendo a terra. A planta tinha um nó de raízes negras longas e tortas. Ela a ergueu. "Consólida."

"Você come isso?"

"É para Martha, uma criança da cidade. Ela está sofrendo de sarampo. Minha mãe uma vez me mostrou como fazer um unguento a partir dessa raiz. Deve ajudar com as erupções de sua pele."

"O unguento irá curá-la? Como um feitiço ou poção?"

"Isso é o que espero. Deve ao menos mitigar a dor."

"A criança é da igreja... a igreja do Cristo Deus?"

Abitha assentiu, distraída, enquanto limpava a raiz.

"Por que a mãe não pede ao Cristo Deus que cure sua filha?"

"Ela vem pedindo. Todos nós. Muitas, muitas orações."

"E este Cristo Deus não faz nada?"

Abitha deu de ombros. "Veremos. Às vezes Deus ajuda, às vezes Ele não ajuda." Samson balançou a cabeça.

"Eles precisam de um deus melhor."

Abitha riu. "Ah, você deveria sugerir isso a eles algum dia. Os puritanos acreditam que Deus ajuda conforme o merecimento de cada um. Que Ele recompensa apenas os verdadeiros devotos."

"Por meio da cura? Do crescimento de suas colheitas?"

"Sim, abençoa e cuida deles."

"Recompensa a devoção... isso faz sentido. É o mesmo comigo. De muitas maneiras, eu sou como o Cristo Deus, não sou?"

Abitha riu. "Vocês dois poderiam ser irmãos, vocês são tão parecidos."

Ele passou a mão pelo queixo. "A raiz, deixe-me vê-la."

Ela entregou a ele.

Ele cheirou, fechando os olhos. "O cheiro... me faz lembrar." Suas sobrancelhas franziram e ele cheirou outra vez. "Eu os vejo, o povo mágico com suas poções e feitiços... pragas e maldições. Lá... Estou com eles. Posso ver minhas mãos sobre os doentes!" Ele olhou novamente para a raiz. "Se eu puder curar a garota, isso não significaria que sou um deus? Como este Cristo?"

"Você pode?"

"Acredito que há uma maneira." Ele farejou a raiz uma vez mais, como se estivesse investigando. "Suas mãos se juntaram às minhas... não está claro. Mas acredito que é *você* quem invoca o feitiço. Ou talvez invoquemos o feitiço juntos. Não, não é exatamente assim. Você invoca o feitiço através de mim. Sim, sim, como com o milho. Você deve pedi-lo a mim."

Ele devolveu a raiz e ela olhou para ele, incerta. "Como faço isso?"

Ele deu de ombros. "Talvez da mesma forma que você pede bênçãos ao Cristo Deus."

Ela pensou, e em seguida pôs de lado a faca e a raiz. "Eu posso tentar."

Abitha se apoiou em um dos joelhos, unindo as mãos como em oração. "Grande Senhor Samson, em nome de Deus e de tudo o que é sagrado, peço-lhe que, por favor, ajude a curar Martha de sua doença. Amém."

Eles esperaram. Nada aconteceu.

Abitha enfiou a mão no avental, retirando a corrente de tranças. Samson observou com curiosidade enquanto ela a enrolava em volta de sua mão. Ela repetiu a oração e, ao fazê-lo, sentiu um formigamento estranho vindo das tranças.

Os olhos de Samson se arregalaram. "Está ouvindo?"

"O quê?"

"Eles estão cantando. O povo mágico está cantando para mim. Abitha, você deve cantar para mim!"

Abitha cantou. "Ajude-nos, Senhor Samson. Ajude-nos, Senhor Samson. Ajude-nos, Senhor Samson." Agora, entretanto, ela sabia por sua experiência com o milho que não eram as palavras, que era algo mais profundo dentro de si em que precisava tocar, se conectar, liberar. As palavras se dissiparam, transformando-se em sons, procurando, vasculhando, tocando seu coração, sua alma, e de repente ela também podia ouvi-los, à distância, as vozes das mulheres. E quando as vozes encontraram seu ritmo, Abitha soltou, abrindo-se para Samson, e mais de sua visão foi revelada. Ela também viu o povo sombrio, com suas mãos sobre os doentes.

"Ah", ele exclamou. "Eu reconheço isso!"

Ele agiu rapidamente, agarrando uma vareta e desenhando um círculo com a envergadura de seus braços nas folhas e na terra. Dentro do círculo, ele desenhou quatro símbolos, meros rabiscos. Parecia não importar que marcas eram, sim o ato de fazê-las.

"Aqui", disse Samson, afastando-se. "Entre no círculo."

Abitha o fez.

Samson recolheu a raiz e a faca e as entregou a ela. "Agora, precisamos do seu sangue."

Seus olhos se arregalaram, mas ela não interrompeu o ritmo do canto.

"É o *seu* feitiço... deve ser o seu sangue. Apenas uma gota ou duas. Aqui... na raiz."

Ela sentiu um lampejo do velho medo.

"Devemos fazer isso juntos, Abitha."

Ela apertou as tranças com mais força e o sentiu estendendo a mão para ela, revelando seu coração e alma. E o que ela sentiu era apenas bondade, apenas um desejo de curar. *Mãe, guie minha mão com firmeza.*

"Deixe-me entrar", ele sussurrou.

Ela assentiu e Samson entrou no círculo com ela. Uma rajada de calor soprou através dela e ela se abriu, entregando-se completamente a ele, tornando-se parte dele, e juntos agora chamavam a magia nas profundezas do solo. Foi então que ela ouviu a terra sussurrar seu nome.

Ela segurou a raiz na palma da mão aberta, pegou a faca e espetou o dedo. Ela deixou o sangue se acumular, depois fechou os dedos sobre a raiz, segurando-a, pressionando seu sangue sobre ela.

Ela sentiu Samson se conectar com a força terrena, viu a tensão enquanto ele a puxava para cima e para fora de seu refúgio.

A força girou ao redor deles, agitando as folhas, depois fluiu para Samson, incendiando seus olhos prateados. Ele agarrou sua mão e a força entrou nela.

Abitha soltou um gemido febril conforme a magia a preenchia, seus olhos rolavam para cima, todo o seu corpo tremia e, por um momento, ela sentiu que poderia ser demais, que poderia destrui-la, enlouquecê-la. Mas ela não foi destruída. Ela ergueu a raiz acima de sua cabeça, pensando na cura, na vida e na saúde, tentando trançar e emaranhar suas intenções junto à magia. E, quando sentiu que se conectavam, ela empurrou, comandou, guiou a magia, soltando um grito feroz quando a magia a deixou e entrou na raiz. Houve um lampejo e, por um instante ela as viu, doze mulheres em pé ao redor deles em um círculo, de mãos dadas, os rostos escondidos sob seus longos cabelos soltos.

A raiz se contorceu na mão de Abitha e ela a deixou cair no chão, tropeçando para trás e caindo de joelhos, respirando intensa e aceleradamente.

O ar se aquietou e ambos olharam para a raiz.

A raiz começou a se contorcer, seus brotos balançando como braços e pernas, parecendo um homenzinho enrugado. Por um segundo, o que parecia ser um pequeno rosto — olhos, nariz e boca — apareceu. A boca se abriu e um leve gemido vacilante saiu. A raiz tremeu, depois se enrolou lentamente em um nó rígido.

"Acabou?", ela perguntou ofegante.

Samson assentiu. "Acabou."

Abitha foi à cidade pela segunda vez naquele dia, adotando um ritmo acelerado na estrada sinuosa, sabendo que a condição de Martha era delicada e esperando voltar para a fazenda ao anoitecer. Ela entrou na floresta, penetrando cada vez mais em suas profundezas, as árvores altas pairando acima, formando um dossel arqueado como uma catedral primitiva, afogando-a em suas sombras escuras.

Havia triturado a raiz para preparar o unguento, envolveu-o em uma casca de milho e agora o levava em seu avental ao lado da trança. Ela também carregava o mosquete, não porque temia os lobos — Samson havia mostrado que eles não a machucariam — mas por Wallace. E aqui, neste momento, corada com o calor do feitiço, ela quase esperava encontrá-lo, esperava que ele lhe desse motivo para matá-lo.

Enquanto se movia pela trilha, seus pensamentos continuavam retornando ao ritual da raiz. *Ele me enfeitiçou, ela dizia a si mesma. No fim das contas, é isso.* Porém, ela sabia que não era assim. *Eu resisti a ele? Não, eu estava nada menos que ávida por aquilo. Talvez não de início, mas assim que tive um gosto de... de que... de... magia?* Ela não conseguia pensar em uma palavra melhor para essa sensação de potência, de domínio, de estar conectada ao pulso das árvores, do sol, da própria terra... a *Samson*. Havia sido sedutor, quase sensual, despertando algo profundo dentro dela. Ela ainda sentia seu pulso fraco, como se alguma parte do feitiço ainda permanecesse, conectando-a à vida ao seu redor. *Você quer mais?*, parecia que lhe perguntavam isso.

Sim, eu quero, por Deus, eu quero.

Como se em resposta, o vento soprou pelos galhos e folhas, seu som como sussurros, como vozes chamando umas às outras, alertando a floresta de sua vinda. Ela estremeceu, tentou ignorá-los, fingindo que não estavam lá, que não a estavam seguindo.

Uma nova rajada de vento e os sussurros se tornaram mais altos.

Abitha balançou a cabeça, certa de que era apenas uma ilusão de sua mente, que ela ainda estava delirando com o encantamento.

Você está caindo sob o feitiço do demônio, uma voz advertia, voz que poderia vir dela mesma ou das folhas.

"Não", Abitha respondeu em tom silencioso, quase uma súplica. "Samson não é o demônio. Ele nunca me pediu para renunciar a Deus. Nem uma única vez. Ele é cheio de benevolência e cura. Como isso pode não ser obra de Deus?"

E quanto à minha morte?, perguntou outra voz, não muito diferente da de Edward.

"Não foi Samson! Foi culpa daquele diabinho, Floresta. Não é justo culpar Samson por isso."

A viúva... os caçadores?

Abitha balançou a cabeça, taxativa. "Ele estava confuso. Ele mudou. Eu sei, posso sentir isso."

E se fosse assim tão simples, perguntou outra voz, mais parecida com a de seu pai, *então por que isso ainda a incomoda tanto?*

Abitha tampou as orelhas com as mãos e acelerou o passo. Ela podia senti-los ao seu redor naquele instante, sua dor, sua fome, sua necessidade, tanta necessidade.

"Samson", ela sussurrou. "Por favor, seja o que você parece ser."

Ela avistou formas esfumaçadas deslizando pelas sombras, acompanhando sua trilha, perguntando-se o que poderiam ser — fantasmas, espíritos selvagens, demônios? Talvez todas essas coisas juntas?

"Deixem-me em paz", ela sussurrou, mas eles se aproximaram, bufando e resmungando. E foi então que entendeu o que eles realmente queriam. Eles sentiram o cheiro da magia no unguento. Ela agarrou seu avental, a casca de milho, sentiu seu calor, suas promessas, sentiu seu próprio desejo pela florescência mágica.

Ela teve vislumbres de chifres espectrais e escamas, garras e dentes, ouviu um lamento baixo, o som do anseio.

Ela saiu em disparada e ainda assim eles a seguiam, chegando cada vez mais perto.

"Esta magia não é para vocês!", ela gritou, puxando então a corrente de tranças, segurando-a como um talismã de proteção. "Vão embora!"

Mas as tranças pareciam apenas aumentar sua inquietação, sua fome. Eles giravam em torno dela — seus olhos cheios de tristeza, suas bocas cheias de gritos silenciosos — formas tênues e esfumaçadas desprovidas de substância real. No entanto, ela podia senti-los, seus dedos como uma respiração gélida enquanto apalpavam suas roupas e cabelos.

Que portas abri?

Então outra coisa surgiu, outra presença, algo de grande magnitude, algo selvagem e terrível. Parecia estar nas profundezas da terra, a seus pés.

O fantasma, os demônios e espíritos, o que quer que fossem, desapareceram, ficaram para trás. Ela olhou ao redor, observou suas formas lastimáveis escapando de volta para as sombras, tornando-se as próprias sombras.

A presença agora estava com ela. Abitha não podia vê-la, mas sabia que estava lá, logo abaixo do chão, circulando-a.

"Quem é você?", Abitha perguntou.

Ela não recebeu resposta alguma.

"Eu a conheço", Abitha sussurrou e então a forma surgiu à sua frente. "A serpente... dos meus sonhos. É você. Eu sei que é você!"

A presença começou a desvanecer, ficando fraca, mas pouco antes de desaparecer, Abitha pensou ter ouvido seu nome. Ela parou para ouvir, mas não escutou nada, nenhum fantasma, nenhum espírito selvagem, nenhum demônio, nada além do vento.

Abitha chegou a Sutton no final da tarde. Ela tentou manter os olhos adiante, lutando contra a necessidade de olhar para trás a cada instante para se certificar de que as coisas na floresta não a acompanhavam. Ela manteve a cabeça baixa, na esperança de evitar ser notada, mas sabia que sempre havia olhos atentos em Sutton.

Abitha foi até a varanda dos Carters e hesitou. Ela estava confiante de que fazia a coisa certa, mas agora, à porta deles, não tinha mais tanta certeza. Muitos deles, como seu pai, consideravam remédios de ervas e os saberes arcaicos semelhantes à bruxaria, e a senhora Carter não havia ocultado sua desaprovação quanto ao comércio de Abitha com encantos e remédios.

Sua filha poderia estar morrendo, Abitha lembrou a si mesma, sabendo dos riscos que a senhora Carter e o reverendo assumiram em seu nome, que se não fosse pelas palavras gentis de Sarah quando mais precisava delas, era provável que ela, Abitha, estaria morta no fundo de seu próprio poço.

Abitha subiu na varanda dos Carters, apoiou o mosquete contra a parede e bateu.

Um momento depois, a senhora Carter abriu a porta. "Abitha? Bem... o que está fazendo aqui? Você está bem?" Sarah Carter, sempre tão comedida, parecia desgrenhada e exausta.

"Senhora Carter. Soube de Martha. E pensei que poderia ajudar de alguma forma."

Sarah Carter lançou a ela um olhar perturbado.

"Então, você deve ter ouvido sobre minha mãe... que ela era conhecedora de saberes ancestrais?" Abitha retirou do avental as folhas de milho dobradas. "Isto... isto é um unguento... um remédio. Raiz de consólida. Ela usava isso e trazia um grande alívio àqueles atingidos pelo sarampo."

Sarah olhou para as folhas, apertando as sobrancelhas. Abitha podia vê-la lutando contra seus princípios.

"É apenas uma raiz", disse Abitha. "Nada diferente de qualquer outra das plantas de Deus. Se o Senhor criou uma planta que ajuda a aliviar o sofrimento de bolhas e erupções de pele, não faz sentido que Ele queira que a usemos? Que esta é apenas mais uma de Suas muitas bênçãos?"

A senhora Carter parecia incapaz de tomar uma decisão.

"Decerto não faria mal tentar", disse Abitha.

Um lamento foi ouvido de dentro da casa. Era a menina. A senhora Carter hesitou por mais um momento, depois mordeu o lábio e abriu a porta. "Entre, Abi. Por favor."

O reverendo Thomas Carter estava sentado em uma cadeira próxima à lareira, parecendo abatido. Ele se levantou quando Abitha entrou. "Abitha? O que..."

"Ela veio para ajudar", disse a senhora Carter. "Agora, não se preocupe. Fique sentado. Deixe que façamos nosso trabalho."

"Mas..." Ele olhou para Abitha com cautela. Abitha podia ver que o homem conhecia suas intenções.

"Thomas", disse a senhora Carter, e havia uma súplica em sua voz. "Deixe-nos lidar com isso. *Por favor.*"

Ele pensou em objetar, mas ao perceber a expressão no rosto de Sarah — a de uma mãe sem escolhas — fechou a boca. O casal se entreolhou por mais um momento e Abitha sentiu o diálogo tácito que acontecia entre eles. O reverendo Carter se sentou outra vez e olhou para a lareira, com as mãos unidas. Por fim, ele assentiu e soltou um longo e triste suspiro, que dizia mais do que qualquer palavra. "Ficarei sentado aqui. Apenas me chamem se for necessário."

A senhora Carter se virou e levou Abitha para um quarto nos fundos da casa.

Martha estava vestida com sua camisola sobre lençóis manchados de suor, sua pele descorada coberta de placas de irritações avermelhadas, a febre brilhando em seu rosto. Abitha julgou que teria cerca de doze anos de idade. Ela tinha cabelos cor de areia, curtos como os de sua mãe, e tal como era o feitio da família Carter, era de rosto e forma despretensiosos, como se quisesse agradar a Deus com sua humildade.

Martha soltou outro gemido.

Havia um balde ao lado da cama. Sarah mergulhou um pano no balde e gentilmente ensopou a testa da garota.

Abitha colocou a casca de milho sobre a cama e desembrulhou as folhas, expondo o unguento cinza. Ela pincelou o unguento no dedo e começou a espalhá-lo pelas erupções. Ela começou pelo rosto, pescoço, mãos e braços de Martha, depois desabotoou a camisola e aplicou-o em todas as partes por onde a erupção se alastrava.

Aplicar o unguento era a parte simples; o próximo passo era o que preocupava Abitha. Samson havia dito a ela que era seu feitiço, que deveria lançá-lo com o mesmo canto pelo qual o invocou, que deixasse o canto guiá-la. Ela sabia que não poderia simplesmente começar a falar em línguas ao redor dos Carters. Ela também sabia que isso não era apenas um pouco de magia de ervas e não havia como afirmar o que poderia acontecer ao invocá-la. A sala poderia se encher de vento e fumaça, ou ela poderia ter uma crise. Pelo que sabia, a pele de Martha poderia ficar verde e começar a brotar cogumelos. *E então, onde eu acabaria?* Abitha pensou, mas sabia onde acabaria. A caminho de ser enforcada como uma bruxa, tão certo quanto a segunda-feira segue o domingo. E todos os seus trabalhos e provações na fazenda seriam em vão.

Comece com uma oração, ela pensou. *Sim, como na floresta. Cubra o canto com uma oração.* Ela sentiu que era o caminho certo e, dessa forma, se algo inexplicável acontecesse, talvez fosse visto como um milagre divino. Ela sabia que isso era um pensamento esperançoso, na melhor das hipóteses, que acima de tudo ela estava colocando sua confiança, sua própria vida, nas mãos de Samson, um... um o quê? Um espírito selvagem da floresta... o próprio demônio? *Sim, uma oração, por favor. Uma para Martha e duas para mim.*

Abitha tocou o braço da senhora Carter. "Minha mãe sempre combinou o Pai Nosso com seus remédios naturais. Ela disse que toda cura vem do Senhor, que somos apenas extensões de sua mão. Tendo a concordar com isso. Podemos?"

Sarah assentiu, parecendo satisfeita com a ideia. Ela uniu as mãos, fechou os olhos e começou a orar com uma voz suave. Abitha fez o mesmo, sussurrando sua própria oração, lentamente deixando as palavras escorregarem para o canto.

Em poucos instantes, o pulso de Abitha acelerou e algo se mexeu em seu peito. Um calor crescia uniforme, aumentando e aumentando, transformando-se em um pulso doce e quente, em harmonia com os batimentos de seu coração. Um arrepio lânguido a percorreu da cabeça aos pés. Ela se esforçou para não ofegar ou gemer. E logo ao sentir que seu coração poderia explodir, o calor fluiu de seu âmago, carregado por suas veias, levado centímetro a centímetro por seu pulso. Ele viajou por seu peito, desceu pelo braço direito e chegou em sua mão. Sua mão começou a palpitar, como se o calor precisasse escapar, precisasse de um lugar para ir e Abitha sabia exatamente para onde. Ela apertou a mão de Martha, pensou em saúde e cura, e deixou o calor fluir para longe de si, para dentro da menina. Os olhos de Martha se abriram, fixando-se nos de Abitha e, por um breve momento, elas estavam interligadas. Abitha podia sentir a febre da menina, as bolhas dolorosas, seu medo, então sentiu o feitiço pulsando pelas veias e artérias da garota, lentamente empurrando a febre para fora. E, no fim, ela sentiu seu grande alívio.

Abitha prosseguiu o canto baixo e suave até que cada fragmento do calor fosse transmitido para a menina, então soltou sua mão.

Os olhos de Martha se fecharam lentamente.

"Amém", disse Abitha, e alguns momentos depois, a senhora Carter repetiu. Com exceção de um ocasional estalido na lareira da grande sala de estar, a casa estava quieta. As duas mulheres permaneceram sentadas em silêncio, observando a menina. Abitha não tinha certeza do que deveria fazer a seguir, nem sabia o que esperar.

"Você se lembra de quanto tempo leva para o unguento fazer efeito?", perguntou a senhora Carter.

Abitha deu de ombros. "Eu não me lembro com exatidão. Sei que os remédios da minha mãe às vezes funcionavam, outras vezes não. Mas esse unguento, ela o usou em mim quando tive varíola, e de fato ajudou."

Sarah assentiu, examinando a filha, procurando qualquer sinal de alívio. "Abitha, obrigada por vir aqui. Não deve ter sido fácil para você... trazer um remédio de ervas para dentro da casa do reverendo. Tenho plena consciência de que tanto eu quanto o reverendo podemos ser mais do que um pouco intimidantes."

"Senhora Carter, você precisa entender, eu poderia não estar viva se você não tivesse me oferecido sua bondade. Tanto você quanto o reverendo o fizeram."

"Thomas me trouxe seus doces. Fiquei muito tocada pelo gesto." Sarah fez uma pausa, como se ponderasse o que estava prestes a dizer. "Abi, tenho algo a dizer, mas deve ficar entre nós."

"É claro."

"Eu dei muito trabalho quando criança na Inglaterra. Minha mãe me chamava de seu anjinho terrível. Mesmo quando jovem, eu parecia incapaz de fazer o que me mandavam."

Abitha balançou a cabeça. "Considero difícil de acreditar."

Sarah sorriu. "É verdade. Minha mãe ficava tão chateada comigo que me mandava ficar com minha avó por dias a fio. E essa é a parte que gostaria de compartilhar com você. Entenda, a vovó, ela também se envolvia com as práticas arcaicas. Ela era uma boa alma, uma mulher temente a Deus, mas isso nunca a impediu de ajudar aqueles que precisavam de seus remédios. Como você, ela via tudo como a mão curadora de Deus. Não digo isso para encorajá-la, mas na esperança de que você entenda que não sou eu quem tem problemas com suas práticas, mas a vila. Muitos aqui são inseguros em sua fé e sentem que a menor tentação os desviará, abrirá a porta ao demônio. E talvez eles estejam certos, pelo menos quanto a si mesmos. Abitha, o que realmente quero dizer é... Sinto muito por ser tão rigorosa em relação a seus talismãs. É apenas... bem, é o que se espera." Os olhos de Sarah se encheram de lágrimas. "Deus colocou esta aldeia em minhas mãos e quero fazer o que é certo, mas às vezes é difícil saber o que é certo. Difícil saber quando ficar de pé e quando se curvar."

Pela primeira vez, Abitha viu além do exterior rígido e severo de Sarah e enxergou a mulher, a esposa, a mãe assustada. E, pela primeira vez desde a perda de Edward, Abitha não se sentia tão sozinha, sentia que talvez tivesse encontrado uma amiga. Abitha lutou contra as próprias lágrimas. Ela se estendeu e segurou a mão de Sarah. "Não sou tão boa com palavras, mas digo sem ressalvas que você é a espinha dorsal desta vila, que Sutton estaria perdida sem sua orientação." E o que Abitha percebeu então era que realmente achava isso, que, de fato, essa mulher fazia a diferença. Que, como uma boa mãe, era severa, mas justa, praticava o que falava e guiava pelo exemplo. Abitha não conseguia se imaginar tentando andar naquela corda bamba.

Martha soltou um gemido baixo.

Sarah se levantou, inclinando-se sobre a garota. "Abitha, estou sendo otimista ou ela parece um pouquinho melhor?"

De fato, ela parecia melhor; a vermelhidão havia reduzido e o suor estava secando em sua pele.

Sarah tocou a bochecha de Martha com o dorso da mão. "Ora, a febre... ela *se foi*!"

"Graças ao Senhor", disse Abitha, lembrando-se de aproveitar todas as oportunidades para incluir o nome de Deus no ritual. "Ele ouviu nossas orações."

Os olhos de Martha se abriram.

"Ah, Martha, querida", disse Sarah, apertando a mão da menina. "Como se sente?"

"Com sede."

Sarah pegou o copo de água da cômoda e entregou a ela. A garota bebeu com vontade. Seus olhos começaram a clarear.

"Por que Abitha está aqui?"

"Ela está aqui para lhe ajudar a ficar bem, docinho." Sarah se aproximou da porta. "Thomas", ela chamou. "Thomas, venha aqui."

"Tive um sonho estranho com você, Abi", disse Martha. "Você era um anjo... mas tinha *chifres*."

Abitha respirou fundo. Ela olhou para a senhora Carter, que não havia escutado.

O ministro entrou rapidamente no quarto.

"A febre cedeu, Thomas."

"Ó, graças a Deus", disse o reverendo Carter.

"Sim", acrescentou Abitha rapidamente. "Parece que o bom Deus ouviu nossas orações."

Martha tocou as protuberâncias em seu braço. "Mãe, os caroços... eles não doem mais."

Era óbvio agora que a vermelhidão estava deixando as séries de caroços, e Abitha começou a temer que a cura pudesse ser milagrosa *demais*. Ela perscrutou o rosto do ministro por qualquer sinal de suspeição, mas encontrou somente um grande alívio.

O ministro caiu sobre um dos joelhos. "Obrigado, meu Deus", disse ele. "Obrigado por esta bênção para a nossa família."

Abitha sentiu que deveria partir assim que possível, enquanto Martha continuava a olhar para ela daquela maneira estranha, fazendo-a se sentir desconfortável, com medo de que a menina começasse a falar de chifres e cascos. Ela pediu que Sarah a acompanhasse enquanto saía do quarto.

"Senhora Carter, se eu quiser chegar em casa antes de anoitecer, devo seguir meu caminho agora. Com certeza..."

"Bobagem. Você passará a noite. E você irá embora apenas com um bom café da manhã na barriga."

"Obrigada. De verdade. Mas ainda há muito que precisa ser feito hoje."

"Então, você deve ter cuidado. Você não ouviu falar que Lewis Ward e seu filho foram encontrados mortos por bestas?"

"Ficarei bem. Aqui, veja só." Ela levou Sarah para a varanda, pegou o mosquete e sorriu.

Sarah balançou a cabeça. "Então, ao menos me deixe fazer Thomas buscar a carroça. Ele a levará para casa."

"Talvez seja melhor se ele não for visto comigo. Ouvi dizer que causei muita preocupação a ele."

Sarah suspirou. "Mas sabemos quem é o verdadeiro problema. Não é?"

"Você ouviu mais alguma coisa de Hartford?"

Sarah fechou a porta atrás de si, em seguida voltou os olhos preocupados para Abitha.

"Mais uma carta", disse Sarah, falando baixo. "Mais do mesmo. O magistrado Watson não deixará que este assunto caia no esquecimento. Como você deve saber, há muito tempo existe alguma animosidade entre o juiz e o reverendo e..." Sarah hesitou. "Bem... Receio que toda a situação tenha saído do controle. O juiz deixou claro, *perfeitamente* claro, que se esses assuntos com Wallace não forem resolvidos a contento, ele mesmo virá e cuidará deles."

"Ele pode fazer isso?

Sarah assentiu. "Não há precedentes, mas o juiz não é alguém que se prende a precedentes. Esse homem não deixa de fazer valer a lei como lhe convém." Abitha sentiu um medo genuíno na voz da mulher. "Eu vivi em Hartford por um período e posso atestar que ele enterrou mais de uma pobre alma que ousou ficar em seu caminho."

Abitha sentiu seu próprio coração disparar. "Sinto muito, sinto muito por todo esse problema."

"Esse problema vem se formando há muito tempo. O juiz está apenas procurando uma desculpa para vir e prejudicar Thomas." Sarah soltou um suspiro. "Eu já falei demais. Você tem fardos o suficiente. É tudo tão avassalador às vezes e não há sequer uma alma em que eu possa confiar. Thomas diz que devemos confiar em nossa retidão, que o Senhor nos guiará. Então, devemos nos apegar a isso."

As duas ficaram em silêncio por um momento.

"Senhora Carter... Não tenho a pretensão de me afirmar como conhecedora das obras de Deus, mas sei que o que vi ali foi a mão do Senhor operando." Abitha compreendeu que de fato acreditava nessas palavras. "Você não sentiu isso?"

Sarah mordeu o lábio e assentiu, então tocou o braço de Abitha. "Abi... obrigada. Não foi algo fácil de fazer. Se houver alguma coisa... *qualquer coisa*. Venha até mim. Prometa."

"Prometo", disse Abitha, e foi embora.

Abitha saiu pelo portão da residência dos Carters, contornou a cerca viva e se viu cara a cara com Ansel Fitch.

"Senhor!", Abitha exclamou, quase caindo sobre os arbustos.

"Um pouco tarde para você estar em Sutton, não é?", o velho perguntou com sua voz grave. "Que negócios está resolvendo a essa hora? Deve ser algo importante."

"Faria bem a você não saltar dos arbustos sobre mulheres carregando mosquetes, a menos que queira ser baleado."

Ele se eriçou, inclinando-se sobre ela, quase que farejando conforme a olhava de cima a baixo com aqueles olhos esbugalhados. Ele cheirava a suor azedo.

Ela tentou contorná-lo, mas ele bloqueou seu caminho. "Eu perguntei o que você estava fazendo."

"Eu não respondo a você."

Ele desdenhou de forma atroz. "Como é que você percorre as florestas e não é atacada por demônios ou lobos? Algum feitiço?" Para o desânimo de Abitha, o velho realmente sentiu algo nela. "Conheço bem seus maus caminhos, garota. Seus talismãs e bugigangas desprezíveis. Meu nariz é bom para isso."

Outra vez, Abitha tentou se mover. Outra vez, ele a bloqueou.

"Que necessidade tem o reverendo de uma mulher com essas práticas, eu me pergunto?"

"Você deve perguntar ao reverendo."

Ele fez cara feia. "Eu não gosto desse reverendo. Ele se preocupa se alguém está um minuto atrasado para seu sermão, mas permite que os demônios nos atormentem debaixo de nossos próprios tetos. Ele deveria ser mais diligente."

Ansel se aproximou, obrigando-a a recuar; ela sentiu o arbusto em suas costas.

“Mas Ansel está observando. Sempre a observar. O demônio nunca entrará em Sutton enquanto eu estiver de guarda. Está me ouvindo, garota?”

“Saia de cima de mim”, ela gritou e empurrou-o de volta. Ela o contornou enfim, girou e apontou o mosquete para ele. “Me deixe em paz!”

Ele sorriu, revelando todos os seus dentes. “É melhor você não baixar a guarda, Abitha Williams. Ansel vê tudo e estou de olho em você.” Ela correu para longe, em direção ao portão. “Ansel está observando!”, ele gritou detrás dela.

CAPÍTULO 7

Wallace rolou o barril de hidromel pela rampa até a entrada dos fundos da Estalagem Sapo Negro em Hartford e tocou a campainha. Um momento depois, ele foi recebido pela voz áspera de Barry Jones, o musculoso dono da taverna.

"Ora, parece ser o Sr. Williams em pessoa." O homem robusto saiu ao patamar, limpando as mãos grossas no avental. O homem tinha uma cabeça de cabelo loiro encaracolado e costeletas desgrenhadas, olhos fundos e animados que combinavam com seu espírito incansável — Wallace não conseguia se lembrar de ter visto o homem parado. Mas sua característica mais marcante eram seus dentes: ele estava perdendo os dentes intercalados, o que lhe conferia um sorriso diabólico. "Veja só, você me trouxe um presente." Barry se inclinou e sacudiu o barril, ouvindo o hidromel balançar no interior. "Apenas um barril hoje?"

"Sim, estamos ficando sem mel."

"Bem, você não está sozinho nessa, meu velho. Parece haver uma escassez de mel e cera de abelha por todas estas partes. E boas velas de cera, não aquelas fedorentas de sebo, estão saindo por seis contas de wampum a dúzia na loja de Seymour. Pode não parecer muito, mas quando você está administrando vinte quartos, o valor vai acumulando rápido."

Barry tirou a carteira da jaqueta e começou a contar as contas de wampum, colocando as pequenas conchas polidas na mão de Wallace. Wallace achava irritante ser pago no que, para ele, era pouco mais do que bugigangas dos nativos. Mas, no momento, as conchas lapidadas eram a única moeda confiável no território.

Barry colocou cinquenta contas na mão de Wallace, dobrou a carteira e devolveu-a ao colete.

"Cinquenta e oito é o preço de saída", disse Wallace. "Você sabe disso. Tenho que repassar o preço do mel."

"Sim, cinquenta e oito por um barril cheio." Barry bateu no barril. "Este parece que tem um pouco menos."

Wallace corou. "Nada disso." Mas ele sabia que tinha, sabia que havia adicionado um pouco mais de água do que deveria, tentando aproveitar seu escasso suprimento de mel o máximo possível. Agora, desejando que não o tivesse feito, com certeza súbita de que Barry tomaria conhecimento, e sabendo que, se o fizesse, ele pagaria ainda menos no próximo lote.

"Vamos abrir e dar uma olhada?"

"Não... não há necessidade disso", disse Wallace, tentando soar animado para encobrir seu constrangimento. "Talvez a espuma tenha se acomodado. Às vezes, acontece."

"Parece que acontece muito com você, Wallace." Barry sorriu para ele; não era um sorriso simpático. "Agora, você pode aceitar cinquenta ou levar seu barril para outro lugar."

Wallace fechou a cara, deixou cair as conchas no bolso, virou-se e saiu. Ele caminhou deliberadamente por Hartford até o mercado, onde estava seu verdadeiro interesse. Ele passou pelas barracas de cestas de palha, panelas, ferramentas, roupas e outros artigos, não parou uma única vez, sequer olhou de soslaio, apesar dos cheiros sedutores de doces, fritura e carne na brasa. Ele estava procurando por alguém. Havia elaborado um plano para consertar as coisas com Abitha, mas precisava de uma ajudinha, do tipo que não poderia pedir em Sutton.

Ele saiu do outro lado do mercado, onde os pequots dispunham de alguns lugares para vender seus produtos e mariscos. Havia cerca de uma dúzia de cobertores espalhados na grama, exibindo vários itens. Mulheres estavam de pé ou sentadas ao redor de cada cobertor, pois eram as mulheres que lidavam com as vendas e a maior parte das questões financeiras entre as tribos. Os poucos homens que vieram descansavam atrás delas, fumando cachimbos à sombra dos carvalhos.

Wallace viu a pessoa que procurava — um pequot baixinho vestido com roupas inglesas, um colete, calças até o joelho e um chapéu de feltro alto, tudo em uma imponente floresta verdejante. Com seus cabelos curtos, o homem era um nítido contraste com os outros pequots, que usavam o traje tradicional de seus clãs, cabelos longos e trançados, decorados com contas e penas.

O homem atendia por Jesus Pássaro-Trovão, mas esse não era seu nome verdadeiro. Ele havia dito a Wallace que os pequots o chamavam por muitos nomes e nenhum deles era muito bom, então decidiu dar a si mesmo um nome adequado e, como um nome exerce grande poder, ele escolheu o nome mais poderoso que pôde pensar; assim — Jesus Pássaro-Trovão.

Jesus Pássaro-Trovão notou que Wallace se aproximava, afastou seu cachimbo de sabugo dos lábios e lhe deu um sorriso largo, expondo a lacuna entre seus dois dentes da frente. "Botas Grandes."

Wallace fechou a cara. Jesus tinha um gosto por dar às pessoas qualquer nome que lhe convinha, às vezes três ou quatro diferentes em meio a qualquer conversa, no entanto, costumava preferir aqueles considerados os mais irritantes.

"Por favor, é Wallace. Apenas Wallace."

"O que posso fazer por Botas Grandes hoje?", Jesus disse, e piscou, arrancando alguns sorrisos dos homens impassíveis ao seu redor.

A maioria dos pequots sabia um pouco de inglês, mas além de sua afinidade com nomes, Jesus também amava a língua. Além de seu algonquino nativo, ele era capaz de falar francês, um pouco de espanhol e inglês — todo tipo de inglês: o homem podia imitar a maioria dos dialetos, seja irlandês, galês, escocês ou mesmo os trejeitos arrogantes da nobreza. Em determinada ocasião, quando o general Sir Jonathan Ashley vinha marchando pela cidade com seus guardas, Jesus fez uma imitação tão perfeita do homem que os próprios guardas do general pensaram que ele havia ordenado que se virassem, deixando o general Ashley marchando sozinho pela rua. A façanha obteve tanto sucesso com os habitantes da cidade que chegaram a convidar Jesus para a Sapo Negro e lhe pagaram algumas cervejas.

"Vim fazer uma oferta", disse Wallace. "Um empreendimento lucrativo para todos nós."

Jesus olhou para ele com desconfiança.

"É uma coisa simples na verdade."

Jesus riu. "Por que eu não acredito nisso?"

"Uma mulher tem uma grande dívida comigo, mas se recusa a pagá-la. Então, preciso de ajuda para recuperar o que é meu por direito."

Jesus deslizou o cachimbo de sabugo para o canto da boca e soprou uma nuvem de fumaça. "Por que você não vai ao xerife?"

Wallace suspirou. "É complicado."

Jesus balançou a cabeça. "Humm, primeiro é uma coisa simples, agora é complicado. Qual dos dois, Botas Grandes?"

Wallace demorou um tempo antes de responder, tentando manter a compostura. "Os dois. A mulher... ela é uma viúva, morando sozinha. Ela mora longe da cidade, quase uma exilada. O que estou tentando dizer é que não há ninguém cuidando dela. Como disse, ela está sozinha. Então, conseguir o que é meu deveria ser simples."

"E o que é seu?"

"Milho. Uma grande quantidade de milho. Tudo o que procuro são alguns homens para me ajudar a transportá-lo. O que estou propondo é que simplesmente entremos no celeiro dela uma noite, carreguemos o milho, *meu* milho, e o levemos embora. Você pode ficar com tudo o que puder carregar e eu fico com o resto."

Jesus olhou para os outros homens pequot; nenhum deles parecia interessado.

"Eu não estou roubando", acrescentou Wallace, falando com todos eles. "Entendem? Estou simplesmente reivindicando o que é meu por direito."

"Tenho a sensação de que essa mulher não gostará quando levarmos o *seu* milho do celeiro *dela*. Essa mulher tem um mosquete por acaso?"

"Talvez, mas eu com certeza tenho um. E pretendo levá-lo junto."

"Parece que você está em meio a um jogo perigoso, Botas Grandes."

"Cansei de joguinhos", Wallace rosnou, incapaz de manter o veneno longe de sua voz. "A mulher está tentando me arruinar."

"Entendo", disse Jesus, virando-se para os outros homens, falando rapidamente em algonquino. Wallace conhecia algumas palavras e frases, mas os olhares de pedra e o aceno de cabeça foram suficientes para ver que os outros homens não queriam nada com seu empreendimento. Todos, exceto dois jovens, foram em direção às docas.

Jesus se virou para Wallace. "Eles dizem que sua incursão pode levar a grandes problemas com os ingleses."

"E você?"

"E eu", Jesus suspirou. "Está vendo aquela mulher ali?" Ele gesticulou para uma grande mulher pequot de pé sobre um dos cobertores. "Aquela olhando torto para mim. Todos os dias ela me diz que sou preguiçoso, que sou um terrível caçador, que sou um péssimo provedor, que não sou nada além de uma grande decepção. Ela gosta de me alertar que se eu não começar a fazer um esforço melhor, ela me expulsará para o frio quando o inverno chegar. Eu tenho o sangue muito fino, Botas Grandes. Não quero dormir na neve. Talvez, se eu trouxer para casa alguns cestos de milho, não seja necessário."

"E esses dois?", Wallace acenou com a cabeça para os dois jovens. "Eles nos ajudarão?"

"Estes são Nootau e seu irmão Chogan. Muito corajosos, mas não muito inteligentes. Eles concordaram em vir conosco."

"Bom", disse Wallace, sentindo-se aliviado, como se sua vida não estivesse arruinada no fim das contas. "Dei uma olhada na mulher ontem. Ela ainda está colhendo o milho. Mas a maior parte já foi colhida e está esperando no celeiro. Gostaria que nos encontrássemos na ponte Miller amanhã, logo depois de escurecer. Podem fazer isso?"

Jesus assentiu. "Nós nos encontraremos lá."

Abitha jogou outro saco cheio de milho na carroça puxada pelo burro.

"Acho que já basta por hoje, Sid."

Havia várias fileiras a serem colhidas e ainda havia muita luz do dia, mas já não havia mais pressa. Outubro ainda estava a uma semana de distância e não havia necessidade de trabalhar até a morte. Ela teria mais do que o suficiente para quitar a dívida integral com Wallace.

Abitha se apoiou na carroça, permitindo-se um momento para refletir — tudo parecia impossível de se acreditar. Ela observou as folhas coloridas do outono flutuando na brisa leve e percebeu que estava sorrindo, enchendo os pulmões com o ar excepcionalmente agradável, apreciando respirar sem a sensação de que estava prestes a se afogar em meio à toda a preocupação. Mas ela sentiu algo mais: o pulso, a magia em seu peito. Era como se Samson houvesse plantado uma semente lá e estivesse crescendo, florescendo. Ela podia sentir sua conexão com a terra se fortalecer, podia sentir seus murmúrios ainda agora subindo pelo chão, através de seus pés descalços, fazendo com que se sentisse em comunhão com a terra. Ela fechou os olhos, absorveu aquilo, e se deixou levar.

Sid zurrou, trazendo-a de volta. Ela acariciou o burro e sorriu. "Eu sei, está chegando a hora do seu jantar." Ela levou o burro até o celeiro. Booka os encontrou no meio do caminho, pulando na carroça e indo ao celeiro com eles.

Abitha descarregou as espigas no espigueiro, desatou o burro e depois caminhou para o quintal.

Ela contemplou a borda da mata em busca da forma familiar de Samson. Ela não o tinha visto o dia todo. Cada vez mais, ele desaparecia na mata, às vezes por dias seguidos. Ela percebeu que estava de fato procurando por ele, perguntando a si mesma quando havia deixado de temê-lo e começado a buscar sua companhia. Ela tentou dizer a si mesma que era apenas questão de se sentir sozinha, mas sabia que era mais do que isso.

Ela percorreu as caixas de abelhas. Ela costumava encontrar Samson aqui, as abelhas se aglomerando a seu redor como se estivessem encantadas com sua presença. Ele disse que achava sua música calmante e permanecia sentado lá por horas ponderando seu passado, seu futuro, quem ele era, o que ele era. Mas Abitha sentiu que ele estava ruminando demais nos últimos dias, que parecia estar ficando cada vez mais desanimado.

Algo deve ser feito, ela pensou, e entrou. Ela pegou um punhado de doce e desceu até a borda da mata.

Ela não viu Samson, mas o sentiu, sentiu seu descontentamento.

Ela entrou na floresta, esgueirando-se através de galhos e espinheiros até que viu os restos petrificados da grande árvore e a pequena muda com folhas vermelhas. Ela viu a caverna e foi como se uma sombra fria caísse em seu coração. Não pôde deixar de pensar nela como o túmulo de Edward, seu verdadeiro túmulo, seu corpo jazendo solitário no fundo daquele poço terrível. "Edward", ela sussurrou, tentando se lembrar de seu rosto, mas era o outro que continuava vindo até ela, o Edward com sombras e nada mais no lugar dos olhos.

Abitha estremeceu e prosseguiu, contornando a pilha enegrecida de pedras. Ela viu Samson sentado no chão, atrás de uma das pedras verticais, com os braços em volta das pernas.

"Samson", ela chamou.

Ele não respondeu. Estava com a cabeça baixa, seus olhos fechados. Seu rosto parecia tomado pela dor.

"Veja só, sem dúvida você está com uma aparência lamentável. O que está fazendo aqui sozinho e com um rosto tão abatido?"

Ele continuou a ignorá-la.

Ela se aproximou dele, colocando as mãos nos quadris. "Samson. Sei que me ouve. Já chega disso. Você fez maravilhas. Você é capaz de muito mais. Eu sei disso, eu sinto isso. Agora, levante-se. Há alegria a ser encontrada. A não ser que fique aí sentado, passando seus dias a lamentar."

Ele suspirou e abriu os olhos prateados.

"Tenho algo que vai animá-lo." Ela pegou o doce, estendendo-o para ele.

Ele olhou para o doce, depois para ela. "Sinto muito, Abitha, mas não estou com humor para doces hoje."

"O quê? Sem humor para doces? Pelos céus, Samson, você está em péssimo estado."

Ele franziu a testa e grunhiu.

"Samson, sinto muito que você esteja tão atormentado. Sinto muito, de verdade. Gostaria de poder ajudá-lo a encontrar suas respostas."

"Eu também."

"Minha mãe sempre disse que amigos e risos podem curar qualquer doença." Abitha sentou-se ao lado dele, tocando em seu braço. "Somos amigos, Samson, você e eu. Não somos?"

Seus olhos brilharam de leve. Ele assentiu. "Sim. Isso é algo que sei. Somos amigos."

Ela lhe deu um sorriso caloroso. "Bom, estamos na metade do caminho então. Só precisamos de algumas risadas. Você conhece algumas rimas ou enigmas desaforados, Samson?"

Samson franziu a testa. "Não conheço rimas ou enigmas."

"Veja, eu sei vários. Aprendi alguns novos com os marujos na viagem. Gostei bastante deste aqui."

"Havia um escocês chamado McFee,
Que foi picado por uma abelha em seu pipi.
Ele ganhou dinheiro pra dedéu
Produzindo um monte de mel,
Toda vez que ia fazer xixi."

Abitha deu um sorriso tímido.

Samson olhou para ela. "Não entendo o que quer dizer."

"Tudo bem, então aqui vai outra."

"Havia uma moça cega em Glasgow
Que mandaram para a ordenha.
Foi lhe ajudar o moço do arado,
Que na verdade só era um tarado
E no final ela acabou prenha."

Abitha pressionou a mão contra a boca, escondendo uma risadinha. Samson olhou para ela perplexo.

"Tudo bem, talvez essa poesia da mais alta classe esteja além do seu gosto. Talvez seja uma música que você precisa, um pouco de canto para animá-lo. Aqui está uma pequena cantiga que sempre me faz rir." Abitha limpou a garganta, começou a cantarolar, encontrou a melodia e, enfim, cantou.

"No dia quatorze de maio, no raiar do dia
Com minha arma à mao, à floresta me perdia
Em busca de alguma caça, se houvesse futuro
Viria em busca da bela lebre de pelo escuro.

Encontrei uma jovenzinha com o rosto rosado
E sua pele tão clara como o lírio brotado
Disse eu, Minha dama, por que andas assim?
Sabes por onde está a lebre de pelo escuro, enfim?

A resposta que me deu, ó, a resposta foi não
Mas, como dizem, ela anda por baixo do saião
E se o senhor não me iludir, prometo e juro
Que nós dois caçaremos a lebre de pelo escuro.

Deitei esta donzela com o rosto virado ao céu
Saquei minha arma e removi também meu chapéu
Dizendo, Aqui no meu colo tu estarás a salvo
Pois, quanto mais perto, melhor acerto meu alvo."

Abitha bufou.

"Os pássaros empoleirados nas árvores a cantar
Enquanto sua canção dizia, Ela é fácil de agradar
Senti seu coração e percebi logo em seu rosto
Perguntando, Minha espingarda não é de seu gosto?"

Abitha soltou uma gargalhada e olhou para Samson; ele parecia confuso, mas intrigado.

"A resposta que me deu, ó, a resposta foi não
Não é sempre que caçadores vêm nessa direção
E se houver mais boa mira e munição a dispensar
Por que a lebre de pelo escuro não consegue acertar?"

Abitha estava tendo dificuldade em terminar a música entre os rompantes de riso. Samson também estava sorrindo, mas ela viu que era para ela, não para a música.

"Ó, minha munição foi gasta e minha mira arrasada
E minha arma não mais dispara, pois está travada
Mas voltarei amanhã e se o tempo estiver maduro
Caçaremos outra vez a formosa lebre de pelo escuro."

Abitha gargalhava com força, percebendo que era mais do que apenas pela música obscena, mas por poder soltar o cabelo, exibir seu lado vulgar e atrevido na frente de alguém outra vez, mesmo que esse alguém pudesse ser o próprio demônio.

"Abitha, por favor, não pare. Gostaria de ouvir mais."

"Mas não conheço mais versos."

"As palavras... elas não importam. É a sua doce voz."

Ela deu um sorriso acanhado. "Você gosta da minha voz?"

"Gosto. Ela me agrada mais do que você imagina."

Abitha prosseguiu, cantarolando e cantando em voz baixa e, em algum momento, percebeu que outras vozes faziam coro, os pássaros, os sapos, os grilos, uma sinfonia de clamores. Ela riu, a música tocando seu coração, fazendo-a se sentir livre e leve, como se pudesse simplesmente correr para a floresta e se juntar a todos os animais que viviam lá.

O sorriso de Samson cresceu; seus olhos prateados brilhavam.

Abitha se levantou, começou a girar e balançar lentamente com a música.

Outra voz se juntou. Vinha por debaixo de seus pés, das profundezas da terra, muito tênue. Abitha a sentiu mais do que ouviu. *A serpente*, ela pensou, e olhou para Samson. Mas ele parecia não notar; seus olhos estavam fechados, um sorriso pacífico em seu rosto.

A brisa soprou e as folhas vermelhas da muda esvoaçaram. Seu sonho veio à mente, aquele em que a serpente lhe oferecia a maçã, então ela estremeceu.

Eu não me importo, ela pensou, afastando o medo de sua mente. *Estou viva, o tempo está quente, há um tesouro no meu campo. É hora de encontrar qualquer alegria que puder neste mundo muitas vezes cruel demais.*

Ela sorveu a doçura do ar, o sorriso de Samson, e continuou a balançar com a música.

Jesus, Nootau e Chogan se apoiavam em duas carroças, esperando por Wallace no escuro sob um grande salgueiro. O céu noturno estava claro e a lua quase cheia, dando-lhes luz suficiente para perambularem sem suas lanternas. *Uma boa noite para um pouco de tolice,* pensou Jesus. *E se realmente houver milho suficiente para encher esses dois carrinhos, será uma noite muito, muito boa.*

O som de cascos se aproximou e, no instante seguinte, dois homens apareceram a cavalo. Por um segundo Jesus não reconheceu Wallace e seu filho, então percebeu que estavam disfarçados. Ambos usavam juta amarrada na cintura com uma corda, seus braços e pernas nus e o que pareciam ser perucas pretas de crina de cavalo sob chapéus de palha.

"O que diabos vocês deveriam ser?"

"Com o que nos parecemos?"

"Mulheres feias", disse Jesus com uma risada.

"Não, somos nativos."

Os pequots compartilharam um olhar azedo entre si

Wallace e seu filho desmontaram de seus cavalos e os amarram sob o salgueiro, depois removeram seus sapatos, deixando-os perto da árvore. Wallace sacou uma lanterna de sua sela e os dois a apontaram para os carrinhos — dois homens obviamente desacostumados a andar descalços.

"Então vocês são pequots agora?"

"Não podemos nos dar ao luxo de sermos reconhecidos."

"Que tipo de jogo é esse?"

"Não é um jogo. A mulher nos conhece, só isso. Então, precisamos nos disfarçar."

Wallace ergueu a lanterna para dar uma boa olhada nas carroças. Uma delas era um carroça frágil de dois homens a ser puxada pelos irmãos, e a outra, a menor, uma carrocinha de um único homem que Jesus puxaria. Jesus havia *emprestado* de seu tio e, desde que as devolvesse antes que o tio percebesse, tudo ficaria bem.

Wallace parecia preocupado.

"Qual é o problema?"

"Só espero que consigam carregar milho suficiente, só isso."

"Onde está o seu carroção?"

"Decidi que seria óbvio demais se eu aparecesse no mercado com uma carroça de milho ao mesmo tempo em que algumas desaparecessem. Então, é tudo seu."

Isso não fazia sentido para Jesus. "Mas eu pensei que..."

"É complicado."

"Agora complicou de novo."

"Há muito mais do que isso. Trata-se da fazenda para mim, não o milho. Olha, você pega seu milho e eu retomo minha fazenda. Isso é tudo o que você precisa saber."

Jesus notou o desespero nos olhos de Wallace. Uma voz em sua cabeça, que soava muito parecida com a de sua esposa, o advertiu mais uma vez que essa não era uma boa ideia. *Wallace não é o único que está desesperado,* ele pensou. *E homens desesperados assumem riscos desesperados, e isso é tudo no fim das contas.* "E você tem certeza de que há milho?"

"Sim. Bastante."

Jesus notou a pistola de pederneira no cinto de Wallace. "Não podemos nos dar ao luxo de nenhum problema", disse Jesus. "Já tenho problemas suficientes com meu povo, com minha esposa e com o xerife também."

"Não, é claro que não. Essa é a última coisa que eu quero. Não vamos nem acordar a mulher. Veja, ela sequer tem um cachorro. Entramos em silêncio, carregamos o milho e fugimos. Você leva o milho de volta para casa e ninguém por aqui precisa saber." Wallace estendeu a mão. "Combinado?"

Jesus hesitou, tendo certeza de que se arrependeria disso, mas apertou a mão de Wallace de qualquer maneira.

"Bom", disse Wallace, e subiu a estrada.

Jesus agarrou a barra de reboque do carrinho e seguiu. *Você terá que ficar de olho nesse aí.*

Acabou que a fazenda ficava a apenas uma curta distância da ponte. Wallace apertou o pavio em sua lanterna, diminuindo a chama. "Vamos cortar caminho pelo campo inferior", ele sussurrou. "O solo macio amortecerá o som das rodas da carroça."

Jesus assentiu e seguiu a deixa de Wallace. Não havia luzes acesas na cabana e, felizmente, não havia cães como Wallace havia dito, então eles conseguiram descer para o campo inferior sem nenhuma dificuldade. Jesus havia lubrificado todas as peças soltas nas carroças antecipadamente, o que fez com que rolassem em um silêncio quase total pela terra macia até os fundos do celeiro.

Eles levaram a carroça maior para dentro do celeiro, puxando-a para o primeiro espigueiro. Wallace acendeu o pavio da lanterna, revelando uma barraca inteira cheia de grandes e esplêndidas espigas de milho, em quantidade que chegava à altura de sua cintura.

Jesus sorriu. *Esta vai ser uma boa noite no fim das contas*, pensou, então avistou o rosto de Wallace. O homem olhava para as baias adjacentes, com a boca escancarada, os olhos horrorizados.

"O que foi? Qual o problema?"

"O milho", disse Wallace. "Olhe bem."

Jesus viu mais duas baias tão cheias de milho quanto a primeira, mas ainda não entendia.

"Muita coisa", disse Wallace, balançando a cabeça. "Como... onde? O que devo fazer?"

Jesus apressou os irmãos. Os três começaram a carregar a carroça grande com a maior rapidez e agilidade possíveis. Isaac se juntou a eles, mas Wallace apenas seguiu vagando para frente e para trás entre as baias, murmurando e balançando a cabeça.

Após encherem a carroça grande, eles passaram para a menor. No meio do caminho, Jesus notou Wallace carregando mais milho na carroça grande.

Jesus disparou em sua direção. "Chega", ele sussurrou. "Vai ficar muito pesado para levar."

"Temos que levar mais", disse Wallace, seus olhos selvagens, sua voz subindo o tom. "Não percebe?"

"Nós voltaremos", disse Jesus. "Faremos outra viagem." Mas Jesus não tinha intenção nenhuma de voltar; neste ponto, ele se consideraria sortudo se conseguisse fugir desse louco com o que eles tinham.

"Não, não é suficiente", disse Wallace, continuando a empilhar o milho na carroça.

"Pare", disse Jesus. "Você tem que parar."

Wallace passou por ele com os braços cheios de milho.

Jesus, vendo que aquele homem enorme não ouviria a ele ou a ninguém, pulou para frente da carroça e agarrou a barra do rebocador. Ele acenou para os irmãos e os três começaram a puxar o carrinho para longe da baia. Mesmo estando em três, mal conseguiam fazê-la se mover. O eixo rangia e estalava. Jesus podia ver as rodas se curvando por causa do peso. Ele tentou contornar a carrocinha, sentiu a carga pender, então ouviu um estalo alto quando a roda esquerda rachou, depois se quebrou, tombando a carroça e derramando milho por toda parte.

Wallace olhou para o milho, os olhos esbugalhados. "Não, Deus do Céu. Não. *Não!*"

Isaac agarrou Wallace pelo braço. "Pai, temos que ir!"

Wallace se soltou das mãos do filho. "Não! Não podemos deixá-lo! Por quê... ela pode levá-lo amanhã. Então, tudo estaria perdido. Está me ouvindo? Tudo *perdido!*" Ele olhava ao redor, descontrolado, seus olhos parados sobre a lanterna. Ele a pegou, depois empurrou um fardo de feno, chutando a palha sobre o milho. Ele pegou um punhado da palha seca, acendeu-a e jogou no feno, provocando um incêndio.

Havia muito feno seco e madeira empilhada ao redor, e Jesus podia ver que todo o celeiro estava prestes a pegar fogo. "Não", disse Jesus, tentando apagar o fogo. "Você prometeu. Sem problemas!"

Wallace derrubou o homem menor para fora de seu caminho, seus olhos brilhando como o fogo, e continuou a incendiar os fardos de feno.

"Maldito", disse Jesus, correndo de volta para a carrocinha.

Wallace chutou outro dos fardos flamejantes em direção ao milho. As chamas já estavam varrendo o teto. As cabras começaram a balir e o burro gritava.

Jesus e os dois irmãos pegaram a barra do rebocador da carrocinha e saíram do celeiro.

"Soltem!" Uma mulher estava bloqueando seu caminho, com um mosquete apontado para o peito de Jesus. Jesus e os irmãos obedeceram a seu comando, deixando cair a barra do rebocador. A mulher viu Wallace, mudou de alvo e, ao fazê-lo, Jesus e os irmãos saltaram para a baia adjacente. Eles se debateram sobre o milho e saltaram pela pequena janela, pousando um em cima do outro no curral das cabras.

Ouviram o estampido alto do mosquete, seguido por uma explosão menor, que Jesus concluiu que viesse da pistola de Wallace. Ele teve tempo de desejar que os dois tivessem se matado antes que uma forma escura aparecesse diante dele e dos dois irmãos.

A princípio, Jesus pensou que era um dos bodes, que o bode estava andando sobre suas patas traseiras, porém quando a luz do fogo iluminou a criatura, Jesus sentiu seu sangue se transformar em água.

A coisa era feita de chifres, sombras e pelos, pelos que se retorciam e giravam, flutuando como fumaça negra. Com braços e mãos como os de um homem, mas com garras pontiagudas se projetando de seus dedos. A coisa colocou os olhos sobre eles, olhos como prata ardente, quase azuis, queimando ao penetrar cada um deles. A criatura rosnou, revelando suas presas.

"*Hobomok!*", Nootau gritou.

Hobomok!, Jesus pensou, o nome como uma faca em seu coração, enquanto se perguntava como era possível que o próprio senhor da morte e da desgraça estivesse ali diante dele.

A besta inclinou a cabeça e falou em voz baixa e grave. "Hobomok?" Um olhar confuso apareceu em seu rosto e ele o repetiu, lentamente, como se tentasse decifrar a palavra. "Hob... bo... mok?" Por um momento a coisa pareceu ter medo, apertou os lados de sua cabeça como se sentisse dor, então seus olhos se estreitaram, parecendo queimar. "Hobomok", rosnou, como se a palavra chamuscasse sua língua.

Ele agarrou Nootau pelo pescoço, puxando o homem de pé e batendo sua cabeça contra o poste da cerca.

Jesus e Chogan soltaram um grito e se moveram pela lama, tentando se colocar sobre seus pés. Eles chegaram à cerca, pularam e saíram correndo.

Jesus sabia que o demônio estava em seu encalço, mas ao olhar para trás, o demônio havia permanecido exatamente onde o haviam deixado, contemplando o corpo sem vida de Nootau.

Jesus correu o máximo que podia, sem se importar com o milho, sua esposa zangada, as carroças de seu tio. Durante toda a sua vida havia escutado histórias do perverso Hobomok e queria apenas estar o mais longe possível desse demônio.

A manhã nasceu sobre Abitha, sentada na terra enegrecida, coberta de fuligem. O fogo estava apagado, mas o celeiro ainda ardia, a fumaça pesada flutuando pelo campo. Ela conseguiu resgatar o burro e as cabras, mas o milho foi queimado e arruinado.

Sabia que deveria estar chorando, no entanto apenas se sentia amortecida. Ela olhou para a parte mais baixa — ainda havia algumas fileiras de milho, mas não o suficiente. Wallace voltaria com o xerife em menos de uma semana. Acabou. Ele havia vencido.

Quem diabos ele achava que estava enganando com aquelas roupas ridículas?

Ela cuspiu — sua saliva encardida de fuligem — e se perguntou o que faria agora. Deveria tentar provar que foi Wallace? Não parecia nada bem — suas colheitas sendo queimadas quando estava prestes a pagar suas dívidas. Qualquer alma sã veria que foi ele. Ou será que não? Ela sabia que precisaria de mais do que sua palavra, mais do que as circunstâncias. Ele não havia deixado sequer uma pegada. Como ela poderia convencer o xerife de que isso era obra de Wallace quando havia um pequot morto e duas carroças pequots em seu celeiro? Ela balançou a cabeça. *Ele armou para aqueles homens. Aquele filho da puta desonesto armou para eles. As pessoas não pensam duas vezes antes de culpar os nativos. Sempre muito, muito mais fácil do que culpar um dos seus.*

Se minha mira ao menos fosse melhor, ela pensou. *Pelo menos teria o prazer de vê-lo morrer.* Ela percebeu que nada a impedia de ir até sua fazenda e atirar nele agora. Ela ruminou esse pensamento por um tempo, saboreando-o; era tudo o que tinha no momento.

Booka se esfregou contra ela e miou. Abitha acariciou o gato, distraída.

Samson veio da floresta, atravessando o campo. Ele caminhou ao redor do celeiro queimado, dando uma longa e dura olhada no homem pequot morto antes de se aproximar e sentar na grama ao lado de Abitha.

Ele não falou, apenas sentou olhando para o celeiro, esfregando a testa como se doesse, parecendo exausto e cansado.

Céu veio voando, e pousou no ombro de Samson. Riacho apareceu e começou a nadar em círculos lentos ao redor de todos eles.

Floresta surgiu de um tronco próximo e se juntou a eles. Ele arrancou uma erva daninha e começou a mastigar o caule. "Você deveria matá-lo", disse Floresta. "O homem grande."

Abitha assentiu. "Eu deveria."

"Nós podemos ajudar. Todos nós. O Pai também." Céu e Riacho assentiram com veemência.

"Pegue seu mosquete", Floresta insistiu. "E sua faca longa. Ele tem família? Amigos? Vizinhos? Podemos matá-los também." O gambá estava sorrindo. "O Pai é muito bom em matar quando é instigado. Alguém só precisa instigá-lo."

E ali, naquele momento, enquanto olhava para as cascas enegrecidas do milho pelo qual quase havia dado a vida, enquanto observava os restos de seu celeiro, aquele que ela e Edward haviam construído juntos, Abitha pensou que soava como uma ideia boa, uma ideia *muito* boa.

"Quem é ele?", Samson perguntou.

"Quem, Wallace?"

"Não, o homem morto."

O olhar de Abitha se deslocou para o corpo deitado de bruços no curral das cabras. Ela suspirou. "Preciso enterrá-lo."

Floresta balançou a cabeça. "Jogue-o na floresta para os vermes e os besouros e os bichos-papões e os ursos."

"Quem é ele?", Samson perguntou outra vez.

"Um nativo pequot", disse Abitha. "Esta costumava ser a terra deles, mas a guerra e a doença os dizimaram há muitos anos. Eles estão espalhados por essa área, mas acredito que a maioria vive em uma aldeia a muitos quilômetros ao norte daqui."

"Ele me chamou de Hobomok. Você já ouviu esse nome antes?"

Abitha deu de ombros. "Não que me lembre."

Floresta, Céu e Riacho congelaram.

Samson direcionou um olhar severo a Floresta. "O que é Hobomok?"

Floresta levou um momento para responder. "Significa espírito da morte. Eles pensaram que você era um demônio, só isso. Acham que somos todos demônios. Não significa nada."

Samson encarou Floresta como se tentasse perfurar a alma da criatura. Ele balançou a cabeça e pressionou a palma da mão contra a têmpora. "Ontem à noite... depois de matar o homem... as aranhas voltaram. Elas se escondem nas sombras... assombram meus sonhos. Vejo máscaras... e o homem com o rosto pintado. Eles não saem da minha cabeça. Está se tornando insuportável."

Floresta compartilhou um olhar de angústia com o povo selvagem.

"Nunca estarei completo", continuou Samson. "Não até que eu possa ver além das sombras. Talvez esses pequots tenham algumas respostas."

Floresta enrijeceu. "A única coisa que os pequots têm para você são truques e armadilhas, do tipo que você nunca pode escapar."

"Eu já estou em uma armadilha da qual não posso escapar."

"Você pode escapar; você escolhe não escapar. Você precisa apenas prestar tributo a Pawpaw, honrar a Mãe Terra com sangue. Nós já discutimos isso."

Samson não respondeu, apenas olhou para o celeiro, onde o morto estava.

Floresta começou a andar de um lado para outro, uma carranca estrondosa em seu rosto e, depois de um minuto, ele parou, suspirou. "Pai", disse ele severamente. "Imploro que você não procure os pequots. Não acabará bem para você ou para nós se você fizer isso. Não posso forçá-lo a cumprir seu papel. Apenas posso esperar que você encontre a verdade em minhas palavras. Mas se... se você não nos ajudar, então, por favor, eu imploro pela lua sobre nós, não nos traia dessa forma."

Ainda assim, Samson não respondeu.

Floresta contemplou Samson por outro longo momento. "Não sei o que mais dizer para você. Estamos todos lutando aqui. Todas as nossas vidas, nosso próprio mundo, estão em jogo." E com isso, Floresta partiu, parecendo profundamente perturbado enquanto vagava pelo campo, desaparecendo na floresta.

Abitha pensou como seria bom simplesmente trotar para a floresta assim. Jamais precisar retornar, jamais ter que lidar com a fazenda, o milho, com *Wallace*, nunca mais.

"Tentarei fugir", disse ela, indiferente, mais para si mesma do que para Samson. "Partir antes que venham atrás de mim. Antes de ser sentenciada a servir Wallace e sua família." Ela assentiu como se tentasse convencer a si mesma. "Posso dar um jeito de juntar algumas coisas para vender. Conseguir o suficiente para comprar minha passagem para o sul... algum lugar onde o inverno não seja tão rigoroso." Ela examinou a fazenda, tentando calcular o que restava de valor. "Tenho Sid... as duas cabras... galinhas... a lâmina do arado..."

Uma abelha pousou em seu braço; sempre parecia haver algumas zumbindo ao redor de Samson como se ele fosse uma suculenta flor silvestre. Ela a soprou gentilmente para longe. "E as abelhas. Tenho várias colmeias saudáveis. Elas com certeza renderão um bom preço. Com a demanda por cera e mel do jeito que está, é provável que obtenha mais wampum com elas do que todo o resto junto." Ela considerou o carroção. Estava ao lado do celeiro e o assento sofrera alguns danos causados pelo fogo, mas o resto parecia em bom estado.

"Abitha, o que é wampum?"

"Hein?"

"É algo que você come?"

"É uma concha. É polida em contas, um processo muito difícil e demorado pelo que ouvi. As pessoas a utilizam para comprar coisas, você sabe, como moeda, como dinheiro, como..." Ela parou, sem saber como explicar o conceito de moeda para uma criatura da floresta e sem cabeça para ensinar uma lição.

Samson grunhiu. "Então, você troca coisas por wampum. Como o milho e a cera de abelha. É isso?"

"Sim."

"Então, você troca o wampum por outras coisas?"

"Sim, é praticamente assim que funciona."

"E você precisa de wampum para negociar com Wallace pela terra."

Ela o olhou bruscamente. "Você pode fazer wampum, Samson? Existe um feitiço para isso? Se você puder, então..." Ela começou a se animar. "Ora, se você pudesse, então eu..." Ela pulou de pé, correu para a cabana, retornou um momento depois com a bolsa de couro de Edward. Ela vasculhou o interior e retirou uma conta de wampum rachada. Estava quebrada, sem valor.

"Aqui." Ela o colocou na palma de sua mão. "Faça mais... o máximo que puder!"

Samson fechou a mão ao redor do fragmento, cerrou os olhos, parecia estar se concentrando. Ele fechou a cara. "Coloque sua mão em cima da minha."

Ela obedeceu.

"Você sente alguma coisa, Abitha?"

Depois de um minuto, ela balançou a cabeça.

"Nem eu."

Ela soltou e Samson ergueu a concha. "Isso não tem voz. Não como o milho, a consólida, as cabras ou as abelhas. Acredito que é porque que não está viva, nem deseja estar. Nem sequer tem um fantasma. Sinto muito, Abitha, não tenho conexão com isso."

"Ah", disse ela, sem esconder sua decepção.

Ele continuou a examinar a conta, as sobrancelhas franzidas, então seus olhos se iluminaram. Samson se levantou, caminhou até a varanda e pegou sua vassoura. Ele a segurou pelo cabo. "Cantarole para mim."

"Cantarolar? Do que você está falando?"

"Como a música que você cantou no outro dia, mas apenas o cantarolar."

"Samson, me desculpe, mas não posso. Hoje não."

"Confie em mim, Abitha. Feche os olhos e cantarole. Pense na luz do sol e nas flores." Abitha começou a protestar, mas capturou o olhar fervoroso no rosto de Samson.

"Abitha, confie em mim."

Ela soltou um suspiro, limpou a garganta e começou um leve cantarolar. Ela fechou os olhos e tentou imaginar flores em sua mente, acreditando ser quase impossível enquanto sua mente continuava se voltando para as cascas enegrecidas de milho. Então, Samson se juntou a ela, acrescentando sua voz calorosa, e as flores começaram a florescer e florescer, um caleidoscópio de cores girando em sua mente. Ela sentiu o pulso na terra abaixo de si, movendo-se em sua direção, procurando-a, encontrando-a, tocando a magia dentro dela e, de repente, ela pôde sentir, de fato, o perfume das flores. O cantarolar aumentou, cada vez mais alto. Ela abriu os olhos e ofegou.

Abelhas, centenas e centenas delas, cercavam Abitha e Samson.

"Elas estão aqui para você, Abitha. Você é a rainha delas. Agora, o que você deseja que façam?"

Façam? pensou ela. *Nada. Samson, você está se esforçando tanto, mas não é disso que eu preciso. O que preciso é... o que preciso é... Misericórdia, sim. Entendo!*

Ela começou a cantarolar novamente, a cantar junto com as abelhas, pensando no mel, em quantidades abundantes de favo de mel pingando da vassoura, inserindo esses pensamentos em sua canção. E o cantarolar, dela e deles, se entrelaçou em uma só melodia. As abelhas começaram a pousar no cabo da vassoura, começaram a tecer a canção, a magia, convertendo-a em favo de mel.

Era mais do que as abelhas, mais do que ela mesma; era capaz de sentir Samson conduzindo a magia, recolhendo-a da própria terra, canalizando-a através dela. Ela chegava a vê-la — pequenas faíscas douradas — rodopiando no ar com as abelhas.

E outra vez aquela sensação, uma luxúria quase carnal rufando em seu âmago, ameaçando consumi-la ao passo que sua magia se misturava com a dele, seu peito prestes a estourar com a força arrebatadora daquilo, enquanto juntos, teciam favo após favo.

Céu e Riacho se juntaram às abelhas, voando em círculos, rindo junto com Abitha.

Samson apoiou a vassoura contra a cerca e as abelhas deram seguimento à sua magia, o favo de mel crescendo ao longo das colunas e trilhos. O mel dourado brilhava à luz do sol.

"Samson, quanto elas podem fazer?"

Ele deu de ombros. "É o seu feitiço. Por quanto tempo você pode cantar?"

O dia todo, pensou ela. *Posso cantar o dia todo.*

CAPÍTULO 8

"Não posso fazer isso sozinho", disse Floresta, olhando para Céu e Riacho. "Vocês devem ajudar se quisermos nos livrar dela."

Nenhum deles fazia contato visual.

"Isso não é algo do qual podem se esconder." Floresta escalou as rochas negras e ficou ao lado da muda. "Vejam", ele ordenou tocando em uma das folhas murchas. "Vejam!"

Eles olharam e se retraíram.

"Pawpaw definha diante de nossos olhos. Por quê? Vocês dois sabem. Abitha está roubando a magia. Vocês não a viram com as abelhas? Sentiram a magia crescendo dentro dela? Abitha não é o que parece. Temo que ela seja como o povo mágico de antigamente, como o xamã. E assim como eles, agora que ela teve um gostinho, desejará mais e mais até que tudo esteja perdido. Sua visão já se tornou tão forte que ela pode nos ver, quer desejemos ou não."

"Sim, é culpa do Pai! É ele quem a empodera dessa forma. Mas ela está aprendendo a manipular a magia. Não há como saber do que ela é capaz com a ajuda dele. Ela pode nos transformar em uma bola de fogo da próxima vez."

Céu e Riacho não paravam quietos, como se quisessem estar em qualquer lugar menos aqui. "Vocês ouviram o Pai. As aranhas estão de volta. Vocês sabem que isso significa que Mamunappeht está se aproximando. Vocês sabem que isso é culpa da mulher."

"Não. Não importa se ela quer ou não, Riacho. Ainda é ela quem provoca isso. Toda vez que conjuram um de seus feitiços juntos, é como enviar sinais de fumaça para Mamunappeht."

"Que tolice eles farão a seguir, pergunto a vocês? Que porta eles abrirão? O que acham que acontecerá se o homem mágico descobrir que Pawpaw voltou para nós?"

Céu e Riacho encontraram seus olhos então; ambos pareciam horrorizados.

"Ouçam-me, vocês dois. Devemos matá-la assim que pudermos. Antes que o xamã nos encontre, antes que façam Pawpaw morrer de fome."

"Como?" Floresta sorriu. "Juntos. É assim. Emprestem-me sua magia, ajudem-me a invocar as criaturas peçonhentas. Deixem que façam seu trabalho e não haverá nenhum vestígio de nossas mãos neste ato. Isso dará certo. Eu sei que sim!"

Os dois trocaram um olhar doloroso, mas assentiram levemente.

"Bom. Esta noite, então... nós as lançaremos sobre ela esta noite."

O dia estava chegando ao fim, o sol poente colorindo o céu de laranja brilhante. Samson estava empoleirado sobre os restos enegrecidos do telhado do celeiro. Ele observava Abitha, havia passado o dia todo a observando enquanto realizava sua tarefa de cortar o favo de mel da cerca e armazená-lo em sua cabana.

Hobomok. A palavra veio a ele como um sussurro ao vento. Ele fechou os olhos, revivendo pela centésima vez o choque de ouvir aquela palavra, como ela havia queimado em seu interior, como naquele momento sua mente sentia que se partiria em duas. Elas estavam de volta, as aranhas. Com os olhos fechados, ele era capaz de vê-las, minúsculos pelos cintilantes na borda de sua visão. Como elas faziam sua cabeça doer. "Deixe-me em paz", Samson rosnou. Ele avistou Céu e Riacho perto da cabana, observando-o, aparentando nervosismo, e se perguntou outra vez o que estavam escondendo dele.

Abitha desprendeu outra porção de favo cortado, voltou, lavando a viscosidade de suas mãos no balde de água. Ela começou a contar, usando os dedos. Ela sorriu. "Samson, somei o que tenho na cabana. Ora, há quase mais do que o vagão comporta. Edward estava recebendo um cordão inteiro, mais de noventa e seis wampum por libra, e isso foi no ano passado. Ouvi dizer que estão pagando mais que o dobro disso agora. Sabe o que isso significa, Samson? Sabe? Significa que Wallace pode ir se lascar, sim, porque esta é a minha terra agora!"

Ela soltou uma risada, depois gritou, um sorriso descontrolado em seu rosto. Ela pegou a vassoura da cerca, tirou um pouco do favo restante e o levou à boca, lambendo os lábios sem se conter. Ela começou a girar com a vassoura como se fosse seu parceiro de dança, girando até cair na grama, permanecendo rindo deitada, parecendo extasiada e exausta.

Samson sentiu o espírito de Abitha, seu fervor, como a magia foi conduzida para ela, como haviam se interligado, como estava se fortalecendo em seu interior. Ele fechou os olhos, deixou-se tomar pela magia, tentando canalizá-la para abrir suas últimas memórias, mas eram os rostos aterrorizados dos homens pequot que continuava vendo.

Hobomok, Hobomok. Ele não conseguia parar de ouvir o nome. Eu sou mesmo o espírito da morte? Sou?

Abitha estava deitada na grama observando Samson, perturbada com o tormento expresso em seu semblante. *Você fez tanto por mim, Samson. Como gostaria de poder ajudá-lo.* Ela se deparou com a própria mão no bolso do avental, sobre a corrente de tranças — ela as mantinha consigo o tempo todo agora. *Mãe, se ao menos você estivesse aqui. Você saberia o que fazer.*

Uma abelha passou e Abitha começou a cantarolar bem baixinho sua canção, chamando-a, encantada quando a abelha respondeu, começando a circundar seu rosto e, por fim, pousando bem na ponta de seu nariz. Ela estava maravilhada pela conexão entre elas; não era como se pudesse de fato se comunicar, tratava-se mais de uma projeção de seus sentimentos e desejos sobre elas. Fazia com que se sentisse em comunhão com elas, em comunhão com a própria natureza.

Ela gentilmente soprou o inseto e se sentou. Estava escurecendo e ela precisava fazer xixi. Ela se pôs de pé e soltou um gemido enquanto tentava aliviar a dor das costas. Então, ela deu a volta na cabana até chegar ao banheiro ou o que Edward gostava de chamar de cabaninha. E, como era a maneira de Edward, foi construída como uma pequena cabana, sólida e segura para manter o vento fora e assim não era necessário se preocupar com um urso ou uma matilha de lobos se juntando a você enquanto fazia as necessidades.

O banheiro ficava no fundo da encosta, mais longe da cabana do que Abitha gostaria, especialmente no auge do inverno, mas precisava ficar abaixo do poço, e Edward havia dito que o solo era adequado naquele local.

Quando ela se aproximou, um coelho disparou do lado da casinha. Ele correu diretamente para ela, correndo como se algo terrível estivesse atrás dele. Abi olhou em busca de predadores entre as árvores próximas.

Ela chegou diante da porta e parou. Algo estava errado; demorou um segundo para descobrir. *Onde estão as moscas?* O ar ao redor da casa costumava ser preenchido pelo zumbido delas. Ela levantou a trava e abriu a porta, não viu nada além de sombras, deu um passo e parou em seguida. Alguém estava lá, próximo à latrina.

Uma figura, um homem, se ergueu da escuridão. Seu rosto era um aglomerado de sombras dançantes, com buracos onde seus olhos deveriam estar.

"Edward?", ela ofegou, recuou um passo, com a mão na boca.

Edward estava olhando, não para ela, mas para a latrina. Ele levantou a mão, apontou para dentro e sua boca se abriu em um grito silencioso.

Abitha olhou para trás, percebeu que as sombras no interior estavam vivas, o chão da casinha como uma massa fervente de formas oleosas. Ela ouviu um assobio, viu Floresta pendurado na viga do teto, seus olhos negros brilhando.

"Mate-a", sussurrou Floresta, e algo atingiu seu tornozelo, outro golpe, depois mais dois.

Abitha recuou, tropeçou, caiu com força sobre o quadril e foi quando as viu — cobras, cinco, talvez seis. Enroladas entre elas, dezenas e dezenas de aranhas e centopeias. E assim, como uma represa se rompendo, eles jorravam, deslizando e se precipitando, correndo uns sobre os outros em direção a ela, todos vindo para pegá-la! Abitha tentou se erguer, mas eles estavam sobre ela e ela soltou um grito enquanto deslizavam, rastejavam e subiam por suas pernas. Sentiu uma picada, uma mordida, outra, depois dezenas. Ela gritou outra vez, colocou-se de pé, apenas para perceber que não conseguia mais senti-los, suas pernas adormeciam, fazendo-a cair de volta ao chão. Ela arranhava e estapeava, mas ainda assim era atacada.

"O que é isso?", Samson rugiu. Ele saltou por cima dela, agarrando Floresta e retirando-o da casinha, arremessando o gambá no chão. E assim, o feitiço foi quebrado, todas as cobras e aranhas perderam o ímpeto, caindo e espalhando-se pela grama e pelo mato.

Abitha gemeu; seus agressores haviam desaparecido, mas o veneno ardente continuava a subir lentamente por suas pernas.

Samson caiu ao lado dela, agarrando sua mão. Seu rosto estava mortificado.

"Ajude-me, Samson."

"Eu... Eu não sei como." Ele segurou a terra, a mão dela, começou a cantar, mas nada estava acontecendo.

O veneno continuava a se alastrar. Abitha sabia que seu tempo estava acabando, sabia que se atingisse seu coração, tudo acabaria. Ela pensou ter visto um fantasma em meio às sombras, não Edward desta vez, mas sua mãe. Ela enfiou a mão no bolso do avental, apertou as tranças, puxou-as para fora e pressionou-as contra os lábios.

"Sim, mãe, eu *consigo* fazer isso. Eu devo."

Ela agarrou as tranças em uma mão, a mão de Samson na outra, fechou os olhos e se concentrou em seu âmago. Ela sabia o que estava procurando — o pulso, o brilho, a magia que estava à espreita dentro dela desde que Samson a havia tocado pela primeira vez, crescendo a cada feitiço que lançavam.

E lá estava, em seu coração, aguardando. Ela sentiu sua fome, como aquilo a desejava, e estava com medo. Ela os viu então, as formas sombrias de doze mulheres, seus rostos escondidos sob seus longos cabelos ruivos. O cheiro de lavanda e sálvia tomou o ar e uma sensação de calma a dominou.

A magia, o poder, isso é parte de mim e eu sou parte disso. Ela a libertou e aquilo floresceu. Nesse momento, ela sentiu algo mais, algo abaixo de si na terra, algo que sabia seu nome. *A serpente!*

"Ela está aqui!", Samson sussurrou.

O pulso se tornou mais forte, rufando em seu peito, espalhando-se, correndo ao longo de suas veias e artérias, buscando o veneno. E quando a magia, sua magia, encontrou o veneno, ela não o combateu, não, mas o uniu à magia, os dois se tornando parte do mesmo. Era seu veneno agora e ela simplesmente o expeliu do jeito que se exalaria uma lufada de ar.

Ela sentiu uma umidade fria ao longo de suas pernas, abriu os olhos e viu o veneno saindo de seus poros como suor. Ela soltou um longo gemido e caiu de volta na grama, ofegante.

Riacho e Céu olharam para ela, atordoados.

Os olhos de Samson estavam cheios de fascínio. "Abitha, há mais em você do que você sabe."

Floresta tossiu, rolou, começou a rastejar para longe.

"Você!", Samson rosnou, saltando e agarrando o gambá com as duas mãos. "Sua hora chegou!" Ele começou a apertar, esmagando o espírito.

Riacho e Céu voaram sobre Samson, mordendo e agarrando, puxando seu pelo, tentando fazer com que soltasse Floresta.

Abitha sentiu a presença na terra se mover, sentiu seu descontentamento. "Não!", Abi gritou. "Samson, não faça isso! Não deixe que o demônio o consuma! Acabou, já chega. *Solte-o!*" Samson alternou o olhar entre Abitha e Floresta, seus olhos cheios de fúria. Abitha tinha certeza de que esmagaria o gambá; em vez disso, ele soltou outro rosnado alto e jogou o gambá no chão.

Floresta permaneceu prostrado, arfando.

"Você deve ir embora daqui!", Samson ordenou. "Se eu puser os olhos em você outra vez, será o seu fim. Você me entende, besta imunda?"

Floresta tentou se levantar, mas não conseguiu. Riacho e Céu o sobrevoaram e, com sua ajuda, Floresta ficou de pé. Lentamente, eles o levaram embora. Pouco antes de entrar na mata, Floresta parou e olhou para trás. "Pai", ele chamou. "Pawpaw está morrendo de fome. Você deve prestar seus tributos logo. Se não me ouvir, a árvore morrerá... e com ela sua alma."

Samson virou as costas para eles.

"Tentei de tudo para salvá-lo, Pai. Para salvar todos nós. Sinto muito por ter falhado com você, por ter falhado com a Mãe Terra. Um dia, e receio que muito em breve, você entenderá. Então, será tarde demais."

O povo selvagem partiu, desaparecendo nas sombras escuras das árvores.

Abitha se apoiou contra o poço e tomou um grande gole do balde. Suas pernas ainda tremiam, pontilhadas de pequenos vergões e marcas de mordidas, mas não sentia dor. Ela procurou por Edward perto das árvores, mas não encontrou nenhum sinal dele. *Você me salvou, Edward,* ela pensou, e se perguntou o que isso significava. *Você ainda está aqui mesmo? Por favor, me diga. Ou será que enlouqueci? Você deve me mostrar o que é real.*

Samson olhava para ela, sem esconder sua admiração.

A noite caiu sobre eles e os vaga-lumes perambulavam sobre a grama e os arbustos. O ar parecia vivo, como se uma tempestade estivesse se formando.

"Abitha, a Mãe Terra, ela esteve aqui. Ela veio por você. Tenho certeza disso. Você não a sentiu? Você deve ter sentido."

"Senti muitas coisas", disse ela, enquanto pensava em seus sonhos, na serpente lhe oferecendo a maçã cheia de aranhas. Ela percebeu que ainda estava segurando a corrente de tranças. Ela as tocou em seu rosto, saboreando o conforto que traziam por mais um momento antes de colocá-las de volta em seu avental. *Não me julgue com tanta severidade, Edward. Estou tentando fazer o que é certo... mas é muito difícil saber o que é certo. Se você está aí, você está vendo; tem que estar.*

Samson começou a andar de um lado para o outro. "Você tem essa conexão, posso senti-la. Talvez, se você fizer as perguntas certas à Mãe Terra, ela lhe mostre." Ele balançou a cabeça. "Não, mostre a *nós dois.*" Ele tocou o queixo, apontando para si mesmo. "Sim, *nós dois.*" Seus olhos de repente se encheram de entusiasmo. "É isso! Essa é a chave! *Juntos!* Toda a magia que fizemos juntos provou-se frutífera. Se *nós* perguntarmos a ela, talvez ela revele quem eu sou. Pode me dar alguma pista. Sim? *Sim!*"

Seu sangue corria; ela quase podia ouvir seu coração batendo.

"Abitha, agora é a nossa chance. Vamos dançar, você e eu. Vamos agitar alguma grande magia esta noite. Vamos chamar a lua e as estrelas para nos mostrar quem somos. O que me diz, Abitha? Você me ajudará a encontrar a minha verdade?"

Ela não tinha ideia para onde ele a estava levando, mas também sabia que ele não estava pedindo, não mesmo.

Ele a agarrou pelo braço, apertando com mais força do que deveria. "Vamos?" Ele não esperou nem que ela respondesse e saiu correndo, retornando com a vassoura, entregando-a a ela.

"Para que isso?"

"Abitha, uma vez lhe perguntei o que queria. Você se lembra?"

Ela assentiu.

"Você disse que, quando era criança, sonhava em ser uma rainha das fadas, em correr descalça pela floresta com os animais. Cantar e dançar com eles. E em..."

"...em voar com os pássaros", ela terminou com um sorriso.

Ele pegou a sua mão. "Abitha, é hora de voar."

Ela riu, um som eufórico, o som de alguém que havia bebido demais. "Eu não posso voar, Samson."

"Você já tentou?"

"Samson, eu não posso voar."

"Céu e Riacho podem voar, podem ser vistos e podem não ser vistos. Você expeliu o veneno do seu sangue, curou os doentes, fez crescer o milho."

"Era mais do que eu."

"Eu sei." Seus olhos prateados se iluminaram e, por um momento, ela sentiu os velhos medos. "Você a chamou aqui. Sua magia está em tudo à nossa volta. Ora, você está exalando magia. Não está sentindo? Vamos aproveitá-la antes que desapareça novamente."

Era verdade, ela estava transbordando magia, quase flutuando. *Quase como se eu pudesse voar,* ela pensou. *Ou ao menos flutuar.* Uma onda de excitação percorreu seu corpo. "É hora de ver do que você é capaz." Ele empurrou a vassoura para ela.

"Vamos dar uma volta, você e eu."

Ela tentou resistir, estava tão cansada, atordoada, quase febril por conta daquele dia, do veneno, e tudo isso soava como loucura. Mas quando ele a tocou, ela sentiu a febre que vinha dele, sentiu seu pulso acelerar, tanto dentro quanto ao redor dela. Seu corpo começou a formigar.

Ele sorriu e começou a girá-la em um círculo largo e lento, primeiro em uma direção, depois retornando por outra, quase uma valsa. Ela tirou os sapatos, a grama, ainda quente do sol do dia, deliciosa sob seus pés descalços. O ar úmido da noite era inebriante, subindo à sua cabeça.

"Liberte-se, Abitha. Liberte a nós dois."

"Sim", ela respondeu, suas roupas de repente pesadas e confinantes. Ela tirou a blusa, jogando-a no ar com uma risada. Ela se sentia mais leve, leve como uma pena. Ela se livrou da saia e do avental, caindo no processo, rolando pela grama macia, deleitando-se da sensação dela contra sua pele nua.

A magia começou a girar em torno deles, no ar e no chão. Ela não podia vê-la, mas a sentia dançando ao longo de cada centímetro de sua nudez.

Samson a pôs de pé e a dança recomeçou. Os vaga-lumes, mariposas e morcegos se juntaram a eles, atraídos pela magia, esvoaçando e nadando em círculos cada vez mais estreitos.

Abitha começou a cantarolar, a cantar uma canção sem palavras, com os grilos, sapos e rãs, todos emprestando suas vozes. A noite lhe pareceu uma coisa viva; ela sentia sua respiração, seu pulso. Ela gemeu, bebendo de sua inebriante doçura, riu, depois cantou e riu um pouco mais. Ela não dormia havia dois dias e deixou seu delírio tomá-la.

O ar se adensou a seu redor, quase algo em que se poderia nadar. Então, ela viu a magia, uma névoa cintilante fluindo ao seu redor, seu cabelo flutuando em sua correnteza.

Samson a soltou e ela girou lentamente, circulando ao redor dele.

Ele estendeu a vassoura. "Você ainda deseja voar, Abitha? Com os morcegos ao longo da noite?"

Ela olhou para ele, entendeu que não se tratava de um gracejo. Ela assentiu. "Sim, sim."

"Peça à vassoura."

"À vassoura?", Ela riu, o som ecoou em sua própria cabeça. "Por que não?" Ela foi em sua direção, quase deslizando sobre a terra, agarrando o cabo logo acima de sua mão. Ela não tinha ideia do que fazer a seguir, até que teve. A terra lhe disse como sempre dizia. Ela fechou os olhos e deixou a vassoura *sentir* seu desejo, enviou-lhe uma visão sua navegando pela noite, assim como Samson, os dois juntos, seus corações como um só. A névoa cintilante começou a girar ao redor da vassoura, cada vez mais rente, entrelaçando-se enquanto Abitha e Samson a incitavam, canalizando a magia para a vassoura. A vassoura estremeceu e ela sentiu algo latejando no cabo. A palpitação diminuiu, tornando-se um pulso, em uníssono com o dela, com o de Samson.

Samson soltou e deu um passo para trás.

A vassoura flutuava e Abitha descobriu que era preciso algum esforço para evitar que flutuasse para o céu. Ela olhou para Samson, que estava sorrindo.

"E agora?", Abitha perguntou e a vassoura respondeu, puxando-a com suavidade. Ela se deixou levar e logo descreveram um círculo largo, em giros lentos. Todo o seu corpo, seu coração e sua alma pareciam tão leves, tão incrivelmente leves. E, em algum momento, ela percebeu que seus pés não estavam mais no chão.

"Ah", ela sussurrou, "isso é magnífico."

A dupla, em uma parceria insólita, desceu até a borda da floresta, depois retornou até Samson. Samson pegou a vassoura, orientando o cabo para baixo para que a vassoura ficasse na horizontal, flutuando entre eles na altura da cintura.

Ele se sentou sobre as cerdas e estendeu a mão para Abitha, seus olhos prateados reluzentes. Ele parecia tão inebriado pela magia quanto ela. "Está pronta?"

Ela hesitou por mais um instante, refestelando-se na excitação e no medo. Ela começou a se acomodar atrás dele.

"Não, é o seu feitiço. Você deve conduzir."

"Ah," disse ela. "Maravilhoso, conduzir uma vassoura. Será que não é muito difícil?"

Ela se sentou na frente dele, de lado, quase sobre seu colo. Ela se segurou no cabo, com firmeza como se sua vida dependesse daquilo. Ele deslizou um braço sobre a cintura dela. Ele cheirava a mel e folhas secas, seu pelo quente e macio.

"Estamos prontos?", ele perguntou.

Ela ouviu um trovão distante. "Não, mas faremos isso mesmo assim. Não faremos?"

Ele riu. "Faremos."

"Você sabe o que está fazendo, Samson? Você vai nos matar?"

"Eu, não. Não faço ideia. É o seu feitiço. Cabe a você não nos matar."

"Ah, então estamos condenados com certeza."

Ele riu outra vez, o som era como música aos ouvidos dela.

Seu pé deixou a grama e eles começaram a vagar sem rumo, como um barco sem leme, flutuando apenas alguns palmos acima do chão. Ela poderia ter pensado que se sentar em uma vassoura fosse algo incômodo, mas mal precisava se segurar, os dois conectados e mais leves que o ar.

"Diga a ela para onde ir."

Ela o fez, bastando apenas desejar. Abitha colocou os olhos e os pensamentos no milharal e a vassoura respondeu, lenta no início, mas à medida que a conexão cresceu, ganharam um pouco de altura e velocidade. Eles deslizaram em direção ao campo, depois sobre ele, circundando a fazenda até que logo já não sentia que orientava a vassoura, mas que ela mesma estava voando e, como um pássaro, iria aonde quisesse.

Ela voou mais alto, bem acima da árvore mais alta. A lua estava cheia e brilhante e ela podia ver por quilômetros em todas as direções, podia ver o contorno distante das montanhas em direção ao norte, os relâmpagos distantes no sul e as luzes cintilantes da aldeia para o leste. Ela rodopiava em círculos cada vez maiores, ganhando velocidade. Ela mergulhou, voando logo acima da cabana e das ruínas do celeiro. Vários morcegos se juntaram a eles, batendo as asas de um lado para o outro, como que brincando.

Ela alçou voo outra vez, o ar quente da noite soprando em seus cabelos. Ela viu as estrelas brilhando em um lago próximo, descendo até que estivesse ao nível do lago, mergulhando um dedo do pé na água enquanto deslizavam pela superfície. Ela ria e Samson ria junto com ela.

"Que sonho maravilhoso", disse ela.

Ele se inclinou para frente, apoiando o queixo no ombro dela. Ela olhou de relance para o rosto dele, tão selvagem, estranho e bestial, mas de alguma forma belo. Ela sentiu as batidas de seu coração se juntar ao dela e à vassoura, todos pulsando juntos como um só.

"Está na hora", ele sussurrou em seu ouvido. "Para ver o que podemos encontrar. Peça a ela, peça à Mãe Terra, peça à lua e às estrelas que nos mostrem quem realmente somos."

Ela sentiu a necessidade que vinha dele, seu anseio, mas agora também o seu próprio anseio e, à medida que crescia, à medida que a tomava, ela ansiava por satisfazê-lo. "Mostre-me, Mãe Terra ... mostre-me quem somos."

Ele repousou as mãos sobre as dela. "Permita-me."

Ela não queria abrir mão do controle, queria apenas voar a noite toda, voar ao redor do mundo e nunca mais voltar. Porém, ela cedeu.

As mãos dele apertaram as suas com mais força e eles se precipitaram em direção às árvores. Ela soltou um grito, certa de que colidiriam contra os pinheiros e carvalhos, mas em vez disso voaram através deles, as folhas resvalando contra suas bochechas e dedos dos pés. Seguiram mais e mais fundo na floresta, mais e mais rápido até que as árvores se tornaram apenas formas borradas escuras passando por eles e, em algum momento, ela percebeu que passavam por eles como se fossem fantasmas.

Escureceu; eram apenas eles e o vento quente uivando em seus ouvidos. Lentamente, a lua retornou, contudo maior, laranja e apagada. Eles começaram a desacelerar, as árvores retornando ao foco, agora diferentes, com folhagens que jamais havia visto, gigantescas samambaias e palmeiras. O próprio ar parecia diferente, mais pesado, mais denso, como na chegada de uma tempestade. Milhares de sons, gritos, brados, uivos soavam da densa floresta ao seu redor.

"Onde estamos?"

"Há muito tempo atrás."

Era noite, embora a floresta estivesse vívida com luzes, flores radiantes de todas as variedades e insetos, e — ela piscou — criaturas aladas, pequenas pessoas com asas. *Fadas,* pensou ela, de todas as espécies, e muito mais. Algumas pequenas, do tamanho de insetos, outras do tamanho de falcões e águias, com asas de pássaro, asas de inseto, asas de morcego, todas compartilhando uma luminescência cintilante. Ela viu centenas de criaturas como Riacho, Céu e Floresta, com seus rostos infantis e corpos animalescos. Eles se juntaram ao voo de Abitha e Samson, seguindo-os em meio às árvores, cantando e rindo. Outras criaturas os seguiam pelo chão, o cervo correndo com grandes felinos e ursos gigantes, lagartos enormes, cavalos minúsculos e tantos outros animais que nunca havia visto.

Eles voaram para o alto, acima das copas das árvores, acelerando, deixando todas as criaturas para trás. Um universo de estrelas explodiu acima dela enquanto disparavam pela noite, tudo se confundindo e depois escurecendo.

Outra vez, eles desaceleraram, outra vez o mundo voltou ao foco, desta vez para uma paisagem de vulcões imensos, córregos de lava se projetando de picos altos, formando rios de fogo. Um meteoro atravessou o céu, outro, depois outro. Relâmpagos brilhavam e trovões retumbavam. O ar cheirava a enxofre, cinzas, pântanos estagnados. O céu acima de suas cabeças, totalmente preto, sem uma lua ou estrela à vista. Então, surgiu uma estrela, que brilhou, seguida por outra, mais e mais, abrindo-se como olhos, então Abitha contemplou, para seu grande horror, que *eram* olhos, cem, mil, um milhão de olhos e todos eles, cada um deles, olhava para ela.

"Quem sou eu?", Samson gritou para o firmamento.

Os céus não responderam.

"Quem sou eu?", ele exclamou.

E então, por um segundo, Abitha viu a si mesma através dos olhos, através de todos aqueles milhões de olhos e, ao fazê-lo, compreendeu algo de vasta magnitude, mas de grande simplicidade. *Todos os olhos são o mesmo. Todos são um.*

"Quem sou eu?", Samson gritou. "Respondam! Exijo uma resposta!"

E os céus começaram a rir, como se tudo fosse uma grande piada. O riso cresceu e cresceu até ressoar por todos os lados.

"Parem!", Abitha gritou, apertando as mãos sobre os ouvidos, apertando os olhos, tentando bloquear tudo. "PAREM!"

E então, de repente, ela estava caindo na escuridão sem fim.

CAPÍTULO 9

Abitha acordou no meio do milharal. Era manhã. Ela se sentou e logo percebeu que estava nua, seu cabelo coberto de folhas.

Ela retirou uma delas; era rosa, brilhante e diferente de qualquer folha que já havia visto. Ela olhou ao redor, procurando por Samson, mas encontrou apenas Booka olhando para ela em reprovação.

"Você sabe onde foram parar minhas roupas?"

O gato miou.

Abitha se levantou e se esticou, saboreando a sensação do sol matinal em sua pele nua. Ela ficou surpresa com o quão maravilhosa se sentia, quão afiada e clara estava sua mente, seus sentidos vivos como se tivesse renascido, cada som e cheiro nítido e distinto.

Ela enfiou os dedos na terra macia e arada, sentiu a conexão. *Eu sou parte de você, você é parte de mim.* E esse pensamento revirou algo em sua mente, o sonho, que ela sabia que não era um sonho. Voara pelo céu em uma vassoura, através de mundos maravilhosos e terríveis, olhara na própria face de Deus, e desejava fazer tudo de novo. Mas havia mais, algo que queria lembrar, algo muito importante, como uma palavra na ponta da língua, alguma grande verdade, mas aqui e agora, ela não conseguia se lembrar.

Ela marchou de volta para a cabana, seu gato caolho trotando atrás. No meio do caminho, viu sua vassoura. Ela a pegou e examinou — era apenas uma vassoura.

Passou pelos restos enegrecidos do celeiro, sem nem olhar direito. *Pode ser reconstruído*. Ela viu o homem morto. *Enterrarei aquele ali na beira da estrada para que todos vejam, como um lembrete de que não passarão por cima de mim.*

Ela pegou suas roupas no quintal e se vestiu. Encontrou seu avental, verificou se a corrente de tranças ainda estava dentro do bolso antes de amarrá-lo de volta em sua cintura. Era terça-feira ou ao menos ela esperava que fosse. Parecia que havia desaparecido por uma semana e apenas por um momento, ambos ao mesmo tempo. Ela precisava engatar Sid na carroça, carregar o mel e levá-lo para Hartford — uma viagem que levaria o dia todo e mais um pouco. Como tinha certeza de que Wallace não lhe daria um dia de descanso, estaria aqui no dia primeiro de outubro — apenas três dias depois. Ela também tinha certeza de que ele traria o xerife e alguns oficiais a reboque para escoltá-la até a cidade.

Bom, ela pensou, quanto mais testemunhas, melhor. Ela percebeu que estava ansiosa pelo encontro, ansiosa para estar cara a cara com Wallace. *E por que não?*, pensou ela. *Eu sou a garota que olhou nos olhos de mil deuses, não sou?* Um sorriso dos mais indômitos se criou em seu rosto.

Wallace parou seu cavalo no topo da colina acima da fazenda de Abitha e esperou que a carroça do xerife o alcançasse. O reverendo Thomas Carter seguia no assento ao lado do xerife, com dois oficiais, Samuel e Moses, sentados atrás deles no banco.

Wallace percebeu o azedume no rosto do reverendo. Os dois não haviam trocado uma única palavra durante todo o percurso até aqui. *Qual é o problema, reverendo?* Wallace pensou. *Ser colocado em seu devido lugar pelo magistrado Watson não lhe caiu tão bem?* Wallace sorriu.

Eles traziam consigo a carroça para levar Abitha de volta à cidade, pois ela passaria algumas noites na prisão enquanto o magistrado Watson, de volta a Hartford, terminaria de resolver os arranjos legais e estabeleceria o prazo para sua dívida com ele. Uma vez feito isso, ela seria liberada para que Wallace fizesse cumprir sua sentença por servidão em contrato. O juiz disse que a pena mínima seria de três anos, que tentaria dar um jeito para que se aproximasse de cinco ou seis. O magistrado Watson também deixou claro que, se o reverendo causasse algum problema a Wallace, ele viria pessoalmente e colocaria o tolo arrogante em seu lugar. Até traria as tropas, se necessário.

Wallace não precisaria esperar pelo juiz para tomar posse da fazenda, visto que estava decidido e assinado pelos ministros de Sutton. Era dele de novo — pelo menos até entregá-la a Lorde Mansfield. Eles estavam aqui apenas para expulsá-la. Ele se certificou de que todos os passos fossem executados da maneira correta, deixando-a sem brechas, não desta vez. O xerife até possuía um mandado assinado para sua prisão.

E a melhor coisa para Wallace era que, sendo Abitha conduzida à servidão, isso iria despojá-la de todos os seus privilégios de viúva. Como poderia ser a representante de Edward se não havia mais nada para representar? Essa farsa havia recebido seu ponto final. Era hora de colocar essa mulher insolente de volta em seu lugar.

Wallace se perguntava se ela lutaria, reclamaria e surtaria. Ele esperava que sim. Depois de toda a dor que havia lhe causado, ele não se importaria de vê-la levar uma bela surra. O ministro poderia ser brando com ela, mas o xerife não e não toleraria isso. Ele a colocaria no tronco o quanto antes.

Wallace sorriu, pensando em como algumas noites no tronco fariam bem a ela, acalmando-a antes de trazê-la para casa. *Sim, meu pai, ela é uma desgraçada. Se não houvesse tentado criar uma desavença entre mim e Edward, não houvesse tentado tanto roubar sua terra da família, eu poderia ter sentido alguma empatia por ela. Mas meu coração endurecido não me impedirá de fazer o que é certo por Deus e Edward. E se o bom Deus quiser, sob minha mão, ela se tornará uma digna mulher puritana um dia e uma boa esposa para algum homem temente ao Senhor, isso posso lhe prometer.*

O xerife Noah Pitkin parou ao lado de Wallace. O clã Pitkin era uma das famílias fundadoras de Sutton, e Noah havia praticamente herdado o cargo de xerife de seu pai. Era um homem magro e de bom porte de vinte e tantos anos, com uma reputação sólida tanto com a espada quanto com a pistola.

"O que é aquilo?", perguntou o xerife Pitkin, apontando. "Lá, na ribanceira. Aquilo é um túmulo?"

Uma placa simplória havia sido posta no topo de um monte, com as palavras talhadas: CUIDADO TODOS AQUELES QUE PASSAREM DAQUI.

"E o que isso quer dizer?", perguntou o ministro.

"Isso significa que a mulher caiu sob o feitiço da loucura", disse Wallace, acrescentando: "Devo dar a todos um aviso justo, ela ainda possui o mosquete de Edward".

O reverendo olhou para a fazenda de Abitha, nervoso .

"Está em dúvida, reverendo?", Wallace perguntou. "Você pode ficar de fora se quiser. Ninguém aqui lhe estimará menos."

O reverendo se irritou. "Este é o meu dever. Farei com que seja levado a cabo do jeito certo."

O xerife chutou sua montaria para frente e a carroça o seguiu pelo curto trajeto até a cabana.

Wallace desmontou, descendo a perna com calma, tentando esconder a dor. Ele ainda não conseguia acreditar que a mulher havia atirado nele, acertando-o no meio da coxa. A ferida estava cicatrizando bem, a bala tendo atravessado de uma ponta à outra, mas ele sabia que levaria muito tempo até que pudesse andar sem dor novamente. Seu próprio tiro havia acertado longe, e agora ele se encontrava feliz por isso. *Este será um dia glorioso.*

O reverendo Carter desceu da carroça e ficou ali olhando para as ruínas do celeiro. "Santo Deus, o que aconteceu aqui?"

"Como mencionei, a sanidade de Abitha está à prova", disse Wallace. "Ela provavelmente queimou tudo com as próprias mãos, por despeito e nada mais. Pergunto-me que outros atos de sua ira ainda podemos descobrir."

O xerife desmontou e os oficiais saltaram, verificando os arredores com cautela. O xerife Pitkin sacou a pistola do cinto e a entregou ao oficial Harlow.

"Apenas caso necessário. Você entendeu?" O oficial assentiu, mantendo a pistola a postos.

O xerife começou a subir os degraus até a varanda quando o reverendo Carter pegou seu braço. "Noah, por favor, permita-me. Pode ser mais fácil se eu falar com ela primeiro."

O xerife ruminou a respeito daquilo por um momento, depois recuou, permitindo que o ministro prosseguisse.

O ministro bateu na porta. "Abitha, sou eu... reverendo Carter. Estou pedindo para entrar para que possamos conversar."

Eles esperaram, mas ninguém respondeu.

O ministro deu de ombros e bateu outra vez.

"É por mim que estão procurando?" Uma voz decidida se ouviu por trás deles. Os homens se sobressaltaram, virando-se com rapidez, o oficial apontando a pistola.

Abitha estava a vários passos de distância, perto do poço, com as mãos no quadril. Ela colocou seus brilhantes olhos verdes sobre o oficial. "Estou desarmada e você tem cinco homens adultos aqui. Precisa mesmo apontar isso para mim?"

Wallace franziu a testa; essa não era a mulher que ele esperava encontrar. Nenhuma noiva chorona e fracassada aqui. Esta mulher era esplêndida, radiante, seus cabelos selvagens e soltos, seus olhos e voz claros e comedidos.

"Guarde a pistola", disse o xerife.

O oficial abaixou a pistola, mas não a guardou.

Abitha sorriu, caminhando até o xerife, determinada. "Xerife Pitkin." Ela estendeu a mão. "É um prazer recebê-lo como meu convidado aqui esta manhã."

O xerife pareceu desconcertado com sua franqueza e, para desgosto de Wallace, pegou sua mão e a apertou.

Ela então, por sua vez, olhou cada um dos oficiais nos olhos, acenando com a cabeça para eles. "E vocês, Samuel e Moses, também são bem-vindos."

O ministro desceu os degraus da varanda. Abitha o cumprimentou, colocando a mão sobre o antebraço dele. "Como está Martha? Ainda está bem, espero."

O reverendo Carter assentiu e sorriu. "Sim, Abitha. Ela está indo bem. Mais que bem. Ela está de volta ao normal e ajudando sua mãe novamente."

Abitha retribuiu o sorriso. "Faz tão bem ao meu coração ouvir isso."

O que está acontecendo? Wallace se perguntou. *Esta não é uma visita social.* Ele pigarreou, preparando-se para falar.

Os olhos de Abitha se fixaram nos dele. "Como está a perna, Wallace?"

As palavras de Wallace ficaram presas em sua garganta. "Hein?"

"Ouvi dizer que você se machucou. Deixou seu garfo cair enquanto comia uma tortinha, não foi?"

Wallace olhou para Abitha.

"É preciso ter cuidado com os utensílios", acrescentou. "Eles podem ser perigosos nas mãos erradas."

"Abitha, seu celeiro?", perguntou o ministro. "O que houve?"

"Você deveria perguntar a Wallace", disse ela.

Wallace se revirou em busca das palavras. "Eu... Eu... não sei o que quer dizer. Por que eu saberia de alguma coisa?" *O que está acontecendo?*, uma voz dentro de si exclamava. *Ela está dando a volta por cima. Contenha-se, assuma o controle disso agora!* "Abitha", disse ele da forma mais brusca e severa que foi capaz. "Não estamos aqui para suas brincadeiras. Estamos aqui pelo meu milho. Você o tem?"

"Alguns homens invadiram o celeiro há algumas noites", disse Abitha, falando com o ministro e o xerife. "Você encontrará um deles enterrado no topo da estrada lá. Um homem pequot. Você deve ter notado seu túmulo enquanto vinham."

"Sim", disse o reverendo Carter. "Notamos. Eu queria perguntar..."

"Sim, sim", disse Wallace impaciente. "Ninguém se importa com um nativo morto. O milho. Onde está meu milho?"

"Infelizmente, seu milho se foi, queimado junto com meu celeiro. E agora não tenho milho para lhe pagar."

Aí está, Wallace pensou, as coisas finalmente voltaram aos trilhos. Ainda assim, ele não gostava do tom da voz de Abitha, como se não tivesse nada com o que se preocupar. "Sinto muito pela perda", disse ele. "Teria sido bom ter concluído este negócio de uma forma que Edward aprovasse. Mas o sentimentalismo é um luxo pelo qual não posso pagar. E, agora, estou em posição de fazer o que é melhor para a nossa família e para a comunidade... e até para você, Abitha." Ele acenou com a cabeça para o xerife. "Noah, você me faria o favor de ler o mandado para ela?"

"Ah", disse o xerife Pitkin, como se houvesse esquecido o negócio em questão. Ele puxou duas notas dobradas de seu colete, embaralhou-se com as folhas, abriu uma e pigarreou. "Abitha, sinto muito que tenha chegado a esse ponto." Ele ergueu o papel. "Este é um mandado de prisão para você."

"Por minhas dívidas em aberto, correto?"

"Sim." O xerife ergueu a segunda nota. "E este é o aviso de despejo. Você verá que está assinado e em ordem. Há detalhes aqui relativos ao acordo firmado entre Wallace e seu falecido marido, Edward, como testemunhado pelos ministros. Aqui, permita-me explicar da forma mais simples que puder. O..."

"Edward devia a Wallace cinquenta alqueires por ano", disse Abitha. "Por cinco anos. Com vencimento para o dia primeiro de outubro de cada temporada. Se o pagamento não fosse cumprido, a fazenda, conforme a vontade de Wallace, passaria para Wallace em sua totalidade. Assim está simples o suficiente?"

O xerife Pitkin ergueu as sobrancelhas. "Ora, sim. Sim, é exatamente isso."

"Não é o dia primeiro?"

"O quê?"

"Hoje? Qual a data?"

"Sim, Abitha. De fato, é dia primeiro."

"Então, o vencimento é hoje. Estou certo, xerife?"

"Bem... sim."

"Então, ainda não estou inadimplente. Correto? Ainda há o restante deste dia para realizar o meu pagamento."

O xerife soltou um suspiro, olhando para o ministro.

Wallace sentiu seu humor azedar. *Por que estão deixando que ela se saia com tanta insolência?*

"Abitha", disse o reverendo Carter. "Você tem a simpatia de todos aqui. Mas, por favor, não vamos prolongar isso. Está claro para todos que não há pagamento. Por que não..."

"Chega dessa bobagem", Wallace retrucou. "Somos todos homens ocupados, Abitha. Não ficarei aqui e permitirei que você desperdice o tempo de todos. Olhe aqui, mulher. É simples... você não pode fazer seu pagamento, então agora você deve pagar sua dívida comigo em servidão. Entendeu? Você está trabalhando para mim agora. Portanto, essa insolência... cessará a partir de agora. *Agora mesmo!*"

O reverendo Carter levantou as mãos. "Wallace, por favor. Não há necessidade..."

Abitha gargalhou em alto e bom som.

Os homens trocaram olhares inquietos.

Ela perdeu a cabeça, pensou Wallace, sentindo-se aliviado. *Eles enxergarão a verdade sobre ela agora.*

"Peço desculpas, reverendo Carter", disse Abitha. "Não queria interrompê-lo. É só que Wallace, ele tende a se confundir com facilidade. Wallace, quando eu disse que não tenho como pagá-lo?"

"O quê? Claro que você não tem como pagar. Você acabou de dizer."

"Não é verdade. Apenas disse que não tenho seu milho."

Onde ela quer chegar? Wallace queria rir na cara dela, mas havia tanta confiança ali, tanta arrogância e o quê? *Euforia?* Sim, era isso. O rosto de alguém prestes a vencer a banca.

Abitha enfiou a mão no avental e o oficial apontou a pistola no mesmo instante. Ela se deparou com o olhar do homem e esperou.

"Largue isso, Samuel", ordenou o xerife.

O oficial abaixou a pistola e Abitha removeu lentamente uma bolsa de couro desgastada. "Em nome de Edward, devo a Wallace cinquenta alqueires de milho no dia de hoje. Ao preço de mercado atual, isso equivale a duas braças de wampum. Você pode se certificar desse valor se estiver em dúvida, mas estive em Hartford há apenas dois dias e confirmei."

Ela desatou a alça e abriu a bolsa, revelando que estava realmente cheia de miçangas roxas polidas. "Isso cobrirá a maior parte do que devo." Ela estendeu a bolsa para o ministro. "Reverendo Carter, poderia ter a gentileza de levar isso sob sua custódia até que seja totalmente contabilizado?"

O ministro, com o rosto atordoado em descrença, aceitou a bolsa.

Wallace percebeu que estava tremendo, que, em algum lugar, no fundo, ele estava gritando. "Onde...", ele disse, mal conseguindo pronunciar as palavras. "De onde você tirou isso?"

"Senhores", disse Abitha, ignorando Wallace. "Há outros negócios inacabados em questão. Necessito de algumas testemunhas. Se não se importarem, permitiriam que lhes mostrasse algo?" Ela subiu os degraus e entrou em sua cabana.

Os homens trocaram olhares curiosos, então a seguiram, deixando Wallace para trás.

O que foi agora?, Wallace pensou. *Que diabruras mais ela está escondendo?* Uma abelha zumbiu ao redor de sua cabeça e ele a esmagou com raiva enquanto seguia os homens.

Wallace entrou na cabana e seu fôlego o abandonou. Ali, na grande mesa e ao longo do balcão, havia fileiras seguidas de fileiras de favo de mel embalado em linho; o ar estava saturado com o cheiro doce do mel.

"Ora, Abitha!", exclamou o reverendo Carter. "Você tem estado muito ocupada. Como conseguiu isso?"

"Este é o fruto do trabalho de Edward, não meu. Como sabem, ele vinha praticando apicultura há anos, mas este ano... era como se algo tivesse tomado as abelhas. Gosto de pensar que foi o espírito do Edward. Que ele está cuidando de mim. Como podem ver, as abelhas têm sido mais proveitosas."

Várias abelhas zumbiam ao redor do mel e um casal começou a circundar Wallace, que mal percebeu, sua mente ainda tentando compreender como isso estava acontecendo com ele.

"Sou grata por terem vindo até aqui hoje", disse Abitha. "Isso torna todo esse negócio muito mais fácil para mim." "Este", ela gesticulou para o favo de mel, "é meu último e derradeiro pagamento. Preciso apenas que vocês testemunhem que eu o produzi e agora estou dando a Wallace... que minhas dívidas com ele estão pagas na íntegra."

"Não", disse Wallace. "Eu me recuso a aceitar isso. Como poderia ao menos saber o que isso vale?"

Abitha puxou uma nota de seu avental, desdobrou-a e entregou ao ministro. "Este é o recibo da loja de Seymour. Você encontrará a quantidade de wampum paga, mas também o valor pago por libra. Ele me pagou o preço mais alto, disse que era o melhor favo que viu em anos. Com base nisso, tomei a liberdade de calcular quantas libras adicionais seriam necessárias para quitar o restante. Minhas anotações estão aqui, na parte inferior. Chegou a pouco menos que quarenta libras. Todos podem ver que esta quantidade aqui excede isso."

O reverendo Carter examinou a nota, depois olhou ao redor da cabana. "Sim, Abitha, de fato, está claro que você pagou sua dívida e um pouco mais. É justo afirmar que esta questão está resolvida."

Não!, Wallace pensou. *Não, não, não! Isso não pode estar acontecendo.* "*Não!*", Wallace gritou. "Eu me recuso a aceitar esse... esse... *favo de mel!* O acordo era com milho. Você *deve* pagar em milho. Se você não tem o milho, então deve desistir!"

"Wallace", disse o reverendo Carter. "Suas palavras não fazem sentido! Acalme-se, por favor. O pagamento pode ser feito em qualquer meio ou moeda razoável. Essa é uma prática consolidada."

"Você não consegue ver a maldade dela? Como esta farsante está brincando com todos nós?"

"Aceite seu pagamento, Wallace", disse Abitha com calma. "E saia da minha terra. Agora. *Agora mesmo.*"

"Cadela insolente. Como se atreve a falar assim comigo?" Ele deu um passo em direção a ela, erguendo a mão para golpeá-la, mas o xerife agarrou seu braço no meio do movimento e o empurrou de volta contra a parede.

"Chega", gritou o xerife Pitkin. "Comporte-se ou será levado ao tronco. Entendeu?"

"Wallace", disse o ministro. "Deixe isso para lá. Você foi bem pago. Mais do que o justo. Deus está vendo, julgando. Não deixe a ganância guiar seu caráter."

Wallace olhou de relance para cada um dos rostos e podia ver que todos pensavam que ele — *ele,* não *ela* — estava louco.

Como isso aconteceu? Como ela colocou tudo de cabeça para baixo?

Ele olhou para Abitha, que lhe devolveu o olhar imóvel. E foi então, ali, enquanto olhava para seus vis olhos verdes, que ele a viu como realmente era.

Olhe, papai, olhe! Há uma verdadeira diabrura em jogo aqui. O milho, todo aquele milho. As estranhas visões de Edward. O mel ... tanto mel. Uma quantidade impossível de mel. E esses homens ... ela os tem sob seu feitiço, assim como Edward. Papai, só pode haver uma explicação. "Abitha... você fez um pacto com o demônio? Você já praticou bruxaria aqui?"

E Wallace viu um clarão em seu rosto — *culpa*. Estava tão óbvio agora.

"Você fez! Ah, meu Deus. Você fez!" Ele saltou e a agarrou, encurralando-a contra o armário. "Diga a eles!", exclamou. "Diga a eles agora como você enfeitiçou Edward! Como o virou contra mim!"

O xerife Pitkin e os oficiais agarraram Wallace e o arrastaram para trás, jogando-o contra a parede.

"Wallace!", gritou o ministro. "Você deve parar com isso de uma vez!"

"Ela é uma *bruxa*! Uma *bruxa*! Rogo para que digam que estão vendo!"

"Vejo apenas um homem que se perdeu para a loucura."

Eles arrastaram Wallace da cabana e o arremessaram da varanda para o quintal.

Wallace se pôs de pé. "Ela enfeitiçou todos vocês!", berrou, apontando o dedo descontroladamente para eles. "Estou dizendo, ela está em aliança com o demônio!"

Abitha saiu para a varanda e, ao chegar, Wallace sentiu uma picada na parte de trás do pescoço. "Ah!", ele gritou e bateu. Era uma abelha. Ele olhou do inseto esmagado para Abitha. "Você foi descoberta, bruxa!", ele gritou. "E farei minha a missão de expor sua maldade para que todos vejam!"

Ele agarrou as rédeas de seu corcel e se instalou na sela. "Ouçam-me agora. Todos vocês. Pois darei apenas este aviso. Irei a Hartford hoje mesmo para denunciar esta mulher perversa. Então, é melhor que revejam sua posição. Vocês estão do lado de Deus ou do demônio? Porque quando o magistrado Watson entregar seu veredicto, todos aqueles que ficarem do lado dessa bruxa também serão considerados culpados."

Ele viu isso em seus rostos então, o medo, e isso lhe fez bem. "Deus está vindo para Sutton. É hora de escolher seu lado!"

Wallace chutou o cavalo com força e galopou para longe.

"Conseguimos voltar, Sid", disse Abitha. Ela conduziu a carroça até o puxadinho que havia construído e saltou. Ela desatou o animal, recolheu o mosquete e a bolsa e se dirigiu para a cabana.

Ela viu Samson sentado à sombra da varanda, contemplando as colinas distantes, com as sobrancelhas apertadas.

"Está feito!", ela gritou, descansando a arma e correndo. Ela se sentou ao lado dele e agarrou seu braço. "Levei o restante do mel e me encontrei com os ministros." Ela retirou um pedaço de pergaminho enrolado de sua bolsa e o ergueu. "Aqui está! Tudo assinado e testemunhado. A propriedade é minha, sem nenhuma vírgula!"

Ele olhou para o pergaminho, mas seus profundos olhos prateados pareciam distantes. "Samson, meus agradecimentos a você não são suficientes. Você fez mais do que me salvar aqui... você me deu a força para me impor. Devolveu minha dignidade... os meios para que..." Ela sentiu o ardor das lágrimas e teve que parar para não começar a chorar.

Ele deu um sorriso afetuoso, mas ela podia ver que algo o incomodava.

"O que foi?"

"Você gostaria que eu o matasse?", Samson perguntou. "O homem Wallace."

Abitha soltou seu braço.

"Basta pedir", acrescentou.

Então, ela percebeu algo nos olhos de Samson, algo faminto, algo que queria se libertar. Aquilo a assustou.

"Ele ainda não desistiu", disse Samson. "Ele pretende lhe causar mal."

"Sim, eu sei", disse ela.

"Você pode não ter outra chance."

Ela sentiu sua necessidade, quase um desejo de matar Wallace. Ela estremeceu, não gostando desse lado dele. Ela havia passado a amá-lo e a confiar nele. E como foi que ela chegou a confiar em tal fera? Porque até agora toda sua obra havia sido de natureza divina. Assassinato era obra do diabo e, uma vez que cruzasse essa linha, o que mais *ela* estaria disposta a fazer?

"Não", ela disse. "Não posso simplesmente cometer um ato tão sombrio."

Ele pareceu preocupado com isso, levantou-se e começou a andar. "Você ainda acha que sou um demônio?"

Ela o contemplou por um momento, observando enquanto algumas abelhas zumbiam ao redor de seus chifres. "Samson, você provou que seu coração é bom e que sua natureza é piedosa.

Mas há mais em sua natureza... nós dois sabemos disso. Depositei minha fé em você, Samson... e acredito que você *não* é um demônio."

Ele bufou, seus olhos vasculhando a linha das árvores como um felino caçando.

O que deu nele?, ela se perguntou. *Por que está tão mal-humorado hoje?* Ela o observou quando começou a apertar e soltar seus longos dedos com unhas em forma de garra. "O que você acha, Samson? Você sente que é um demônio?"

Ele começou a responder, depois enrijeceu, farejando o ar. Seus olhos dispararam em direção às árvores e Abitha as viu — três figuras.

Ela ficou tensa. "Nativos."

"Pequots?", ele perguntou.

"Sim, tenho quase certeza."

Samson deu vários passos em direção a eles, que então voltaram para a floresta. Abitha apanhou o mosquete e se colocou ao lado de Samson. "Posso apostar que Wallace os enviou para cá."

"Não", disse Samson. "Eles vieram por mim."

"Você?"

"Sim... por Hobomok." Ele começou a descer a colina, dirigindo-se à floresta.

"Espere, aonde você vai?", Abitha chamou.

"Encontrar Hobomok", ele gritou de volta, desaparecendo na floresta.

Wallace percorreu quase todo o perímetro ao redor de Sutton antes de encontrar Ansel Fitch, finalmente avistando o velho perto do extremo sul, remexendo em um arbusto com uma vara longa.

Wallace observou o homem sondar e cutucar, enfiando o nariz em arbustos e tocos, surpreso com aquela agilidade para um homem de sua idade.

Ansel se agachou e arrancou uma folha, levando-a ao nariz.

Wallace suspirou. *Como posso acreditar que esse velho murcho feito ameixa seca pode me ajudar?* Wallace considerou ir embora e a única coisa que o impedia de ir era o fato de que foi esse *velho murcho feito ameixa seca* quem acusou a viúva Muford de bruxaria há muitos anos — foram suas provas e seu testemunho que a levaram à forca.

Ansel ergueu a cabeça quando Wallace se aproximou, e seus olhos se estreitaram, olhando para ele com desconfiança.

"O que você está fazendo aqui?", Ansel perguntou.

"Poderia lhe perguntar a mesma coisa. Mas sei bem o que está tramando."

"Você sabe, não é? Bem, deixe-me mostrar uma coisa." Ansel apontou sua vara para rastros na lama. "Que tipo de rastros você vê?"

"Essas são pegadas de cabra. Provavelmente uma de Dona Dibble, muitas vezes ela as deixa pastar aqui."

"Sim, e se você fosse o demônio, como você encobriria suas idas e vindas?"

Wallace deu de ombros.

Ansel sorriu, retirou um pedaço de pergaminho de seu casaco e o desdobrou para revelar vários desenhos de pegadas; pegadas das mais variadas formas e tamanhos.

"Veja esta aqui." Ele apontou para uma maior que as outras. "Esta, desenhei com base em marcas que encontrei ao lado do corpo da viúva Pratt. Alguns dizem que o coração dela parou, mas acho que você e eu sabemos a verdade. Agora, olhe aqui. Ele apontou para a lama outra vez. "Está vendo aquele conjunto ali? Não são a mesma coisa?"

Wallace sentiu um arrepio em seu pescoço. "Sim, são os mesmos."

"Slewfoot é esperto. Ele acha que ninguém notará se ele caminhar ao lado dos animais. Mas o velho Ansel, ele também é esperto, não deixa passar um truque."

Wallace sorriu. "Eu sei. É por isso que procurei você."

Ansel lhe dirigiu um olhar interrogativo. "O que quer dizer?"

"Eu sei exatamente onde o demônio está. Apenas preciso de uma ajudinha para provar. Conhece alguém que possa me ajudar com isso?"

Ansel se endireitou, seus olhos bulbosos a ponto de dançar. "Tenho a certeza que sim."

"Bom, então me permita contar uma história."

Os pequots corriam pela floresta e Samson os seguia. Era um jogo e Samson jogava com eles, permanecendo visível para eles, mas nunca os alcançava. Eles sabiam que ele estava lá, ele podia sentir isso, podia afirmar que queriam que os seguisse, que o estavam levando para algum lugar. Eles viajaram ao longo do dia, movendo-se com rapidez, os homens em disparada, correndo pela floresta ao longo de córregos e rastros de animais.

Estava quase escuro quando Samson sentiu pela primeira vez a aldeia, sentindo seu cheiro bem antes de vê-la. Era o cheiro das pessoas, dos seus fogos, da sua comida, do seu suor e sangue.

Ele avistou tochas à frente, cintilando entre as árvores, chegou à beira da floresta e observou os homens desaparecerem no meio da aldeia. Ele ficou ouvindo por um tempo os sons de crianças brincando, bebês gritando, pessoas brigando, outros rindo e, em algum lugar, alguém cantando suavemente.

Samson deixou a cobertura das árvores e entrou na aldeia. Ele não se preocupou em se esconder, desejando ser visto, precisando saber como essas pessoas reagiriam a ele. Foi tomado por uma familiaridade repentina, como se houvesse feito isso antes.

Um a um, os habitantes o viram e ele não teve dificuldade em perceber seu medo, seu horror, enquanto agarravam as crianças e se esgueiravam para dentro de suas cabanas. Logo não havia ninguém à vista, toda a aldeia caiu em silêncio, até que o único som restante fosse o canto suave.

O canto ficou mais alto. Samson seguiu o som até o outro lado da aldeia, até a base de um penhasco rochoso. Lá, em uma saliência muito acima, estava a silhueta de um homem contra o céu noturno.

Ele conhecia este homem.

Samson escalou o penhasco íngreme com a facilidade de uma cabra-da-montanha. Ao chegar à saliência, o homem não estava mais ali. Ele notou fumaça e uma luz fraca emanando de uma caverna na face do penhasco.

Samson entrou na caverna e descobriu que era mais como um túnel. Ele percorreu dezenas de passos, passando sua mão ao longo das centenas de pinturas rupestres, antes que o túnel se abrisse em uma pequena caverna do tamanho de uma das cabanas. As paredes da caverna estavam recobertas do chão ao teto por crânios e máscaras de todos os tamanhos e formatos. Tudo intrincadamente decorado com selos, penas e ossos. Haviam sido amarrados juntos por longos fios de palha, grama e cabelo, dando a Samson a impressão de um covil de aranha. Outra vez, Samson teve a sensação avassaladora de que já havia estado ali.

Um fogo queimava dentro de um círculo de pedras no coração da câmara e lá, do outro lado das chamas, aguardava o homem. O homem estava sentado de pernas cruzadas sobre um cobertor, cantando suavemente, seu rosto coberto por uma máscara branca sem olhos esculpida em madeira na forma de um círculo, como a lua. O homem parecia um ancião, embora nada fraco ou frágil, e sim esguio e vívido. Sua pele coriácea estava polvilhada de cinzas, seus cabelos prateados serpenteando pelas costas em duas longas tranças.

O homem levantou a máscara, revelando um lívido rosto fantasmagórico com linhas escuras correndo por suas feições na vertical. Era o rosto do homem mágico das visões de Samson.

Os olhos do homem eram borrões escuros de tinta e, quando parou de cantar e os abriu, eles reluziam em suas órbitas sombrias.

O homem olhou para Samson. "Você está perdido. Não está?" A voz do homem surpreendeu Samson — era a de um jovem.

"Estou."

"Venha... sente-se comigo. Tenho muito para lhe mostrar."

CAPÍTULO 10

Wallace se aproximou da fazenda de Abitha pela floresta, seguido por seu filho, Isaac, e Ansel Fitch. Era quase meio-dia e a mata estava viva com os gritos estridentes de insetos e pássaros. A temporada quente e úmida continuava em outubro e o ar estava pesado e inerte.

Eles chegaram à linha das árvores acima da fazenda e pararam. Havia sido uma longa caminhada. As roupas de Wallace pingavam de suor e a ferida de bala em sua coxa latejava.

"O que estamos procurando exatamente?", Isaac perguntou.

"É o tipo de coisa que você sabe quando vê", disse Ansel. "Alguma ocorrência antinatural que nós três podemos atestar. Alguma manifestação estranha, algo para apresentar ao magistrado Watson."

Sim, Wallace pensou, *e não é preciso muito.* Ele já havia falado com o magistrado e Lorde Mansfield e sabia que, no fim das contas, nao precisaria de muito mesmo.

Logo avistaram Abitha, martelando tábuas em um poste, reconstruindo um abrigo para o gado. Seu cabelo estava solto e selvagem, ela não usava corpete, nem sapatos, apenas uma blusa solta, avental e saia única. A blusa estava desamarrada no pescoço, expondo seu decote, o suor fazia com que o tecido fino aderisse ao peito. Wallace observou a forma de seus seios pequenos enquanto balançavam para frente e para trás enquanto trabalhava, e não demorou muito para que sentisse uma agitação em seu ventre.

Veja, Wallace pensou, *o próprio demônio me tentando por meio de suas artimanhas.* Ele olhou para Ansel e Isaac e pôde ver que ela tinha o mesmo efeito sobre eles, Isaac aparentando vergonha e Ansel quase que com um olhar de lascívia.

"Viu como ela se veste de forma indecente?", Wallace disse.

Ansel assentiu, sem tirar os olhos dela. "Sim, esta não é uma mulher temente a Deus, isso está claro."

Eles encontraram uma posição estratégica que lhes dava uma boa visão da fazenda e esperaram, observando cada movimento de Abitha, mas conforme as horas se arrastavam, Wallace começou a temer que tivessem vindo até aqui por nada. Ansel agora estava sentado no chão, recostado em uma árvore, os olhos semicerrados. Isaac também havia encontrado um lugar confortável e estava se esforçando para manter os olhos abertos. Mas Wallace permanecia de pé, apoiado em um grande plátano, observando cada movimento de Abitha como uma ave de rapina.

Wallace percebeu uma movimentação pelo canto do olho e pensou ter visto alguém próximo à parte baixa do campo, mas quando olhou, ninguém estava lá. *Edward? É você? Se for, descanse em paz, irmão. Não deixarei esta mulher perversa roubar a fazenda de nosso pai*.

Abitha largou o martelo e foi ao poço tomar um bom gole de água, sentando-se enfim à sombra da varanda. Ela pegou um objeto circular e começou a trabalhar nele, entrelaçando flores e outros pequenos itens.

Wallace apertou os olhos. O que é aquilo? Seu coração acelerou. Ele cutucou Ansel. "Veja", ele sussurrou. "Olhe ali. O que é aquilo que ela está fazendo?" Ansel e Isaac se levantaram.

"É apenas uma coroa de flores", disse Isaac.

"Não", disse Ansel. "É algum tipo de talismã... talvez uma coroa pagã." O gato curvado e caolho de Abitha saiu de debaixo da varanda e miou para ela.

"Que animal horrendo", disse Wallace.

"Pode ser mais que isso."

"Como assim?"

"Seu familiar."

"Familiar?" Wallace perguntou. "Eu não sei o que é isso."

"Seu guia espiritual... uma entidade ou demônio enviado por Satanás para ajudá-la. Isso explicaria por que tem uma aparência tão torturada."

O gato laranja se aproximou e se sentou ao lado de Abitha. Wallace observou a pata felina sobre a palha com a qual Abitha estava tecendo.

"Olhe lá", disse Ansel. "Está vendo? A criatura... a está ajudando! Está vendo?"

"Estou", disse Isaac, com o rosto horrorizado.

"Ansel", perguntou Wallace, "você acha que a coroa será suficiente? Para convencer o juiz?"

Ansel considerou. "Pode ser que sim. O magistrado Watson presidiu vários casos de bruxaria, incluindo o da viúva Muford. Ele é bem versado nos caminhos traiçoeiros de Satanás. Tenho certeza de que ele verá a verdade por trás de tudo isso."

"Então, assim que surgir a primeira oportunidade, irei buscá-la."

Um pouco depois, Abitha deixou a coroa na varanda e voltou ao trabalho.

"Vocês dois fiquem aqui", disse Wallace, e desceu.

Ele tomou o caminho mais longo, vindo por trás da cabine para não ser visto. Evitando a todo custo as colmeias, subiu pela lateral da cabana e olhou ao redor, percebendo Abitha ao lado do celeiro, martelando uma tábua em seu lugar, de costas para ele.

Wallace saiu e correu para a varanda.

O gato saltou de pé ao vê-lo, arqueando as costas, sibilando e olhando com seu único olho torto.

Wallace recuou, horrorizado, então viu exatamente o que Abitha estava tecendo, que, além de flores e sementes, havia pequenos ossos, besouros e fios de cabelo, seu próprio cabelo.

Ninguém poderia contestar tal diabrura, ele pensou, e se projetou para frente, forçando-se a pegar o objeto repugnante.

"O que está fazendo?"

Wallace se virou, quase deixando cair seu prêmio.

Abitha estava a alguns passos de distância com o martelo na mão, encarando-o. Wallace ergueu a coroa.

"Este é seu fim, bruxa!"

"Ladrão", disse ela. "Um vigarista, um incendiário, um valentão, um mentiroso e um ladrão! Seu pai ficaria muito orgulhoso de você." Ela cuspiu no chão diante dele.

Ele sentiu seu rosto corar, seu gênio incendiar. Era mais do que suas palavras, mais do que a maneira como estava falando com ele — era seu escárnio, aquele seu sorrisinho de escárnio insolente.

Ele deu um passo à frente, o punho cerrado.

Ela ergueu o martelo. "*Vá embora!*", gritou ela. "*Agora!*" Não havia medo em seu rosto, nenhum, e aquela era a afronta derradeira.

Ele jogou a coroa ao chão e a atacou.

Abitha tentou revidar, mas ele vinha com força e rapidez, socando-a no peito com toda a força de seu braço, derrubando o martelo da mão dela e fazendo-a cair no chão.

Ela ficou de joelhos, ofegante e tossindo, tentando respirar.

"*Bruxa!*", ele gritou, agarrando-a pelos cabelos. Ela não pesava nada para ele, que a girou como um trapo, arremessando-a na cerca. Ela se chocou contra o poste e caiu se contorcendo.

"*Estou farto de você!*", ele gritou.

Ela olhou para ele e então ele viu o que queria, o que precisava — o medo. *Ah, sim, agora ela está com medo — aterrorizada.* Ele saboreou aquele momento e riu.

Ela tentou se arrastar para longe, mas ele a pegou pelo tornozelo e a girou mais uma vez, batendo-a de volta no poste. Abitha soltou um grito dos mais deploráveis.

Ele riu um pouco mais e tentou agarrá-la outra vez, quando Isaac surgiu correndo entre eles, tomando Wallace pelo braço, tentando segurá-lo.

"Chega, pai! Você irá matá-la. Pare agora!"

Ansel correu e pegou a coroa, segurando-a como se fosse uma cobra mortal. "Senhor, isto é mesmo diabólico!"

Wallace se livrou do menino, empurrando-o para longe. "Deus revelou a bruxa para nós! É nosso dever ser Sua espada, matar Satanás onde quer que o encontremos! Nós temos a nossa prova! Vamos acabar com isso agora!"

Wallace pegou o martelo do chão e começou a caminhar em direção a Abitha, então ouviu — não, sentiu — um zumbido estranho. Ele piscou, tentando descobrir de onde estava vindo, e percebeu que vinha de dentro de sua cabeça.

Seu volume aumentou.

Wallace largou o martelo, espalmou as mãos sobre os ouvidos e o zumbido percorreu seu crânio, seus dentes, vibrando por todo o corpo.

Abitha estava olhando para ele, seus olhos em brasa, com as duas mãos sobre a terra, os dedos cavando na grama, e ele viu que era *ela*... ela estava *zumbindo*.

Algo o atingiu na parte de trás do pescoço, apenas um baque, como se recebesse um tapa, então sentiu a picada.

"Ai!" Ele bateu. Era uma abelha. Em seguida, outra em sua bochecha, seguida de súbito por mais duas, depois mais três, depois dez, vinte. O ar de repente se encheu delas, picando seu rosto, seus braços, sendo esmagado por aquela dor que o cegava. Elas estavam em sua camisa e suas calças.

Wallace gritou e fugiu, balançando os braços pelo ar. Ele correu direto sobre a cerca, mal sentindo o impacto por cima da dor insuportável. Ele se pôs de pé e correu o mais rápido que pôde para a floresta — correndo e correndo pelo matagal, ignorando os espinhos em sua luta insana para escapar de suas algozes.

Bateram de súbito na porta da frente. O reverendo Thomas Carter abriu a porta e encontrou Wallace olhando para ele, com o rosto inchado e coberto de caroços vermelhos. O filho de Ansel e Wallace, Isaac, e pelo menos uma dezena de outros homens e mulheres da aldeia estavam em seu quintal atrás do homem enorme, com os olhos cheios de inquietude. Todos começaram a falar de uma só vez, uns sobre os outros. O ministro conseguiu discernir pouco, mas as duas palavras claras que ouvia repetidas vezes eram: *Abitha* e *bruxa*.

Não, isso não, pensou o reverendo Carter. *Não aqui.* Seu peito apertou; ele viu o caos que a histeria das bruxas havia trazido sobre Hartford há muitos anos, sabia aonde isso levava. *Senhor, dê-me forças.* Ele ergueu a mão. "Parem", ele ordenou. "Por favor, um de cada vez."

"É Abitha", proclamou Wallace em sua voz alta e impetuosa. "Ela está em comunhão com o demônio!"

O reverendo Carter quis agarrar o homem, quis implorar que não fizesse isso, que não jogasse este jogo perigoso.

"Temos a prova", disse Wallace, trazendo Ansel à frente.

Ansel desdobrou um pano, revelando um círculo de flores secas como se fosse a própria coroa de Satanás. "Nós a encontramos fazendo isso!", proclamou o velho, olhos esbugalhados enquanto erguia o círculo para que todos pudessem ver, segurando-o pelo pano, com cuidado para não deixá-lo tocar sua pele nua.

"É apenas uma coroa de flores", disse o reverendo Carter. "Não entendo."

"Olhe mais de perto", Wallace gritou, dessa vez falando mais para a multidão do que para o reverendo, sua voz vívida com teatralidade. "Ossos e cabelo... o cabelo *dela*! Ela está acompanhada por um espírito familiar! Nós testemunhamos isso, nós três, eu, Ansel e Isaac aqui."

"Sim", disse Ansel. "De fato, eles se acompanham... Abitha e seu diabrete! Sussurrando e conspirando um com o outro. E, por fim, isto." Ele sacudiu o círculo outra vez. "Lá, diante de nossos olhos, eles elaboravam isso juntos. Uma visão horrível de se ver."

A multidão recuou, olhando para o círculo com cautela.

"Espírito familiar?", perguntou o reverendo Carter. "De que tipo de criatura você fala?"

"O diabrete tomou a forma de um gato", disse Ansel. "Uma besta curvada e retorcida com um único olho maligno. E quando a criatura pôs aquele olhar nefasto sobre mim, senti um arrepio até os ossos e não pude me mover até que falasse o nome do Senhor."

"O que você diz, reverendo?", Wallace o desafiou. "Por que você permanece mudo? Por que você não declara que é feitiçaria diante de tais evidências?" A multidão resmungava, acenando com suas cabeças em concordância.

O reverendo Carter buscou pelas palavras certas, sabendo muito bem como todos ali poderiam ser levados à histeria.

Os olhos de Wallace penetraram nele. "E quanto a isto?", ele gritou, batendo no próprio rosto. "O que é isso? Estou coberto da cabeça aos pés por vergões." Ele se virou para a multidão. "Ela fez isso. Lançou suas abelhas sobre mim! Isaac e Ansel são minhas testemunhas."

"Você estava na fazenda dela?", o reverendo Carter perguntou. "Por quê?"

"Estamos cercados de demônios e você se preocupa com trivialidades", desafiou Wallace, sem esconder seu desprezo. "Por quê? Por que você a defende tanto?"

E aí vem, pensou o reverendo. *Como são rápidos os dedos que acusam.* "Busco apenas o pleno conhecimento das circunstâncias. De forma a realizar uma avaliação justa. É de conhecimento comum que você tem uma disputa em aberto com Abitha."

"Você se atreve a sugerir que meus motivos são outra coisa senão proteger meus filhos e esta aldeia da mão do demônio?"

"Eu sou bem versado quanto à gravidade de suas reivindicações. É por isso que devemos ser prudentes. Todos sabemos onde isso pode levar se não formos minuciosos em nossos procedimentos." "Ela amaldiçoou Wallace", disse Ansel. Depois disso, as abelhas o atacaram de uma maneira nada natural. Como se estivessem possuídas, sob seu feitiço. Como pode ser que Isaac e eu estávamos ao lado de Wallace e não padecemos do mesmo sofrimento, a menos que se trate de algum tipo de feitiçaria?"

Um estrondo inquieto vagou pela multidão. Alguns carregavam Bíblias e as batiam contra o peito. Mais pessoas se juntaram a eles, curiosas para ver do que se tratava a comoção.

O xerife Pitkin e o delegado Harlow chegaram, o xerife carregando uma lança. Eles abriram caminho através da multidão.

"O que foi, reverendo?", perguntou o xerife Pitkin. "O que causa tanta comoção?"

Outra vez, a multidão falou toda ao mesmo tempo.

O xerife bateu a lança com força no degrau da casa do ministro até que se acalmassem.

"Reverendo, qual é o problema?"

"Wallace, aqui. Ele traz uma acusação de..."

"É Abitha Williams!", Wallace interrompeu. "Ela foi avistada usando magia negra."

O xerife fixou os olhos em Wallace, pareceu pronto para repreendê-lo pela interrupção, então viu o rosto inchado do grande homem e estremeceu. "O que aconteceu com você?"

"É o que estou tentando dizer. Abitha está usando magia negra."

"E devemos acreditar em você?", o xerife Pitkin perguntou. "Todos aqui estão bem cientes de sua vingança contra aquela mulher."

"Temos testemunhas — *provas*! Ouça isto." Wallace trouxe sua filha à frente da multidão. "Mostre a eles, Charity."

Charity parecia assustada e nervosa.

"Vá em frente, criança", disse Ansel. "Abitha não pode tocar em você aqui. Você está além do alcance dela."

Charity estendeu um guardanapo. Ansel o tomou dela e o desdobrou, revelando um pequeno aglomerado de pétalas de rosa secas envoltas em barbante, erguendo-o para que todos vissem.

"Mais de sua feitiçaria!", Wallace disse. "Diga a eles, Charity."

"Sim, foi Abitha quem fez isso para mim. Ela disse que se o usasse sempre no meu pescoço... então, seria recompensada com o amor de Cecil. Mas quando meu pai chegou em casa, atormentado como estava, começou a falar mal de Abitha e... isso..." havia lágrimas em seus olhos. "O amuleto me queimou de tal forma que tive que arrancá-lo do meu peito."

Muitos na multidão ofegaram, compartilhando olhares apreensivos entre si. O reverendo Carter podia ver as sementes da suspeita crescendo. Havia muitos aqui que haviam solicitado os remédios de Abitha.

"Entendo", disse o xerife Pitkin. "Talvez devêssemos..."

Um grito por trás de Wallace e a multidão se apartou para revelar a jovem Mary Dibble batendo em seu avental. "Está me queimando!", ela gritou. "Tirem isso de mim!" Ela arrancou o avental e o jogou no chão, cambaleando para longe dele. O círculo se alargou, todos os olhos olhando para o avental como se estivesse cheio de aranhas.

"O que foi, criança?", sua mãe, Dona Dibble, perguntou.

"Lá, no bolso. Um talismã. Abitha me deu. Prometeu muitos pretendentes, foi isso. Mas eu não sabia que era diabólico. Juro! Ela me enganou com palavras doces."

Ansel se ajoelhou e, com cuidado, deslizou a mão para dentro do bolso do avental e retirou uma rosa seca, envolta em um fio vermelho. Ele a deixou no chão na frente da multidão.

O reverendo Carter cruzou o olhar com o do xerife; ele podia ver que o homem não tinha certeza do que fazer.

"Por favor, não me castigue!", Mary gritou. "Eu imploro! Eu estava sob o feitiço dela. Juro diante de Deus!"

"Não tema", disse Ansel. "É apenas sua carne pura repelindo a magia negra dela. Agora que sua bruxaria foi exposta, seus feitiços não podem mais se esconder de qualquer um que seja inocente de coração e honrados com o Senhor."

"Está me mordendo como uma vespa!", Jane Foster gritou, arranhando seu pescoço, removendo uma pequena bolsa e jogando-a no chão ao lado do avental de Mary. No momento seguinte, seguiram os gritos de medo de Rebecca e da serva dos Danforths, Helen. Rebecca arrancou uma pulseira de penas de galo torcidas do pulso, enquanto Helen removeu outra das bolsas de seu pescoço. Ambas as jogaram no chão, próximas ao avental.

A multidão se afastou da pilha de talismãs.

O xerife olhou para cada mulher por sua vez. "E estes, eles são todos de Abitha?"

Todas assentiram com firmeza.

"Ela me enganou também!", Charity gritou, dando um passo à frente. "Falou comigo com uma língua venenosa. Ela tentou me corromper com promessas de amor e admiração. Percebo agora que seu feitiço está desfeito."

"Sim, eu também", gritou Helen. "Eu também!", Jane exclamou.

"As mãos do Demônio foram afastadas dos meus olhos!", gritou Charity. "Eu a denuncio! Eu a denuncio e toda a sua maldade!"

"Eu a denuncio!", Helen exclamou.

"Eu a denuncio!", Mary exclamou.

"Eu a denuncio!", Rebecca exclamou.

"Sim, eu a denuncio e toda a sua maldade!", Jane berrou.

"Reverendo," Wallace chamou. "O que você pretende fazer?"

O reverendo tinha certeza de que Wallace havia orquestrado essa tragédia, mas era incapaz de encontrar qualquer recurso, qualquer maneira de responsabilizar o homem. Ele percebeu que não havia nada que pudesse fazer por Abitha naquele momento, senão tentar salvá-la da brutalidade de uma execução nas mãos de justiceiros. Eles estavam em Sutton, não em Hartford; a lei era uma coisa frágil aqui, uma vez que a maioria das pequenas vilas preferia lidar com esses assuntos por conta própria — com rapidez e, em muitas ocasiões, com brutalidade. "Vamos prendê-la", disse o reverendo Carter, mal conseguindo pronunciar as palavras. "Realizaremos um julgamento, tal como homens racionais de Deus. O Senhor decidirá o seu destino." Ele notou o sorriso de Wallace, percebendo que havia entrado em seu jogo.

"Agora, aí está a primeira coisa sensata que você disse", disse Wallace. "Irei a Hartford neste minuto."

E antes que o reverendo pudesse responder, Wallace havia partido.

Ó, meu Deus, pensou o reverendo Carter, percebendo que havia acabado de convidar os lobos para Sutton. Ele começou a gritar por Wallace quando um grito repentino veio por trás dele. Era sua esposa, Sarah. Ela segurava a filha nos braços. O rosto de Martha estava mortalmente pálido, suas pálpebras caídas. Ela parecia incapaz de ficar de pé.

"O que aconteceu?", o reverendo Carter perguntou.

"Eu não sei, meu marido! Ela simplesmente desmaiou."

O reverendo ajudou a deitar Martha na varanda. Os olhos de Martha se abriram, encontraram os dele e se arregalaram. Ele podia ver o terror em seus olhos.

"O que foi, criança? O que tanto lhe atormenta?"

Ela o agarrou pelo braço. "Então, eu fui tocada pelo demônio?" A multidão ficou em silêncio, avançando para poder ouvir.

"Não, criança. Claro que não."

"Ela colocou as mãos em mim. Abitha. Ao lado da minha cama, pai. Você e mamãe a viram. Vocês a viram! O que ela fez comigo?"

"Ela não fez nada impuro. Apenas um velho remédio. Sua mãe e eu jamais permitiríamos que alguém maculasse você. Agora, silêncio. Podemos falar mais sobre isso mais tarde." O reverendo Carter olhou ao redor, sobre todos aqueles rostos preocupados, e deu ao xerife um olhar alarmado.

O xerife Pitkin se virou, de frente para a multidão, e bateu com sua lança. "Ouçam-me, todos vocês. Asseguro-lhes que Abitha será presa no dia de hoje. Ela será responsabilizada. Porém, permitam-me esclarecer, aqui e agora, que não tolerarei nenhuma desordem, por parte de ninguém. Agora, dispersem... o Senhor não aprova mãos ociosas e línguas intrigantes."

O reverendo observou a multidão se afastar, dolorosamente ciente de seus sussurros e conversas indiscretas enquanto lançavam olhares suspeitos sobre ele e sua esposa.

"Samuel", disse o xerife. "Vá buscar a carroça. Buscarei Moses e os encontrarei nos estábulos. Devemos partir agora mesmo."

Samuel saiu correndo.

O xerife Pitkin cruzou olhos com o reverendo. "Quero capturar Abitha antes que alguns desses tolos decidam resolver o assunto com as próprias mãos."

"De acordo."

O xerife partiu apressado. "Eu temo pelo pior", disse Sarah.

O reverendo Carter colocou a mão sobre a dela, seus pensamentos se desviaram para o magistrado Watson e seus soldados em Sutton. "Eu também."

Usando a vassoura como muleta, Abitha seguiu mancando pela varanda, fazendo uma careta diante da dor que latejava em seu joelho direito. Ela não conseguia se apoiar naquela perna desde que Wallace a lançou contra a cerca, temendo que estivesse quebrada. Ela puxou um amontoado de cobertores atrás de si, arrastando-os escada abaixo até a carroça e lançando-os sobre a cama, por cima de alguns itens de cozinha, seu mosquete, suas roupas, algumas ferramentas e uma miscelânea de outros pertences.

Suas duas cabras estavam amarradas atrás da carroça, mas havia soltado as galinhas, pois não conseguia pegá-las, não com a perna na situação em que estava. Ela olhou ao redor da propriedade, tentando se lembrar se havia algum outro item de valor que havia esquecido. Ela verificou o avental pela décima vez para se certificar de que a corrente de tranças estava com ela. Ela a agarrou, desesperada para sentir que sua mãe estava aqui com ela de alguma forma.

"Você ganhou, Wallace", disse ela, sem demonstrar qualquer emoção. "O suor, o sangue, as lágrimas... tudo foi em vão."

Seu gato estava sentado na varanda, observando-a com seu único olho triste. "Venha, Booka. É hora de partir. Eles virão atrás de mim mais cedo ou mais tarde."

Ela considerou outra vez ir à cidade e encarar Wallace, mas sabia que não havia como lutar contra isso, mesmo com o reverendo e o xerife prestando seus testemunhos. Ela havia conjurado um feitiço na frente de três homens, e eles jurariam em nome de Deus contra ela. Nada poderia salvá-la disso, não entre os puritanos.

Por que invoquei as abelhas?, ela se perguntou pela centésima vez. *Que idiota.* Mas ela sabia o porquê: caso contrário, ele a teria matado — não havia nada além de um instinto assassino em seus olhos. *Maldito seja, por que não dei ouvidos a Samson e matei aquele homem podre? Por quê?*

Ela examinou a borda da floresta. *Onde você está, Samson? Para onde você foi?*

"Venha, Booka", disse ela, mancando até a varanda.

Booka miou e se aproximou dela, esfregando-se em sua mão. Ela sentiu a coluna torta do gato, lembrou-se de como pensou que as costas dele estavam quebradas ao resgatar o coitadinho daqueles cães. Ele certamente parecia sem vida. Mas não foi magia que salvou Booka, apenas bons tratos e cuidados.

Ela ergueu o gato, abraçando-o, pressionando o rosto em seu pelo macio. O gato começou a ronronar e ela se permitiu um momento para desfrutar do amor simples desse gato alquebrado, pois parecia o único conforto que lhe restava neste mundo.

Ela os ouviu então — vários cavalos e uma carroça vindo em sua direção.

"Pelas chagas de Cristo", ela rosnou, largando o gato e mancando às pressas de volta para a carroça. Ela sacou o mosquete e alguma munição que estava sobre a cama e verificou o gatilho.

Não haveria como correr agora, não ela. Ela se apoiou no poste da varanda e esperou, rogando aos céus que fosse Wallace vindo buscá-la. Se a última coisa que fizesse fosse atirar naquela besta imunda, ela morreria feliz.

O xerife Pitkin surgiu no topo do quintal. Ele esperou, observando-a até que uma carroça e dois policiais parassem atrás dele. Ela podia ver que os homens estavam armados com mosquetes e espadas.

O xerife Pitkin puxou a pistola e um sabre do cinto, entregou-os a um dos homens e, em seguida, começou a curta caminhada até a casa. Ele parou cerca de sessenta passos de distância. "Abitha, estou aqui para prendê-la sob a acusação de bruxaria. Imploro que você venha pacificamente."

"Não irei."

"Eu não estou armado." Ele colocou as mãos onde ela pudesse vê-las.

"Não faz diferença. Dê mais um passo e atirarei em você."

"Abitha, você não terá chance contra nós três. Agora, guarde a arma."

"Prefiro morrer aqui e agora do que ser torturada e enforcada por um bando de beatos degenerados e mentirosos."

"Abitha, por favor. Façamos da maneira simples. Você terá um julgamento honesto. Eu prometo. E você sabe que sou um homem de palavra. Será um processo legítimo e você terá a oportunidade de fazer sua defesa. Então, o que me diz?"

"Digo que não sou idiota. Saia da minha propriedade. Não quero atirar em você, Noah Pitkin."

"Você não irá atirar em mim, Abitha. Até onde sei, você não é uma assassina. Agora, estou fazendo tudo o que posso para que você possa manter a sua dignidade. Por favor, abaixe o mosquete e entregue-se a mim." Ele voltou a caminhar lentamente em direção a ela.

"Não há dignidade em ser julgada como uma bruxa. Nós dois sabemos disso." Ela apontou o mosquete na direção dele. "Eu *vou* atirar em você, Noah."

"Não. Tal ato não existe em seu coração." Ele deu outro passo, depois mais um.

Abitha puxou o gatilho e houve um barulho estrondoso, o recuo do mosquete derrubando-a. Ela ouviu um grito e se sentou.

"Maldita!", o xerife berrava. "Maldita!" Ele estava sentado no chão, segurando a orelha, com sangue pingando entre seus dedos.

Abitha puxou a vara do mosquete, pegou outra munição e começou a enfiá-la no cano.

"Peguem-na!", gritou o xerife e os dois policiais vieram em disparada.

Samuel a alcançou no momento em que havia terminado de carregar o tiro, tentando tirar o mosquete de suas mãos. O mosquete disparou, abrindo um buraco na lateral da carroça. Ele arremessou o mosquete para longe e desferiu um soco na lateral da cabeça de Abitha, derrubando-a de costas. Moses chegou e os dois começaram a chutá-la com vigor. Uma bota a acertou na bochecha. Ela gritou, tentando cobrir o rosto com os braços, e recebeu um golpe nas costelas, quando todo o ar deixou seus pulmões.

"Chega!", gritou o xerife Pitkin, mas os policiais continuavam a espancá-la. "Saiam de perto dela!", ele gritou, empurrando os dois homens para trás.

Abitha se curvava, sufocando e ofegando, segurando o próprio corpo enquanto tentava puxar o ar de volta para o peito.

O xerife Pitkin, com a mão pressionada contra a orelha, lançou sobre Abitha um olhar lastimável. "Droga, Abitha. Não precisava ser assim." Ele retirou um par de algemas do cinto e as jogou para Moses. "Algeme-a e vamos embora."

Samson estava sentado na terra, em frente ao fogo que ardia fraco. O homem estava sentado à sua frente. As chamas projetavam suas sombras ao longo das paredes da caverna, fazendo-as dançar em meio à multidão de máscaras, uma centena de olhos vazios observando-os impassivelmente.

Samson olhava para o homem e o homem olhava para o fogo.

"Quem é você?", Samson perguntou.

"Essa é a pergunta que o trouxe aqui?"

"Tenho muitas perguntas. Mas, primeiro, você me dirá quem você é."

O homem riu por entre os dentes. "Jamais esquecerei a primeira vez que o vi há muitos, muitos verões atrás, a maneira como você desfilava por aí como um deus."

Samson estreitou os olhos. "Como você me conhece?"

"Ah, será que estamos nos aproximando da pergunta correta?"

"Pare com os enigmas. São muito irritantes."

"A vida não é nada além de enigmas... passamos toda a nossa vida tentando decifrá-los. Infelizmente, assim que encontramos a resposta, o enigma muda. Não é?"

"Não estou aqui para joguinhos. Responda-me agora ou..."

"Ou o quê? O que você vai fazer?"

"Talvez", rosnou Samson, "eu quebre seus ossos e coma sua carne."

O homem riu. "Ouça a si mesmo e talvez possa encontrar a pergunta correta."

"Quem sou eu?", Samson perguntou.

"Eis a pergunta! A única que importa. Ficarei feliz em ajudá-lo a encontrar a resposta, mas voltemos à sua primeira pergunta." O homem se inclinou para mais perto do fogo e, sob a luz baixa, Samson pôde ver naquele momento que as linhas escuras que corriam de cima a baixo pelas feições emaciadas do homem eram cicatrizes, em seguida notou outra coisa, que a pele do homem era composta de minúsculas protuberâncias e escamas, chegando à conclusão de que talvez ele sequer fosse um homem.

"Você ainda não se lembra de mim?"

Samson apertou os olhos para ele. Sim. Ele sabia que sim, mas como muitas de suas memórias, eram apenas fragmentos espalhados que ele não conseguia encaixar.

"Os pequots me consideram um homem mágico, um xamã; eles me chamam de Mamunappeht. Mas isso é só um nome. Mas estas aqui..." Ele gesticulou em direção às fileiras de máscaras. Muito mais de uma centena delas cobriam as paredes. "Elas são quem eu de fato sou. Cada uma contém um espírito, uma alma."

Ele deu um sorriso malicioso. "De certa forma, sou o guardião delas. Como você, elas eram almas atormentadas. Dei a elas um lugar para se abrigar, um santuário para escapar de seu tormento. Elas vivem comigo, em mim. Sou a soma de todas elas."

Samson olhou para as máscaras ao seu redor. A maior parte era composta de máscaras pequenas, infantis, algumas minúsculas, não maiores que um rato, outras maiores, quase do tamanho da cabeça de um urso. Ele queria deixar de lado a afirmação do homem, mas enquanto olhava para elas, ouviu um sussurro distante, então muitos sussurros, as vozes de fantasmas, acumulando, circulando ao redor deles, transformando-se em um vento que, por fim, soprou através dele. Ele sentiu sua aflição e sua tristeza. Estremeceu. "Eu não sou um dos pequots", prosseguiu Mamunappeht. "Sou muito mais antigo que os pequots, vim com o grande gelo. Mas os pequots são tolos o suficiente para me permitir ficar aqui em troca de encantos insignificantes e truques desprezíveis. Eu os ajudo onde posso. Mas é tarde demais para eles." Ele riu com sarcasmo. "Estou me cansando desse disfarce e tenho esperanças de seguir em frente, como devo fazer. Talvez haja um lugar para mim no meio desse novo povo, aqueles que vieram do outro lado do grande mar."

Samson mal o ouviu — ele estava olhando para as máscaras, atraído por uma em particular.

"Ah", disse o xamã. "Você a encontrou. Talvez você não esteja tão perdido quanto pensa."

A máscara era construída sobre um crânio queimado e enegrecido, o de um grande veado, emoldurada em pele. Chifres carbonizados se projetavam de sua testa e longos nós de cabelo pendiam por entre os chifres, entrelaçados, formando uma teia. Símbolos recobriam a máscara. Samson reconheceu um deles — um olho pintado entre as órbitas vazias. Era o mesmo que o da parede do poço onde havia despertado.

"Vá em frente", insistiu Mamunappeht. "Olhe mais de perto."

Samson se levantou. O crânio estava pendurado na altura dos olhos. Ele se aproximou com cautela, teve a sensação de que alguém, ou *algo*, o observava de dentro e parou.

"Você se sente fraturado, um pouco quebrado? Como se partes de você estivessem perdidas?"

Samson assentiu, ensimesmado.

"Bem, as peças estão aí... diante de você."

"O que quer dizer?", Samson perguntou, sem desviar os olhos da máscara.

"Você não reconhece para *quem* está olhando?"

Samson inclinou a cabeça. "Eu sei... é..."

"Sim, essa é a *sua* cabeça na minha parede."

"Não!"

"Todas as peças que faltam estão esperando por você aí dentro. Olhe mais de perto. O crânio lhe revelará porque o crânio é você."

Samson olhou mais de perto, dando mais um passo, depois outro, embora cada parte de seu corpo gritasse para não fazê-lo, que se tratava de um truque ou uma armadilha, que esse homem não era confiável. *Eu tenho que saber*, ele pensou. *Só uma olhadinha*. Uma luz cintilou, uma faísca e nada mais, no fundo das órbitas. Samson se encolheu e recuou um passo.

"Você tem medo... *de si mesmo*?"

Sim, pensou Samson. *Tenho*.

A faísca se transformou em uma luz quente, como o sol do fim da tarde, convidando-o a entrar. Ele deu um passo adiante, posicionando-se a apenas alguns centímetros de distância, capaz de distinguir formas borradas se movendo no interior das órbitas.

Pessoas, ele pensou. *Elas estão dançando?* Ele queria vê-las, precisava vê-las. Samson se inclinou para frente, olho no olho com o crânio, pressionando a testa contra a máscara, tentando se concentrar nas formas. Um clarão, uma breve vertigem e os olhos da máscara eram os seus próprios, como se estivesse olhando de dentro do crânio, mas não era a caverna que estava vendo, era como se tivesse sido transportado. As pessoas agora estavam dançando diante dele como em seus sonhos e visões, mas agora parecia muito real. Ele sentiu o sol quente em sua pele, inalou, sentindo o cheiro de flores. Ele podia ver muito mais do que em seus sonhos. O povo havia construído uma estátua de chifres altos de vime e pinheiros jovens e a adornado com flores. Eles desfilavam ao redor, carregando cestas de frutas, nozes, legumes e caça. Prestavam olhares de pura adoração, grandes sorrisos cheios de amor e devoção. Ele se deliciava com aquilo, inundado pela alegria de sua reverência. Um alívio pulsava através de Samson. *Veja, Abitha, veja! Eu não sou um demônio. Eu sou um deus da natureza, afinal. Por fim, eu sei.*

E então, como se a máscara estivesse lhe pregando uma peça cruel, a cena mudou. O ar se deformou, torceu e retorceu, e de repente sua estátua estava queimando, o ar cheio de fumaça. Os sons penetrantes de gritos chegaram a Samson. Cabanas em chamas, as chamas lambendo um céu noturno. Pessoas correndo em todas as direções, seus rostos tomados por terror. Corpos, tantos corpos, membros decepados, tripas arrancadas, cérebros despedaçados. O ar espesso com o cheiro de sangue e carne queimando e os gritos seguindo como se nunca fossem chegar ao fim. Samson viu uma sombra lançada à distância pelas chamas — *sua* sombra, enquanto ele matava os homens, mulheres e crianças.

"Não!", Samson estremeceu. "Não, este não sou eu! Eu não desejo ser assim. Não serei." Samson soltou um grande gemido, tentou fechar os olhos para refrear toda a dor e sofrimento, mas não conseguiu.

O xamã suspirou alto e a visão desapareceu. Samson se viu de volta à caverna, mas agora ele estava olhando para o xamã de dentro do crânio. Samson tentou avançar, não conseguiu e percebeu que estava preso dentro da máscara. "Deixe-me sair. Deixe-me sair agora!"

"Sinto muito por você, besta. Às vezes, é melhor não ter todas as respostas. Mas você não é um grande enigma. Você sempre soube o que você é. Não é verdade?"

Samson percebeu que estava chorando.

"Esses nomes soam familiares? Hobomok, Atlantow, Chepi, Matanto, Okee, Widjigo?"

Sim, eram, cada um atingindo Samson como um soco no peito.

"Ou como os cristãos chamam você... a besta, o tentador, o pai da mentira, Satanás, Lúcifer, e assim por diante. Tantos nomes, no entanto todos significam a mesma coisa. E você sabe o que é isso... não sabe?"

"Eu não sou um demônio."

O xamã balançou a cabeça. "Nem mesmo o demônio deseja ser o demônio. É tão triste. Seria muito mais fácil se você pudesse se ater a seu papel. Mas quem desejaria ser o prenúncio da morte e da devastação?"

"Não!", Samson gritou. "Eu conheço a compaixão. Eu tenho empatia. Eu estou unido à Mãe Terra. Eu sou a sua mão. Eu dou à luz a sua semente. Eu sou bom e eu sou *justo!*"

Mamunappeht riu. "Ah, você é uma tragédia. Quem você acha que o transformou no demônio?"

"O quê?"

"Sim, a Mãe Terra e seus amiguinhos diabretes, os Pukwudgie. Aqueles que se autodenominam o povo selvagem. Eles fizeram isso com você. Foram eles que o infestaram de demônios. Você não os sente, os demônios, lutando por sua alma? É claro que sim."

Não, nunca. É uma mentira, disse Samson a si mesmo, então pensou nas duas sombras lutando em sua visão, a dor em sua cabeça, a guerra em seu coração, como se estivesse sendo dilacerado. E agora, aqui dentro do crânio, ele os sentia, sentia sua fome, uma presença ameaçadora, aproximando-se.

"Você nem sempre foi o demônio; você já foi um grande espírito da floresta e o mundo selvagem era o seu reino. Foram os selvagens que o desviaram, foram eles que lhe puseram os demônios, foram eles que imploraram à Mãe Terra para lhe fazer assim."

Relâmpagos brilharam, trovões explodiram e outra visão tomou Samson. Ele viu cem, talvez mil do povo selvagem, seus minúsculos olhos negros brilhando, suas mãos cobertas de sangue. Viu a enorme Pawpaw se elevando acima deles, suas folhas em chamas, seu tronco retalhado, sangue escorrendo da ferida. E diante deles, no chão, um corpo encharcado de sangue — *seu corpo.*

"Não", ele gemeu.

"Quem lhe trouxe sangue? Quem o incitou a matar, a assassinar todas as pessoas? As mesmas pessoas que adoravam aos seus pés. Quem o levou à loucura? Veja o povo selvagem como é de verdade!"

Samson viu e não pôde evitar, pois a máscara lançou mais memórias sobre ele. Floresta o incitando a ser o caçador, a matar — sangue, sempre mais sangue. Primeiro as pessoas, depois Abitha. Como eles tentaram mantê-lo afastado das práticas de cura, sua magia longe da natureza, de dar vida às colheitas de Abitha.

"Eles se alimentam... *prosperam* com o sofrimento humano. Não percebe?"

E era Abitha quem Samson via agora, como o povo selvagem a atormentava e torturava a cada oportunidade. Matando sua cabra, seu marido, rindo enquanto a aterrorizavam e atormentavam, quebrando seu poço e depois tentando matá-la com as aranhas e cobras. A visão desapareceu e Samson gemeu.

"Agora, quem são os verdadeiros demônios, eu pergunto?"

"Por que eles fariam isso comigo?"

"Não importa agora, tudo o que importa é que a criatura que você já foi desapareceu para sempre, perdida."

"Claro que importa. Por quê?"

"Não é óbvio?", Mamunappeht sorriu. "Eles não queriam, não querem, compartilhar esta grande terra. Eles estavam com ciúmes, zangados por você ter ousado ajudar as pessoas. E quando você não afastou as pessoas, não agiu contra *sua própria natureza*... eles *mudaram* sua natureza." O xamã balançou a cabeça com tristeza. "Punindo você, convertendo-o em um demônio... um receptáculo para seus demônios. Você é o escravo deles, você é Hobomok, senhor da desgraça. Você é peste e praga, guerra e conflito. Você traz ruína a tudo que toca. Veja! *Veja!*"

E Samson obedeceu, repetidas vezes, conforme a máscara o mostrava atacando uma vila após a outra. Ele se lembrou, até que todas as memórias se confundiram em um longo rio de sangue, morte e gritos.

"Não! Não!" Samson berrava por sobre os gritos, tentando fugir de tudo, mas não conseguiu. A máscara o segurava, o prendia em seu interior e não havia como escapar. E ele os sentiu outra vez, os demônios, aqueles colocados sobre ele pelo povo selvagem, eles estavam com ele agora, no crânio. Ele sentiu sua raiva e sua fome. Ele não se atreveu a olhar para eles, não iria olhar para eles. Tinha certeza de que, se o fizesse, eles o reivindicariam como seu. "Liberte-me! Eu suplico a você!"

"Posso libertá-lo da máscara, se é isso que deseja. Mas não posso libertá-lo de seus demônios. Sua magia é muito forte, mesmo para mim. Eles estarão com você aonde quer que vá. Você sabe disso. Não há como retornar ao que você era antes."

Samson gemeu.

"Agora, me diga, é isso que você realmente quer? Estar à solta outra vez? Para que o entregue de volta ao povo selvagem, esses demônios? Você já não está farto de assassinato e sangue? Você quer ser seu escravo para sempre? Observar enquanto o incitam a matar e matar e matar? E quanto a essa mulher? Aquela da fazenda. Você não se importa com ela? Não a ama? Se sim, por que você faria isso com ela?"

Os gritos se intensificaram. Samson teve uma visão de Abitha deitada no chão recoberta de sangue, segurando uma grande ferida em seu peito. "Não, não Abitha... Eu nunca..."

"*Você* nunca, mas seus demônios certamente sim, na primeira chance que tiverem. Você sabe disso. Como isso vai acabar? Nada bem para ela. E isso não vai parar com ela. Assim que começar, assim que os demônios obtiverem plena posse de você, você é muito bom em ser Hobomok."

"Eu não sou Hobomok", Samson gemeu.

"Há outro caminho, uma fuga. Eu o salvei antes, você se lembra?"

A visão de Samson se retorceu e ele se viu deitado de costas, os olhos embaçados com fumaça e lágrimas. Havia cheiro de sangue e choro no ar. Mamunappeht estava lá, ajoelhado a seu lado, com a mão sobre o peito, cantando enquanto as cabanas queimavam. Então elas vieram, as aranhas, e com elas uma grande onda de alívio. "Sim", sussurrou Samson. "Eu me lembro. Você trouxe o sono."

As sombras começaram a tremular dentro do crânio, do seu crânio, tomando forma, então ele viu as aranhas outra vez, rastejando ao seu redor, em cima dele. Os gritos desapareceram lentamente; o mundo dentro do crânio escureceu até que se tornou trevas.

"Sim", disse o xamã em um tom baixo, tranquilizador. "De volta aos braços do sono. Você estaria lá agora, se não fosse por seus amiguinhos diabretes acordando você e fazendo-o atacar o mundo mais uma vez. Mas, desta vez, seu sono não será perturbado. Eu prometo."

"Não há outra escolha?"

"Somente as aranhas podem manter os demônios distantes. Sinto muito."

Samson ouviu vozes rodopiando com ele na escuridão. Eram os demônios: eles o chamavam, mas as aranhas haviam criado um muro, uma barreira entre eles, e eles soavam muito distantes.

"Eu não posso mantê-lo aqui contra sua vontade, não por muito tempo, seus demônios são muito fortes. Então, você deve fazer uma escolha. Você pode fechar os olhos, encerrar tudo, dormir e encontrar a paz, ou deixar este santuário e retornar ao assassinato e à guerra. Qual a sua escolha?"

As aranhas começaram a recuar e, pouco a pouco, os gritos voltaram, aumentando. Os gemidos dos demônios ficaram mais altos, mais próximos.

"Eu posso fazer tudo ir embora", disse o xamã. "Só precisa me pedir."

Os gritos se intensificaram e Samson os sentiu, os demônios, logo atrás dele no crânio, a respiração deles em sua nuca.

"Sono", sussurrou Samson.

"Peça. Você deve pedir ou o feitiço não terá efeito."

"Sim... *sim!* Por favor. Dê a mim o sono. Eu suplico a você!"

As aranhas se apressaram, e desta vez Samson não resistiu, mas as acolheu, e o xamã falou a verdade quando o abraço delas o levou embora, flutuando no silêncio e na escuridão. Ele sentiu os demônios se retirando, desaparecendo, até que eles se foram, desaparecendo por completo.

Samson sorriu e, de algum lugar muito, muito distante, ouviu Mamunappeht rindo.

Os olhos de Samson ficaram pesados. Ele os fechou e se deixou levar por aquela escuridão total e completa.

Paz. Enfim, paz.

CAPÍTULO 11

Abitha acordou com o som das vozes dos homens. Ela se viu em meio à escuridão, de forma que demorou um momento para se lembrar que estava no porão do xerife — o porão muitas vezes serve como uma cela de detenção, uma vez que Sutton não tinha uma prisão de verdade. A dor aguda na perna fez com que tudo retornasse a ela. *Isso é real,* ela pensou, *não é um sonho, não é um pesadelo do qual posso acordar. Serei julgada como bruxa e enforcada como bruxa, e isso é tudo o que me resta agora.* Ela fechou os olhos, desejando voltar a dormir, desejando acordar outra vez em outro lugar.

Ela enfiou a mão no bolso do avental e encontrou a corrente de tranças, apertando-a como se fosse a própria mão de sua mãe. Começou a deslizá-la para fora, querendo sentir seu toque suave contra o rosto, quando uma batida veio da porta e ela rapidamente a enfiou de volta no bolso.

Ouviu o tilintar de uma chave na fechadura e a porta grossa se abriu. A luz suave da manhã se derramou para dentro do porão úmido. O xerife Pitkin estava parado na entrada, com uma bandagem em volta da orelha. "Abitha", ele chamou em uma voz gentil. "Venha. Vamos colocar um café da manhã nessa sua barriga."

Abitha tentou se levantar, mas caiu para trás. A dor em sua perna era intensa demais.

O xerife Pitkin colocou um braço ao redor dela e a levantou com gentileza. "Tudo bem, vamos com calma. Agora, tire o peso dessa perna." Ele quase a carregou pela curta escada até a cozinha, sentando-a à mesa, onde um biscoito e uma xícara de chá a esperavam.

O oficial Harlow estava de pé ao lado da porta dos fundos com sua postura tensa e sua mão sobre o punho de sua espada. Abitha se deparou com seu olhar. "Do que você tem tanto medo, Sam? Acha que posso transformá-lo em um sapo?"

O rosto de Samuel ficou pálido como se estivesse pensando exatamente naquilo.

O xerife se serviu uma xícara de chá e se sentou do outro lado da mesa. Ele acenou com a cabeça para o biscoito. "Eu mesmo preparei isso. O gosto é melhor do que a aparência."

Abitha cutucou o biscoito. "Isso é gentil da sua parte, xerife. Mas meu estômago não está com ânimo de comer por algum motivo."

"Você deveria tentar", insistiu o xerife Pitkin. "Será um longo dia."

Abitha assentiu, pegou o biscoito e deu uma mordida, mastigando sem sentir o gosto, tentando não pensar no que viria pela frente. Enquanto ela comia, o xerife Pitkin tomava seu chá e olhava pela janela. O xerife parecia cansado, abatido, como se não quisesse ter nada a ver com essa bagunça. Abitha pensou em como o xerife Pitkin sempre foi gentil com ela, sempre a fez se sentir bem-vinda desde que havia chegado a Sutton. Ele parecia viver fora da natureza beata de muitos da seita. O tipo de homem que queria apenas viver sua vida. Ela supôs que poderia ser uma das razões pelas quais o reverendo Carter o havia designado para o cargo. Ela notou uma mancha fresca de sangue na bandagem. "Sinto muito por sua orelha", disse ela.

Ele balançou a cabeça. "Estou feliz por você não ser uma atiradora melhor."

"O que quer dizer? Eu estava apontando para sua orelha."

Ele esboçou um sorrisinho e suspirou.

Quando ela terminou o café da manhã, ele a ajudou a se levantar e a levou até a porta. Ele removeu um par de algemas de um gancho na parede. "Sinto muito, Abitha, mas sou obrigado a colocar isso em você."

Ela estendeu os pulsos e ele fechou as algemas. Ele guardou a pistola no cinto e depois a ajudou a descer pelos degraus e ir para a rua, onde seus dois oficiais os esperavam ao lado de uma carroça.

"Nós precisamos mesmo da carroça?", Samuel perguntou. "Não vamos muito longe."

"Sim, precisamos", disse o xerife. "Não vou deixá-la sofrer a dor de andar com a perna daquele jeito, nem ter que mancar em meio àquele grupo de lunáticos... Alguém pode ter a péssima ideia de fazer mal a ela."

"Ela é uma bruxa! O que importa?"

"Importa porque eu digo que importa."

Samuel deu de ombros.

Eles colocaram Abitha na carroça e percorreram os poucos quarteirões curtos até a casa de reuniões. Uma multidão os esperava, muitos deles com olhares maliciosos, vários se aproximando para encontrá-los. Abitha viu que muitos carregavam paus ou pedras.

O xerife sacou a pistola, engatilhou e a segurou onde todos pudessem ver. "Atirarei na primeira pessoa que lançar pau ou pedra. Vocês sabem que eu sou um homem de palavra. Então, quem será o primeiro?"

Houve muitos olhares agressivos trocados, mas parecia que ninguém queria ser o primeiro, então o xerife guiou a carroça até a entrada, separando a multidão. As pessoas olhavam para ela como se chifres brotassem de sua cabeça. Muitos carregavam Bíblias, agarrando-as ao peito como um escudo para afastar a maldade. Abitha sentiu vontade de gritar com eles, atormentando cada um e, se tivesse um pouco mais de ânimo, talvez o tivesse feito apenas para ver o terror em seus rostos.

Abitha foi levada à casa de reuniões. O púlpito havia sido substituído por duas mesas. Atrás de uma, havia três cadeiras que Abitha presumiu aguardarem pelo magistrado. Doze cadeiras estavam alinhadas na parede mais distante de um dos lados da mesa do magistrado. Do outro, uma cadeira solitária. O xerife Pitkin levou Abitha a esta cadeira e a sentou, depois acenou com a cabeça para seus oficiais e eles abriram as portas da casa de reuniões.

Doze homens entraram, todos membros respeitáveis da vila, sentando-se nas cadeiras diante de Abitha. Vários lançaram olhares curiosos, mas ninguém foi capaz de fazê-lo por muito tempo.

Ansel e Wallace entraram juntos. Ansel trazia consigo uma grande bolsa e um saco, os dois em meio a uma discussão profunda. A família de Wallace, sua esposa, filho e filha, seguiu atrás deles. Ansel foi até uma das mesas, largou a bolsa e começou a retirar alguns papéis dela.

Wallace e sua família se sentaram no banco da frente. Abitha não tinha dado atenção a isso até que várias outras mulheres e meninas entraram e também se sentaram na primeira fila. Foi quando ela entendeu o que se passava e um calafrio percorreu seus braços: essas mulheres, essas garotas, todas elas haviam solicitado feitiços e talismãs dela no passado.

O resto dos bancos se encheu com rapidez à medida que mais e mais pessoas entravam.

Pelo que parecia, o arranjo habitual de assentos não se aplicava, pois as pessoas sentavam-se onde queriam, independente de sua posição social, mesmo homens e mulheres juntos.

O reverendo Carter, sua esposa, Sarah, e sua filha, Martha, entraram e se sentaram algumas fileiras atrás. O reverendo Carter e sua esposa pareciam nervosos e chateados. Ambos olhavam com empatia na direção de Abitha.

Os que não tinham assentos ficaram nos fundos. As pessoas falavam em voz baixa, mas seus rostos denunciavam sua empolgação enquanto esperavam a chegada do magistrado. E foi a espera, o fato de estar sentada ali, diante daquela massa de espectadores insensíveis, que enfraqueceu Abitha, aqueles olhares intermináveis e sussurros disfarçados se tornando mais do que poderia suportar. Ela baixou os olhos ao chão, tentando não ouvi-los, e lá, entre todos da vila, Abitha descobriu que se sentia completamente sozinha, mais sozinha do que nunca em sua vida. Tanto que de fato sentiu um alívio quando o oficial Harlow surgiu e anunciou a chegada do magistrado.

Todas as cabeças se viraram para a porta.

Ouviu-se um clamor do lado de fora e cinco soldados armados com espadas, pistolas e lanças marcharam para dentro da sala, suas pesadas botas batendo com força enquanto assumiam posições ao longo de cada parede. Um momento depois, dois homens entraram carregando uma cadeira ornamentada. Ela foi posicionada atrás da maior das mesas.

Um homem alto e magro entrou, vestido todo de preto como um ministro, porém estava armado, usando um cinto de couro grosso apertado na cintura, do qual pendia uma espada e uma pistola. Seus olhos escuros e penetrantes correram pela sala, rapidamente absorvendo tudo, vindo a pousar em Abitha. Seu olhar intenso pareceu decifrá-la em um piscar de olhos e dispensá-la com a mesma rapidez. Ele emitiu um ruído alto ao limpar a garganta. “Eu sou o capitão John Moore, nomeado como primeiro conselheiro para o magistrado”, anunciou ele a todos com uma voz imponente. Ele olhou de volta pela porta. “Todos de pé para o magistrado Lorde Cornelius Watson.”

Todos estavam de pé, com exceção de Abitha, quando um homem de meia-idade, de aparência massuda e estatura mediana entrou no prédio. Ele marchou em linha reta pelo corredor central, olhando nem para a esquerda nem para a direita. Era óbvio que o homem era calvo sob sua peruca branca, uma vez que a peruca deslizou para um lado, revelando sua brilhante careca. Abitha ficou impressionada por seu manto e seu chapéu parecerem limpos e alinhados, como se fossem recém-saídos do alfaiate, fazendo com que o povo da vila parecesse maltrapilho em comparação a ele.

O magistrado lançou sua bolsa de couro bem encerada sobre a grande mesa e um dos guardas o ajudou a remover o manto, revelando uma longa veste ondulada. O magistrado Watson retirou uma boina do bolso, endireitou a peruca e pôs a boina por cima.

O guarda puxou a cadeira ornamentada e o magistrado se sentou e começou a vasculhar sua bolsa. Primeiro puxou um martelo, depois um par de óculos, colocando-os em seu nariz bulboso. A seguir, pegou um pedaço de pergaminho e começou a lê-lo.

"Capitão", gritou o magistrado Watson, e o homem alto veio ao seu lado. Juntos, eles examinaram o pergaminho. Depois de um momento, o capitão acenou para Wallace. Wallace compartilhou um aperto de mão caloroso com os dois homens, logo em seguida dando início a uma conversa confidencial, e ficou claro para Abitha que todos eram grandes amigos. O capitão Moore então chamou Ansel, e outra vez apertos de mãos calorosos foram vistos. A certa altura, todos os quatro olharam para o reverendo Carter como se o estivessem analisando. Ansel disse algo por trás de sua mão e os olhos dos homens se voltaram para o reverendo Smith. Houve uma rodada de assentimentos de concordância.

"Reverendo Smith", o capitão chamou. "Venha aqui, por favor."

O reverendo Smith se apresentou.

"Gostaríamos que você servisse como segundo conselheiro para o magistrado. Há algum motivo para você se eximir da responsabilidade?"

O reverendo Smith pareceu surpreso, começou a responder quando o reverendo Carter se levantou. "O que significa isto?", demandou ele. "Todos estão cientes de que sou o ministro-chefe em Sutton e, como tal, é meu dever servir como segundo conselheiro." O magistrado Watson sorriu como se estivesse ansioso por aquele momento. "Sim, seria o seu lugar... se não fosse pelo fato de que suspeitas foram levantadas sobre o seu papel nesta infração. Portanto, o tribunal o considerou *inapto*."

Suspiros tomaram toda a sala.

O reverendo Carter tinha a aparência de um homem acertado por um forte golpe; seu rosto empalideceu e parecia incapaz de falar. Por fim, ele disse: "O tribunal quer dizer você, que *você* o considerou, Cornelius." Parecia que havia mais que queria dizer, porém em vez disso ele balançou a cabeça com amargura e se sentou em seu lugar. Os dois homens se entreolharam, nenhum fez o menor esforço para esconder seu desdém pelo outro.

"Agora", prosseguiu o magistrado. "Reverendo Smith, por favor, há alguma razão pela qual você precise se eximir de servir no conselho?"

O reverendo Smith balançou a cabeça. "Não, senhor." Ele lançou um olhar inquieto para o reverendo Carter. "Estou disposto a ajudar da melhor maneira possível."

"Ótimo", disse o capitão Moore. "Sente-se aqui." O capitão indicou uma das cadeiras ao lado do magistrado.

O reverendo Smith assentiu e tomou o lugar.

"Estamos prontos, então?", perguntou o magistrado ao capitão.

O capitão Moore concordou.

O magistrado Watson bateu duas vezes no martelo e os murmúrios desapareceram.

"Reverendo Smith", disse o magistrado. "Por favor, dê início aos trabalhos com uma oração."

Outra vez, o reverendo Smith pareceu surpreso, outra vez lançou ao reverendo Carter um olhar inquieto, pois isso era um desprezo óbvio, mas ele se recompôs de pronto, levantou-se e conduziu a congregação em uma breve oração. Assim que a oração foi concluída, o capitão Moore pegou um pedaço de pergaminho do magistrado Watson e deu a volta na mesa para ficar diante da sala. Ele encarou Abitha e pigarreou. "Abitha Williams, viúva de Edward Williams, por favor, levante-se."

Abitha respirou fundo. *Senhor, aqui vamos nós,* ela pensou, e empurrou seu corpo para cima, apoiando-se contra sua cadeira, tomando cuidado com sua perna ferida.

"Você está aqui diante do Senhor", disse o capitão Moore em voz alta. "Acusada de associação com o *demônio*... o grande inimigo de Deus e da humanidade... conspiração com um espírito familiar e... tortura com magia negra e feitiçaria."

As acusações não surpreenderam, mas ouvi-las anunciadas com tanta veemência penetraram Abitha até os ossos. Ela se agarrou à cadeira e lutou para não deixar os joelhos cederem.

"Abitha Williams, como você se defende dessas acusações?"

Abitha fechou os olhos por um momento, respirou fundo, abriu os olhos e os fixou no capitão, opondo seu olhar ferino contra o dela. "Eu sou inocente de todas. Não estou, nem nunca estive, associada com Satanás."

"Muito bem", disse o capitão Moore, não parecendo surpreso. "Pode sentar." Abitha sentou-se de volta em sua cadeira.

"O tribunal chama Ansel Fitch para apresentar provas."

Ansel assentiu, revirou alguns pedaços de pergaminho para lá e para cá até encontrar o que estava procurando. Ele limpou a garganta e se levantou. "É de comum conhecimento entre todos que Abitha realiza o comércio de artefatos demoníacos. Poções, talismãs, feitiços. Tenho uma lista aqui." Ele ergueu o pergaminho. "Jurado por mais de uma dezena de membros desta congregação, que foram testemunhas de tal comportamento insidioso. E isso, senhor, é apenas o começo. Apenas o começo da história. Pois foi atestado e visto por meus próprios olhos que Abitha Williams associou-se e associa-se com espíritos familiares ao demônio."

Um murmúrio percorreu a multidão.

"Se o magistrado aprovar, gostaria de chamar minhas duas primeiras testemunhas."

O magistrado Watson fez que sim.

"Wallace e Isaac Williams, por favor, levantem-se."

Wallace e seu filho se levantaram. O inchaço havia diminuído no rosto de Wallace, mas numerosos caroços e crostas ainda se projetavam em sua pele pálida.

"Wallace Williams", disse Ansel. "Poderia, em suas próprias palavras, relatar ao tribunal o que você, o jovem Isaac, e eu testemunhamos na casa de Abitha?"

"Posso", disse Wallace. "É... bem simples. Tendo conhecimento da maldade de Abitha e de suas queixas contra mim e minha família, senti que era necessário levar testemunhas para sua propriedade. E ainda bem que o fiz, pois o que vimos excedia meus piores medos. Ela, Abitha, estava na varanda sussurrando e conspirando com um... com um *diabrete*... seu familiar, o próprio servo de Satanás. E o que vimos... ora, foram os dois, juntos, fazendo uma coroa. Não uma coroa qualquer, mas uma coroa de bruxa."

"É mentira!", Abitha gritou. "Eles estão tentando..."

"Silêncio, mulher!", ordenou o capitão Moore, caminhando até ela, com a mão no punho da espada. "Você não deve falar a menos que seja solicitada. Fui claro?"

Abitha encarou o homem, mas segurou a língua enquanto lutava para se acalmar, lembrando-se de que nada do que dissesse importaria, que isso tudo não passava de um espetáculo. No entanto, era muito mais do que podia suportar, e ela começou a tremer.

"Wallace, um momento", disse Ansel, que começou a calçar uma luva. Ele enfiou a mão no saco que havia deixado na mesa, retirando o círculo em que Abitha estava trabalhando, segurando-o para todos verem.

Outra vez, a multidão murmurou.

"É esta a coroa, Wallace?"

"É, sim."

"É esta, Isaac?"

"Sim", disse Isaac.

Ansel colocou o círculo sobre a mesa.

"Há mais", continuou Ansel. "Pois Wallace, dominado pelo que viu, confrontou Abitha quanto a seu comportamento desviante. Um ato muito imprudente, com certeza, embora fundamentado em sua indignação com essa mulher por convidar Satanás para nossa comunidade. Diante disso, ela e seu diabrete lançaram um feitiço sobre ele. Isso, eu juro, vi com meus próprios olhos, assim como o jovem Isaac aqui."

Isaac concordou. "Ela convocou suas abelhas, lançou-as sobre meu pai. E elas o atacaram da maneira mais antinatural."

O capitão Moore ergueu a mão. "E o que você diz sobre isso, Abitha?"

"Digo que Wallace Williams invadiu minha fazenda, me agrediu e quebrou minha perna. Eu digo que todos sabem que mantenho muitas abelhas em minha terra e, quando Wallace me atacou, ele as perturbou. No fim das contas, é apenas isso."

"Então por que nenhum outro foi picado naquele dia?", Ansel perguntou. "O jovem Isaac e eu estávamos lá ao lado de Wallace. No entanto, nenhum de nós sofreu uma única picada."

"Eu não sei. Mas eu sei, como muitos aqui, que Wallace vem tentando roubar minha terra. Que ele queimou meu milho e meu celeiro, tudo na tentativa de ganhar minha propriedade. Seu motivo não desempenha algum papel em suas acusações? Ele não merece ser inquirido por seu desejo de me arruinar?"

"Wallace não está sendo julgado aqui, mulher!", rosnou Ansel. "Ele não lançou um feitiço. Não conspirou com o familiar do demônio. Foi você! Só *você*!"

"*Não!*"

Ansel girou, voltou para sua mesa, agarrando o saco e despejando o conteúdo restante — algumas folhas de pergaminho enrolado e cerca de uma dúzia de talismãs e totens. Com a mão enluvada, ele pegou um punhado dos talismãs. Ergueu-os para que todos vissem, depois saiu em direção a Abitha. "Você fez isso?"

"Sim."

"Não são estas artimanhas do diabo?"

"Não são. São apenas talismãs e bênçãos comuns. Cada um entregue com a oração do Senhor. Como muitos aqui fizeram."

Ele se aproximou das seis mulheres e meninas sentadas na primeira fila e estendeu os amuletos. Todos elas se encolheram.

"Charity, poderia segurar isso?"

Charity olhou para Ansel, mortificada. "Por favor, senhor. Não me faça tocá-lo outra vez."

"Jane, Mary, Rebecca, Helen, Lydia, alguma de vocês seguraria um deles?"

Todos balançaram a cabeça, levando as mãos ao peito e recusando com veemência.

"E por que não? Por que têm tanto medo de meros talismãs e bênçãos?"

"Porque isso me queima!", Charity berrou.

"Sim, é verdade!", as outras mulheres e meninas concordaram. "Queima nossa pele."

"Senhor magistrado", disse Ansel. "Esta não é uma afirmação exagerada. Após a revelação pública da associação de Abitha com o Demônio, no momento em que sua magia negra foi revelada, esses mesmos talismãs queimaram espontaneamente essas inocentes aqui diante de você. Não uma, mas todas elas. Diante de muitas testemunhas. Como, eu lhe pergunto, poderia acontecer algo assim? Para seis integrantes honestas e devotas de nossa igreja serem atormentadas de uma só vez, se não bruxaria da mais alta ordem?"

"Abitha", chamou o capitão Moore. "Se estes são apenas amuletos como você afirmou, por que então eles as queimam?"

Abitha balançou a cabeça. "Eles não as queimam. Elas estão apenas dizendo isso porque estão com medo. Medo de serem acusadas de associação comigo. Medo de admitir que solicitaram tais talismãs. Apenas isso."

"Não é verdade", gritou Charity, balançando a cabeça com firmeza. "Não é verdade. Ela *está mentindo*!"

"Sim! Sim, não é verdade!", as outras garotas gritaram, com os olhos se revirando de inquietação.

"Essas meninas juraram perante Deus." Ansel ergueu o pergaminho. "Prestaram depoimentos sobre como você as tentou e seduziu com promessas fantasiosas, enganando-as para participar da magia do demônio."

"Sim!", Charity Williams exclamou. "Foi ela. Eu juro. Ela falou comigo, sussurrou no meu ouvido à noite enquanto eu dormia. Eu juro. Eu *juro*!"

"Sim!", Mary gritou. "Em um sonho." E então todas assentiram e concordaram, todas segurando as saias e torcendo as mãos.

Abitha lançou um olhar de desprezo a elas. "E eu juro perante Deus que nunca lidei com qualquer forma de diabrura."

"Então o que é isso?", Ansel pegou uma folha de pergaminho da pilha e a desenrolou. Ele ergueu para todos verem. Houve suspiros por toda parte. As mulheres cobriam os olhos dos filhos. Era um dos desenhos de Edward. O último que ele fez — o nu de Abitha.

A imagem atingiu Abitha como um soco no peito. Ela apertou a mão sobre a boca, lutando contra as lágrimas.

"O que é isso, se não diabrura? Aqui está a prova de que você enfeitiçou Edward, seduzindo-o com suas artimanhas femininas! Agora, olhem mais de perto, todos vocês. Vejam que essa profanação está rabiscada sobre as palavras do próprio pai de Edward... sobre suas lições divinas, nada menos. Pergunto a vocês, quem senão uma bruxa poderia forçar um homem a cometer um ato tão profano? Ela condenou a alma do pobre Edward! Ela o tomou para seu mestre, Satanás!"

"Blasfêmia!", alguém gritou.

"Enforquem-na! Queimem-na!", outros gritaram, a sala replicou os gritos.

O magistrado Watson bateu o martelo, mas a multidão não se acomodou, não até que Ansel ergueu a mão e gritou: "Há mais!"

Aos poucos a sala se aquietou.

Ansel guardou o desenho e caminhou até Abitha. "Você jura, aqui e agora, que não se associou com o lacaio do demônio?"

Por um momento, Abitha não sabia o que dizer, só podia olhar para Ansel, confusa, conseguia pensar apenas em Samson, que de alguma forma Ansel sabia dele.

Ansel acenou com a cabeça para o delegado Harlow, e o homem trouxe uma gaiola coberta com um pano. Ele a colocou sobre a mesa e Ansel removeu o pano, revelando o gato de Abitha em um pequeno abrigo. O animal parecia aterrorizado, curvado e encolhido, seu único olho disparando inquieto.

"Ah, Booka!", Abitha gritou. "Ah, coitadinho."

"Não diga esse nome neste lugar!", Ansel ordenou. "É o nome de um demônio conhecido."

"É o nome de um duende comum. E isso... isso é apenas um gato comum, seu imbecil!"

O magistrado Watson bateu o martelo. "Não fale o nome de nenhum demônio neste lugar. Se o fizer, será amordaçada. Está entendido?"

Abitha não respondeu, apenas encarou seu gato, querendo apenas libertar o animal apavorado.

"Meritíssimo, esta besta maligna é o familiar que Wallace, Isaac e eu testemunhamos sussurrando e lançando feitiços com Abitha."

"É apenas um gato", disse Abitha, balançando a cabeça. "Um pobre gatinho. Nada mais."

"Senhora Dibble", Ansel chamou. "Por favor, levante-se." Dona Dibble ficou de pé.

"Dona Dibble, é verdade que você testemunhou essa besta ser morta por cães em Sutton?"

"Sim, senhor. É verdade. Vi com meus próprios olhos, é verdade."

"Você viu Abitha levar o cadáver para casa com ela?"

"Sim, ela o embrulhou no avental e levou."

Ansel apontou para Booka. "Dona Dibble, esta criatura aqui é a mesma besta que você viu ser morta pelos cachorros?"

"Sim", disse ela, com os olhos fixos sobre o gato. "Não há dúvida." Ela pressionou os nós dos dedos contra os lábios. "Que aí está a obra do demônio!"

"De fato, está", Ansel concordou.

"Wallace, Isaac, este é o diabrete que viram conspirando com Abitha? Ajudando-a a tecer a coroa de bruxa?"

"É", disseram os dois.

"É apenas um gato!", Abitha berrou outra vez. "Nada mais que isso."

"É o lacaio do diabo!", Ansel gritou, caminhando em direção à gaiola e espetando o dedo no gato.

O gato se assustou e chiou, o que fez Charity gritar. "Ele está colocando seu olho maligno em mim!" Ela agarrou a garganta. "Está doendo. Está doendo muito!"

As outras garotas olhavam horrorizadas para Charity, depois para o gato, então Mary agarrou sua própria garganta. "Está me machucando!" Jane olhou para trás e para frente para as duas meninas e ela também gritou, seguida pelas meninas restantes, até que todas as seis estavam segurando suas gargantas implorando que alguém fizesse o gato parar.

Vários gritos de medo irromperam na multidão; alguns se levantaram e saíram correndo.

A sala irrompeu em gritos e berros de "bruxa!"

O magistrado Watson bateu o martelo. "Remova essa besta imunda!"

O capitão Moore se aproximou, pegou o pano e o pendurou sobre a gaiola, cobrindo o animal e entregando-o ao oficial, ordenando que o homem o levasse para fora. Assim que o gato saiu da sala, todas as meninas caíram de volta em seus assentos, ofegantes, tremendo e se segurando como se padecessem de uma febre intensa.

O magistrado Watson continuou a bater o martelo até que, por fim, a sala se acalmou.

Ansel puxou uma cadeira de trás de sua mesa e a colocou na frente dos magistrados. Ele caminhou para frente e para trás diante da congregação, as mãos entrelaçadas atrás das costas. Por fim, ele parou, fixando os olhos em Martha. "Martha Carter", disse ele com uma voz gentil. "Você poderia, por favor, vir aqui para a frente?"

Martha se encolheu, seu rosto como o de um coelho assustado; ela olhou angustiada para os pais.

"Apenas algumas perguntas", acrescentou Ansel. "Não há nada a temer. Você não fez nada de errado."

A sala ganhou vida com sussurros. O reverendo Carter e sua esposa trocaram um olhar preocupado e o reverendo se levantou. "Peço por uma conversa individual com o magistrado, se ele assim permitir."

"Pedido negado", respondeu o magistrado.

"Então devo dizer que Martha não tem estado bem ultimamente. Ela está muito confusa e..."

"Preciso lembrá-lo", interrompeu o magistrado Watson, "que Sutton está sob ataque do próprio demônio, e sua ajuda é essencial. Há alguma razão para o tribunal estar ciente de que você não gostaria que sua filha nos ajudasse?"

O reverendo Carter começou a falar outra vez, então um olhar de extrema frustração dominou seu rosto e ele se sentou novamente.

Martha lançou a Abitha um olhar rápido e aterrorizado, parecendo ter medo de se mover.

Ansel veio até ela. "Não tenha medo." Ele falou com uma voz baixa e reconfortante. "Ela não pode machucá-la. Nunca mais." Martha se levantou e Ansel a levou para a cadeira.

"Martha", disse Ansel, mantendo sua voz calma e persuasiva. "É verdade que Abitha entrou em sua casa e visitou você quando estava de cama?"

"Sim", disse ela, pouco mais que um sussurro.

"E que ela entrou em sua casa a pedido de sua mãe?"

"Sim."

"Martha, sei que isso pode ser difícil para você, mas você poderia nos contar tudo o que lembra dessa visita?"

Os olhos de Martha caíram sobre suas mãos. "Bem", ela começou. "É difícil falar sobre isso." Ela olhou de volta para os pais. "Talvez, como meu pai disse... eu estava doente... confusa... e não me lembro com tanta clareza."

"Martha", disse Ansel, sua voz ganhando firmeza. "Mantenha seus olhos em mim. Isto não se trata de sua mãe ou seu pai... isto se trata de Deus e o diabo. Trata-se de uma guerra pela sua alma.

Você deve declarar a verdade, a fim de que não dê a Satanás domínio sobre você. Se Abitha infestou você com seus demônios, devemos descobrir ou não poderemos protegê-la."

Era visível que Martha havia começado a tremer.

"Eu estava muito doente. E... e..." Ela começou a chorar; sua voz estava vacilante. "Eu não sei como ou por quê, mas quando acordei..." Ela apontou para Abitha, sua voz assumindo um tom histérico. "Ela, ela estava lá ao meu lado! Ela segurou minha mão e eu vi muitas coisas! Muitas coisas horríveis!"

"O que você viu?", Ansel demandou. "Conte-nos, criança!"

"Uma sombra escura com chifres!", ela gritou. "Estava de pé atrás dela!" Ela começou a berrar. "E aquilo me tocou... através dela... e receio desde então que ele vive aqui!" Ela apertou o peito. "Eu tenho medo!" Ela caiu de joelhos. "Medo de que ele volte e exija o pagamento. Exigirá minha alma. Por favor, não permitam que ele volte. Por favor, por favor, salvem-me disso!" Ela apontou um dedo para Abitha. "Dela!"

"Chega!", gritou o reverendo Carter. "Chega! Isso passou dos limites. Ela foi tomada pela febre. Teve pesadelos. Nada mais que isso!"

Sarah Carter correu para Martha e a segurou. "Você está segura, criança. Ninguém lhe fará mal."

Gritos e berros irromperam por toda a sala. A atmosfera havia saído da curiosidade para o terror e hostilidade declarados. As pessoas não se preocupavam mais em esconder seus olhares cortantes e xingamentos. Abitha tinha certeza de que, se não fosse pelos guardas, eles a capturariam e a apedrejariam neste exato minuto. E, então, ela se perguntou se isso não seria um ato de misericórdia.

Abitha percebeu Ansel compartilhando o que parecia ser um olhar conspiratório com o juiz. Os lábios do juiz se apertaram e ele assentiu.

O magistrado Watson bateu o martelo. "Silêncio. Agora!"

Ansel deslizou outra cadeira e a colocou ao lado de Martha. "Senhora Carter", disse ele. "Poderia sentar-se nessa cadeira?"

Sarah parecia não entender, mas se sentou na cadeira, colocando o braço em volta da filha, segurando-a com força.

"Senhora Carter", começou Ansel. "Você convidou Abitha para entrar em sua casa?"

"Sim."

"Você a convidou para usar magia em sua filha?"

"A mãe de Abitha era uma mulher que conhecia os saberes ancestrais. E Abitha conhece muitos remédios. É uma prática comum..."

"Sarah, uma pergunta simples. Você a convidou para usar magia em sua filha?"

"Não mágica, mas um unguento. Apenas isso. Você deve entender, foi terrível. Temíamos que a criança estivesse morrendo. Eu estava desesperada por..."

"Martha, sua mãe pediu que você mantivesse essa visita em segredo?"

Martha manteve a cabeça baixa, sem olhar para a mãe. "Sim."

O reverendo Carter se levantou. "Eu não vejo a razão para tal pergunta."

"Reverendo Carter", bradou o magistrado. "Você permanecerá sentado e quieto, ou será retirado da sala. Está entendido?"

O reverendo sentou-se.

"Senhora Carter", continuou Ansel. "Parece que você e Abitha possuem um histórico de segredos."

"Isso não é verdade."

"Não é verdade? Você não trocou coisas, coisas secretas, com Abitha depois do culto? Coisas escondidas em cestas e guardanapos dobrados?"

"Não! Quero dizer, sim, mas não dessa forma. Nada além de um pouco de comida. Ela..."

"Você e seu marido não encorajaram Abitha a criar sua magia negra no sabá?"

"O quê? Não! Claro que não."

"Não? No entanto, aparece nos registros da igreja que o reverendo Carter permitiu por repetidas vezes que Abitha se ausentasse do culto."

"Isso é verdade, mas foi por causa de suas dificuldades. Você deve entender que ela..."

"Você permitiu que Abitha vendesse feitiços e poções na própria casa do Senhor?"

"Não permiti. Eu proíbo estritamente isso."

"Então, você admite que estava ciente de que Abitha vendia sua magia durante o culto."

"Eu proibi assim que descobri."

"Então, você admite que descobriu que ela vendia bruxaria e escolheu manter isso em segredo."

"N-não", ela gaguejou. "N-não foi o que eu disse. Você está distorcendo minhas palavras."

"Você encorajou Abitha a conjurar o demônio em sua casa?"

O reverendo Carter se levantou. "Isto é um ultraje! Como se atreve a fazer tal pergunta?" A congregação explodiu em gritos, berros e exigências para que as duas, Abitha e Sarah, fossem condenadas.

O magistrado Watson bateu o martelo e os guardas rapidamente avançaram entre a multidão e aqueles que estavam na frente.

"O tribunal está suspenso", ele gritou. "Todos aqueles que não fazem parte deste processo são ordenados a sair de uma vez! Agora, fora!"

Abitha aguardava sua sentença na pequena sala nos fundos da casa de reunião. Dois dos guardas do magistrado estavam encostados na parede perto da porta, olhando para ela, taciturnos.

Um dos guardas, um homem corpulento de meia-idade com barba irregular e rosto coriáceo, chamado Garret, começou a andar. "Ah, não acredito que fui arrastado para essa bagunça. Meu irmão vai se casar esta semana e será uma festa que não posso perder. Todos eles ficarão bêbados com a boa cidra do meu pai, e eu, eu, estarei aqui cuidando dessa meretriz. Não posso acreditar no meu azar." Ele ergueu as mãos. "E tem mais, sabe, era para o Robert, vir, não eu. É o turno dele."

"Sim, bem", respondeu o segundo guarda, um sujeito chamado Jacob — um jovem magro, com a barba bem afeitada — respondeu. "Não acho que Robert tenha sido picado por uma cobra apenas para fugir de seu dever."

Garret bufou. "Conhecendo Robert, é provável que tenha."

"Bem, você já fez esse tipo de coisa antes. Não é verdade?"

O guarda mais velho assentiu. "Sim, eu tive que ir para Wethersfield há alguns anos. Agora, aquele foi um negócio bem desagradável. Eles devem ter torturado, esfaqueado e queimado aquela pobre mulher por duas semanas e ainda assim ela não confessou. E sabe de uma coisa?" Ele riu. "No fim das contas, eles a colocaram na água. Sabe, para ver se ela flutuava. Porque uma bruxa, ela vai flutuar na superfície porque a água é pura e assim vai rejeitá-la... pelo menos é o que dizem. De qualquer forma, a pobre mulher afundou como uma pedra, foi assim, e no momento em que a puxaram de volta... enfim, ela não estava mais respirando. Então, acho que isso significa que torturaram e afogaram uma mulher inocente. Mas você ouviu alguém se desculpando? Tentando se redimir? Não, senhor, o magistrado voltou a Hartford naquele mesmo dia, tocando a vida como se nada tivesse acontecido."

Jacob balançou a cabeça. "Ora... isso não é engraçado. É apenas terrível."

"Acho que sim."

"Você não acha que este caso vai durar duas semanas, não é?", Jacob perguntou. "Não gosto muito de deixar minha Isabel sozinha por tanto tempo. Ela está de olho em nosso vizinho, Daniel. E não há como saber o que ela pode aprontar se eu ficar fora por tanto tempo."

Garret bufou. "Eis um dilema triste. Jacob, meu rapaz, talvez você devesse investir em um cinto de castidade para aquela lá." Garret riu, mas seu amigo não parecia compartilhar seu humor. "De qualquer forma, é difícil dizer quanto tempo. Depende se eles querem arrancar uma confissão dela ou apenas enforcá-la de uma vez. Mas, se quiserem uma confissão, depende de quão teimosa ela é. Quanta dor ela está disposta a suportar." Ele olhou para Abitha. "Ei, moça, faça um favor para nós, escute. Quando pedirem sua confissão, apenas diga sim. Certo? Poupe você mesma e nós de muita dor, é o melhor."

Abitha se virou, encarando a parede.

"Estou dizendo que vai acabar da mesma maneira, não importa."

Alguém bateu na porta. Eles estavam prontos à sua espera. Os guardas a levaram de volta para a sala principal.

A casa de reuniões estava cheia, todos os olhos sobre ela enquanto a levavam ao lugar. Um momento depois, os doze homens do júri entraram e se sentaram do outro lado da sala, de frente para Abitha.

O magistrado Watson entrou. O guarda puxou a cadeira e ele se sentou atrás da grande mesa, entre o reverendo Smith e o capitão Moore. O juiz recolocou a boina, depois levou um momento para tirar algo entre seus dentes antes de tomar o martelo e bater duas vezes. "O tribunal está em sessão." Ele olhou para o júri. "Temos um veredito?"

John Parker se ergueu, segurando um pequeno pedaço de pergaminho. "Temos."

O magistrado Watson assentiu e John trouxe o papel. O magistrado colocou seus óculos, revisou e entregou ao capitão.

O capitão Moore contornou a mesa e se pôs de pé diante da sala. Ele limpou a garganta e a sala ficou em silêncio. "Abitha Williams, você foi acusada de associação com o demônio, conspiração com um espírito familiar, prática de magia negra e influência diabólica sobre os inocentes. O júri, neste quatro de outubro de 1666, considera você culpada de todas as acusações."

Um murmúrio de satisfação fluiu pela multidão.

O capitão ergueu a mão e a massa se acalmou. Ele prosseguiu. "Abitha Williams, você trouxe sobre nós a Ira do Senhor. De acordo com a lei de Deus e a lei estabelecida por esta comunidade, você merece a morte e, como tal, é condenada à morte por enforcamento."

Abitha ouviu as palavras; vieram sem surpresa alguma. No entanto, ainda assim, o peso delas era mais do que podia suportar, e ela pensou que poderia desmaiar. Ela se sentiu entorpecida, como se nem mesmo estivesse na sala; sua visão se turvou e a comoção sobre ela se tornou abafada, soando muito distante. O estrondo do martelo a trouxe de volta. As pessoas estavam discutindo. Ela piscou. Sarah Carter estava de pé. Ela parecia angustiada e confusa.

O magistrado Watson bateu o martelo até que a sala voltasse à ordem. "Senhora Carter", disse o capitão Moore. "Por favor, venha para a frente." Sarah hesitou, olhando desesperada para o marido.

"Senhora Carter", disse o capitão outra vez, com mais força.

Sarah se aproximou da grande mesa e parou diante do magistrado.

O magistrado Watson entregou ao capitão Moore uma folha de pergaminho. O capitão a leu em voz alta. "Sarah Carter, com base no testemunho juramentado de seus pares e declarações feitas neste julgamento, incluindo os de sua própria filha, o tribunal encontrou evidências para acusá-la de auxiliar uma bruxa conhecida e familiar na corrupção de uma criança. Como você se declara?"

"*Não!*", o reverendo Carter se levantou e gritou. "Isso não está certo!"

Sarah balançou a cabeça. "Não... não! Eu não cometi tal ato!"

"Se você deseja me desacreditar, Cornelius Watson", gritou o reverendo Carter, "então o desafio a fazê-lo, mas pelo amor de Deus, não por tais meios dissimulados!"

A casa de reuniões explodiu em gritos e berros, com todos falando ao mesmo tempo.

O reverendo Carter se dirigiu ao juiz. Dois guardas o interceptaram, esforçando-se para segurá-lo.

"Se você tem motivos para me odiar", gritou o reverendo, "eu imploro. Não desconte na minha família!"

"Levem esse homem de uma vez!", gritou o magistrado Watson, apontando um dedo carnudo para o reverendo.

Os guardas lutaram contra o reverendo Carter, arrastando-o pelo corredor até a porta. Lá, o reverendo agarrou a guarnição e gritou: "O governador saberá disso, Cornelius! Farei um relatório completo! Preste atenção, você *será* responsabilizado!"

E ali, pela primeira vez durante todo o julgamento, a soberba do magistrado desapareceu e Abitha teve um vislumbre de dúvida em seu rosto.

Os guardas removeram o reverendo e o juiz bateu o martelo, continuando a bater até que, por fim, a sala se acalmou mais uma vez.

"Sarah Carter, como você se declara?"

Sarah encontrou os olhos do magistrado Watson. "Inocente. Eu sou *inocente!* Jamais permitiria que ferissem a minha filha. *Nunca!* Eu sou uma mulher devota... uma filha de Cristo, e sou *inocente!*"

O magistrado lhe lançou um olhar de pena e balançou a cabeça. "Sarah, ninguém aqui é perfeito. Todos nós pecamos. A acusação que recai sobre você não é bruxaria, mas ajudar uma bruxa e seu familiar. Há espaço para clemência do tribunal se você mostrar a contrição adequada. Se confessar aqui e agora o seu papel, o tribunal concordou em lhe prestar clemência. Você será poupada de um julgamento, poupada de mais interrogatórios. Mas isso pode acontecer apenas... *apenas* com sua boa e honesta confissão. Então, Sarah, por favor, tome um momento para considerar com cuidado. Os olhos do Senhor estão sobre você."

"Não preciso de um momento, sequer um segundo, pois minha resposta é honesta e verdadeira, e sempre será a mesma. Eu sou inocente dessas acusações!"

O magistrado Watson aparentava um sofrimento genuíno. "Você não me deixa escolha, pois é meu dever jurado proteger esta comunidade contra Satanás. Devo ordenar que você seja detida e interrogada até que possamos ter certeza de sua culpa ou inocência."

Ele recolheu seus papéis e se levantou. "Capitão Moore, você está autorizado a assumir a custódia de Sarah Carter e extrair dela a verdade por qualquer meio que julgar necessário. Você aceita essa responsabilidade?"

O capitão Moore dirigiu um olhar severo a Sarah. "Aceito."

O magistrado Watson bateu o martelo. "Esta sessão está encerrada. Esta questão deve ser resolvida por outros meios."

Abitha estava sentada na sala dos fundos da casa de reunião, dobrando as algemas de um lado para o outro sem pensar, com olhos fixos na parede, sem sentir nada. Depois de cerca de meia hora, ouviu um forte estrondo na porta, arrancando-a de seu transe.

"Eles estão prontos para ela", alguém chamou.

Serei enforcada aqui e agora?, Abitha se perguntou. *Tão rápido?* Ela tentou se estabilizar a fim de acalmar o pânico que crescia dentro de si.

Os dois guardas de Abitha, Jacob e Garret, ficaram de pé. Garret, que parecia ter resistido além de sua cota de dificuldades, se inclinou, colocando seu rosto coriáceo diretamente no dela. "Ouça bem. Bruxas e demônios, isso não me assusta muito. Já dei a volta ao mundo e vi por minha conta muitas assombrações reais. Eu lutei contra piratas por toda a costa, os iroqueses e franceses no Canadá, powhatans na Virgínia. Fui baleado, esfaqueado, flechado, amaldiçoado, queimado e torturado. Eu não gosto de puritanos e toda sua baboseira pretensiosa e, com certeza, não gosto de bruxas. Então, você fará o que eu digo e não fará nenhuma gracinha. Está entendido?"

Abitha assentiu.

"Ótimo." Garret a agarrou pelo braço, fazendo com que ficasse de pé, Jacob abriu a porta e eles a levaram de volta para a sala principal, onde Sarah esperava com um guarda de cada lado. O rosto de Sarah estava sem expressão alguma, como se estivesse em choque.

Os guardas escoltaram as duas mulheres para fora da casa de reunião. Abitha estremecia, lutando para não gritar enquanto pulava e mancava sobre a perna ferida.

Apesar de estar perto do anoitecer, uma pequena multidão permaneceu. Quando viram Abitha, começaram a andar, seguindo a mulher e os guardas enquanto seguiam pela estrada do rio.

A perna ferida de Abitha cedeu, fazendo com que tropeçasse e caísse. Ela caiu sobre o quadril e as mãos, as algemas se torceram e cortaram seu pulso. Ela gritou. Uma dor excruciante em sua perna.

"Levante-se", Garret rosnou, agarrando-a pelo braço e puxando-a de volta para cima.

Ela tentou andar, não conseguiu, sua perna ferida simplesmente incapaz de suportar seu peso, o que a fez cair outra vez. Garret soltou um xingamento e desta vez os dois guardas agarraram cada um deles um braço, levantando-a, quase arrastada.

Ainda que a multidão não zombasse ou provocasse, estava em seus rostos, em seus olhos, uma sede de sangue quase exultante. Ela não era mais um deles, não era sequer mais uma pessoa. Ela era uma bruxa condenada, um instrumento do demônio.

Eles se aproximaram do velho estábulo comum, dando a volta para a lateral, onde estava o curral.

Já havia algumas pessoas lá, alinhadas ao longo da cerca. A pequena multidão se juntou a eles e todos observaram conforme Garret removia as algemas dos pulsos de Abitha.

Um grande carvalho crescia do lado de fora da parede oposta do curral, seus galhos largos se projetavam sobre a cerca. Uma corda pendia de um dos galhos, com um saco pendurado na corda. Abitha não conseguiu discernir até que a levaram para o curral e ela entendeu do que se tratava.

"Booka!", sussurrou ela. "Ah, não!"

Haviam amarrado o gato em um saco e pendurado pelo pescoço. O gato estava morto. Restava ao menos aquela misericórdia, seu sofrimento havia terminado. Mas ela podia ver pela maneira como a língua do gato se projetava para fora de sua boca e seu único olho triste inchado, que não havia sido uma morte fácil.

"Esse é o seu gatinho, não é?", Garret disse. "Um verdadeiro lutador, esse aí, tiveram que espancá-lo para conseguir amarrá-lo. Então, essa criatura horrenda se contorceu tanto que pensei que iria se soltar. Levou muito tempo para morrer. Guinchava como um demônio o tempo todo. Eu seria o primeiro a dizer que era *mesmo* um demônio se estivesse inclinado a acreditar em tal baboseira."

"Ah, Booka", disse Abitha, caindo de joelhos.

"Ouvi dizer que você trouxe a besta miserável de volta dos mortos. Gostaria de ver você fazer isso agora. Vá em frente, tente sua sorte."

Booka, ela pensou. *Pobre gato infeliz.* E por pior que ela se sentisse, ela descobriu que ainda havia espaço para mais sofrimento.

"Sem feitiçaria hoje, não é?", Garret disse. "Foi o que pensei. Acredito que seus dias de bruxa chegaram ao fim."

Garret deixou Abitha deitada na terra e empurrou Sarah em direção ao grande carvalho. Foi quando Abitha percebeu que havia duas caixas recém-construídas, ou gaiolas, assentadas em ambos os lados do curral. Haviam sido feitas a partir de ripas estilhaçadas e madeira bruta. Ela tentou entender seu propósito, já que não podiam ser para ela e Sarah Carter — eram muito pequenas para uma pessoa.

Garret levantou a tampa de uma delas. "Tudo bem, entre aí."

Sarah recuou, olhando para a gaiola apertada, horrorizada.

"Você pode entrar ou podemos colocá-la aí dentro. A escolha é sua."

Sarah balançou a cabeça e deu mais um passo para trás.

Garret a empurrou para frente, derrubando-a. Ela caiu com força por cima da gaiola. Vários suspiros vieram dos espectadores, seguidos por alguns aplausos.

Garret agarrou Sarah pela nuca, colando seu rosto no dela. "Mais uma chance. Ponha esse seu traseiro pedante aí ou a jogaremos aí dentro. Entendeu?"

Sarah soltou um grito fraco, mas assentiu.

"Ótimo." Garret a soltou.

Sarah colocou as mãos na gaiola, ergueu uma perna e entrou. Ela teve que apoiar as pernas contra o peito para poder sentar.

"Agora, se você não quer ser atingida na cabeça, incline-se."

Sarah se agachou enquanto ele abaixava a tampa, mas ainda não era o suficiente. Ela teve que se inclinar até o ponto em que sua cabeça estava entre os joelhos.

Garret se sentou na tampa. "Pronto, agora está confortável o suficiente para você?" Ele engatou um pedaço de corrente ao redor da tampa e prendeu uma fechadura, trancou-a e guardou a chave no bolso. Ele olhou por entre as ripas. "Avise-me se houver algo que possa fazer para tornar sua estadia mais agradável."

Um torrão de estrume atingiu o chão na frente de Abitha, assustando-a. Ela olhou para a cerca e viu o jovem Cecil Cadwell sorrindo para ela. Ela o fitou com raiva em seus olhos, mas mesmo assim, ele pegou outro. "Bruxa", ele gritou e arremessou. Desta vez, acertou-a no ombro.

Abitha deixou escapar um grito horrorizado.

Cecil pegou outro torrão e Abitha olhou para os adultos, esperando que alguém pusesse um fim naquilo, mas encontrou apenas medo e ódio.

"Bruxa!", Cecil gritou e jogou o torrão, acertando Abitha na perna.

Dois dos amigos de Cecil se juntaram a ele, todos os três recolhendo torrões e jogando-os em Abitha.

Abitha não conseguia se levantar para fugir, não com sua perna ferida, apenas conseguia levantar as mãos, tentando bloquear o estrume. Os torrões a atingiram, um após o outro, um batendo na lateral de sua cabeça.

Abitha ganiu e olhou para os guardas, certa de que não permitiriam aquilo. Jacob, o jovem guarda, começou a avançar, mas Garret estendeu a mão e o segurou. Garret olhou-a nos olhos e deu a ela um sorriso malicioso.

Outro torrão atingiu Abitha, depois outro e outro. "*Parem!*", ela gritou.

"Prostituta de Satanás!", uma mulher gritou — era a Dona Dibble. "Você não nos atormentará mais!" Ela pegou um torrão e o jogou. Sua filha, Mary, se juntou a ela, então várias outras também o fizeram.

Abitha começou a rastejar em direção aos estábulos, mas virar as costas pareceu apenas encorajá-los. De repente, todos estavam jogando torrões de lama e esterco — homens, mulheres e crianças. Seus rostos se contorcendo em máscaras de raiva e ódio, parecendo monstros, olhos selvagens, bocas se revirando em rosnados perversos enquanto a alvejavam.

"Bruxa!", eles gritavam. "Prostituta de Satanás!"

Tudo o que Abitha podia fazer naquele momento era se agachar, cobrindo a cabeça com as mãos e os braços. Então algo atingiu suas costas, algo duro, não um torrão, mas uma pedra. Abitha gritou com força. Outra pedra atingiu sua mão, outra seu braço. Então, uma pedra atingiu a parte de trás de sua cabeça. A dor quase a cegou. Ela berrou, lutando para rastejar outra vez, mas se viu tonta, incapaz de enxergar com clareza.

"*Parem com isso!*", alguém gritou com uma voz estrondosa. "Parem com isso de uma vez!" O reverendo Carter estava atrás da multidão, seus olhos ardendo em direção a eles. "Ouçam-me, todos vocês. Aqueles que forem pegos afligindo essas mulheres passarão a noite no tronco. Estão me entendendo?"

Muitos na multidão pareciam intimidados, alguns até partiram, mas a maioria deles recebeu o reverendo com olhares evidentes de desprezo.

"Abram caminho", gritou o reverendo, chegando ao curral. Ele carregava algumas roupas de cama e uma cesta. Ele abriu o portão e foi em direção às mulheres.

"Não, senhor", disse Garret. "Ordens do capitão. Nada de roupa de cama, nem comida, nem visitantes até que ele diga o contrário."

"Mas minha esposa não come desde a manhã. Seja um bom cristão, permita-lhe apenas um pouco de pão. Eu imploro."

Garret se aproximou. "Reverendo, você não quer nos causar problemas." Ele repousou a mão no punho da espada. "Tenho ordens estritas para garantir que você, *você* em especial, não troque palavras com as prisioneiras. Agora, vire-se e volte para casa, antes que se encontre em uma caixa ao lado delas."

"Não", disse o reverendo Carter, com os olhos fixos sobre o guarda. "Estamos em Sutton e, fora daquele tribunal, eu sou a autoridade." O reverendo começou a passar, dando um passo antes que Garret o atingisse no peito, derrubando-o, a roupa de cama e a cesta caindo sobre a terra.

"Eu disse que temos ordens..."

O reverendo Carter saltou sobre o guarda, acertando-o com o joelho, rosnando enquanto o golpeava com socos fortes e poderosos.

Sarah gritou.

"Ah, meu Deus!", Abitha gritou.

Outros três guardas o acudiram. Um deles passou o braço em volta do pescoço do reverendo, arrancando-o de Garret.

Garret se levantou devagar, cuspiu um bocado de sangue e depois acertou o punho no estômago do reverendo, uma, duas, três vezes. O guarda o soltou e o reverendo caiu de joelhos, tossindo e engasgando.

Garret chutou o homem nas costelas, fazendo com que caísse de lado, depois chutou-o repetidas vezes.

"Parem!", gritou Sarah. "Por favor, por favor, parem com isso!"

Garret não obedeceu, não até que estivesse sem fôlego e o reverendo Carter estivesse gemendo no chão.

"Levem-no ao xerife", disse Garret, ofegante.

Dois dos guardas agarraram o reverendo e o arrastaram para longe dali.

"Norton", Garret chamou, limpando o sangue dos lábios. "Venha aqui." Um dos guardas, um grande idiota de olhos embotados com um pescoço grosso e ombros caídos, veio desajeitado. "Coloque a bruxa em sua gaiola. Acha que consegue fazer isso?"

"Ah, sim, senhor", disse Norton. "Pode apostar que sim." O homem falava de maneira lenta e desajeitada, como se tivesse dificuldade para encontrar as palavras, e Abitha supôs que ele poderia ser um pouco imbecilizado.

Norton agarrou Abitha pelo braço e a arrastou pelo curral. Abitha soltou um grito conforme sua perna torcia, mas o volumoso guarda não parecia se importar, nem pareceu notar quando a largou na frente da gaiola.

"Entre", ordenou Norton.

Abitha olhou horrorizada para a pequena gaiola, sabendo que não haveria como entrar sem dobrar a perna machucada.

"Entre."

Abitha segurou na gaiola, tentou se levantar, mas sua perna cedeu e ela caiu de volta com um grito.

O guarda parrudo a agarrou, batendo com uma mão em seu ombro, prendendo a outra entre suas pernas e levantando-a como se não pesasse nada, e depois a jogou na gaiola.

Abitha caiu com força, lutando para não gritar enquanto as tábuas estilhaçadas perfuravam sua pele.

Norton agarrou suas pernas e começou a posicioná-la, forçando seus joelhos contra seu peito. Abitha soltou um grito enquanto ele dobrava sua perna ruim, mas ele não parou, não até que ela estivesse inteira dentro da gaiola. Ele então deixou cair a tampa sobre ela, acertando-a na parte de trás da cabeça e forçando-a para dentro.

Garret veio e a trancou, depois caminhou até onde o reverendo havia deixado cair a cesta. Ele estendeu a mão e pegou um pãozinho, limpando a sujeira. Ele se aproximou da gaiola de Sarah, mostrando-lhe o pão. "Muito gentil da parte do seu marido nos trazer um lanche." Ele deu uma mordida. "Isso está muito bom! Você quem fez, Sarah?" Garret demorou, comendo o pãozinho inteiro, mastigando alto, lambendo os beiços. "Só para você saber, senhora Carter.

O capitão virá visitá-la esta noite. Ele pedirá sua confissão. O capitão é um homem muito persuasivo, se é que me entende. Agora, se eu fosse você, pararia um pouco e consideraria o que você poderia dizer a ele para evitar tanto sofrimento desnecessário."

Garret se afastou, juntando-se aos outros guardas perto do portão onde estavam começando uma pequena fogueira.

A multidão demorou um pouco, mas depois de um tempo se cansou de ver duas mulheres suando em suas gaiolas e a maioria deles começou a ir embora.

A perna ferida de Abitha latejava. Ela tentou se realocar em qualquer posição para aliviar um pouco da pressão, mas achou quase impossível até mesmo se mover em seu confinamento. E mesmo depois do pôr-do-sol, a noite permaneceu quente e úmida, especialmente para alguém tão apertada dentro de uma gaiola. O suor escorria por suas costas, por seu rosto, ardendo seus olhos. O cheiro de estrume enchia suas narinas. Sua cabeça doía e ela se sentia tonta, continuava desmaiando. Ela tocou o galo na parte de trás da cabeça, onde a pedra a havia atingido, e sua mão saiu ensanguentada.

Sarah começou a chorar. Abitha podia ver seus dedos segurando as tábuas. Abitha olhou para o gato, seu único olho esbugalhado olhando sem cessar para nada. Suas próprias lágrimas começaram a escorrer naquele momento, e ela se virou.

"Samson", ela sussurrou. "Você está aí? Está me ouvindo?" Ela deslizou a mão pelas tábuas inferiores, pressionando a palma da mão contra o chão. "Samson", ela sussurrou. "Samson, eu imploro, venha a mim. Posso lhe dar o que quiser. O que precisar. Apenas me tire daqui."

Ela fechou os olhos, começou a cantarolar baixinho, tentando se unir com a terra, com a serpente, com Samson.

"Por favor, me escute."

Ela não sentiu pulso, nem magia, nem resposta, nem da terra ou de dentro de seu próprio coração. Nada. Era como se parte dela houvesse morrido.

Ela enfiou a mão no avental, procurando a corrente de tranças e, por um momento horrível, pensou que a houvesse perdido. Ela soltou um suspiro de alívio quando seus dedos encontraram a suavidade reconfortante do cabelo. Ela retirou as tranças, segurando-as contra o peito. "Mãe", ela sussurrou, pressionando as tranças nos lábios e no nariz. "Mãe, ouça-me. Por favor, escute minha voz. Mãe..."

"O que você tem aí?"

Abitha se sobressaltou, batendo a cabeça contra as tábuas. Garret estava olhando para ela.

Abitha tentou esconder o talismã, mas Garret enfiou a mão pelas tábuas e a segurou pelo pulso, torcendo-o dolorosamente, revelando as tranças. Ele as agarrou com a outra mão e tentou arrancá-las dela.

"Não!" Abitha rosnou. "É meu!" Ela sentiu as tranças escorregando e rasgando, então o mordeu, cravando seus dentes o mais forte que podia sobre o polegar do homem.

Garret soltou um grito, mas não cedeu.

Algo duro atingiu Abitha na lateral da cabeça. Houve um clarão ofuscante de dor, fazendo-a desmaiar, e ela sentiu as tranças escaparem de seu alcance. "Não!"

"O que é isso?", Norton perguntou. Ele estava ao lado de Garret, com um pequeno bastão de madeira na mão, os dois olhando para a trança de cabelo.

Garret ergueu a corrente de tranças, olhando para o alfinete de serpente com pleno desgosto. "Feitiçaria!"

"Por favor", implorou Abitha. "Não é nada além de uma trança de cabelo. É tudo o que me resta neste mundo. Não faz mal a ninguém. Por favor, permita que guarde comigo. *Por favor!*"

Garret limpou o sangue do polegar, cuspiu nela, caminhou até a fogueira e o arremessou.

"*NÃO!*", Abitha gritou. "*Não! Não! Não!*" Seu grito se transformou em um lamento enquanto observava as tranças, de sua mãe, de todas as suas mães, incendiarem e arderem. O fogo escureceu, com uma fumaça avermelhada subindo das chamas, então no momento seguinte, tanto o cabelo quanto a fumaça não existiam mais.

"Mãe", ela sussurrou entre soluços. "Mãe." Não havia cheiro de lavanda e sálvia, nenhuma sensação de sua presença. "Por favor... não me deixe."

CAPÍTULO 12

Floresta se deitava enrolado sobre o próprio corpo no interior de uma pequena fenda entre as pedras enegrecidas da antiga Pawpaw. Ele podia sentir o pulso fraco da muda através das rochas, sentindo que enfraquecia dia a após dia.

"Sinto muito", ele sussurrou para a muda. "Eu falhei. "

Ele ouviu um chocalhar de pequenas pedras e soube quem era. "Deixem-me em paz", ele rosnou. Eles não o obedecerem; ao invés disso, Céu e Riacho começaram a arranhar e tatear o amontoado de paus e pedras que Floresta havia empilhado em uma triste tentativa de construir uma barricada na abertura de seu esconderijo.

Ele podia sentir sua inquietação.

Estou farto deles, pensou. *Farto de tudo isso. Nosso tempo chegou ao fim. É o tempo dos humanos agora.*

Seguiu-se uma enxurrada furiosa de bicadas e arranhões. Os paus e pedras desmoronaram para dentro e a luz do dia invadiu o interior, fazendo com que Floresta protegesse seus olhos.

"Vocês estão perdendo o seu..." Floresta aos poucos parou enquanto lia as terríveis notícias em seus rostos.

"Não! Ele não fez isso. Os pequots. Por quê?" Mas Floresta sabia o porquê. "Aquele idiota! Aquele tolo, imbecil. Por que ele nunca escuta?"

Floresta emergiu do buraco, olhou para a muda, na esperança de encontrar uma fruta pendurada em seus galhos, mesmo que fosse apenas um botão. Ao contrário, para seu horror, a pequena árvore estava murcha, quase todas as suas folhas já caídas. Ele soltou um longo gemido, o som de uma alma que abria mão de toda esperança.

"Sim, sei que ele encontrará o homem mágico ou devo dizer que o homem mágico irá encontrá-lo. De qualquer forma, aquele demônio Mamunappeht o prenderá de volta ao crânio, tenho certeza disso." Céu balançou a cabeça com tristeza. "Acabou, vocês dois não conseguem ver isso?"

Ele viu o que estavam pedindo a ele, sabia o que queriam.

"Não, não podemos trazê-lo de volta." Ele apontou para a árvore. "Não temos frutos. Não temos magia. Estamos muito fracos. Vocês dois sabem disso."

"Mas não há outra saída. O que querem que eu faça? Entre no covil de Mamunappeht e roube o crânio do Pai?"

Então, Floresta compreendeu que era o que de fato queriam. "Não, não, não", ele resmungou. "Se ele capturou o Pai, então ele sabe sobre nós. Ele colocará armadilhas em todos os cantos. Estaríamos nos entregando a ele, a um destino pior do que qualquer morte. Não estamos falando de um xamã comum, este é um demônio poderoso!"

Riacho e Céu estalavam os dentes com raiva.

"Tantos questionamentos. E sequer sabemos *se* o Pai é capaz de matar Mamunappeht!"

Eles começaram a correr ao redor da muda, forçando Floresta a encarar a verdade, a única que importava — a árvore estava *morrendo*.

Floresta gemeu, rastejou e deu à muda um último olhar melancólico, depois se dirigiu ao norte, em direção à vila dos pequots, seguido por Céu e Riacho.

Alguém chutou a gaiola de Abitha, arrancando-a de seu estupor. Ela piscou. Os guardas haviam acendido tochas e as colocaram ao redor do curral. Abitha não tinha ideia de que horas seriam, mas era noite. Ela continuava perdendo e retomando a consciência, as cãibras musculares intensas, a dor em sua perna e a umidade sufocante impedindo que dormisse. Suas roupas estavam encharcadas de suor e agarradas à sua pele, mas, no momento, era sua enorme sede que mais a atormentava. Ela não havia bebido nada desde que o xerife lhe dera chá na manhã anterior.

Ela ouviu vozes se aproximando, olhou para fora de sua gaiola apertada e viu o capitão Moore entrando no curral. Dois guardas o seguiam, carregando uma pequena mesa e uma cadeira. Eles as colocaram no centro do curral.

O capitão carregava uma bolsa, que deixou cair sobre a mesa. O conteúdo tilintou, soando como ferramentas e facas e Deus sabia o que mais. Ele removeu a jaqueta e se sentou na cadeira. “Garret, traga Sarah.”

“Sim, senhor”, disse Garret, e tanto ele quanto o guarda grandalhão, Norton, caminharam até a gaiola de Sarah. Garret pegou a chave, destrancou a corrente e levantou a tampa.

“Saia”, ordenou Garret.

Sarah se levantou com lentidão, estremecendo enquanto tentava se endireitar. Ela parecia atordoada, o rosto exaurido, os lábios ressecados, as roupas escuras de suor. Ela havia perdido sua boina e seu cabelo loiro curto estava emaranhado sobre o crânio. Ela agarrou a tampa para evitar uma queda enquanto saía da gaiola.

Os guardas a aguilhoaram em direção ao capitão e, como ela não se movia depressa o suficiente, Garret deu um empurrão. Sarah tropeçou, mas conseguiu não cair, cambaleou e ficou diante do capitão, lutando para se manter de pé.

O capitão Moore despejou água em um copo e entregou a ela. Ela olhou com cautela.

“Tome.”

Ela o fez, bebendo com voracidade.

Houve uma movimentação ao longo da cerca e Abitha percebeu que vários homens da vila haviam seguido o capitão até aqui. Ansel Fitch e o oficial Harlow estavam entre eles, seus rostos deixavam poucas dúvidas de que vinham na esperança de assistir a um bom espetáculo.

"Sarah Carter, você foi acusada de ajudar uma bruxa e seu familiar. Há evidências esmagadoras de sua culpa. No entanto, devido à sua posição na comunidade, o magistrado Watson mostrou grande clemência. Ele não a condenou... *ainda.* Ele lhe deu tempo para considerar o que você fez e fazer a coisa certa diante dos bons cidadãos de Sutton. Se você der o testemunho e a confissão de seu envolvimento, você será libertada desta gaiola... você será poupada do interrogatório. Seu crime acarretará uma sentença de um ano na prisão de Hartford, nada mais. Se, por outro lado, você optar por mentir para o tribunal e, assim, alinhar-se com Satanás, então, amanhã mesmo, você será enforcada ao lado da bruxa. Você compreende a situação?"

Sarah ergueu a cabeça. "Entendo que sou inocente dessas acusações. Culpada apenas de tentar ajudar minha filha em seu momento de necessidade. Entendo que meu único juiz é Deus, que Ele vê o que há em meu coração e sabe que sou inocente."

O capitão Moore deixou escapar um suspiro longo e alto. Ele tomou um gole de água, depois enfiou a mão na bolsa e retirou um pacote embrulhado em pano. Ele o colocou sobre a mesa e o desenrolou, revelando uma variedade de facas serrilhadas e agulhas longas.

Os olhos de Sarah cravaram nas facas e ela começou a tremer.

"Há outras maneiras, testadas e comprovadas, de descobrir se alguém possuiu aliança com Satanás. Eu preferiria uma simples confissão, mas se nenhuma vier à tona, então você me deixa sem opções." Ele passou os dedos pelas ferramentas, parando em uma lâmina fina com um ponta em gancho irregular em sua extremidade. Ele a pegou, se levantou e caminhou até Sarah. Ele estendeu o instrumento para que Sarah pudesse dar uma boa olhada nele.

"Sarah, os caçadores de bruxas orientam a busca de uma marca no corpo... uma marca demoníaca. E se tais marcas forem encontradas, a mesma deve ser cortada e perfurada para ver se a marca sangra, para descobrir se a marca está viva ou adormecida. Este pode ser um procedimento muito doloroso. Antes de sujeitá-la a tal sofrimento, perguntarei outra vez. Sarah Carter, você ajudou uma bruxa e seu familiar?"

"Eu sou inocente", disse ela, com a voz trêmula.

"Muito bem. Garret, Norton, vocês sabem o que fazer."

"Sim, capitão", Garret respondeu, com um sorriso sórdido se formando no canto da boca.

Norton agarrou um braço e a segurou enquanto Garret se aproximou por trás, começando a desatar seu corpete.

"Não", Sarah protestou, tentando se virar. "Por favor, não."

Garret agarrou um punhado de seu cabelo, deu um puxão forte, inclinando sua cabeça para trás. Ele pressionou os lábios ao lado da orelha de Sarah. "Comporte-se, obedeça às ordens e isso será muito mais fácil para você. Está me entendendo?"

Sarah fechou os olhos, assentiu e Garret a soltou. Ele tirou o corpete dela, depois agarrou a blusa dela, puxando-a pela cabeça, deixando-a exposta.

Sarah cobriu os seios com os braços. Ela apertava os olhos, como se tentasse se desvencilhar do que estava acontecendo com ela.

"Jacob", ordenou Garret. "Junte essas tochas aqui."

"Sim, senhor."

"Pronto, segure-as para que possamos ver melhor."

O guarda mais jovem fez o que lhe foi ordenado. A chama não deixava uma sombra para que Sarah escondesse sua modéstia.

Garret começou a examiná-la, começando pelas costas, espetando e cutucando com os dedos grossos em sua carne, subindo pela coluna, procurando por inchaços, pintas, verrugas, sinais de nascença e quaisquer outras marcas peculiares. Ele vasculhou seu pescoço, garganta, atrás de suas orelhas, através de seus cabelos. "Abra a boca e coloque a língua para fora, moça."

Sarah obedeceu e ele enfiou seus dedos sujos na boca dela, debaixo da língua.

"Levante os braços", disse Garret. "Mais alto, acima da sua cabeça."

Sarah fitou-o com medo. Ela olhou de relance para todos os guardas cujos olhares estavam voltados para ela, para os rostos alinhados na cerca. Os bons cidadãos de Sutton não estavam com um olhar de malícia escancarado, mas quase isso; havia pouca dúvida de que esse era exatamente o tipo de espetáculo que eles esperavam ver.

Quando Sarah não ergueu os braços, Garret bateu com os nós dos dedos entre suas costelas.

Ela soltou um grito.

"Tem muito mais de onde veio esse", rosnou Garret. "Agora, braços para cima."

O capitão Moore observava, impassível, enquanto girava a lâmina com gancho entre os dedos.

Sarah ergueu lentamente os braços, expondo os seios aos guardas, ao capitão, ao bom e devoto povo de Sutton.

"Assim está melhor", disse Garret, olhando para o peito dela. Ele agarrou um dos seios e o puxou para cima, depois para a esquerda e para a direita, depois foi ao outro, em busca de marcas. Então, ele a examinou sob os braços, cutucando com os dedos, fazendo Sarah estremecer. Garret agarrou o topo de sua saia e a puxou para baixo. Ela deslizou por suas pernas, amontoando-se ao redor de seus tornozelos, deixando-a totalmente exposta.

Sarah segurou as lágrimas durante todo o tempo, mas agora começava a chorar.

"Ah, pare com essa choradeira", disse Garret. "Todos nós já vimos essas coisas antes. Você não tem nada de especial." Ele se abaixou na direção de um dos joelhos e começou a examinar e vasculhar cada centímetro dela, até os pés. Ao terminar, ele se levantou e se dirigiu ao capitão.

"Três. Ela tem três marcas." Ele cutucou a lateral do seio esquerdo de forma brusca. "Veja essa mancha escura. Talvez seja a teta do demônio. Talvez seja só uma pinta. Não cabe a mim decidir." Ele deu um tapa no interior da coxa. "Algum tipo de marca aqui. E aqui." Ele a girou e bateu no que parecia ser nada mais do que uma mancha de nascença nas costas dela, logo abaixo de sua omoplata. "Esta aqui. Esta me parece suspeita."

"Sim", concordou o capitão Moore, segurando a lâmina pontiaguda. "Vejo bem. Vamos começar com essa então. Segurem-na."

Sarah deu um passo para trás, horrorizada. Os dois guardas a pegaram, prendendo-a entre eles. "Está bem presa, capitão."

O capitão Moore pegou a faca e a enfiou no centro da marca de nascença, perfurando bem abaixo da pele. Sarah soltou um grito, mas o capitão não parou. Ele torceu o gancho de um lado para outro, fazendo-a gritar. Apenas quando um fluxo constante de sangue começou a escorrer por suas costas, ele parou.

Sarah despencou e, se não fosse pelos guardas que a sustentavam, teria desmaiado.

"Acho que não é essa, não é, capitão?"

"Não. Tenho que ser minucioso, caso seja algum tipo de feitiçaria."

"Claro, capitão."

O capitão Moore percorreu o corpo de Sarah, do sinal na lateral do peito até a marca na parte interna da coxa. Cada marca teve sua parcela de gritos e sangue. Frustrado, o capitão desistiu enfim. Ele removeu a lâmina da pele de Sarah e acenou com a cabeça para os guardas. "Basta por enquanto."

Os guardas soltaram Sarah e ela desabou no chão, soluçando.

O capitão limpou o sangue da lâmina e a recolocou entre os outros instrumentos. "Você pode se vestir, Sarah."

Abitha se viu tremendo, agarrando-se com força às tábuas de sua gaiola. Ela olhou para o pequeno grupo de homens na cerca, encarando e trocando sussurros animados enquanto Sarah lutava para colocar sua saia e blusa de volta. E, em meio à raiva, Abitha encontrou sua voz. "Deus está vendo vocês!", ela gritou, com a voz rachando. Ela notou seus olhares de culpa. "Deus está vendo seus olhares lascivos, está vendo seus pensamentos libidinosos. Deus está julgando cada um de vocês agora!"

"Silêncio, bruxa!", Ansel gritou. "Quem é você para falar de Deus?"

Alguns dos homens desviaram o olhar, inquietos, mas nenhum deles saiu dali.

"Sarah", disse o capitão Moore, "parece que não fizemos nenhum progresso esta noite. Muito sofrimento por nada. Por favor, vamos acabar com esse tormento. Apenas uma palavra sua. O que me diz, Sarah? Você auxiliou o demônio?"

Sarah encontrou os olhos do capitão. "Não, eu sou uma boa mulher cristã e sirvo apenas a Deus." Ela olhou para a cerca, para os rostos que estavam ali. "Ouçam-me, todos vocês. Eu sirvo a Deus. Apenas a *Deus!*"

O capitão acenou com a cabeça para os guardas e eles a arrastaram de volta para sua gaiola, trancando-a. Ele então pegou seu casaco e sua bolsa. "Sarah Carter, sua vida está em suas próprias mãos agora. Você tem apenas até amanhã para confessar e suplicar sua redenção. Desejo a todos uma boa noite." E com isso ele deixou o curral.

Floresta, Céu e Riacho estavam no alto de uma colina, vigiando a aldeia pequot enquanto o sol começava a nascer aos poucos. Eles não queriam ser vistos, então não eram, mas sabiam que tais truques eram inúteis contra o xamã.

Riacho e Céu apontaram para o penhasco.

Floresta conseguiu discernir uma caverna e nada mais. Ele sentiu um calafrio e olhou para seus companheiros, de esguelha, tentando não pensar em seu destino se o xamã demoníaco os pegasse. Ele não sabia quantos mais do povo selvagem restavam no mundo, ansiando que houvesse alguns grupos deles espalhados aqui e ali pela terra. Eles costumavam chamar uns aos outros, enviando canções suaves, meros sussurros na brisa, o vento leve carregando a música por léguas. Porém, não mais, pois o xamã poderia ouvir e vir atrás deles.

Mãe Terra, errei com você e errei com o Pai. Ainda assim, imploro que você não deixe meus erros impedi-la de ajudar o Pai, de salvar o povo selvagem. Permita-me uma oportunidade de redenção. Por favor, Mãe Terra, nós somos os últimos, não nos abandone.

Floresta olhou para a aldeia, para os pequot indo de um lado a outro, e soltou um longo suspiro. "Estão prontos?"

Céu e Riacho não pareciam prontos, mas ambos assentiram. "Muito bem."

Céu e Riacho se deixaram ver e decolaram, voando e nadando pelo ar. Eles desceram para a aldeia, começando a sobrevoar ao redor das cabanas. Não demorou muito para que os gritos e berros das pessoas ecoassem pelo vale. Floresta não prestava atenção, seu foco era a caverna.

Mamunappeht apareceu, viu os espíritos e voltou para a caverna, retornando um momento depois com um saco e uma vara longa. Havia uma rede na ponta da vara.

Riacho e Céu também o viram e partiram em direção à floresta.

O xamã desceu pela borda íngreme e desapareceu nas árvores atrás deles.

Floresta partiu em direção à caverna. Ele não tinha ideia de quanto tempo teria. Mamunappeht poderia capturar os dois espíritos na primeira oportunidade, talvez sequer os capturasse. De qualquer forma, Floresta não se deixava iludir: estava entrando em uma armadilha e, se não conseguisse libertar o Pai, nunca mais sairia dali.

"Você é astuto, demônio", sibilou Floresta. "Mas não tanto quanto pensa. Ainda restam alguns truques que você não conhece." Floresta sorriu com ferocidade, exibindo todos os seus pequenos dentes semelhantes a agulhas.

O sol nascia lentamente, trazendo consigo o calor opressivo, e Abitha caía e ressurgia de um torpor sufocante. O clima excepcionalmente quente se recusava a abrandar e tudo era um delírio febril de câibras, dor, sede e fome. Por vezes, ela notava as pessoas olhando por trás da cerca. Em um momento, Wallace estava lá, regozijando-se, mas era difícil afirmar se ele era real ou um sonho, pois também havia visto Edward e sua mãe; até mesmo seu pai fez uma aparição. Mas não Samson, nunca Samson, não importava quantas vezes sussurrasse seu nome.

Abitha foi atingida por uma onda de frio. Demorou um momento para entender que havia sido encharcada com um balde de água — uma água fria e maravilhosa. Um grito fraco escapou de sua garganta ressecada e ela começou a lamber as gotículas de suas mãos e braços, sugando-a de sua blusa e cabelo.

Ouviu um estrondo quando Garret destrancou a corrente e levantou a tampa. "É o seu grande dia, bruxa", disse ele. "É hora do seu espetáculo." Ele acenou com a cabeça para Norton e o enorme guarda agarrou a lateral da gaiola e a virou, despejando Abitha.

Ela soltou um uivo, sentindo como se seus tendões houvessem sido arrancados dos ossos pelo solavanco. Ela estava deitada de lado, cravando as unhas na terra macia, tentando suportar a dor, tentando não gritar.

Eles a deixaram lá e, depois de um tempo, Abitha conseguiu se sentar, cerrando os dentes enquanto se esforçava para alongar o pescoço e as costas. Ela não conseguia mais sentir as pernas e tinha certeza de que também não podia mais movê-las. Começou a esfregá-las, tentando fazer o sangue fluir, tentando aos poucos endireitá-las.

Por volta do meio-dia, começaram a chegar os homens, as mulheres e as crianças de Sutton. Logo, todos os lugares ao longo da cerca do curral foram ocupados. Fora algumas crianças que riam e corriam, as pessoas falavam com discrição entre si, seus rostos cheios de expectativas. Abitha não podia fazer nada além de ficar sentada na terra, em seus trapos imundos, toda a aldeia olhando para ela.

O capitão Moore chegou, inspecionando brevemente o curral e os guardas. Abitha observou um dos guardas testando a corda, agarrando o laço e levantando o próprio corpo para ver se suportaria o peso. Funcionou.

Uma mesa foi trazida, além de duas cadeiras, montadas de frente para a corda. Outra cadeira foi trazida e colocada sob o laço.

Garret e Norton retiraram Sarah de sua gaiola. Sua blusa estava manchada de sangue ressecado. Abitha olhou nos olhos de Sarah, mas não havia nada entre elas além de tristeza e desesperança. Eles arrastaram Sarah pelo curral e a sentaram na cadeira. Ela não olhou para o laço, não o faria, apenas olhou para os próprios pés.

"Abram caminho!", alguém gritou, e a multidão mais próxima do portão se abriu. Os guardas correram para abrir o portão e entrou o magistrado Watson, carregando uma Bíblia, seu rosto roliço cor-de-rosa e suado. O reverendo Collins e o reverendo Smith seguiam o juiz. Porém, Abitha não viu nenhum sinal do reverendo Carter.

O juiz afastou o capitão para longe dos ministros. Ele falou em um tom abafado, mas Abitha conseguiu decifrar uma parte.

"Ainda nenhuma confissão?", perguntou o magistrado.

O capitão Moore olhou de relance para Sarah. "Nada. A mulher é inabalável."

O juiz parecia profundamente incomodado. "O reverendo Carter não é o tipo de homem que deixa os assuntos esmorecerem. Ele *cumprirá* sua ameaça de levar isso ao governador. Estamos falando da esposa de um ministro respeitado aqui, capitão. Pense em como será se não conseguirmos essa confissão." O juiz passou a mão sobre a boca. "O governador pedirá uma investigação completa, tenho certeza. Nos últimos tempos, ele cismou de resolver tais assuntos com as próprias mãos." O juiz balançou a cabeça. "Talvez tenhamos ido longe demais, mas devemos resolver isso agora... *devemos* obter sua confissão."

O capitão examinou Sarah e franziu a testa. "Ainda há maneiras, senhor. Mas não são maneiras fáceis." O capitão Moore baixou a voz, comentou algum detalhe, mas Abitha não pôde ouvir nada daquilo.

O magistrado Watson bateu no ombro do capitão. "Espero de que não chegue a isso... mas veremos o que acontece."

Um guarda entrou carregando a grande cadeira ornamentada do magistrado, colocando-a à mesa. O juiz largou a Bíblia e deixou o corpo cair na cadeira. Ele convidou os dois ministros a se sentarem a seu lado.

O magistrado colocou seus óculos e demorou um momento para organizar alguns papéis. Por fim, ele ergueu os olhos e observou as duas mulheres, sem fazer qualquer esforço para esconder seu desgosto. "Bem, de fato elas parecem arrasadas." Ele balançou a cabeça. "Reverendo Smith, você poderia nos fazer o favor de conduzir uma oração?"

O reverendo assentiu e se levantou. Ele pediu a todos que baixassem a cabeça e fez uma breve oração.

Os guardas tomaram posição ao lado das duas mulheres.

"Sarah Carter", exclamou o magistrado Watson, falando para que todos pudessem ouvir. "Você está diante de nós acusada de ajudar uma bruxa conhecida e seu familiar na corrupção de uma criança. Uma acusação severa que acarreta uma punição severa. Mas ainda há esperança para você." Ele a perscrutou. "Se você apenas admitir sua participação, o tribunal, em sua misericórdia, encontrou espaço para lhe conceder um indulto. Precisamos apenas da sua confissão e do seu juramento de nunca mais se envolver com bruxaria. Se você puder nos mostrar a contrição adequada, um desejo genuíno de proteger esta comunidade da influência maligna de Satanás, você será poupada. Sarah Carter... deseja confessar agora?"

A multidão se aquietou, nem um som, como se ninguém sequer ousasse respirar.

Sarah se levantou. Ela parecia assustada, suas mãos tremiam, mas ainda assim olhou nos olhos do magistrado. "Senhor, eu... Não posso confessar um crime que não cometi. Peço-lhe que entenda que fazê-lo seria condenar minha alma à perdição."

Um murmúrio percorreu a multidão.

O magistrado Watson franziu a testa. "Sarah", disse ele, sua voz assumiu um tom grave, pressionando. "Olhe para aquele laço. Se você não confessar, não terei outra escolha a não ser acusá-la de mentir à corte para proteger uma bruxa conhecida e, assim, integrar um pacto com o demônio. Tal acusação é acompanhada de uma sentença de morte. Esta será sua última chance. Você... *confessa*?"

"Confesso apenas o meu amor e fé no bom Deus que está no céu."

O rosto do magistrado ficou vermelho. "*Confesse*, Sarah Carter." Sarah apenas seguiu olhando para ele.

"*Confesse!*", ele ordenou, saliva voava de seus lábios.

Sarah balançou a cabeça devagar.

O magistrado Watson bateu a palma da mão sobre a Bíblia. "Há outros meios!" Seus olhos se voltaram para Abitha. "Capitão, cuide da bruxa."

Abitha se encolheu.

O capitão Moore se aproximou, quase como se a cena fosse ensaiada. "Abitha", disse o capitão, falando de maneira lenta e deliberada. "*Você*... foi considerada *culpada* de bruxaria e condenada à morte. Para isso, não há indulto. Mas... Gostaria de lhe oferecer uma escolha... uma morte rápida e misericordiosa ou uma morte lenta... e *cruel*." Ele a examinou. "Decidi que você deve ser pendurada pelos tornozelos até a morte. Como você pode imaginar, esta não é uma maneira pacífica de morrer. O condenado pode permanecer por dias enquanto o sangue se acumula no cérebro, até que a pressão se torna insuportável e a dor excruciante. Já vi prisioneiros gritarem às raias da loucura. Você pode evitar isso, você pode escolher ter seu pescoço quebrado rapidamente, uma morte quase instantânea. Está em meu poder conceder tal misericórdia. Gostaria apenas de pedir uma coisinha em troca."

A multidão esperou em silêncio, mas Abitha sabia o que estava por vir.

"Que você demonstre algum remorso, aliando-se ao Senhor e aos cidadãos de bem de Connecticut. Declare, de modo claro e direto perante todos... que esta mulher, Sarah Carter, *de fato* auxiliou você e seu diabrete. Apenas isso."

"Não!", gritou Sarah. Ela foi em direção a Abitha, mas os guardas a agarraram e seguraram. "Abitha, pelo amor de Deus, não faça isso. Não me condene assim! Por favor! Eu imploro!"

O capitão Moore deu um passo à frente e enfiou o punho no estômago de Sarah, o que fez com que ela se dobrasse. Os guardas a jogaram na terra, onde caiu ofegante e gemendo.

"Abitha", disse o magistrado Watson. "Você tem essa última chance de se poupar de tanto sofrimento desnecessário. O que nos diz?"

Abitha respirou fundo. *Uma coisa tão simples de se dizer,* ela pensou. Só que não. Se não dissesse nada, Sarah morreria martirizada, seu nome ainda respeitado, sua morte como uma mácula no rosto de toda Connecticut. Se, por outro lado, ela a acusasse, o nome de Sarah seria manchado para sempre, e seu marido e sua filha pagariam o preço, e só Deus sabia quem seria a próxima depois delas.

Abitha notou o magistrado Watson apertando as mãos com ansiedade. Ela entendeu seu desespero, a pressão sob a qual ele estava, mas então viu outro rosto, ali na multidão, o de Wallace, e o que a surpreendeu foi que Wallace também parecia nervoso e aflito. Ela se perguntava por que estaria assim quando deveria estar se gabando. Então, ela entendeu, quase rindo de como era óbvio. Uma mulher puritana honrada, esposa de um ministro, estava prestes a ser enforcada por causa de Wallace. Uma mulher que prefere ser estrangulada até a morte a confessar uma mentira, e isso tinha sua importância. Tal coisa não cairia bem para Wallace ou o juiz. Mas especialmente para Wallace, pois sempre haveria aqueles que duvidaram dele, que conheciam sua dissimulação. *Poderiam não colocar minha morte em sua conta, Wallace Williams, mas por Deus, colocariam a de Sarah, uma mulher apenas culpada de tentar salvar sua filha.*

"Abitha Williams", clamou o magistrado. "Aguardamos a sua resposta."

Abitha mal ouviu; ainda estava olhando para Wallace. *Ele está rezando?* Ela podia ver suas mãos entrelaçadas, seus lábios se movendo de forma quase imperceptível. *Veja só, ele está rezando.* Seus olhares se cruzaram e, naquele segundo, ela lhe deu um sorriso cruel. *Não, Wallace, não atenderei as suas orações.*

"Abitha, perguntarei apenas uma vez..."

Abitha virou seu sorriso, aquele sorriso feroz e perverso, para o magistrado. "Não foi Sarah Carter quem ajudou o demônio, bom senhor. Não. Foi aquele homem bem ali!" Ela apontou para Wallace. "Foi a sua ganância que trouxe o demônio para nossa comunidade, com suas artimanhas e atos descontrolados. Diga a eles, Wallace Williams!", gritou ela. "Diga-lhes como você enganou todos eles com suas mentiras, como você fez um pacto com o demônio para que pudesse tomar a terra de Edward!"

Sussurros nervosos provocaram um alvoroço na multidão. Wallace empalideceu, como se, de repente, fosse ele que estivesse prestes a ser enforcado.

"Pergunto quem aqui não está ciente de seus modos dissimulados? Quem..."

"Calem a boca dela!", berrou o magistrado Watson.

O capitão Moore enfiou a bota no abdômen de Abitha, chutando todo o ar para fora de seus pulmões.

Abitha ficou em posição fetal, ofegando e segurando seu peito.

O rosto do magistrado Watson ficou ainda mais vermelho. "Satanás não vencerá este dia. Capitão, uma palavra."

Os dois iniciaram uma intensa discussão. O magistrado indicou sua aprovação para algo e o capitão Moore se afastou às pressas. Ele recrutou alguns homens da multidão e desapareceu nos estábulos, deixando todos imaginando o que estava acontecendo. Os homens voltaram alguns momentos depois carregando uma velha porta de madeira.

Jesus, Abitha se perguntou, *o que acontece agora?*

Sob as ordens do capitão, dois guardas agarraram Sarah, arrastaram-na para o meio do curral e forçaram-na a cair de costas. Os homens então colocaram a pesada porta de tábuas em cima dela, prendendo-a no chão, deixando apenas a cabeça visível.

Os olhos de Sarah corriam de um lado para outro, confusos e horrorizados.

O magistrado Watson se aproximou, olhando para ela. "Confesse, Sarah. Você deve confessar. É a única maneira de manter Satanás longe daqui. Não me importa quanto tempo leve. Você *confessará*."

"Onde está meu marido?", gritou Sarah. "Thomas? *Thomas!*"

"Seu marido está no tronco. Se quiser vê-lo, basta confessar. Faça isso agora e eu mesmo a levarei até ele."

"Não. Não. *Não!*"

Um pequeno muro de pedras se erguia de um lado dos estábulos. O juiz acenou com a cabeça para os homens que aguardavam lá, que então removeram algumas das pedras maiores e as carregaram.

"Começaremos com seis", disse o magistrado.

Com cuidado, os homens colocaram seis das pedras pesadas sobre a porta.

Sarah soltou um grito.

O juiz caminhou lentamente ao redor da mulher presa, com as mãos cruzadas nas costas. "Você confessa, Sarah Carter?"

"Não!"

O magistrado Watson ergueu dois dedos e os homens depositaram mais duas pedras grandes.

Sarah soltou um gemido, seu rosto ficou vermelho com a pressão, as veias saltaram de seu pescoço e sua testa.

O magistrado ficou observando, aguardando, seu rosto brilhava de suor e frustração. "É hora de acabar com isso, Sarah. Por favor, eu imploro, confesse."

Sarah balançou a cabeça, então ele bufou e ergueu as mãos. O juiz voltou para a mesa e se deixou cair em sua cadeira ornamentada. "Um pouco de cidra", ele pediu e um dos guardas lhe trouxe uma caneca grande. Ele ficou ali, sentado, bebendo, olhando para Sarah, ouvindo seus suspiros árduos, esperando.

A multidão também esperava, olhando em silêncio enquanto Sarah lutava para não sufocar sob o imenso peso enquanto o dia abafado se arrastava sem pressa. As pernas ficaram cansadas e muitos começaram a se sentar no chão ao longo da cerca.

Depois do que deve ter sido uma hora, talvez um pouco mais, o juiz se levantou e voltou para Sarah.

"Você pode ficar aqui deitada dia e noite, morrendo aos poucos sob o peso de sua própria culpa, ou pode apenas confessar e acabar com isso. A escolha é sua."

"Eu não posso", ela ofegou entre respirações rápidas e curtas.

"Bastam algumas palavras e você pode ver o seu marido."

Ela balançou a cabeça.

O rosto do magistrado Watson endureceu. Ele ergueu dois dedos e os homens colocaram mais duas pedras.

Sarah soltou um grito agudo, sua respiração se tornava cada vez mais penosa, como se cada vez que respirasse o que restava de sua força fosse tomado. Abitha sabia que a mulher não conseguiria aguentar muito mais.

O juiz andava de um lado para o outro, sua agitação crescendo a cada passo.

Os lábios de Sarah tremeram. Seus olhos se arregalaram, sua boca se escancarava, abrindo e fechando com rapidez. Seu rosto agora estava roxo, seu olho esquerdo vermelho vivo; lágrimas sangrentas escorriam por suas bochechas.

Pelo amor de Deus, alguém pare com isso! Abitha pensou e virou as costas. Ela procurou na multidão, esperando encontrar alguma indignação lá, algum desejo de acabar com aquele tormento sem sentido. Alguns estavam chorando, mas a maioria observava com olhares inflexíveis, seus rostos impassíveis e fanáticos. Havia alguns, sim, como Dona Dibble e Ansel, cujos rostos revelavam sua vileza interior, mas a maioria parecia transportada, quase em êxtase, como se compartilhassem esse momento com o próprio Deus, suas mãos entrelaçadas sobre o peito, olhando para o firmamento, seus lábios se movendo em comunhão silenciosa com seu Senhor e salvador. Abitha podia ver que essas pessoas acreditavam, de fato acreditavam, que estavam realizando a obra de Deus naquele dia. E havia algo a respeito dessas pessoas que horrorizava Abitha ainda mais do que aqueles cujos rostos estavam alinhados com a crueldade. Pois ao menos a crueldade era algo que poderia ser apontado e confrontado. Mas essa crença, essa convicção absoluta de que esse mal que estavam fazendo era bom, era a obra de Deus — como, ela se perguntava, como uma convicção tão sombria poderia ser superada?

Ouviu-se uma comoção perto do portão. "Deixem-me passar!", alguém gritou.

"Deixem-me passar!" Uma garota abria caminho entre a multidão, passando por qualquer um que tentasse impedi-la. A garota veio correndo para o curral. "Mãe!", ela gritou. "Ai, mãe! Chega!" Ela correu e se ajoelhou ao lado de Sarah.

O capitão Moore começou a interceder, mas o juiz levantou a mão e balançou a cabeça.

Martha apertou o rosto da mãe entre as mãos. "Mãe, por favor, por favor. Acabe com isso! *Acabe com isso agora!*"

Sarah balançou a cabeça, disse algo — quase um sussurro.

"Sim, você pode!" Martha gritava enquanto as lágrimas escorriam por seu rosto. "Você tem que fazê-lo! Papai perdeu a cabeça com tudo isso... Estou sozinha. Não me abandone! Por favor, eu imploro. Eu amo você!" Ela soltou um soluço. "Eu... eu amo você, mãe."

Sarah virou a cabeça, olhou para a filha por um longo, longo momento, e sussurrou algo outra vez.

"Ela diz *sim!*", exclamou a filha. "Ela confessará. Remova as pedras para que ela possa falar. *Agora!*"

Os homens olharam em dúvida para o magistrado.

Seu rosto se iluminou. "Sim, vamos, removam as pedras. Depressa!"

Os homens correram e rolaram suavemente as pedras para longe. Sarah respirou fundo.

O magistrado Watson se ajoelhou ao lado dela, com o rosto reluzindo de esperança. "Você confessa, Sarah Carter... diante das acusações feitas contra você hoje?"

Sarah respirou fundo mais algumas vezes, tossindo com violência. "Sim", ela soluçou. "Que Deus me perdoe... Confesso."

O juiz se ergueu em um salto. "Está feito!" Havia uma alegria absoluta nos olhos do homem.

Eles levantaram a porta sobre Sarah e ela se curvou, inspirando e tossindo e ofegando sem controle.

Abitha olhava assustada. Ver esses fanáticos acabarem com essa mulher piedosa de alguma forma lhe parecia um crime pior do que vê-la enforcada. "Ah, Sarah, o que fizeram com você?"

"Deus venceu neste dia", proclamou o magistrado Watson, quase a ponto de dançar. "Testemunhem, todos, esta grande vitória sobre Satanás!" Ele marchou até Abitha e cuspiu em seu rosto. "Quando você estiver no inferno, certifique-se de dizer a Lúcifer como os cidadãos de bem de Sutton superaram seus desígnios perversos neste dia!"

Mãos duras caíram sobre Abitha. Norton e Garret a agarraram pelos braços e a arrastaram ao fim do curral, para o grande carvalho. Garret a chutou para que ficasse de bruços, pisando-a com sua bota pesada, enquanto Norton amarrava seus braços ao seu corpo, as cordas rasgando fundo sua pele. Em seguida, amarraram sua saia, pernas e tornozelos, puxando as cordas com tanta força que Abitha teve certeza de que seus ossos quebrariam. Eles prenderam uma das extremidades de uma corda ao redor de seus tornozelos e lançaram a outra por cima de um galho baixo e grosso. Então, lentamente, eles puxaram a corda, levantando-a do chão pelos pés.

Abitha girou e balançou para frente e para trás, seu mundo estava literalmente de cabeça para baixo, o sangue corria para sua cabeça, seu rosto apertado pela pressão. Sua visão turvou, depois clareou e, mesmo enquanto girava, podia ver a multidão, rápidos vislumbres de seus rostos, outra vez observando seu senso de justiça e seu êxtase. Eles estavam, afinal, realizando a obra de Deus neste dia.

Ela viu o capitão Moore colocar algemas em Sarah e levá-la embora. E enquanto sua mente tentava se organizar em meio à dor, ao luto, à tristeza, ela não podia deixar de sentir que Sarah de alguma forma a havia abandonado, que todos a haviam abandonado.

Samson, onde você está?

À medida que a corda escavava cada vez mais sua pele e a pressão aumentava dentro de sua cabeça, martelando em compasso com seu coração acelerado, Abitha os amaldiçoou. "Ele virá!", ela gritou. "Ele virá. O demônio virá atrás de todos vocês!"

CAPÍTULO 13

Uma sombra nas profundezas da escuridão — a escuridão que apenas os mortos conhecem.

Um sussurro...

Outro.

"Eu não estou ouvindo você... Não ouvirei você."

Os sussurros se tornaram palavras — distantes, mas urgentes. *Você deve acordar.*

"Não, eu não acordarei, não outra vez... nunca mais. Deixe-me em paz."

Pai, você deve acordar.

"Não. Morto estou. E morto permanecerei."

Eles capturaram sua preciosa Abitha.

"Não... não mais. Estou cansado."

Abitha morrerá. Todos os seus filhos morrerão a menos que você acorde... agora!

Ele tentou não ouvir aquele nome, mas o atravessou como uma faca. "Abitha?"

Ela está sofrendo. Ah, como seu animal de estimação está sofrendo. Ela grita seu nome. Você não a ouve?

Escute.

A sombra abriu seus olhos, viu dois pontos de luz flutuando na escuridão, moveu-se em direção a eles e se viu espiando através de órbitas. Diante dele, havia uma caverna iluminada por um pequeno fogo, suas paredes recobertas de máscaras. Era tudo muito familiar. Ele se encolheu quando a dor, o sofrimento e a culpa o atingiram, conforme era engolido por uma onda de remorso. Ele recuou, procurando a escuridão, os braços doces das aranhas.

Um rosto se moveu em sua linha de visão, olhando para o interior da máscara. Um gambá, mas com o rosto de uma criança. Ele conhecia essa criatura.

"Você se lembra de mim?"

"Você é um dos demônios."

"Eu sou Floresta, seu filho", disse a criatura. "Agora, qual é seu nome?"

"Eu... Eu sou Hobomok ... o demônio. Eu sou o sangue e o assassinato. Eu sou a aflição e o tormento."

"Olhe ao redor dessas paredes. De quem são as cabeças que você vê aqui?"

"Deixe-me em paz!"

"Pare de se esconder e veja!"

"Não", sussurrou Samson, mas ele olhou, reparando de máscara em máscara, observando as várias formas e tamanhos.

"Estes são nossos semelhantes", disse Floresta. "O povo selvagem... *seus* filhos. Mamunappeht fez troféus com as cabeças de seus filhos, prisioneiros de suas almas. Agora, diga-me, *quem* é o verdadeiro demônio?"

"Você! *Você* é! Foi você que me envenenou com sua feitiçaria, me transformou dessa forma, me infestou com seus demônios! A máscara me mostrou a verdade! Você me enganou para caçá-los, as tribos, as pessoas. Você e o povo selvagem são os verdadeiros demônios! Eu vi!"

Floresta fechou os olhos como se estivesse com muita dor, depois os abriu novamente, sem pressa. "Por favor ... por favor, me escute." Havia tanta tristeza, um remorso tão profundo em sua voz que Samson o escutou.

"Eu cometi um grande erro com você. Do qual jamais serei capaz de me redimir. Posso afirmar que foi pelo bem do povo selvagem, por Pawpaw, pela Mãe Terra, mas a minha verdade é que permiti que minha necessidade de vingança, meu ódio, rancor, ciúme e, mais do que qualquer coisa... meu *medo* me guiasse. E ele me guiou, guiou todos nós à ruína." Ele ficou em silêncio por um momento. "Uma vez que você estiver livre, poderá me julgar como quiser, exigir sua justa vingança. Estou à sua mercê. Mas primeiro, pelo bem de Pawpaw, *devemos* retirá-lo deste covil demoníaco."

Floresta agarrou o crânio, começou a puxá-lo.

Samson sentiu a presença *deles*, os demônios, aqueles que estavam dentro do crânio com ele, sentiu seus movimentos. "Não", disse Samson. "Este é o meu santuário. Você não vai mais me atormentar. Vá! Deixe-me em paz!"

Floresta puxou, forçou e balançou, mas o crânio não cedeu. Ele tentou outra vez, seu rosto se contorcia em um nó de frustração com o esforço. Ainda assim, o crânio seguia imóvel.

"Que diabrura é essa?", Floresta rosnou, olhando com medo de volta para a entrada da caverna. Ele tentou mais uma vez, batendo-se contra o crânio, de novo e de novo, mas ainda assim o crânio permaneceu na parede.

"Não... não!" Floresta ofegou, balançando a cabeça. "Ele não vencerá... não *deve*." Ele lançou outro olhar temeroso pelo túnel, então uma determinação impassível se estabeleceu em seu rosto. "Faremos isso aqui, então", ele sussurrou e subiu a parede, fora de vista. O crânio tremeu e Samson sentiu a criatura arrancando as teias, as armadilhas e a máscara do crânio como se fosse de sua própria cabeça. Floresta arremessou a máscara para longe e, de repente, Samson se sentiu libertado, sua mente mais afiada, o mundo diante dele claro.

"O crânio lhe mostrou *uma* verdade", disse Floresta. "Aquilo que a máscara queria que você visse. Mas, às vezes, existem muitas verdades."

Os demônios! Samson pensou, de repente sentiu seus olhos odiosos em suas costas.

Eles despertaram!

"É hora de você encarar a si mesmo."

Os demônios por trás de Samson rosnaram. Ele tentou fechar os olhos, tentou afastar a dor e a culpa. *Não. Eu quero dormir... dormir.* Ele se lançou para longe das órbitas, começou a se afastar. As aranhas estavam lá esperando por ele. *Escuridão, doce escuridão.*

"Pai!", Floresta disse, batendo no crânio. "Fique comigo!"

"Não! Não ouvirei mais suas mentiras!"

"O crânio não mente. Não pode mentir, porque o crânio é você. Veja com seus próprios olhos! O cervo!"

"O cervo?"

"Sim. O cervo. Agora veja, lembre-se da terra. Veja como era antes da chegada das pessoas. Veja sua história."

A mera sugestão projetou as visões; era como se remover a máscara do crânio houvesse libertado sua mente, sua alma e suas memórias, todas as suas memórias, fossem suas mais uma vez. Ele viu a terra. Era o lugar que ele e Abitha haviam visitado juntos em sua vassoura, o mundo do povo selvagem, bestas gigantes e floresta magnífica. "Sim, eu conheço este lugar."

"Bom. Agora busque. Veja quem você era então."

Um grande cervo dourado saiu das árvores, uma besta imponente com chifres extensos. Tinha um porte orgulhoso e majestoso. Não houve confusão. No momento em que Samson viu a besta, ele soube quem era. "Sou eu", ele sussurrou e, após essa declaração, sua visão se alternou para a do cervo. "Eu sou o cervo."

"Sim."

Samson, o grande cervo, percorria a floresta como se fosse o senhor de todas as coisas, as bestas gigantes lhe abriam todo o espaço. O povo selvagem seguia seu rastro, alguns voando com asas minúsculas, outros correndo e disparando, pulando e saltitando. Todos rindo e cantando, rosnando e uivando, se engalfinhando e brincando, dançando e rastejando enquanto brincavam pelas samambaias, flores e árvores altas da grande floresta virgem. Samson sorriu.

"A Terra era nossa mãe", disse Floresta. "E você era nosso Pai... o grande senhor da floresta. Você era o coração do mundo selvagem, do povo selvagem. Você era amado e temido. Você era a vida e você era a morte, fazendo o que era necessário para preservar o equilíbrio. Tudo parte do ciclo da natureza, da morte e do renascimento, do inverno e da primavera."

"Sim, eu me lembro." Samson começou a chorar quando as memórias o envolveram. "O melhor dos tempos", disse Floresta. "Infelizmente, não se pode saber que é o melhor dos tempos até que chegue ao fim, até que se perca. Como eu daria o resto dos meus dias para ter apenas um desses dias de volta." Floresta respirou fundo. "Nada dura para sempre, nem mesmo a lua e as estrelas. Agora, veja as primeiras pessoas. Veja-os invadir nossa terra." Bastou apenas que Floresta mencionasse e as memórias o inundaram. As pessoas chegando, descendo do Norte durante o tempo do grande gelo, de uma terra distante, um tipo de criatura que ninguém havia testemunhado antes — animais que cobriam sua pele com as peles de outros animais.

Samson viu como eram lamentáveis, pequenos grupos de pessoas nômades procurando um lar. Viu o povo selvagem os atormentando, as pessoas o vendo, o cervo dourado, pela primeira vez. Como eles estavam aterrorizados.

Então, conforme o tempo passava, ele os viu ajoelhados diante dele, assim como o xamã havia revelado, viu outra vez a estátua de vime do grande cervo adornada com flores e tigelas de frutas. O povo lhe prestava tributos e ele os abençoava em troca, trazendo fertilidade às suas colheitas e ventres. Ele sentiu um rubor de alegria.

"À medida que o número deles crescia", prosseguiu Floresta, "à medida que as pessoas prosperavam, elas queriam mais... elas *sempre* querem mais. São criaturas perversas e gananciosas."

Samson testemunhou suas pequenas aldeias surgirem sobre a terra, observou as pessoas que viviam fora da floresta, lutando para sobreviver em um mundo duro e implacável como qualquer criatura faria. "Nao vejo maldade, apenas criaturas tentando criar um espaço para si mesmas."

"Há mais que isso."

Um clarão de memória — o cervo de vime em chamas, homens com seus rostos pintados como o xamã, como Mamunappeht. E, acima deles, Mamunappeht, de pé sobre um penhasco, rindo.

Samson ouviu os demônios rosnarem atrás de si no crânio. "Chega, já vi o suficiente. Eu..."

"Veja a verdade, Pai!", Floresta o interrompeu. "Mamunappeht havia descoberto o poder de Pawpaw. Ele desejava seus frutos. Você estava no caminho dele, então ele deu ao povo uma prova de nossa magia, revelando-lhes as coisas maravilhosas que poderiam fazer com ela, os milagres que poderiam realizar." Floresta fez uma expressão lamentável. "Eles ansiavam por mais, como Mamunappeht sabia que seria. Ele lhes mostrou como a magia estava em nosso sangue e eles vieram atrás de *nós*!"

"Eu não acredito em você."

"Você é o mestre de suas próprias memórias agora. Veja por você mesmo. Está tudo aí para você encontrar. Eles tinham fogo, armas e armadilhas. O povo selvagem não era páreo."

Samson viu homens enlouquecidos com rostos pintados caçando o povo selvagem com redes — brutais e implacáveis. Viu o povo selvagem em jaulas, seus cadáveres drenados de seu precioso sangue. Samson tentou desviar o olhar, mas descobriu que era impossível se afastar de suas próprias memórias. Ele sentiu os demônios se tornando inquietos dentro da máscara.

"Demônios! Demônios em toda parte!", Samson gritou.

"Não, não em toda parte. Você, você, Pai. Você não é um demônio. Olhe, veja o que fiz com você!"

Samson viu a grande Pawpaw se elevando acima dele, suas folhas rubras reluziam contra o brilho da lua cheia. Centenas de criaturas do povo selvagem circulando a árvore, circulando-o, dançando e saltitando e cantando. O cheiro de sangue o atingiu. O povo selvagem cortava a si mesmo, reunindo seu sangue em uma tigela grande. Floresta deu um passo à frente, sua pele manchada de um carmesim vivo. Ele trazia nove dos frutos de Pawpaw, cortou-os em metades, espremendo a polpa sanguinolenta na tigela grande, misturando-a com seu sangue. O vento aumentou quando Floresta estendeu a tigela para Samson, acenando para que bebesse. Cantavam, todos cantavam para que ele bebesse. O vento começou a uivar e Samson bebeu o sangue, que descia por sua garganta como fogo.

"A poção foi feita para lhe dar força para lutar contra o demônio, Mamunappeht, para afastá-lo, para salvar a árvore. Foi o que eu disse na ocasião. Mas era mais que isso."

Outra vez, Samson viu a estátua em chamas, assim como o xamã havia mostrado a ele, o ar cheio de fumaça e gritos terríveis. Ele sentiu o cheiro de sangue, viu os corpos mutilados — centenas deles, homens, mulheres e crianças. Viu os olhares de terror franco enquanto corriam e fugiam *dele — dele!* "Não", Samson gemeu. "Não!" E os demônios dentro do crânio gemeram com ele.

Floresta balançou a cabeça. "Quero contar o que aconteceu naquela noite — o feitiço que o fez entrar em frenesi da forma que fez. Aquilo não foi deliberado, não queria que fosse assim. E por muito tempo repeti para mim mesmo, acreditei nisso, mas agora vejo que eu... que todos nós, o povo selvagem, estávamos tao cheios de ódio e vingança que colocamos esse ódio naquela poção... colocamos esse veneno em *você*. Você era o senhor da floresta, do equilíbrio, e o que fizemos foi tão contra sua natureza, contra a própria Mãe Terra, que dilacerou sua alma." Floresta fez uma pausa, os olhos distantes. "Nós pagamos pelo nosso crime. Todos nós pagamos, mas ninguém mais do que você."

E de repente, Samson sentiu como se estivesse de fato lá, no chão entre as cabanas em chamas e os corpos mutilados, enquanto os gritos e a fumaça pungente pairavam ao seu redor. Ele tentou se levantar, mas não conseguiu. Sua cabeça parecia estar se partindo, seu coração martelando. Várias e várias vezes, ele tentou ficar de pé, mas era como se dois dele estivessem lutando para assumir o controle, lutando, puxando, empurrando até que finalmente a exaustão total se instalasse e Samson apenas caísse ofegante. Uma figura encapotada se aproximou, inclinou-se sobre ele e riu. A figura afastou seu capuz para trás, revelando um rosto pintado com cicatrizes escuras atravessando suas feições. "Mamunappeht", sussurrou Samson enquanto a cena desaparecia.

"Sim, o verdadeiro demônio", cuspiu Floresta. "Ele estava se escondendo nas sombras, aguardando por seu momento, sua deixa."

"Sono... ele me trouxe o sono", sussurrou Samson. "Paz, um refúgio. As aranhas." E, com isso, Samson viu outra vez as aranhas. "Sono... me dê o sono."

"Não!", Floresta gritou e bateu no crânio. "Você não está curioso para saber por que sua própria cabeça está aqui nesta parede? Por que o grande Pawpaw é agora apenas uma ruína carbonizada?"

"Não", sussurrou Samson. "Não mais!"

"Bem, você saberá! Você saberá tudo! Depois que Mamunappeht lançou seu feitiço em você, ele cortou sua cabeça, sua própria cabeça, e queimou seu corpo. Seu crânio aqui é uma prova disso! Com você fora de seu caminho, ele veio atrás da árvore, Pawpaw, atrás de nós. O povo selvagem se reuniu diante da árvore. Nós tentamos resistir e ali pagamos o preço por nossos erros, nosso pecado contra você e a Mãe Terra, pois não éramos páreos para Mamunappeht e seus discípulos alucinados. Eles nos massacraram!" O fogo na voz de Floresta se apagou "Mas a árvore não deveria pertencer a ele. Não, a Mãe Terra jamais permitiria. O céu começou a uivar e trovejar, então uma rajada de relâmpago atingiu a árvore, lançando seu tronco em chamas... queimando-a até o chão." Floresta começou a chorar. "A Mãe Terra tirou Pawpaw de nós, de *todos* nós."

Samson gemeu e os demônios no interior gemeram com ele. "Pai, é hora de..."

Um estalo ecoou pela caverna.

Floresta olhou para trás, depois de volta para Samson, seu rosto transtornado. "Pai, o poço, o olho, você se lembra?" Ele falou com rapidez. "Quando o trouxemos de volta, agora sei o que aconteceu. Porque você é tão torturado! Sua alma foi despedaçada pela poção, pela nossa magia de sangue há tantos anos. Então, quando o trouxemos de volta no poço, você não estava inteiro. Parte de você foi deixada para trás, aqui, neste crânio." Floresta bateu no crânio duas vezes. "Nunca houve uma chance para o seu coração e alma se unirem e se curarem!" Floresta olhava com angústia em direção ao túnel. "Ouça-me, entenda. Você precisa entender. Você está aqui, neste crânio, tudo de você, todos os pedaços!"

Os demônios no crânio começaram a sibilar e pisar, chegando cada vez mais perto. "Cabe a você, apenas a você, encontrá-los e juntá-los. Encontre o cervo, Pai. Liberte-se! Não haverá outra chance. Saia agora ou os últimos do povo selvagem, seus filhos, Abitha, sua própria alma estará perdida para sempre! Enfrente a si mesmo! *Agora!*"

Mamunappeht surgiu na entrada da caverna. Em uma mão, ele segurava um cajado com uma rede em forma de teia amarrada na ponta bifurcada. A teia cintilava como se fosse pegajosa. Na outra mão, ele segurava um saco. Algo se contorcia no interior.

"Estou tão feliz por encontrá-lo aqui", disse o xamã a Floresta. "Você e seus amigos." Ele sacudiu o saco e Samson pôde ouvir Céu e Riacho choramingando. "Temia que toda a sua espécie houvesse desaparecido." Mamunappeht sorriu e entrou na caverna. "Temia que meus dias estivessem chegando ao fim. Mas não mais. Não, seu sangue e o sangue de seus irmãos me ajudarão a seguir, trazendo esses velhos ossos cansados de volta à vida." Seu sorriso era indomável. "E parece que este dia está cheio de presentes. Seus amigos compartilharam um segredo comigo. Embora eu admita que foi preciso de um pouco de dor e feitiçaria para tirá-lo deles."

Foi então que Samson notou as manchas de sangue escorrendo pelo saco. "Mas que segredo!" Mamunappeht continuou. "Valeu a pena o meu esforço."

Seus olhos se estreitaram ao máximo. "Eu venci, pequena besta. Depois de todos esses anos, é meu. O Pawpaw é meu. Não há como me deter agora. Eu governarei a terra, a floresta, os humanos, *todos* os humanos. Eles aprenderão a se ajoelhar diante de mim."

Floresta pulou para o chão, correu para a esquerda, depois para a direita, tentou saltar sobre o homem, mas ele se moveu com uma rapidez extraordinária, interceptando Floresta e capturando-o em sua rede. Floresta gritava e se agitava como se a rede o queimasse, mas não conseguiu escapar. O xamã atirou Floresta ao chão, colocando o pé em cima de seu pescoço, imprensando-o na terra.

"Enfrente os demônios, Pai", clamou Floresta. "Enfrente-os agora!"

Mamunappeht riu. "O cervo não pode ouvir você. Ele se foi e desta vez para sempre. Para onde o enviei, não há como retornar."

O xamã sacou uma faca.

"Pare!", gritou Samson. "Pare com isso!" Ele se projetou adiante, pressionando o rosto contra o crânio por dentro. Seus demônios começaram a uivar, o som cortava o âmago de Samson, e ele lamentou junto a eles.

O xamã olhou para o crânio, assustado. "Não!", exclamou. "Você não pode estar acordado!" Seus olhos pousaram na máscara caída sobre a terra e seu tom mudou — baixo, profundo, calmante. "Durma. Você deve dormir. É a sua única salvação."

"Pai!", Floresta gritou. "Você deve..."

Mamunappeht pressionou o pé com mais força, sufocando as palavras de Floresta. O xamã estendeu a mão livre e pegou a máscara, colocando-a de volta no crânio. Ao fazê-lo, tudo ficou abafado e as aranhas surgiram às pressas, como uma onda de sombras, sufocando Samson em seu abraço tranquilizante.

A visão de Samson obscureceu e os demônios no interior se acalmaram, afastando-se dele.

"*Durma.*" Samson ouviu as palavras de algum lugar muito distante — tão doces, tão sedutoras.

"*Apenas o sono interromperá o assassinato, a desgraça. Apenas o sono interromperá sua dor. Agora, durma.*"

Samson lutou para ficar acordado, mas as palavras do xamã eram como mãos puxando-o para baixo, cada vez mais fundo na escuridão, aquela escuridão doce e cálida.

"Durma", o homem sussurrou. "Apenas o sono deterá Hobomok."

Hobomok. Hobomok. A palavra ecoou no crânio, *Hobomok*, perfurando Samson, depois o apunhalando, aumentando lentamente de volume. *Hobomok. Hobomok. HOBOMOK!*

Eu não sou Hobomok.

Samson sentiu que eles, os demônios, retornaram. Estavam bem atrás dele no crânio. Ele podia sentir sua fome, sua fúria crescente, sua respiração ardente em seu pescoço. Eles começaram a rosnar, grunhir, se enfurecendo e, neste ponto, as aranhas começaram a desaparecer e Samson pôde enxergar outra vez, vendo os crânios do povo selvagem, vendo o xamã, o sarcasmo exultante em seu rosto enquanto ele espremia a vida para fora do gambá.

É você... você é Hobomok. Não eu!

Assim, Samson se virou e enfrentou seus demônios.

Ele viu um grande cervo, reluzindo em dourado brilhante, e outro grande cervo, com fumaça subindo de seu pelo carbonizado, sua cabeça nada mais que um crânio. Suas mãos sobre os pescoços um do outro enquanto lutavam para estrangular o outro para fora da existência.

"Nós somos um", disse Samson, estendendo a mão para eles. No momento em que suas mãos se tocaram, veio um clarão brilhante de calor, luz e dor, então os três uivaram. Uma torrente de memórias, sentimentos e emoções se precipitou, colidindo, avolumando-se no interior do crânio, dentro de si, rodopiando e pressionando, empurrando, até que por fim, lentos, seus uivos se uniram e as três vozes se tornaram uma, as três almas uma só.

Samson piscou, sem saber onde estava, então a caverna voltou ao foco e percebeu que ainda estava dentro do crânio. Ele viu Mamunappeht lutando contra Floresta, tentando cortar seu pescoço.

"Hobomok", Samson rosnou e pressionou contra o crânio, com mais força e a seguir com mais força. Ele sentiu um pequeno estalo, sentiu o crânio rachar, seguido por uma pontada de dor em sua testa e, de repente, pôde ouvir Floresta gritando e rosnando.

Floresta mordeu Mamunappeht. O xamã gritou, em seguida esfaqueou Floresta no peito — uma vez, duas vezes.

"*NÃO!*", Samson uivou, pressionando com mais força. Parecia que seu próprio crânio estava se partindo. Ouviu outra rachadura e um estalo seguido de uma dor abrasadora, mas ainda assim continuou. A máscara começou a tremer.

O xamã ergueu os olhos, com as sobrancelhas unidas. "Pare!" Ele esfaqueou Floresta outra vez e saltou, batendo as mãos contra o crânio, tentando segurá-lo.

Samson empurrava e pressionava, sentindo outro estalo, mais um. O crânio começou a ruir sob as mãos do xamã. Samson sentiu que crescia e se expandia. Seguiu-se uma grande libertação e a dor desapareceu. A escuridão, aquela sensação de estar no interior, de estar preso, evaporou, e ele estava lá, na caverna, deitado no chão entre os destroços partidos de seu próprio crânio.

Mamunappeht recuou, com os olhos tomados de pavor e confusão. "*Não!*"

O coração de Samson batia forte. Ele se levantou, inflou o peito e soltou um longo e profundo rosnado. Ele colocou os olhos sobre o xamã. "Eu sou o pastor e eu sou o caçador. Eu sou a vida e eu sou a *morte!*"

O xamã enfiou a mão em uma algibeira pendurada na cintura, tirou um punhado de pó amarelo e o jogou no rosto de Samson. Ele começou a declamar uma enxurrada de palavras confusas para Samson, riscando símbolos no ar com o dedo.

O pó ardeu e Samson caiu contra a parede. O mundo se tornou um borrão, aos poucos retomou o foco e, quando isso aconteceu, o xamã estava rastejando pela parede, seus braços e pernas divididos em dois, depois quatro, conferindo-lhe oito membros, seus olhos em quatro e depois seis. Ele gargalhava enquanto corria pelo teto da caverna.

Samson tentou não o perder de vista, ficou tonto, quase caiu na fogueira. Algo o atingiu na parte de trás do pescoço — uma dor profunda como brasa.

Outra gargalhada cruel veio do xamã.

Samson o encontrou. Ele segurava uma pequena lança, com a ponta escura e pegajosa. Samson tentou agarrá-lo, mas caiu sobre a fogueira. Ele rolou para fora das chamas e outra vez o xamã o golpeou com a lança, a ponta perfurando a lateral de seu corpo. Samson soltou um berro, suas pernas dobraram e ele desabou, caindo contra a parede, entre as máscaras e crânios, com a gargalhada do xamã ecoando em sua cabeça.

"As máscaras!", alguém gritou. "Destrua as máscaras!" Era Floresta. Samson olhou para os crânios sem entender.

"Esmague os crânios!", Floresta gritou.

Samson bateu com o punho na máscara mais próxima e o crânio por baixo dela se quebrou como uma casca de ovo. Uma nuvem de fumaça negra escapou com um lamento pesaroso. Ela se dissipou enquanto subia, desaparecendo, mas não antes de Samson vislumbrar um rosto naquela fumaça — uma criatura do povo selvagem.

A gargalhada do xamã cessou. "Não!", berrou.

Samson esmagou outras quatro em rápida sucessão. Enquanto o fazia, sua visão e sua mente clarearam um pouco mais.

Mamunappeht agarrou a própria cabeça e soltou um grito.

Samson se levantou, esmagou outro e mais outro, todos que podia alcançar e com cada um sentiu suas pernas ficando mais firmes abaixo de si.

Mamunappeht investiu contra Samson, tentando golpeá-lo de novo, mas desta vez não foi tão rápido e Samson conseguiu derrubar a lança.

Samson empurrou o xamã para trás e perambulou pela sala, esmagando cada crânio que encontrava, dezenas e dezenas deles, e a cada um ele sentia sua mente clareando, sua força retornando.

O xamã soltou um longo lamento e deslizou pela parede, pousando em um monte ao lado do fogo. Seus múltiplos membros retornando lentamente à sua forma original. E a cada máscara que Samson quebrava, o xamã envelhecia. Seu cabelo caiu junto com os dentes, seus membros se enfraqueceram, sua pele enrugou e empalideceu, murchando até secar como um pergaminho.

Samson quebrou a última máscara e, ao fazê-lo, o xamã soltou um último gemido, um som fraco e frágil, esfarelando-se em uma pilha de poeira e ossos.

Samson estava com toda força, seu coração batendo com vigor, a dor, as aranhas, o tormento, tudo havia desaparecido de sua cabeça e seu coração. Ele viu Floresta no chão, a terra escurecida por seu sangue. Samson se ajoelhou ao lado dele, colocando a mão no braço da criatura.

Floresta olhou para ele. "Você ainda pode se tornar um bom demônio." Ele sorriu, então as pequenas faíscas em seus olhos se dissiparam e ele não mais se moveu.

Samson ouviu um ruído abafado vindo do saco que balançava. Ele o puxou para perto e abriu. Riacho e Céu saíram de dentro dele. Eles viram Floresta e foram até ele, ambos tentando fazê-lo acordar. Porém, ele não acordou e Samson sabia que jamais acordaria.

Samson recolheu o corpo de Floresta e o carregou para fora da caverna. Riacho e Céu o seguiram.

Nuvens fantasmagóricas pairavam no céu noturno e a lua nova envolvia tudo em seu brilho sombrio.

Samson subiu em cima de uma grande rocha com vista para o vale e colocou o corpo de Floresta em seu cume. Ele viu a aldeia abaixo, jogou a cabeça para trás e uivou, o som assombroso ecoando para cima e para baixo pelo vale.

Rostos espiavam das cabanas, rostos aterrorizados. Samson sorriu. "Eu sou o pastor e eu sou o caçador. Eu sou a vida e eu sou a morte."

Abitha estava pendurada de cabeça para baixo. Ela não estava dormindo, nem acordada, mas em um meio-termo, emergindo e afundando na escuridão.

Um trovão retumbou ao longe.

Abitha abriu os olhos, esperando pela chuva, algum alívio do calor que a sufocava. Era noite outra vez. Eles acenderam as tochas e as colocaram ao redor do curral.

Abitha tentou engolir, mas não conseguiu, com sua garganta e língua inchadas. Mal conseguia respirar e sabia que estava sufocando lentamente. Sua cabeça doía e seu rosto latejava com a pressão. Ao menos seus braços e pernas ficaram dormentes, as amarras da corda tão apertadas que cortaram a circulação. O sangue corria de seu nariz para seus olhos, fazendo com que tudo parecesse vermelho e confuso. Ela podia ouvir os guardas, distinguir suas formas no estábulo. Alguns pareciam estar dormindo. A cena surgia e se dissolvia.

Algo esvoaçou por seu rosto, um toque levíssimo, como uma pena. Uma forma preta pousou no poste a seu lado. Tinha o rosto de uma criança. "Céu", ela tentou dizer, mas nenhum som veio de sua garganta ressecada e inchada. Céu estava sorrindo para ela. Um sorriso gentil. Ele balançava a cabeça para cima e para baixo.

Samson?, pensou ela. *Samson está vindo.*

Sua visão turvou, escureceu e enfim retornou, mas o corvo não estava mais ali e ela se perguntou se aquilo havia mesmo acontecido.

Alguém estava lá, difícil de ver, uma forma alta e escura. *Samson? É Samson. Ah,* ela pensou, *finalmente.* Contudo, não era Samson. Era Norton. Ele estava olhando para ela, balançando de leve como se estivesse bêbado, os olhos anuviados, o rosto vazio, a boca entreaberta. Ele segurava algo em sua mão — algo familiar. Ele se aproximou e ergueu o item: algo em uma corda.

Ó, Deus, pensou Abitha, conseguindo soltar um gemido fraco. Era seu gato, Booka. Ele balançava o animal morto na frente dela.

"Bruxa", Norton cuspiu. "Não tenho medo de você. Está me ouvindo?" Suas palavras eram arrastadas e sua respiração fedia a rum. Ele pegou o gato e o amarrou diante dela para que ficasse pendurado na frente de seu rosto. "Vocês dois podem ir para o inferno juntos. Está me ouvindo?"

Ela não respondeu, não podia. O mundo estava desaparecendo outra vez, apenas a batida de seu pulso em seus ouvidos, desaparecendo... desaparecendo... enfim, a escuridão.

Escuridão.

Dor, dor aguda. A escuridão se dissipou como fumaça. Abitha encontrou um rosto olhando para o dela, entrando lentamente em foco. Era Garret. Ele estava agachado diante dela, segurando uma longa faca na mão. Ele sorria. "Veja. Eu disse que não estava morta."

"Está sim", disse Norton.

"Não está. Aqui, vou lhe mostrar." Garret enfiou a faca na bochecha de Abitha.

Abitha recuou. "Veja só."

Norton apertou os olhos. "Desgraçada."

"Quanto tempo isso levará?", um guarda pançudo chamado Richard perguntou. "Estou cansado de ficar aqui nesta vila que mais parece um monte de esterco."

"Difícil dizer. Já vi durarem quatro ou cinco dias."

"Q-quatro ou cinco dias?", Richard gaguejou. "Deus... e nós temos que ficar aqui até que ela morra?"

Garret assentiu. "Ordens do capitão."

"Claro, muito simples para ele, não é ele que tem que dormir aqui no chão. Não, ele e aquele magistrado gordo estão todos confortáveis na casa de Ansel, bebendo sua maldita cidra." Richard cutucou Abitha, fazendo-a girar. "Faça-nos um favor, mulher, e morra mais depressa. Tenho mais o que fazer do que ficar sentado vendo você falecer."

"Você quer mesmo que seja mais rápido?", Garret perguntou com um sorriso malicioso no rosto.

Richard apertou os olhos na direção de Garret. "O que quer dizer?"

Garret olhou de volta para o celeiro. "Quero dizer, Jacob está dormindo. Então, se ela *falecesse* agora, digamos... talvez... se ela sufocasse com a língua ou algo assim, não haveria perguntas, só isso."

Richard olhou ao redor, acenando com a cabeça. "Verdade."

Garret guardou a faca e retirou o lenço, enrolando-o em uma bola e segurando-o na frente do rosto de Abitha. "Ela não parece estar respirando bem. Não é?"

"De jeito nenhum", acrescentou Richard. "Ora, parece-me que ela está sufocando."

"E quanto a você, Norton?", Richard perguntou. "Ela parece estar sufocando?"

Norton alternou seu olhar entre os dois homens, com a testa franzida. "Hein?"

Richard o cutucou, piscando.

"Ah", disse Norton. "Ah... sim. Certo. Sim, ela está sufocando."

Garret agarrou a parte de trás da cabeça de Abitha e enfiou o lenço inteiro em sua boca.

Abitha tentou se afastar, mas Richard a agarrou, segurando-a com força enquanto Garret apertava a mão sobre a boca dela e fechava suas narinas.

"Hora de dormir", disse Richard.

Abitha viu uma forma escura vindo por trás de Norton. Ouviu um baque e Norton caiu de joelhos. A forma escura possuía chifres longos e segurava uma machadinha. Ela atingiu Norton outra vez, fazendo o homem cair com o rosto sobre a terra.

Samson!, Abitha pensou.

Samson estava ali, de alguma forma maior, não mais com os chifres de um bode, mas agora com uma magnífica galhada escura, seus olhos não mais prateados, mas dourados, reluzindo à luz da tocha. Ele sorriu para os homens.

Garret se ergueu em um salto. "Que inferno é isso?" Ele agarrou sua espada, mas antes que pudesse sacá-la pela metade de sua bainha, Samson o acertou no rosto com a machadinha, fazendo o homem girar pelo chão.

"*Demônio!*", Richard gritou, tentando pegar sua pistola enquanto cambaleava para trás em direção aos estábulos. A arma disparou, uma explosão ofuscante levantou a terra bem na frente de Abitha. Richard se virou e correu para os estábulos, sem parar, correndo por todo o caminho e saindo pelo outro lado.

Jacob acordou, levantando-se em um sobressalto, olhando para Samson, com seus olhos arregalados de terror e descrença.

"O diabo veio buscá-los!", Samson rugiu. "Pelo seu sangue e pelos seus ossos!" Jacob se virou e fugiu, seguindo Richard para fora do estábulo.

Garret fez um esforço para se levantar. Samson se aproximou, erguendo a machadinha bem alto sobre a cabeça e a acertou no meio das costas de Garret. Abitha ouviu a espinha do homem quebrar. Garret gritou, caiu para frente e não se moveu mais.

Samson ergueu a cabeça ao céu e uivou.

Abitha teria sorrido se não fosse pelo lenço em sua boca, se ao menos pudesse permanecer acordada, mas a escuridão a levou mais uma vez.

Abitha respirou fundo o ar doce. E mais uma vez. Tossiu. *Eu consigo respirar,* ela pensou, e abriu os olhos. O rosto de Samson entrou em foco. Ela se viu deitada no chão, embalada em seus braços. Ela levantou a mão para tocar o rosto de Samson e percebeu que suas amarras haviam desaparecido, que a pressão, a terrível pressão havia desaparecido, que ela estava livre das cordas e da árvore. Ela o tocou. "Você é real."

"É bom vê-la outra vez, minha amiga", disse Samson. Havia um leve sorriso em seu rosto, mas seus olhos dourados tinham um ar de solenidade. Outra vez, ela notou como ele estava diferente, seu rosto assemelhava-se mais ao de um nobre cervo, no entanto não era só sua aparência que havia mudado, mas também seus modos, uma convicção que não estava lá antes.

Ela tentou se sentar, mas uma dor paralisante apunhalou suas pernas. Ela estremeceu e olhou para os membros retorcidos.

"Estou um pouco amarrotada, ao que parece."

"Sim."

Céu voou e pousou no poste da cerca. No momento seguinte, Riacho apareceu, nadou para cima e flutuou ao lado do corvo. Ambos olhavam para ela com tristeza.

Abitha ouviu um grito abafado e viu Garret tentando se arrastar para longe, mas parecia que algo estava errado com suas costas. Ele estava choramingando como uma criança. Ela não sentia nenhuma empatia, nenhuma, apenas um desejo avassalador de ir até lá e acabar com ele.

Samson seguiu seu olhar. "Abitha, o que você deseja?"

Ela conseguiu dar um sorriso. "Isso de novo?"

"Vejo vingança em seus olhos."

Era muito mais do que vingança, ela pensou, sabendo que era mais profundo, algo a certo nível primitivo, uma necessidade não apenas de matar aquele homem, mas de ouvi-lo gritando enquanto o massacrava.

"Você pode tê-lo", disse Samson. "O sangue deles. Se é isso que desejar." Os olhos dela voltaram para Samson.

"Abitha, eu sei quem sou."

Sim, ela pensou, percebo *isso*. Era parte do motivo pelo qual ele parecia diferente. A confusão e o tormento haviam desaparecido de seus olhos.

"Eu sou o Pai do povo selvagem, o guardião da Mãe Terra. Eu sou o pastor e eu sou o caçador. Eu sou a vida e eu sou a morte."

Ela assentiu. "Sim, minha mãe falava de você. Você é o grande deus cornífero."

"Nem sempre podemos escolher nossos próprios caminhos. Mas você, Abitha, você pode escolher."

Samson estendeu a mão para onde Norton estava deitado no chão ao lado deles e puxou a faca em seu cinto. Samson passou a lâmina afiada pela palma da própria mão e Abitha contemplou, hipnotizada, enquanto o sangue escuro se acumulava em sua mão estendida.

"Meu sangue lhe oferece uma escolha." Ele enfiou a ponta do dedo no sangue e o espalhou pela testa e ao longo do nariz de Abitha. Com isso, sua dor diminuiu, não muito, mas o suficiente para desanuviar a mente. O sangue fez mais: abriu seus sentidos para a noite e ela percebeu uma presença — algo que não era deste mundo, algo selvagem e terrível — circulando-a, deslizando na terra sob seus pés. *A serpente,* pensou. Parecia estar esperando para tomá-la. Isso a aterrorizou, mas, ao mesmo tempo, alguma parte dela desejava ser subjugada. Ela sentia sua promessa de poder e astúcia. *Por que ser o coelho*, a criatura parecia perguntar, *quando você pode ser o lobo?*

"Eu posso levá-la para longe daqui", disse Samson. "E você pode seguir sua vida da melhor forma que puder...uma aleijada pelo resto de seus dias."

Abitha se arrepiou.

"Há outra escolha. Você pode aceitar meu sangue e caminhar ao meu lado." Ela olhou para o sangue em sua mão.

"Porém, você deve saber que se você aceitar esse sangue... haverá mais sangue. A Mãe Terra me ressuscitou para protegê-la e pretendo eliminar qualquer um que ameace ela ou seus filhos. Se você caminhar com a besta, você se torna a besta. Essa é a escolha diante de você."

Abitha ouviu homens gritando longe e sabia que viriam buscá-la logo. Ela pensou naqueles homens e no que haviam feito, sentindo sua raiva voltar. Norton grunhiu, parecendo estar despertando. Ela olhou para ele, então seus olhos se depararam com o cadáver de Booka e o ódio queimou em seu peito, tanto que começou a tremer. *E como,* ela se perguntou, *eu seria capaz de viver com tanto ódio? Dia após dia, corroendo minha própria sanidade até o momento de minha morte.*

Samson examinou suas mãos trêmulas. "Eu não sou o tentador, nem quero enganá-la. Essa decisão deve ser sua. Deve vir de seu coração ou o feitiço não terá efeito. E uma vez que você cruzar essa linha, não há retorno. Meu sangue correrá em suas veias. Você estará unida com a serpente e com a besta." Ele acenou com a cabeça em direção a Norton. "Você estará em desacordo com seu próprio povo, seus ensinamentos, com seu Deus cristão. Não é fácil virar as costas para..."

Abitha riu. "Você acha que estou preocupado com a minha alma?" Ela riu outra vez, uma risada alta e feroz, fixando seus olhos ardentes em Samson. "Não sobrou nada de minha alma", ela rosnou. "Eles crucificaram a minha maldita alma!" Sua voz falhou e lágrimas quentes de raiva começaram a fluir. "Estou falando de sangue. Estou falando de caçar Wallace e matá-lo, mesmo que isso tome meu último suspiro. Dois olhos por um olho. Se puder matá-lo duas, três, quatro vezes, eu matarei, e a cada vez dançarei de alegria sobre seu cadáver ensanguentado." Ela limpou o muco de seu lábio superior. "Quero queimá-los até virarem cinzas. Todos eles. Tudo isso. Sua igreja, seus mandamentos, suas convenções, suas regras, normas e leis, seus campos, suas casas e, acima de tudo, aqueles malditos chapéus e aventais. Quero esvaziá-los, fazê-los saber o que é perder tudo, tudo, perder sua própria alma!"

Samson não mostrou surpresa com o veneno em sua resposta. Ele apenas assentiu como se não esperasse mais nada. Ele estendeu a mão em concha com sangue para ela. "Meu sangue é o primeiro passo. Beba."

Abitha agarrou seu pulso e, apesar de todas as suas palavras determinadas, lá, no final, ela hesitou. "Eu não tenho escolha", ela sussurrou, quase implorando. "Você me entende? Minha alma nunca estará em paz, não enquanto um mal como estes homens caminhar sobre a terra." Nesse momento, ela falava mais consigo mesma do que com Samson. "Abitha está morta, eles a mataram, tudo o que resta é fúria e malevolência... minha alma inquieta. Entende?"

Mais uma vez, Samson assentiu.

Abitha sentiu a serpente reagir à sua necessidade de vingança. Era como se estivesse chamando seu nome. Algo mais também respondeu — lá, nas sombras, as formas fantasmagóricas de doze mulheres apareceram. Estavam de pé, observando-a em silêncio, seus rostos obscurecidos por seus longos cabelos.

A serpente se aproximou, cada vez mais, sua promessa letal acendendo algo no fundo do peito de Abitha: a necessidade primordial de cada criatura que já foi ferida por outra — *a necessidade de morder de volta*.

Uma expressão cruel se estabeleceu no rosto de Abitha. "Se é uma bruxa que eles querem", ela sibilou, "então uma bruxa eles terão."

Abitha bebeu o sangue, lambendo-o com uma sede ardente até que não restasse mais nenhuma gota. O sangue fluiu para dentro dela, tornando-se uma onda de calor pulsando por todo o seu ser. A dormência deixou seus braços, suas mãos, seus pés. Suas pernas começaram a queimar de agonia como se todas as velhas feridas fossem novas. Ela viu o porquê — estavam se curando, os ossos quebrados se consertando, os cortes e vergões desaparecendo. Ela os agarrou, gritou e, quando teve certeza de que não aguentaria mais a dor, que aquilo a despedaçaria, a dor começou a arrefecer, pouco a pouco, até que enfim desapareceu. Ela ofegou, enxugou as lágrimas dos olhos e viu que suas pernas estavam quase curadas. Ela as esfregou, tomada pelo alívio.

Samson pegou a mão dela, colocou-a no chão, pressionando a dele por cima. A Mãe Terra, a serpente, estava lá, chamando Abitha mais alto do que nunca, circulando inquieta logo abaixo. A voz da serpente se multiplicou, duas, quatro, mais, tornando-se um coro, e foi então que Abitha percebeu que não era apenas uma serpente, mas centenas correndo a seu redor. Uma delas se separou — veio até ela. "A Mãe Terra lhe enviou algo selvagem e mortal", disse Samson. "Está pronta?"

Abitha mirou seus olhos dourados. "Estou."

"Chame-a."

Abitha fechou os olhos e sentiu a terra tremer sob sua mão. "Venha a mim", ela sussurrou e foi o que bastou para romper a fina barreira entre o mundo espiritual e o seu. Ela sentiu o calor quando a serpente errante deixou a terra e deslizou pelo seu corpo, enrolando-se a seu redor. Ela não conseguia vê-la, mas estava lá, apertando, apertando cada vez mais. Abitha, contudo, não sentiu medo. Ela lhe dizia o que queria e Abitha queria o mesmo.

"Venha a mim", ela repetiu, e assim foi, entrando primeiro pela boca, nariz, orelhas, depois pelos lugares mais recônditos entre as pernas, fluindo para dentro de seu corpo. Ela soltou um gemido de pura alegria, de satisfação, mas então seus sentidos se abriram e o cheiro de sangue, que vinha dos guardas, a tomou, quase a dominando. Ela chegava a poder ouvir os batimentos de seus corações. Uma fome como nenhuma que havia conhecido a atingiu e, naquele momento, foi como se ela se dividisse em duas. Seus olhos se abriram e caíram sobre Norton. Ela, a serpente, tentou atacar o guarda, enquanto Abitha se esforçava para permanecer onde estava, fazendo com que ela, elas, caíssem. Ela, a coisa, elas começaram a lutar pelo controle, contorcendo-se no chão. Um rugido encheu sua cabeça enquanto lutava para ouvir seus próprios pensamentos. Ela e a coisa gritaram, rosnando e uivando como gatos brigando. "Termine!", Samson gritou."Depressa, ou isso a destruirá! Apenas o sangue unirá vocês. Mate-o, mate o guarda! Conclua o feitiço!"

Abitha, a serpente, seus olhos voltaram para Norton e, desta vez, Abitha permitiu que seus desejos compartilhados se alinhassem e o rugido, o cabo de guerra em sua cabeça, começou a ceder. *Mate-o!*, a serpente pensou. *Sim, mate-o!*, Abitha pensou. Mate-o, elas pensaram juntas. *A faca*, pensou Abitha. *Sim, a faca*, a serpente concordou. Abitha, a serpente, se sentou, pegou a faca, rastejou e enfiou-a no pescoço de Norton.

Os olhos de Norton se abriram, arregalados de terror. Abitha, a serpente, elas se alimentaram de seu medo e juntas soltaram um uivo feroz, juntas enfiaram a faca no peito do homem, repetidas vezes até que a lâmina perfurasse seu coração.

Norton soltou um último grito estrangulado, então seu coração parou de bater. Neste momento, a voz da serpente e a de Abitha se tornaram uma, elas se tornaram uma — uma mente, uma alma, um coração e esse coração batia com veneno.

De uma só vez o mundo se abriu para Abitha. Seus sentidos se aguçaram e parecia que uma mortalha havia sido erguida de seus olhos.

Mãe Terra, as centenas de serpentes no chão sob seus pés, nadando juntas, tornando-se uma outra vez, deslizando para longe, nas profundezas da terra.

As pupilas de Abitha se dilataram, revelando todos os segredos escondidos pela escuridão, cada som vindo a ela era nítido e claro. Parecia que as criaturas da noite cantavam apenas para ela. Ela os ouviu então, os homens. Eles estavam próximos e então outro som, um rosnando — ela percebeu que vinha dela, de sua própria garganta.

Ela encontrou os olhos de Samson, deparou-se com um fogo em seu interior. Um pequeno sorriso vincou seu rosto e ele assentiu.

Abitha retirou a espada de Norton de sua bainha e se levantou sobre suas pernas firmes.

Veio então o forte cheiro de lavanda e sálvia e, uma por uma, as formas espectrais das mulheres caminharam em sua direção, até que todas as doze mulheres ficaram ao redor de Abitha em um círculo. E conforme olhava para cada uma, elas afastaram seus cabelos, revelando seus rostos, rostos tão parecidos com os dela, até que finalmente...

"Mãe."

As mulheres começaram a cantar, suas vozes ecoavam como se viessem de longe. Sua mãe puxou um fio de seu próprio cabelo esticado e o mordeu, as outros seguindo seu exemplo. Eles entrelaçaram as mechas em laços, os laços em uma corrente, até que lá, na palma da mão de sua mãe, havia uma corrente de doze tranças.

Abitha estendeu a mão para a corrente, certa de que iria desaparecer, que todas iriam desaparecer, mas a trança era real e ela conseguiu pegá-la. Então, com a espada, ela removeu uma mecha de seu próprio cabelo, retorcendo-a e usando-a para amarrar as outras doze, formando treze em um laço. Ela o colocou pela cabeça, sobre os ombros, usando-o como um colar, como havia visto sua mãe fazer.

Sua mãe sorriu, assim como cada uma de suas mães.

Abitha sorriu de volta e, então, desapareceram uma por uma, mas ainda sentia seu poder, seu amor, e sabia que estavam com ela, eram parte dela e ela uma parte de cada uma delas.

Céu e Riacho começaram a rir e Abitha se juntou a eles, rindo com selvageria e crueldade.

Um cheiro veio até Abitha: era medo. Ela parou de rir, viu Garret rastejando freneticamente para longe, tentando encontrar um lugar para se esconder nos estábulos. Seus olhos se estreitaram e seus lábios se afastaram, revelando pequenas presas. Ela ergueu a cabeça ao céu e emitiu um longo e alto uivo, desejando que a ouvissem — os homens, as mulheres, as crianças –, desejando que soubessem que a besta estava vindo buscá-los.

CAPÍTULO 14

"Repita outra vez", exigiu o capitão Moore.

Jacob balançou a cabeça. "Era um demônio, estou dizendo. Uma besta com chifres." O capitão, Jacob e Richard estavam na varanda da casa de Ansel.

Haviam reunidos armas — espadas, pistolas e mosquetes. "E você, Richard? Você também viu?"

"Sim", respondeu Richard. "É verdade. Tinha chifres, cascos e um rabo. A besta tinha um maldito rabo."

"Mas estava carregando uma machadinha?", perguntou o capitão Moore.

"Sim."

"Que demônio carrega uma machadinha senão um nativo? Tem certeza de que não foi um dos selvagens?"

"Um nativo tem chifres e uma cauda oscilante?"

O capitão sentiu o cheiro de rum no hálito do guarda. Se fossem nativos vestidos de demônios, ele não achava que esses homens saberiam a diferença, não no escuro.

Um uivo perfurou a noite — longo e terrível, fazendo arrepiar os pelos nos braços do capitão.

O magistrado Watson e Ansel saíram para a varanda.

"O que foi isso?", o magistrado questionou, sua voz pouco mais que um guincho. "Soou infernal", acrescentou Ansel, seus olhos bulbosos vasculhando as sombras. "Não passam de selvagens", resmungou o capitão Moore. "Acho que alguns jovens renegados estão causando problemas. Já lidei com isso antes. Não existe perigo real. Apenas querem provar sua bravura um ao outro. Alguns tiros no lugar certo vão espalhá-los e mandá-los de volta para a floresta." O capitão saiu da varanda.

"Capitão, aonde está indo?", perguntou o magistrado. "Aos estábulos."

"Não, isso de nada serve", disse o magistrado Watson. "Preciso de você aqui."

"A ameaça está lá fora, senhor."

O juiz olhou inquieto para a noite. "Bem... e a prisioneira? Devo insistir em um guarda para a prisioneira."

"Refere-se à senhora Carter? Ela mal consegue ficar de pé. O que acha que ela pode fazer? Senhor, nossos soldados já são poucos e..."

"Você *deixará* um guarda", insistiu o magistrado.

O capitão Moore se conteve para não colocar o juiz em seu devido lugar, sabendo que eram tolos como ele que levavam os bons homens à morte. "Entre", disse o capitão, sucinto. "Tranque as portas. Deixarei uma guarda."

O capitão entregou a Jacob um mosquete. "Jacob, fique com o magistrado Watson por enquanto."

O rosto de Jacob revelava um imenso alívio. "Ah, sim, senhor. Posso fazer isso."

"Richard, você vem comigo."

"Não vá para longe", disse o juiz. "Sou um magistrado do território. Suas ordens são para me manter a salvo."

O capitão Moore não se preocupou em responder e partiu com Richard. O capitão estava feliz por estar no escuro, longe da casa. Ele já havia passado por conflitos suficientes contra os nativos para saber que era melhor estar entre as árvores, onde havia margem para proceder, do que trancado em uma caixa. Ele se dirigiu à casa do xerife Pitkin, na esperança de reunir mais alguns homens.

Eles encontraram o xerife na varanda, com mosquete na mão, olhando para os estábulos.

"Você ouviu?", perguntou o capitão Moore.

"Difícil não ouvir", respondeu o xerife. "Aposto que ouviram até em Hartford. Alguma ideia do que está acontecendo?"

"É provável que sejam selvagens causando problemas."

"Selvagens?", disse o xerife Pitkin. "É difícil de acreditar. Não temos problemas com os nativos por aqui há pelo menos uma década."

"Tudo o que sei com certeza é que quem quer que seja, feriu, ou talvez tenha matado, dois dos meus guardas."

"Fico pensando se Abitha tinha um amante pequot. Explicaria muita coisa."

"Era um demônio", Richard afirmou. "Uma besta maligna com chifres e cascos, estou dizendo."

"É mesmo?", disse o xerife.

"Por tudo que é mais sagrado."

"Xerife", disse o capitão Moore. "Preciso que você reúna seus oficiais e alguns homens corajosos e me encontre no estábulo. Posso contar com você?"

"É claro", disse o xerife Pitkin. "O mais rápido que eu puder."

"Ótimo", disse o capitão, e partiu com Richard em direção ao velho estábulo.

"Meu Deus! Meu Deus! Maldição!" Garret rosnava entre os dentes enquanto cravava as unhas na terra, lutando para se arrastar no estábulo. *Satanás em pessoa está aqui!* Ele tentou chutar, tomar impulso, mas suas pernas não responderam. "Estou quebrado", ele choramingou. "Quebrado de vez. Desgraça!"

Um uivo rasgou a noite, perfurando o âmago de Garret. Ele olhou para trás, petrificado. A bruxa estava de pé ao lado do demônio. E mais o quê? Um corvo e um peixe? Não, não. Não exatamente, mas algum tipo de demônio flutuante com rostos de crianças perversas. E todos olhavam para ele com seus olhares fixos. "Ah, Jesus, meu Deus!", ele gritou e redobrou seus esforços. Ele se arrastou para dentro do estábulo, tentando se esconder entre os fardos de feno e sacos de sementes.

"Garret", alguém ou algo o chamou.

Garret se curvou atrás de um fardo de feno, agarrando-se, fechando os olhos, tentando bloquear tudo, tentando desaparecer.

"Garret, onde está você?" Era ela, a bruxa. "Você me deve algo." Ele ouviu passos.

"Aí está você."

Garret abriu os olhos e lá estava ela, exceto que não era a desgraçada miserável e indefesa que estava chutando. Não, a coisa diante dele parecia tudo menos aquilo. Seus pés não eram mais pés, eram fendidos, os dedos dos pés se juntando como se formassem cascos. Seu corpo magro, com sua saia esfarrapada e sua blusa salpicada de sangue. Mas eram seus olhos que ele achava mais perturbadores. As pupilas não passavam de fendas, como uma besta selvagem, repletas de ódio, quase reluzindo com veneno, fixadas sobre ele. Então, ela sorriu e ele viu seus dentes, suas presas pequenas e afiadas.

Garret começou a tremer, urinando-se e gritando. "Meu Deus!"

"Você matou meu Booka", ela sussurrou. "Eu amava meu Booka."

"Não, não fui eu. Foi... *Norton.* Norton quem o matou!"

"Você me deve uma vida."

"Misericórdia, eu imploro a você."

"Não conheço o significado dessa palavra." Ela derrubou um saco de sementes sobre ele.

Uma dor excruciante subiu pelas costas de Garret. Ele gritou, lutando para se libertar, mas o peso das sementes era demais e não conseguia se mover.

Abitha pegou uma das lanternas. Ergueu-a para que ele pudesse ver.

"N-não! Não, Abitha. *Não!* Eu imploro. Não, por favor... *não!*"

"Eu não sou Abitha. Abitha foi assassinada. Eu sou a bruxa, e a bruxa não se importa com suas lágrimas." E, assim, ela quebrou a lanterna contra o poste ao lado dele, o óleo espirrando por todo o feno. O óleo inflamou e um incêndio robusto floresceu.

"Não!", Garret gritou. "*NÃO!*"

O feno e a semente rapidamente incendiaram e o fogo começou a se alastrar. Garret lutou para sair de debaixo do saco, implorando e suplicando que alguém o ajudasse. Mas ninguém o ouviu. Ele estava sozinho.

O capitão Moore e Richard se moveram com cautela em direção aos limites da cidade. Ao se aproximarem dos estábulos, ouviram gritos e notaram um forte clarão avermelhado.

"Os estábulos estão em chamas!", Richard disse e partiu em frente.

"Espere", disse o capitão Moore, agarrando o homem. "Pode ser uma armadilha." Ele os levou a um aglomerado de arbustos. Lá, ele examinou as casas e árvores por todos os lados, procurando por qualquer sinal de emboscada.

Os gritos continuavam.

"Temos que fazer alguma coisa", disse Richard.

O fogo estava crescendo, todo o estábulo agora em chamas, iluminando o céu e as florestas que o circundavam.

O capitão percebeu uma movimentação — duas figuras sombrias indo em direção à cidade ao longo da borda mais distante da floresta. Era difícil afirmar quem ou o que ele enxergava no escuro, então parte do telhado do estábulo desabou, lançando uma bola de fogo explosiva, o que lhe permitiu ver com clareza. Era ela, a bruxa, e para seu espanto, ela estava caminhando bem, se movendo com agilidade. *Como?*, ele se perguntou. *Sua perna estava quebrada.* Então, ele teve um vislumbre da outra figura e se distraiu por completo da bruxa. Era, de fato, uma besta de chifres.

"Veja!", Richard exclamou. "Olhe ali. Eu disse a você!"

O capitão apertou os olhos, tentando compreender o que estava vendo. *Não,* ele pensou, *é apenas um homem.* Havia visto diversos nativos vestindo roupas estranhas em batalha — máscaras, chifres e peles, cobrindo seus corpos de tinta. "É um disfarce, uma fantasia para nos assustar. Nada mais."

"Veremos", disse Richard, erguendo o rifle.

"Espere", disse o capitão Moore. "Precisamos descobrir quantos são." Ele percebeu que não estavam fazendo sinais ou procurando por outros, e essa não era a maneira como os guerreiros agiam ao coordenar um ataque. Agora, ele tinha certeza de que o homem deveria ser de fato seu amante. Era a única coisa que fazia sentido. Com o marido morto e precisando de ajuda na fazenda, por que ela não levaria um selvagem para sua cama? "Eles estão sozinhos", disse ele, erguendo o mosquete. "Ao meu sinal... *fogo!*"

Ambos dispararam, a explosão trovejando pela noite.

Levou um segundo para que a fumaça se dissipasse. Então, eles viram a bruxa ajudando o homem a se levantar.

"Veja", disse o capitão Moore a Richard. "No fim das contas, seu demônio parece ser somente um homem mortal."

Richard não parecia convencido.

A bruxa e o homem se embrenharam nas árvores.

O capitão sacou a pistola e correu para frente, mas ao chegar ao local não encontrou nenhum sinal da bruxa ou de seu companheiro. No momento seguinte, Richard o alcançou — e pouco depois, o xerife Pitkin e dois oficiais, todos armados com mosquetes.

"Você os viu?", perguntou o xerife.

"Sim", disse o capitão Moore. "Realmente, trata-se apenas da bruxa e algum selvagem renegado. Ele foi atingido. Não irão longe."

"Capitão!", Richard chamou. "Ali!"

O capitão os viu correndo por uma pequena clareira, apenas um vislumbre antes de desaparecerem outra vez no meio da floresta, o suficiente para que pudesse ver que o homem estava mancando.

"Nós os pegamos", disse o xerife. "Essa floresta é contornada pelo rio. Eles ficarão presos."

Os homens entraram na floresta.

"Você foi atingido!", Abitha disse. "Ah, Samson. Não!"

Samson parou, olhando para o buraco na lateral de seu corpo. "Sim, parece que sim."

"Temos que levá-lo a um lugar seguro."

"Acho que ficarei bem", disse ele, parecendo despreocupado.

"O que quer dizer? Você levou um tiro no peito."

"Sim, e aqui também." Ele apontou para a coxa. "Já sofri coisas piores. Embora isso dificulte a caminhada."

Abitha olhava para ele, horrorizada.

"Irá se curar. A questão é quanto tempo levará. É provável que não morrerei. Parece que sou muito difícil de matar."

Suas palavras não aplacaram a preocupação de Abitha. Ela começou a dizê-lo quando ouviram os homens se aproximando deles em meio à floresta.

"Abitha, meu sangue carrega muitos dons. É hora de você começar a entender o que você é. O mundo selvagem é a sua casa e você tem muitos amigos aqui."

Ela não tinha certeza do que ele queria dizer. Céu? Riacho? Mas eles podiam fazer tão pouco.

Os estábulos agora estavam tomados pelas chamas, embora estivessem bem entranhados na floresta, raios de luz cintilantes penetravam na escuridão. Samson a conduziu ao redor de uma grande moita de arbustos, levando-a para as sombras. Ele colocou a mão de Abitha no chão. "Sinta a Mãe Terra, ouça-a."

Abitha tocou a terra e sentiu o pulso. Ele fluía através dela e de todas as coisas vivas ao seu redor. As vozes da floresta começaram a se abrir para ela: os sapos, os pássaros aninhados nas árvores, as aranhas, os insetos. *Ah,* pensou, *tantos insetos. Tantos insetos famintos.*

"Chame-os", disse Samson.

"O quê?"

"Chame-os."

Abitha fechou os olhos e falou, não com palavras, mas com seu coração, sua alma. Descobriu que era fácil agora que o sangue de Samson corria em suas veias. Descobriu que havia entrado em um matrimônio com o mundo selvagem, sua língua era uma só.

"Olá, estou aqui", disse ela e, ao fazê-lo, sua canção cresceu em volume.

Ela os chamou: as cigarras, as mariposas, os besouros e vaga-lumes, as mosquinhas e os mosquitos, os milhares e milhares de pequenos mosquitos. E eles responderam, suas minúsculas vozes crescendo, unindo-se como em uma canção, preenchendo a floresta com sua melodia enquanto voavam até ela, aglomerando-se e girando juntos como uma nuvem de tempestade crescente.

Outro inseto, um tipo de besouro, atingiu o olho do capitão Moore, então algo voou para dentro de sua boca. Ele cuspiu. "Tantos insetos malditos esta noite", disse ele, quase gritando para ser ouvido sobre o ruído das cigarras e gafanhotos. Jamais ouvira tamanho alarido.

"Ali!", Richard gritou. "Tem alguém ali."

O capitão olhou, tentou entender o que estava vendo. Parecia um peixe, um peixe voador. Ele ergueu o rifle e outro inseto atingiu seu rosto, outro, depois outro. Algo pequeno voou para dentro de seu olho. "Ah!", ele rosnou, tentando limpar os olhos. O peixe havia desaparecido.

Richard soltou um grito e o capitão viu que todos os homens estavam atormentados pelos insetos, esfregando seus rostos e olhos enquanto seguiam aos trancos. O que está acontecendo?, ele se perguntou.

O capitão Moore a viu, a bruxa, apenas um vislumbre. Ela estava sorrindo? "Ali!", ele gritou. "Ela está logo ali." Ele foi atrás dela e os homens o seguiram. Então, uma grande nuvem de fumaça rolou sobre eles, engolindo-os. Entretanto, ele logo percebeu, não era fumaça, e sim mosquitos, milhares e milhares de mosquitos. Eles pousaram sobre ele, penetrando em seus olhos, seus ouvidos, seu nariz. Ele não conseguia respirar sem inalá-los. Ele gritava, assim como os outros, e os insetos entravam em sua boca. Ele tropeçou, largou o mosquete, esfregando os olhos, sufocando e cuspindo uma bolota encharcada de mosquitos se contorcendo.

Alguém esbarrou nele, um de seus guardas, impossível dizer quem, o rosto do homem convertido em uma máscara de enxame de insetos. O homem passou correndo, arranhando os olhos, tentando arrancar os insetos. Então lá estava *ela*, apenas uma forma embaçada, mas ele sabia que era ela, a bruxa. Ela atingiu o guarda com um lampejo de sua lâmina, fazendo-o girar, segurando sua garganta, caindo ao chão.

O capitão Moore sacou a pistola do cinto e disparou, a rajada iluminando a cena por um mero segundo, mas o tempo suficiente para que o capitão visse que havia errado seu alvo, e que dois dos homens haviam sido rasgados por uma lâmina, e a bruxa fugiu, ágil e veloz como um cervo.

Alguém o agarrou. Ele gritou, tentou golpeá-lo com sua pistola. "Pare", gritou a pessoa. Era o xerife. "Temos que ir!", o homem gritou e depois fugiu. O capitão tentou acompanhá-lo, mas perdeu de vista o xerife logo em seguida.

O capitão Moore prosseguiu no que esperava ser a direção correta, tentando recarregar sua pistola enquanto corria, tentando fazê-lo apenas com o tato. Ele chegava a sentir os mosquitos se contorcendo em seus olhos, em seu nariz e orelhas. Seus zumbidos agudos incessantes abafavam todos os outros sons, como se estivessem gritando apenas com ele. Ele tropeçou em um tronco, pedra ou quem sabe o quê, sua pistola quase escapou e ele deixou a munição cair. Ele não se preocupou em procurá-la, apenas se pôs de pé. Então, de repente, os insetos diminuíram, se afastando. Ele podia ver o estábulo queimando lá longe. "Ah, meu Deus. Obrigado! Deus, meu Deus. Obrigado!"

Ele começou a avançar, mas alguém — algo — estava lá, uma forma turva em seu caminho. Ele esfregou os olhos freneticamente.

A criatura falou. "Gostaria de lhe oferecer uma escolha. Uma morte rápida e misericordiosa ou uma morte lenta e cruel."

Seu sangue gelou. Era ela, a bruxa. Ele mal podia distingui-la na luz das chamas. Ela estava segurando uma espada, com os dentes à mostra.

"Bruxa!", o capitão Moore berrou e sacou sua faca, mas ela era rápida, se aproximou, cortou seu pulso, quase decepando sua mão. Ele gritou, largando a lâmina.

"Uma morte lenta então", disse ela, e o cortou no abdômen.

Uma dor lancinante se espalhou pelas entranhas do capitão. Ele soltou um grito, agarrando-se à ferida, depois gritou quando sentiu suas entranhas, suas próprias vísceras, derramando-se em um jorro quente em suas mãos.

"Ah, meu Deus! Jesus Cristo!" O capitão Moore lamentou e desabou ao chão.

Ela sorriu para ele. "Isso deve demorar um pouco. Não concorda?"

E em algum lugar em meio à sua intensa agonia, as palavras de Abitha chegaram até ele. Ele compreendeu então que ela não iria acabar com ele. Ele havido visto ferimentos abdominais o suficiente para saber que era o seu fim, poderia levar dias, mas ele *morreria*, sem dúvidas morreria, sofrendo o pior tipo de dor.

Um corvo voou e pousou no ombro da bruxa, depois um peixe, flutuando ao lado dela, todos a observá-lo gemendo, lamentando e rolando no fedor de suas próprias entranhas sujas.

A bruxa se virou e foi embora. Nesse momento, os insetos voltaram, atacando o capitão, rastejando sob suas roupas, em seus olhos, nariz, orelhas, na ferida profunda em seu abdômen, abrindo caminho para dentro da pilha fétida de seus intestinos, mordendo, picando e beliscando. Seus lamentos se transformaram em gritos, em berros, guinchou até que não fosse mais capaz de guinchar.

Abitha viu o xerife Pitkin engolido por uma nuvem de mosquitos, com o braço protegendo o rosto, a mão estendida, cambaleando às cegas pelas árvores. Estava sem suas armas, assim como seu chapéu e uma de suas botas.

Abitha falou com os insetos, pediu que retornassem para a noite, e eles a obedeceram. Ela se aproximou do xerife. Ele a sentiu e esfregou os olhos, descontrolado.

Abitha colocou a lâmina em seu pescoço e ele congelou.

"Obrigada pelos biscoitos e pelo chá", ela disse. "Isso foi gentil de sua parte."

Ele olhou para ela, com os olhos turvos de lágrimas e insetos.

"O quê?"

"Não me siga", disse ela. "Se me seguir, eu o matarei."

Ela o deixou lá e partiu em direção à vila. Ela passou pelo estábulo. Estava totalmente envolto em chamas, grandes nuvens de fumaça ondulando em direção ao céu, o fogo iluminava toda a vila com seu sinistro clarão avermelhado.

Havia cerca de uma dúzia de pessoas correndo de um lado para outro, muitas segurando baldes de água, talvez na esperança de salvar suas reservas de alimento.

É tarde demais para isso, pensou Abitha. *Vocês logo saberão o que é estar com fome neste inverno.*

Eles a viram e ela sorriu para eles, paralisando a todos com o gesto, seus rostos cheios de perplexidade e horror. Então, ela bateu o pé e sibilou, rindo enquanto fugiam aterrorizados. Abitha prosseguiu para a vila, caminhando audaciosa pela rua principal, dirigindo-se à residência de Wallace.

Em algum momento, ela percebeu que estava ferida, com um longo corte no braço. Devia ter sido um dos guardas. Ela sentia dor, mas não como pensaria diante de tal ferida. Ela notou outra coisa: seus pés continuavam se transformando. Não eram mais pés agora e sim cascos. Abitha ergueu a saia e viu suas pernas. Também estavam se transformando, de certo modo caprinas, com uma pelagem macia, dando uma leve elasticidade a seus passos. Ela se perguntou se o sangue de Samson a estava transformando em algo como ele. Ela tocou a cabeça e, sim, com certeza, duas saliências brotavam e ela suspeitava que logo se transformariam em chifres. *O que o você acha disso?*, Abitha se perguntou. "Acho maravilhoso."

Ela olhou ao redor em busca de Samson. Haviam se separado na floresta. Ela não o via, mas sabia que não estava longe. Ela viu um homem no tronco, no centro da praça da aldeia. Era o reverendo Carter.

Ela se aproximou e ele ergueu a cabeça, olhando-a de cima a baixo. "Abitha?"

"Abitha está morta. Eu sou a bruxa."

Ele assentiu. "Estou vendo."

As roupas do reverendo estavam rasgadas e imundas, seu rosto magro e abatido, coberto de hematomas escuros, com uma ferida terrível na testa. Seus olhos carregavam uma tristeza insuportável. Ele limpou a garganta. "Diga, por favor. É verdade que eles a esmagaram, minha Sarah, e que ela confessou?"

"Reverendo, sinto muito. Mas, sim, é verdade."

Ele assentiu, parecendo sentir dor.

"Não se atreva a julgá-la com rigidez, reverendo. Poucos suportaram tanto sofrimento quanto ela. Foi apenas pela filha que ela cedeu. Foi o amor, não a dor, que a dominou."

Ele olhou para além dela com os olhos arregalados. "É... é o demônio?" Ele abriu a boca para dizer mais, mas não proferiu som algum.

Samson se aproximou e parou ao lado de Abitha. "Sim", disse Abitha. "Ele me libertou."

O reverendo Carter continuou a olhar, sem piscar, boquiaberto.

Abitha ergueu sua lâmina e golpeou a prancha do tronco, uma, duas vezes e, no terceiro golpe, a madeira cedeu. Ela a desprendeu com um chute, libertando o reverendo.

O reverendo pareceu mal perceber, apenas continuou a olhar para Samson.

"Espero que ainda haja algo para você nesta vida", disse Abitha, virando-se e partindo.

Abitha tomou a estrada ao sul da vila, ao longo do rio, a princípio caminhando, mas conforme se acostumava com seus novos pés e pernas, começou a trotar. Logo, estava galopando pela estrada. E, por um momento, ela se esqueceu de sua raiva, de seu veneno, de sua necessidade de arrancar os olhos de Wallace, apenas apreciava o simples prazer de sentir o vento quente em seu cabelo, a música da noite e a beleza do luar banhando tudo em seu caloroso brilho de outono.

Ela chegou à residência de Wallace em pouco tempo, estando apenas cerca de um quilômetro e meio da cidade. Quando Samson finalmente a alcançou, ela pôde ver que ele ainda mancava, mas não tanto quanto antes.

"Suas feridas", disse ela. "Estão melhores?"

Ele assentiu. "Sim, um pouco."

Ela olhou de relance para o corte em seu braço. Estava começando a cicatrizar.

Samson também o examinou. "Você não é de forma alguma imortal, Abitha. Contudo, meu sangue é poderoso e, se tiver cuidado, poderá viver por muito tempo, talvez até alguns séculos." Ele olhou para a cabana de Wallace. "Tem certeza de que quer arriscar isso?"

Ela seguiu seus olhos, viu uma forma se movendo no interior e esqueceu a lua, o vento, a ideia de viver por centenas de anos. Suas pupilas dilataram e em seus olhos restava apenas a fúria.

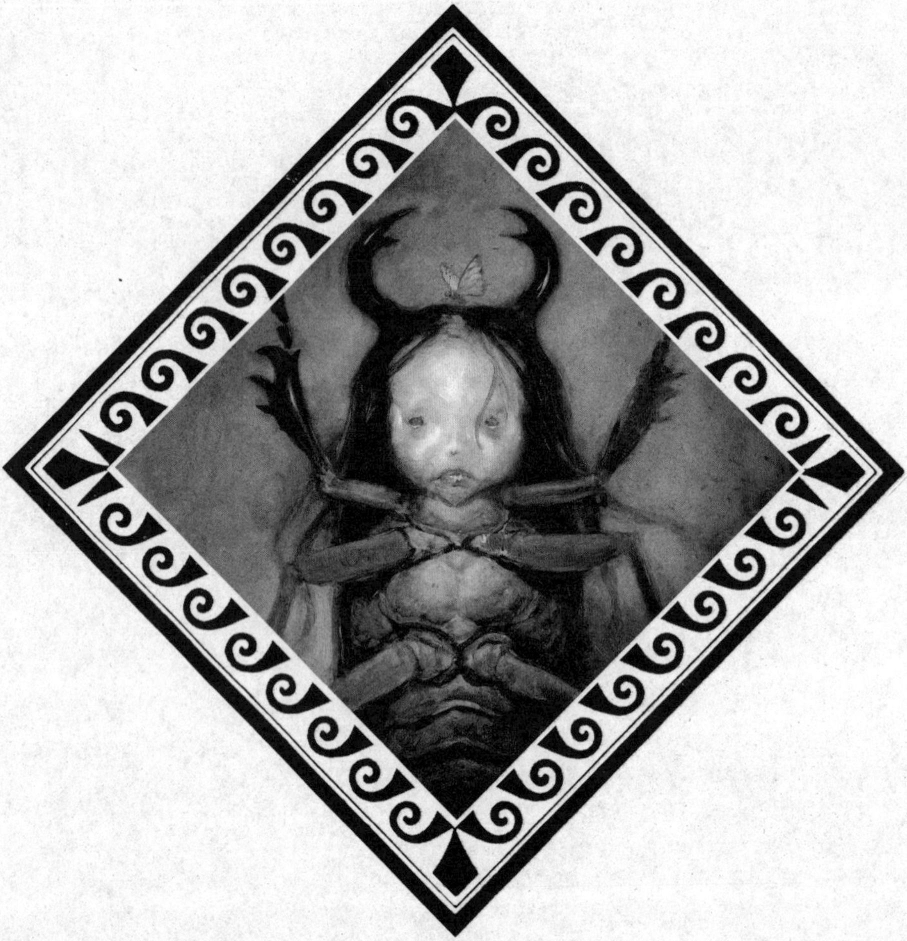

CAPÍTULO 15

Wallace concluiu a oração e sua família começou a comer. Estavam apenas sua esposa e filha esta noite, já o filho estava fora visitando Helen e sua família.

"Somos mesmo abençoados", disse sua esposa, Anne, olhando para a fartura de comida diante deles.

Wallace assentiu enquanto garfava uma grande porção de carne de cabra para seu prato. Ele pegou uma concha de feijão, demorando um momento para saborear o aroma do mel que o acompanhava, então deu uma mordida na carne e começou a mastigar. A carne estava suculenta. Wallace olhou para todo o mel que cobria as prateleiras, para a comida à sua frente.

O mel de Edward, a cabra de Edward, o milho de Edward, ele pensou, e não importava o quanto tentasse, não podia deixar de ver o rosto severo e julgador de seu pai. *Você não acha que eu trocaria tudo para ter Edward de volta, pai? Detive a bruxa, salvei Sutton do próprio demônio, é por isso que colhi esses louros. Não foi você, pai, que sempre me disse que Deus recompensava os justos?*

"Pai", chamou Charity, e quando ele não respondeu, ela repetiu, mais alto e com mais força. "Pai!"

Ele olhou para ela com raiva, irritado por ser arrancado com tanta indelicadeza de seus pensamentos. Ela parecia uma pessoa diferente esta noite, parecia pensar que sua posição se elevava a seus pares, talvez mais. Era evidente que o reconhecimento, os elogios e a distinção que havia recebido do magistrado por seu testemunho lhe subiram à cabeça. *Ela só precisa ser lembrada de seu lugar,* ele pensou, embora notasse uma cautela peculiar em seus modos. E por que razão? Ele sabia o porquê. Porque ela havia sido tão convincente no tribunal, a facilidade com que havia desempenhado o papel, dizendo e fazendo o que era necessário para influenciar o júri contra Abitha. Ora, até Wallace se viu acreditando em alguns momentos. Mas, e se ela virasse sua língua contra ele, ainda mais depois de todas as acusações que Abitha havia despejado?

"Pai, que algazarra é essa?", ela perguntou.

"Abaixe seu tom de voz, criança", disse Wallace, esforçando-se para manter a voz calma. "Não cabe a você falar comigo dessa maneira."

Charity o olhava com uma expressão fechada. "Você não está ouvindo?"

"Eu disse para abaixar seu tom de voz. Esta é a minha casa e você demonstrará o devido respeito. Está entendendo?" Então, Wallace ouviu. Parecia que os insetos noturnos haviam enlouquecido e seus gritos incessantes entravam em sua cabeça, tornando difícil controlar seu humor.

Charity revirou os olhos. "Só fiz uma pergunta."

Wallace começou a lhe dar uma reprimenda adequada, quando percebeu um olhar de advertência de Anne, fazendo com que mordesse a língua.

"Charity", disse Anne, falando em uma voz suave, mas firme. "Chega. A Bíblia determina que você seja obediente e respeitosa com seus pais."

Charity cruzou os braços sobre o peito e ficou ali sentada encarando os dois.

Isso não basta, pensou Wallace, mal conseguindo se conter, recordando que há apenas uma semana haveria dado à garota uma surra das boas por tal atrevimento. *Algo será feito,* ele se assegurou. *Só não agora. Não posso permitir mais controvérsias neste instante.*

Wallace voltou sua atenção para a comida, logo enfiou uma garfada de feijão em sua boca antes que dissesse algo de que se arrependeria. Ele começou a mastigar e descobriu que o feijão estava crocante.

Charity abriu a boca para dizer outra coisa e foi nesse momento que um grande inseto voou direto para sua garganta. Wallace, no entanto, não o percebeu, enquanto olhava para o prato, tentando entender o que estava vendo. Havia pequenas formas pretas em seus feijões, e elas estavam se mexendo. *Besouros!*, ele percebeu e cuspiu. Ele olhou para Anne, pronto para repreendê-la por não ter peneirado adequadamente os feijões, mas ela tinha os olhos fixos em Charity.

A menina soltou um grito estrangulado e se levantou, segurando a garganta — o mesmo ato que havia feito durante o julgamento.

"Charity!", Wallace gritou. "Estou farto de suas brincadeiras. Você não está enganando ninguém com seu teatrinho. Pare com essa besteira agora mesmo ou darei uma surra para que aprenda a obedecer!"

Mas Charity não parou. Ela continuou a engasgar, seu rosto corando.

Anne saltou, derrubando a jarra de hidromel enquanto corria para a filha.

"Maldição!", Wallace gritou. "Olha o que você fez!"

Os olhos de Charity se arregalaram ainda mais e ela apontava, frenética, para algo atrás de Wallace.

"Chega", gritou Wallace. "A bruxa está morta. Esta encenação acabou. Está me ouvindo?"

"Estou", veio a voz de uma mulher logo atrás de Wallace.

Abitha?, Wallace se perguntou e girou, mal reconhecendo a mulher selvagem diante dele. Aquela não era Abitha, não poderia ser. Então, ele viu seus pés partidos e entendeu, compreendendo que estava enxergando seu verdadeiro eu, a bruxa totalmente revelada.

Ele viu a espada em sua mão e agarrou a faca de carne. Ele saltou sobre ela, mas Abitha foi mais rápida e se esquivou, fazendo-o se esparramar no chão, perdendo a faca. Antes mesmo que ele pudesse levantar um dos joelhos, ela estava em cima dele, desferindo repetidos golpes na parte de trás de uma perna, depois na outra. A lâmina fez cortes profundos nos músculos e nos tendões atrás de seus joelhos.

Wallace vociferou, tentando rolar para longe, e ela acertou o casco na parte de trás de seu cotovelo. Ouviu-se um estalo terrível e seu braço cedeu, quebrado e inútil. Ele estendeu a mão para pegar a faca, mas o pé de Abitha, seu terrível pé bipartido, aterrissou em sua mão aberta, pisando sem cessar, os ossos estalaram e estouraram. Ela não parou, não até que sua mão não passasse de um amontoado de carne destroçada.

Wallace gritava e berrava, incapaz de se arrastar para longe, seus membros quase que imprestáveis. E em meio às lágrimas ele viu a besta, o próprio demônio entrando pela porta da frente, com uma machadinha na mão. O demônio passou por cima dele, arrancou a perna da cabra, sentou-se e começou a mastigá-la.

Anne se colocou entre a bruxa e Charity, mas a menina ainda estava engasgada, seu rosto arroxeando. Abitha caminhou até ela, sem pressa.

"Não!", Anne implorou. "Por favor, minha filha não."

Abitha a derrubou e agarrou Charity pelo pescoço. "Você é uma mentirosa, Charity Williams", Abitha sussurrou e agarrou sua língua, espremendo-a entre os dedos com garras compridas. O sangue começou a escorrer. "Devo arrancar essa sua língua mentirosa da sua boca?"

"Eu imploro, não!", Anne gritou.

Abitha enfiou a mão na boca de Charity, até o fundo de sua garganta, e retirou um grande besouro, jogando-o para o lado.

Charity soltou um suspiro alto, tossindo e se engasgando enquanto sugava o ar de volta para os pulmões.

Abitha a empurrou contra a parede e Charity caiu no chão, segurando sua garganta, arfando, tentando recuperar o fôlego.

Wallace observava indefeso enquanto Abitha apontava sua espada para Charity. "O demônio veio tomar o que lhe é de direito."

Anne rastejou para o lado da garota, embalando-a. "Não, pare com isso! Por favor. Eu imploro!"

Abitha apontou para Samson. "Veja, Charity, veja o que suas mentiras trouxeram para sua casa."

Charity começou a berrar.

"Não a matarei hoje, criança. Isso seria fácil demais." E, assim, Abitha colocou a lâmina na testa da garota e começou a talhar.

Charity gritava enquanto Abitha esculpia lentamente três cortes profundos em sua testa, formando um M sangrento.

"M significa menina mentirosa."

A garota choramingava enquanto o sangue escorria por seu rosto.

"Quero que você viva sabendo o que a aguarda no final de sua vida. Essa cicatriz sempre a lembrará que não há redenção, não para você, criança. O demônio, o próprio Slewfoot, já reivindicou sua alma. Se não quiser acreditar em mim, basta perguntar a ele." Ela inclinou a cabeça em direção a Samson.

Samson parou de comer por um momento e sorriu. "Sim, sim, você pertence a mim, criança."

"Não!", Charity cuspiu entre soluços. "Mãe, pai... *salvem-me!*"

"Não há salvação para você, Charity Williams. Você está condenada. Agora, saiam daqui vocês duas!", Abitha bateu a lateral da espada contra o poste uma vez, o barulho ressoou como um gongo. "Não direi outra vez."

Anne e sua filha se levantaram, correndo para a porta, saltando sobre Wallace na pressa de fugir.

"Esperem!", Wallace lamentou, depois gritou. "Parem, não me deixem aqui! Por favor... não me deixem!" Mas elas haviam partido e, se ele pudesse ter olhado pela porta, as teria visto fugindo o mais rápido que podiam sem sequer olhar para trás.

Abitha caminhou ao redor dele até a prateleira, pegando um dos potes de mel. Ela parecia absorta em seus pensamentos. Wallace não ousou adivinhar o que ela poderia estar contemplando. "Abitha... escute.", Wallace falou, tentando proferir as palavras entre suspiros de dor. "Qualquer coisa... o que você quiser. Eu... faço o que você quiser. Farei minha retratação... tudo, qualquer coisa. Jurarei que eram apenas mentiras. Admitirei que coagi minha filha... qualquer coisa que você quiser. Qualquer coisa."

Mas ele podia ver que Abitha não estava ouvindo. Ela recolocou o mel com gentileza, quase com ternura, de volta à prateleira, depois colocou a mão em uma viga de madeira, fechou os olhos e começou a murmurar, quer dizer, a cantarolar em voz baixa. Era como se estivesse em transe. Ouviu-se um som estranho de estalos, seguido de trincos e estouros, como madeira estilhaçando. Por um momento, ele pensou que as tábuas de madeira e as vigas de sua casa estavam se partindo, que iriam desmoronar sobre ele. Então, ele viu o que era — besouros, dezenas e dezenas deles, de todas as formas e tamanhos, saindo da madeira. Conhecia aqueles insetos, eram brocas-de-madeira, mas o que não sabia era que centenas deles viviam nas madeiras de sua cabana e que tinham mandíbulas incrivelmente poderosas, projetadas com o único propósito de mastigar longos túneis através da madeira mais dura.

Os besouros começaram a rastejar em sua direção, mas foi apenas quando um rastejou em seu braço e o mordeu que compreendeu sua situação.

Ele se contorceu, jogando o besouro para longe, mas logo outro estava sobre ele, mais um e mais um. Os besouros caíam das vigas acima dele, rastejavam para fora das tábuas do assoalho a seu redor. Eles o morderam e Wallace gritou e se contorceu, tentando afastá-los. Então, começaram a não apenas morder, mas a *cavar*, cavando para dentro de seu corpo. Ele podia vê-los e senti-los perfurando sua pele.

"Ah, meu Deus!", uivou ele. "Tire-os de cima de mim!" Ele se agitava, seus membros quebrados quase que inúteis.

O demônio deixou a cabana e Abitha o seguiu, parando na porta, observando-o, com um pequeno sorriso no rosto.

Wallace percebeu que sua única chance era sair da cabana e começou a se rastejar em direção à porta. Mais e mais besouros caíam sobre ele, escavando corpo adentro. Ele podia senti-los dentro dele agora. Ele choramingava e gritava e, quando pensou que poderia chegar à porta, Abitha a fechou com uma batida sólida, deixando-o a sós com os besouros.

"*NÃO!*", Wallace lamentou, gritando e berrando até que, por fim, um dos besouros entrou em sua garganta, e então ele não gritou mais.

Ansel, o guarda Jacob e o magistrado Watson estavam todos na varanda de Ansel, olhando para o norte em direção ao brilho incandescente, ouvindo mais tiros. Uma névoa esfumaçada pairava sobre a vila. Pequenos grupos de pessoas corriam de um lado a outro. Ninguém parecia saber o que estava acontecendo ou o que fazer.

"Os estábulos estão em chamas", disse Jacob.

"Vamos só torcer para que o fogo não se espalhe", disse Ansel.

"Guarda... ali!" O magistrado Watson gritou, apontando para uma figura abrindo caminho em direção a eles. O magistrado se escondeu atrás da porta quando a figura se aproximou.

Jacob ergueu o mosquete, então o abaixou. "Richard?"

Richard chegou aos degraus, desabando em seguida na varanda. Jacob largou seu mosquete, foi até o homem e colocou-o de pé.

"O que aconteceu?", perguntou Jacob.

Richard tentou responder, mas estava com dificuldade para respirar. Um som estranho e áspero vinha de sua garganta. Foi então que Ansel notou a ferida profunda em seu peito.

O magistrado espiou por trás da porta. "O que aconteceu? Foram os nativos? Quantos deles?"

Richard disse algo, mas foi pouco mais que um sussurro.

"Fale, homem", exigiu o magistrado, caminhando e se ajoelhando ao lado dele. "Fale!"

"Demônios", disse o homem com a voz fraca. "A bruxa... demônios... diabos." Ele tossiu, espirrando sangue na bochecha do magistrado.

O magistrado Watson recuou, puxando o lenço de seu bolso e limpando o sangue do rosto em gestos desvairados. "Vocês ouviram isso? Ouviram?"

Ansel balançou a cabeça, seu rosto pálido.

"Bruxas e demônios! Precisamos sair daqui. *Agora!*"

O guarda tossiu com violência, tentou dizer mais, então esmoreceu, olhando para o nada.

"Richard?", Jacob gritou, sacudindo o homem. "Richard... *Richard!*"

"Ele está morto", disse o magistrado. "Agora, vamos. Depressa, homem."

Como o guarda não se mexeu, o magistrado segurou sua jaqueta e deu-lhe um puxão brusco. "Agora, eu disse. Isso é uma ordem. Coloque as coisas na carroça e vamos embora."

"Mas, senhor", disse Jacob. "O capitão... devemos esperar pelo capitão. Ele pode precisar..."

"O capitão Moore é capaz de cuidar de si mesmo. Agora, temos que nos mexer!"

"Não podemos apenas..."

"Soldado", rosnou o magistrado. "Seu trabalho é me manter a salvo. Agora, estou ordenando que carregue minhas malas."

Ansel olhou de volta para a fumaça ondulante, para o homem morto, e decidiu que poderia ser prudente se fosse com eles. "Sim, precisamos tirar o magistrado Watson daqui. É perigoso demais. Jacob, prepare a carroça e eu ajudarei o magistrado a recolher seus pertences."

O guarda concordou com relutância, correndo para juntar os cavalos. Ansel seguiu o magistrado e o ajudou a fazer as malas, trazendo as duas bolsas para a varanda.

"Minha cadeira, não se esqueça da minha cadeira."

Ansel assentiu, correndo de volta e arrastando a cadeira pesada para fora. Jacob estava lá esperando com a carroça quando retornou, e Ansel se surpreendeu ao ver Sarah Carter sobre ela. O capitão a havia deixado no porão e, em meio a todo o caos, Ansel esqueceu que ela estava lá embaixo. Ela estava deitada se contorcendo, as mãos algemadas, a respiração rouca, evitando os olhares de todos.

Ansel ajudou o magistrado a subir no assento da carroça. "Por que ela está aqui?", perguntou o juiz.

"Senhor?", Jacob respondeu.

"A mulher."

"Ora, ela é nossa prisioneira. Foi você quem disse que somos responsáveis por levá-la a Hartford."

"Não há espaço."

"Sim, há espaço."

"Onde você colocará minha cadeira?"

Jacob pareceu perplexo. "Não podemos mandar buscá-la depois?"

"Não!" O magistrado Watson berrou. "Essa cadeira é uma relíquia de família. Não arriscarei perdê-la. Agora, livre-se dessa maldita mulher, carregue a cadeira e vamos embora."

Jacob parecia pronto para atacar o homem. Ao invés disso, correu para a varanda, ergueu a cadeira e a carregou. Ansel o ajudou a carregá-la na carroça.

"Cuidado", o magistrado rosnou. "Essa cadeira veio da Inglaterra."

"Sente-se, mulher", disse Jacob. "Agora." Quando Sarah não se mexeu, ele subiu e a empurrou com gentileza para o canto do leito para abrir espaço. Sarah soltou um grito, apertando o peito. Ansel supôs que ela deveria ter várias costelas quebradas por conta do esmagamento.

"Por que você está se enrolando?", gritou o juiz.

Jacob voltou para a cadeira e a empurrou grosseiramente para dentro da carroça.

"Eu mandei tomar cuidado!", gritou o magistrado. "Se essa cadeira for danificada, será descontado do seu soldo, pelo amor de Deus."

Ansel subiu e tomou as rédeas.

Jacob puxou seu próprio cavalo e montou.

Ansel bateu as rédeas e eles partiram em um trote rápido, Jacob foi atrás montado em seu cavalo, com sua pistola preparada e pendurada em seu braço.

Eles estavam indo para o sul em direção a Hartford, longe dos estábulos. Ansel percebeu que passariam pela residência de Wallace e se perguntou se deveriam parar e avisar o homem.

O xerife Pitkin entrou correndo na vila, em linha reta em direção à casa de reuniões. Lá, ele encontrou um pequeno grupo de pessoas reunidas. Ele agarrou Felix James. "Bata o sino!", exclamou. "Rápido! Não pare até que todos estejam aqui." Ele se virou para o grupo de rostos ansiosos. "Vá. Chame qualquer um que encontrar. Mande trazer mosquetes, espadas, machados, e traga todos aqui. Agora!"

"O que está acontecendo? Nativos?" Muitas perguntas feitas ao mesmo tempo.

"Chega, silêncio!", o xerife Pitkin gritou. "Estamos sob ataque. É a bruxa. Ela está acompanhada." Suas palavras foram recebidas com olhares chocados de horror. "Resistiremos aqui... na casa de reuniões. Deus nos protegerá, mas devemos fazer a nossa parte. Vá agora! *Agora!*"

O sino dobrou e, em pouco tempo, o povo de Sutton começou a se reunir dentro da casa de reuniões. O xerife se esforçou para organizá-los, primeiro conduzindo os idosos, as mulheres e as crianças para o centro da sala, montando uma barricada ao redor deles com os bancos.

Os reverendos Collins e Smith chegaram.

"Reverendos", chamou o xerife. "Reúnam todos aqueles que são incapazes de empunhar uma arma e os coloquem em oração. Deus deve entrar neste recinto." Ambos os ministros lhe deram um olhar horrorizado, mas concordaram, reunindo as pessoas em um círculo e as conduzindo em oração.

À medida que mais homens com mosquetes chegavam, o xerife começou a montar defesas, acendendo um círculo de tochas ao redor da casa de reuniões para que pudessem avistar qualquer um que se aproximasse. A casa de reuniões tinha apenas quatro janelas, duas de cada lado, então ele colocou vários homens em cada uma, assim como um punhado na porta atrás de uma barricada, instruindo-os a revezarem os disparos, garantindo que alguns atirariam enquanto outros recarregavam.

Ele olhou ao redor, tentando pensar em qualquer outra coisa que pudessem fazer para fortalecer sua posição. *Mas como alguém se defende de uma bruxa?*, ele se perguntou. *Rezamos,* pensou. E enquanto caminhava de janela em janela, procurando nas sombras qualquer sinal da bruxa ou de seus truques, ele rezava, sussurrando junto com os ministros. Esperando que Deus fosse seu escudo contra o demônio e sua perversidade.

Ansel continuava a olhar para trás, certo de que ela estaria lá — a bruxa, seu diabrete, perseguindo a carroça com olhos vermelhos ardentes e uivando por vingança. Ele se arrepiou, e então ouviu o sino da casa de reuniões começar a dobrar à distância — confirmação de que o problema estava atrás deles — e se permitiu relaxar um pouco.

Boa sorte, Sutton, ele pensou. *Talvez se vocês fossem um pouco mais complacentes com um velho e seu papo sobre demônios, não estariam em tal situação.*

Eles atravessaram a ponte dos Williams, o que significava que estavam chegando na residência de Wallace. Ansel ponderou se deveria parar e avisar o homem ou não.

"Por que você está desacelerando?", o magistrado rosnou. "Não diminua a velocidade até que eu lhe diga."

"Senhor, Wallace..."

"Não até que eu lhe diga!"

Ansel começou a bater as rédeas quando algo — o que parecia ser um peixe — surgiu diante dos cavalos. O peixe gritou e os dois cavalos viraram bruscamente para a esquerda. Quando Ansel se deu conta, eles estavam colidindo com os arbustos. A carroça atingiu algo sólido — um tronco ou pedra — e tanto Ansel quanto o magistrado voaram de seus assentos.

Ansel girou ao menos uma vez e caiu de costas sobre um arbusto. Ele permaneceu ali por um momento esperando que a dor viesse, pois não havia como escapar de tal acidente sem pelo menos alguns ossos quebrados. Mas nenhuma dor veio. Ele se sentou e, além de alguns arranhões, parecia bem.

O magistrado, no entanto, não teve tanta sorte e permaneceu deitado, se contorcendo e lamentando.

Ansel se levantou e, mesmo sob a luz fraca da lua, podia ver que as pernas do magistrado estavam torcidas e mutiladas. Ansel passou por cima dele, olhando para a carroça, na esperança de libertar os cavalos para que pudesse seguir seu caminho. Mas tudo aquilo, os cavalos, a carroça, tudo era impossível de discernir entre os arbustos. A carroça se perdeu por completo. Ele viu Sarah, de alguma forma ainda sobre o leito, sentada, parecendo atordoada.

Jacob se levantou e saltou de seu cavalo, correndo na direção do magistrado a gritar. "Aguente firme, senhor", disse Jacob. "Vamos ajeitá-lo e tirá-lo daqui em pouco tempo." "Ansel", Jacob chamou. "Aqui, uma ajudinha, por favor."

Ansel não o ouviu. Ele estava olhando para as duas figuras sombrias, caminhando em direção a elas pela estrada. Seu sangue congelou. Um deles tinha chifres. "Ah, meu Deus. Ah, meu Deus."

"Ansel", Jacob chamou. "Preciso de sua ajuda."

"O demônio!", Ansel gritou, seus olhos bulbosos prontos para saltar de suas órbitas. "O quê?", Jacob ergueu os olhos e também os viu. "Senhor Jesus!" Ele soltou o magistrado, sacou a pistola do cinto, apontou e disparou.

E ali, naquele clarão do disparo, Ansel viu tudo o que precisava ver. Ele saltou em direção ao cavalo do guarda, agarrou as rédeas e montou na sela.

"Meu mosquete", Jacob gritou.

O mosquete estava preso a uma correia no cavalo, mas Ansel não o entregou ao guarda. Ele sequer considerou entregá-lo ao guarda — seu único pensamento era escapar. Ele chutou o cavalo, gritou e galopou para longe. Ele ouviu o guarda chamar por ele, seguido de um longo e terrível grito. Ansel tentou não ouvir aquilo, mas acabou por se enterrar em sua cabeça. "Ah, não! Ah, não!" Ele chutou o cavalo de novo e de novo, correndo para longe o mais rápido que pôde, sequer ousando olhar para trás, sem querer ver, sem querer saber, querendo apenas fugir.

Abitha observou Ansel partir. "Você não pode se esconder", disse ela, em seguida olhou para o rosto jovem de Jacob, para todo o sangue que se empoçava sob seu corpo, e sentiu apenas tristeza. Ele havia sido gentil ao seu modo. Seus olhos se voltaram para o homem gemendo no mato. "Olá, magistrado. Como você está nesta bela noite?"

O magistrado Watson agarrou sua perna torcida, tentando recolocar o osso saltado para dentro de sua carne. Ele olhava para ela com um misto de horror e dor.

"Você não parece estar se divertindo."

"Fique longe de mim", ele choramingou.

Céu voou e pousou em um galho ao lado dele, enquanto Riacho nadava em círculos, em tom de brincadeira, ambos rindo.

"Demônios!", gritou o magistrado. "Afastem-se, todos vocês! Eu sou um homem de Deus. Toque-me e sofra a ira de Deus!"

Abitha o agarrou pelos cabelos e empurrou a cabeça para trás, pressionando a espada dela contra sua garganta. "Você gosta de oferecer escolhas às pessoas. Não muito boas, diria eu, mas quando você está fazendo suas próprias regras, acho que pode fazer o que quiser. O justo é o justo, então aqui, agora, retribuirei o favor." Ela o soltou, se afastou e retirou uma faca do cinto de Jacob, estendendo-a ao magistrado. "Pegue."

Ele olhou para a faca como se fosse veneno.

"Pegue. Não pedirei outra vez."

Ele o fez.

Ela sorriu. "Preciso garantir que você não condenará outra alma. Então, posso estripá-lo e arrancar aos poucos suas entranhas... tendo em vista que acredito que isso seria uma ótima garantia, ou... você pode cortar sua própria língua imunda de sua própria boca imunda. O que escolhe?"

O magistrado olhou para a faca, engoliu em seco e balançou a cabeça. "Não, por favor. Eu imploro a você, tenha misericórdia."

"Isso é misericórdia. Confie em mim."

"Eu juro, juro por Deus... Juro pela minha alma que desistirei deste negócio. Renunciarei a meu cargo deste minuto em diante. Concederei um perdão completo a todos", disse, aos prantos.

Abitha pressionou a lâmina contra seu abdômen. "Senhor magistrado, estou prestes a começar a abri-lo. Somente pararei quando você começar a cortar sua língua." Ela cravou a lâmina em seu estômago, apenas o bastante para tirar sangue.

"Está bem... *está bem!*", ele gritou e agarrou sua própria língua, estendendo-a entre os dedos, então hesitou, incapaz de fazê-lo.

Abitha enfiou a lâmina mais fundo em seu abdômen. Ele uivou e começou a cortar, partindo e serrando, tentando forçar a lâmina através da carne fibrosa, gorgolejando enquanto o sangue quente jorrava, enchendo sua boca, escorrendo por sua garganta, engasgando-se, enquanto tentava gritar. Com um golpe final, ele cortou a língua, segurando-a para que ela visse enquanto ele soluçava e vomitava.

Abitha removeu a lâmina de seu abdômen, estendeu a mão e arrancou o pedaço. "Obrigada." Ela o jogou por cima do ombro e se virou. Ela voltou para a estrada, então ouviu risos, percebendo que havia uma mulher sobre o leito da carroça.

"Sarah?"

"Então, você é uma bruxa no fim das contas", Sarah disse com um sorriso de escárnio. "Olhe para você aqui, dançando com o próprio demônio." Ela riu outra vez. Não era uma risada alegre, mas a de uma pessoa perdendo a cabeça.

Abitha deu um passo em direção a ela.

"Fique longe de mim!", Sarah gritou e teve um ataque de tosse, segurando suas costelas.

Abitha parou.

Sarah ergueu as algemas. "Eu mereço isso, tudo isso, porque o demônio veio bater na minha porta e eu o deixei entrar."

"Sarah, isso não é justo. Você não..."

"Como você pôde fazer isso comigo?" Sarah gritou, segurando o peito. "Com a minha família? Você me amaldiçoou!" Ela passou as unhas pelo peito, deixando arranhões sangrentos. "Maldita seja você, Abitha Williams! Maldita! Espero que arda por toda a eternidade!" Ela começou a tossir outra vez, um som medonho de vômito que lentamente se transformou em uma gargalhada, enfim em risadas semelhantes a guinchos.

Abitha não disse nada, só se virou e se afastou, naquele momento querendo apenas escapar desta mulher trágica e alquebrada. *E de quem foi a língua venenosa que condenou esta pobre mulher?* Ela olhou para a cidade e pôde ver o leve brilho do incêndio distante. Abitha começou a andar.

Samson se juntou a ela. "Você voltará, não? Atrás daquele homem." Ela assentiu. "O nome dele é Ansel. É o último nome da minha lista."

"Será perigoso."

"Eu não tenho escolha", Abitha respondeu, partindo em um trote, rapidamente ganhando velocidade. Parecia que cada uma das mortes a unia ainda mais à magia, a transformava um pouco mais, e ela se viu galopando pela estrada a um ritmo próximo ao de um cavalo. Enquanto a caçada a conduzia, era o pulso da serpente que ela sentia bater em seu peito — o veneno e a sede de sangue. A noite a chamou e ela respondeu, uivando para a lua enquanto descia aquela estrada escura e solitária.

CAPÍTULO 16

Abitha avistou Ansel no momento em que ele entrava a galope pelo portão da vila em direção a Sutton. Ela correu atrás dele, soltando um guincho, com a intenção de que soubesse que ela estava lá, de que estava atrás dele.

Ele olhou para trás, seus olhos cheios de terror enquanto chutava seu cavalo com mais força.

Eles percorreram a estrada esburacada, passando pelas fileiras de casas de telhado de palha e cercas de acácia cinzentas.

Abitha viu o círculo de tochas adiante, ao redor da casa de reuniões, e soube para onde ele estava indo. "Não", ela rosnou, e se projetou com ainda mais força, seus cascos ágeis levantando montes de terra no ar.

Eles chegaram à praça e ela pôde ver os rostos horrorizados que preenchiam as janelas da casa de reuniões, pôde ver as dezenas de mosquetes apontados em sua direção e compreendeu que deveria alcançar Ansel antes que chegassem a seu alcance.

Ela guinchou outra vez, um clamor longo e arrepiante, e como havia esperado, Ansel olhou para trás aterrorizado, de boca aberta, fazendo com que o cavalo se desviasse, batendo em uma das tochas. Aquilo não fez o cavalo parar, mas o desacelerou o *suficiente*.

Abitha avançou, usando toda a sua força recém-descoberta para se lançar no ar. Ela teve a satisfação de ouvir o grito de Ansel quando atingiu a parte traseira do cavalo. O cavalo girou e tropeçou, caindo no chão, fazendo Ansel e Abitha rolarem pelo jardim.

Abitha se sentou e, por um momento, não conseguiu encontrar Ansel. Então, ela o viu do lado oposto ao cavalo, rastejando em direção à casa de reuniões.

Os homens gritavam o nome de Ansel, dizendo-lhe para se apressar.

Abitha rolou sobre seus pés e saltou sobre ele, no instante em que a noite ganhou vida com trovões e fumaça branca.

O calor quente atingiu o peito de Abitha, arremessando-a para trás. Outra rajada levantou a terra ao seu redor, e mais disparos a atingiram, derrubando-a e lançando-a sobre as próprias costas.

Abitha tentou se sentar, mas não conseguiu. Todo seu peito queimava e doía como se seu coração estivesse sendo esmagado.

"Ansel!", eles gritaram. "Aqui! Depressa!"

Ela forçou a cabeça para cima. Ansel estava de pé agora, mancando até a porta da casa de reuniões.

"Não", ela rosnou, cravando as unhas na terra, lutando para se levantar. Outra saraivada e algo quente atingiu a lateral de seu corpo. Ela berrou.

"Cessar fogo!", alguém estava gritando. Soava como o xerife Pitkin.

Abitha percebeu que um homem estava de pé sobre ela. Tudo estava embaçado, mas ela conseguia distinguir suas botas e a jaqueta preta. Ela levantou o braço como que para evitar um golpe, mas nenhum golpe veio. Ao invés disso, mãos fortes a agarraram sob os braços e começaram a arrastá-la para longe.

Mais gritos da casa de reuniões, seguidos por mais tiros. Eles estavam atirando no *homem*. Abitha piscou, tentando clarear a visão, viu que era o reverendo Carter, seu rosto sombrio e imóvel, mal hesitando enquanto as balas zuniam ao redor deles.

O reverendo a arrastou para trás de um par de carvalhos gigantescos.

Os tiros de mosquete continuaram por mais alguns momentos, arrancando as cascas das árvores. Abitha tentou se sentar e começou a tossir.

"Não se mexa", disse o reverendo. "Você precisa ficar deitada."

Abitha olhou para o peito e viu seis grandes buracos. Ela ouviu um som estranho de aspiração e chiado e percebeu que vinha dela. *Ah, eles me acertaram bem dessa vez.*

Céu chegou voando, empoleirado em uma árvore, seguido um momento depois por Riacho, ambos observando Abitha com olhares aflitos.

"Abitha?" Era Samson. Ele veio e se ajoelhou ao lado dela, seu rosto sombrio. O reverendo deu a Samson um olhar desconfiado, mas não fugiu.

Samson contemplou suas feridas e Abitha não gostou do que viu em seu rosto. Ele colocou a mão em seu peito e começou a cantarolar suavemente, então ela o sentiu, em seu âmago, conectando-se com ela, logo era como se suas almas fossem uma só e ela pôde ouvir os batimentos de seu próprio coração, como enfraquecia cada vez mais. Ela sentiu uma onda de pesar tomar conta de Samson.

"Estou morrendo", sussurrou Abitha.

Samson continuou a cantarolar. Ele fechou os olhos, começou a conjurar seu próprio sangue, aquele que estava misturado com o dela. Ela podia senti-lo se revirando dentro de seu corpo enquanto Samson tentava apressar a cura que vinha de suas mãos, mas não era suficiente. Ela tinha certeza de que morreria antes que seu sangue pudesse restaurá-la.

"Por favor, Abitha. Não posso fazer isso sem você."

Ela tentou se juntar a ele, chamar seu próprio sangue, sua própria magia, mas sentiu tontura, incapaz de se concentrar. Ela pensou ter avistado sua mãe, mas ela parecia tão longe, tudo parecia tão distante.

A cadência de Samson mudou. Ele estava chamando a Mãe Terra, tentando pedir sua ajuda. Abitha sentiu seu crescente desespero e angústia.

Ela tossiu, cuspindo sangue, e foi então que Samson agarrou a mão do reverendo, colocando-a em cima da de Abitha. "Chame seu Deus", disse Samson. "Chame todos os seus deuses. A morte está aqui, posso senti-la. Ela precisa de toda a ajuda, toda a bênção, toda a magia que temos."

O reverendo tomou a mão de Abitha e a apertou entre as suas. "Abitha", disse o reverendo. "É hora de orar, hora de chamar o Senhor de volta para você. Abitha, deixe Deus retornar."

"Eu... nunca o rejeitei", Abitha ofegou e tossiu. "Foi Ele... que virou as costas para mim. Sempre terei espaço... para Deus... no meu coração."

O ministro começou a orar.

E lá, com sua visão desvanecendo a cada respiração, Abitha conseguiu se surpreender com o impossível: um ministro puritano e o demônio orando juntos, orando a Jesus e à Mãe Terra e quem sabia o que mais, tudo em um esforço para salvá-la. Ela teria gargalhado se pudesse, em alto e bom som. Ao invés disso, tossiu e cuspiu mais sangue.

E quando a escuridão da morte adentrou, ela os viu, os olhos, saltando do vazio. Primeiro veio um, então dois, cem, cem mil. Os mesmos olhos de quando havia voado pela noite com Samson, através do próprio tecido do universo — os olhos de cem milhões de deuses. E a verdade que havia visto estava muito clara para ela agora. *Todos os olhos, todos os deuses, são todos parte do mesmo. Mãe Terra, Cristo, todas as seitas religiosas em todo o mundo, o sol, a terra, a lua, os planetas, as estrelas, o homem e a besta, deuses e demônios, toda a existência. Tudo isso, uma coisa só!*

Um a um, os olhos começaram a se fechar, a luz a desaparecer, e pouco antes do último olho se fechar, pouco antes da escuridão total levá-la, Abitha teve um pensamento final. *Deus, eu sou você, você é eu.*

Os olhos de Abitha se fecharam. Sua respiração era imperceptível.

"Aguente firme", sussurrou Samson, e uma lágrima caiu de seus olhos sobre o rosto de Abitha. Mas não era uma lágrima mágica. Ela não aspirou de repente uma respiração profunda da vida e deu a ele seu sorriso caloroso e vibrante. Ela apenas continuava a desvanecer, seus batimentos cada vez mais fracos.

Mais uma vez, ele tentou invocar a Mãe Terra, cravando suas garras na terra. Ele podia sentir seu poder, seu pulso. Estava lá, no fundo do solo, mas a Mãe de todas as Mães simplesmente não estava respondendo. "Por quê?", ele rosnou. "Por que você vira as costas para mim agora?"

Um tiro soou, outro, batendo nos galhos das árvores. Céu gritou e saltou no ar, grasnando enquanto circulava. Riacho caiu no chão, debatendo-se. Ele havia sido atingido.

Samson rosnou e ficou de pé.

Riacho voltou ao ar, nadando para frente e para trás, chiando com raiva, um grande buraco em sua cauda.

Samson, com a raiva fervilhante de seu âmago, de seu coração, saiu de trás das árvores e colocou seus olhos dourados sobre a casa de reuniões. Ele podia vê-los, seus rostos aterrorizados espiando pelas janelas, suas malditas armas apontadas para ele.

Outro tiro, este atingindo um galho perto da cabeça de Samson. Samson respirou fundo e começou a avançar. "Eu sou o pastor e eu sou o caçador. Eu sou a vida e eu sou a *morte!*"

O demônio, o próprio demônio saiu de trás dos carvalhos gigantes.

Um suspiro coletivo subiu dentro da casa de reunião. O xerife Pitkin tentou ordenar que os homens disparassem, mas não encontrou o fôlego em seus pulmões.

"Se é um demônio que procuram, então é um demônio que terão!", a besta gritou com uma voz estrondosa, suas palavras ressoavam pela casa de reuniões como um trovão grave, através de cada pessoa, cortando-as até o âmago.

Todas as armas apontadas para os carvalhos dispararam, enchendo o ar com uma densa fumaça branca. E ainda que não pudessem ver além da ponta de seus mosquetes, continuavam a disparar.

"Cessar fogo!", o xerife gritou, querendo conservar o pouco de pólvora e munição que lhes restava.

Os tiros diminuíram e, quando a fumaça finalmente se dissipou — nada, nenhum sinal da besta.

Um clamor surgiu das janelas a oeste. "Xerife", gritou Felix. "*Xerife!*"

O xerife correu e ele estava lá, a besta, de pé na beira das árvores.

Os homens dispararam outra saraivada.

"Onde ele está?", perguntou o xerife. "Alguém o viu?"

"Ali!", gritou Felix. "Perto do poço." Os homens dispararam.

"Ele foi atingido?", perguntou o xerife Pitkin.

"Acho que sim", disse Felix.

"Não, ele está aqui!", Charles gritou do outro lado da casa de reuniões, e os homens ali dispararam.

"Ele foi atingido?"

"Eu não sei", Charles gritou. "Em um segundo ele está aqui, depois desaparece."

O xerife viu o demônio retornar para seu lado da casa de reuniões, caminhando com tranquilidade ao longo da linha das árvores. A criatura estava estranhamente turva e sombria, sorrindo para eles e balançando sua machadinha. Então, ele sumiu. "Ele está brincando conosco! Não atirem até que ele se aproxime."

Os homens se revezavam nas janelas com nervosismo, balançando os mosquetes de um lado para o outro, como se algo pudesse saltar sobre eles a qualquer momento. A sala cheirava a pólvora, suor e medo, todos os corpos aquecendo a casa de reuniões, sufocando o ar. As crianças choravam, assim como muitos dos adultos, e a sala se encheu com o som de suas orações fervorosas.

"Eu avisei", surgiu uma voz trêmula. Era Ansel, levantando-se por trás do púlpito. "Eu avisei a todos vocês. Mas alguém ouviu o pobre e velho Ansel? Não, vocês riam de mim pelas costas. Eu vi. Não pensem que não. Agora, vejam o que causaram. O que sua falta de vigilância fez!"

"Chega", ordenou o xerife.

"Vocês trouxeram o demônio sobre si mesmos!", Ansel gritou, seus olhos esbugalhados disparando para todos os lados. "Isso é culpa de vocês."

"Cale a sua boca!"

"Você, você e você!" Ansel gritava, apontado o dedo retorcido de uma pessoa à outra, cada um se encolhendo, murchando sob seu olhar acusatório.

O xerife Pitkin se aproximou e enfiou o punho na barriga de Ansel, dobrando o homem, o que o levou ao chão.

O xerife se preparou para seguir em frente com outro golpe, quando ouviu uma cantoria. Estava vindo do lado de fora. Ele saltou para a janela mais próxima e se inclinou até onde ousava.

Ele viu o demônio entre as árvores, bem longe do alcance. A besta estava ajoelhada, com as mãos no chão, suas garras cavando a terra.

"O que ele está fazendo agora?", o xerife sussurrou, não querendo saber a verdade.

O canto ficou mais alto. Estava em sua cabeça agora, convertendo-se em uma lamentação, adquirindo um eco oscilante, fazendo com que um arrepio percorresse suas costas. *Deus,* pensou ele, tapando os ouvidos. *Faça isso parar.* E quando o xerife pensou que não poderia piorar, outras vozes se juntaram, como se em resposta, e juntas vocalizaram uma canção — a canção das banshees.

A canção emanava das profundezas da floresta, mas se aproximava cada vez mais. Ele podia ver as folhas sacudindo como ao vento, no entanto não havia vento. E então, do meio das árvores, surgiu uma enorme besta, algum tipo de urso, mas diferente de qualquer urso que o xerife já havia visto — descarnado, com pedaços de carne esfacelada saindo de seu corpo como longos e finos tentáculos. Ele foi logo seguido por um grande felino, como um leão da montanha, com longas presas selvagens, um alce a se arrastar, mais ursos de todos os tamanhos, vários cervos com chifres e, em seguida, um punhado de pequenos cavalos. Todos cadavéricos, fantasmagóricos e pálidos, como se tivessem sido desenterrados do túmulo.

O bando entrou no pátio da casa de reuniões, adquirindo tons de vermelho enquanto passavam pelo círculo de tochas. As chamas estremeciam com sua passagem. Continuavam a entoar sua canção, aos lamentos e uivos. O xerife sentiu seus joelhos enfraquecerem. Ele não queria nada disso, ele queria correr e não parar até que aquela música horrível estivesse muito, muito distante de seus ouvidos.

Os homens começaram a chorar, outros a lamuriar, vários largaram seus postos, desabando trêmulos no chão, abandonando as armas, com as mãos firmes sobre suas orelhas.

"Mantenham suas posições!" O xerife Pitkin gritou e o som de sua própria voz lhe conferiu alguma determinação, imaginando, esperando que, se pudessem aguentar até o amanhecer, a luz do dia poderia lhes trazer salvação.

Ele apontou seu mosquete outra vez, colocou sua mira na besta mais próxima — o urso gigante — e disparou. Ele acertou, tinha certeza. Quase não havia como errar. Mas a criatura não parou. Outros começaram a atirar também, mas ainda assim nenhuma das criaturas caiu ou mesmo desacelerou.

O xerife preparou outro disparo, atirou, mas de nada adiantou.

Os animais começaram a galopar, circulando a casa de reuniões, e foi então que o xerife viu que não estavam presos à terra, e sim flutuando pelo ar. Os homens todos atiravam o mais depressa que podiam, uma saraivada após a outra. A casa de reuniões adensada de tanta fumaça, o xerife incapaz de ver cinco passos à frente. Havia homens, mulheres e crianças gritando e gemendo por toda parte.

Um urso voou por uma das janelas, rosnando e mordendo, saliva e carne apodrecida saindo de sua boca. Alguém atirou nele. O tiro atravessou a criatura e atingiu Dona Dibble no peito. E foi apenas então que o xerife Pitkin entendeu que essas coisas careciam de substância, que eram apenas aparições.

Dona Dibble se deixou cair pesadamente, olhando para o grande buraco em suas costelas enquanto o sangue borbulhava de seus lábios.

O xerife ouviu um baque no telhado, tentou recarregar e percebeu que estava sem munição, que a maioria dos outros também estava.

"Fogo!", alguém clamou e o xerife percebeu que as nuvens densas eram mais do que a fumaça dos mosquetes, que havia um brilho vermelho de chamas despontando no oeste da casa de reuniões. Foi quando os gritos se intensificaram. As pessoas começaram a entrar em pânico, correndo em direção às portas da frente, porém se depararam com o caminho bloqueado pela barricada. Ainda assim, eles pressionaram, aglomerando-se, empilhando-se uns sobre os outros, ao ponto de se tornarem um emaranhado inextricável. E para piorar, chamas começaram a surgir da parte de trás da casa de reuniões, uma fumaça negra preencheu o ambiente, cegando e sufocando as pessoas, deixando apenas as duas janelas do lado do xerife abertas para fuga.

"Aqui!", gritou o xerife. "Por aqui. Agora!" Ele quebrou o vidro restante da janela com a coronha de seu mosquete e viu o Demônio arrancar as tochas — as mesmas tochas que ele havia mandado acender ali — e lançá-las no telhado. Com o horror daquela revelação ele entendeu o ardil: enquanto eles atiravam em fantasmas, a besta estava incendiando a casa de reuniões.

A fumaça continuou a preencher o ambiente, tornando impossível ver e cada vez mais difícil respirar. As criaturas fantasmagóricas continuavam a voar, uivando e aumentando o caos.

Dorthy Dodd, coberta de fuligem, seus olhos cegos de fumaça e lágrimas, correu para a janela. O xerife tentou ajudá-la, mas antes que pudesse, o reverendo Smith, com o casaco em chamas, mergulhou em busca da janela, chocando-se contra Dorthy, os dois caíram para fora. A janela ficava a certa altura do chão e o impacto de sua queda os deixou atordoados. Antes que um dos dois pudesse se levantar, o demônio estava sobre eles, atingindo-os na cabeça com sua terrível machadinha, abrindo seus crânios de uma ponta a outra.

"Não, seu desgraçado!", o xerife gritou. Ele jogou de lado seu mosquete inútil e agarrou um machado. Ele subiu na janela, pronto para pular, quando alguém o atingiu por trás, fazendo-o cair e aterrissar com força. Uma dor aguda subiu pela perna do xerife Pitkin e ele soltou um grito, segurando o tornozelo. Ele enxugou furiosamente os olhos, tentando clarear a visão. O demônio se erguia diante dele, mas a criatura não o olhava — seus olhos fixos na pessoa que havia saído pela janela com ele.

"Ora, ora", disse a criatura. "Você é Ansel, não é?"

Ansel se dobrava de dor, tossindo, sufocado, manchas de saliva escura escapavam de sua boca, mas apesar de tudo isso, ao ouvir seu nome, ele olhou para cima aterrorizado.

Houve um terrível estrondo — o telhado da casa de reuniões desmoronou, caindo sobre a parte interna. Uma explosão de faíscas e chamas irrompeu, e o xerife soube então que ninguém mais sairia do edifício condenado.

O demônio observou as bestas fantasmagóricas voarem ao redor das chamas. "É tão maravilhoso que os antigos tenham decidido se juntar a nós. Contemple. É um espetáculo raro e especial."

O xerife Pitkin se levantou, lutando para permanecer firme sobre seu tornozelo ferido. Ele ergueu o machado e esperou.

O demônio de chifres olhou para ele. Mas não era malícia, ódio ou maldade que o xerife via nos olhos desta criatura, e sim tristeza, uma tristeza absoluta e profunda. "O sangue, ele nunca acaba", disse o demônio, melancólico, e bateu com a machadinha contra a lateral da cabeça do xerife.

Samson agarrou Ansel pela nuca e o colocou de pé. Ansel gritou, agitando os braços enquanto Samson o arrastava para longe das chamas, até os carvalhos gêmeos, lançando-o ao chão. Ambos assistiram à queima da casa de reunião, Samson à procura de outros sobreviventes. Não havia nenhum.

Alguns dos grandes antigos permaneceram aqui e ali, suas formas fantasmagóricas à deriva, cada vez mais turvas, sua canção a desaparecer.

Lobos apareceram, saindo das sombras, farejando, sentindo o cheiro de sangue fresco. Vários correram para um dos corpos e começaram a se alimentar.

Ansel começou a rastejar para longe e foi recebido com um rosnado grave. A loba se aproximou, bloqueando seu caminho, seus olhos gelados fixos nele. Ansel congelou.

"Ainda não terminamos, Ansel", disse Samson, e se afastou, até onde Abitha estava no chão.

Ela não se mexia e Samson não sentiu nada vindo dela, vida ou magia. O homem que ela chamava de reverendo estava curvado ao seu lado, tremendo, os olhos cerrados, as mãos pressionadas com força sobre os ouvidos. Samson o cutucou e ele levantou os olhos horrorizados em sua direção, depois para além dele, para as formas fantasmagóricas e a casa de reuniões em chamas.

"Seu grande deus não pôde salvá-la então?", Samson perguntou.

O reverendo o encarou e nada mais, e Samson viu a loucura o dominando. Os olhos do homem se voltaram para a machadinha, arregalados e amedrontados.

Samson jogou a arma para longe. "A morte não é para você, reverendo. Eu preciso de você. Uma pequena tarefa."

"Uma tarefa vindo de você", disse o reverendo, rindo entre os dentes. "É ao demônio que sirvo agora? Decaí tanto assim?"

"Não quero seu serviço nem sua alma, reverendo. Apenas quero que você conte a eles, sua raça de pessoas, o que aconteceu aqui. Conte a eles que o demônio, o próprio Slewfoot, incendiou esta igreja, matou todos eles... os homens, as mulheres e as crianças. Que ele é perverso, cruel e não tem misericórdia. Que ele conjurou demônios e que estes dançaram para ele. Diga que devem temer esta floresta, que Slewfoot espera por eles lá... espera pela chance de matar suas famílias e comer seus ossos."

O reverendo se levantou com as pernas trêmulas, os olhos distantes e perturbados. "Preciso ir e encontrar minha Sarah", disse ele e se afastou, passando pelos lobos como se nem os visse. Os lobos deixaram de lado seu banquete e começaram a rosnar, mas Samson balançou a cabeça e eles deixaram o ministro passar.

Samson se ajoelhou e, com delicadeza, tomou o pequeno corpo de Abitha, embalando-a contra seu peito. Ela não pesava nada em seus braços. Ele se levantou, olhou para a lua laranja de outono e assentiu. "O que deve ser feito, será feito." Ele voltou seus olhos dourados para Ansel. "Você virá comigo." Samson partiu em direção ao portão.

Ansel balançou a cabeça. "Não", ele ofegou. "Não vou. Não posso!"

A grande loba rosnou, revelando os dentes, dando alguns passos ameaçadores para frente.

Ansel se levantou às pressas e seguiu atrás de Samson, aos tropeços.

Samson deixou a vila, entrou na floresta, seguindo a estrada familiar que levava de volta à fazenda de Abitha. Atrás dele, Ansel, com as mãos agarradas ao peito em oração, murmurava com lábios trêmulos, enquanto a loba e sua matilha vinham logo atrás.

Céu e Riacho os alcançaram e seguiram em frente.

Enquanto Samson caminhava, nenhum som vinha de Abitha, nenhum sinal de vida. Aos poucos, o ar ao redor deles começou a mudar, um vento gelado soprando do Norte, empurrando para longe os últimos bolsões de ar úmido, derrubando as últimas folhas de outono de seus galhos. A lua estava agora no alto do céu, todos os dedos pontiagudos dos troncos de árvores descobertas tentando agarrar seu clarão.

Eles chegaram à fazenda de Abitha, Samson passou pela cabana e a palha queimada no celeiro sem ao menos olhar. Ele marchou através dos pés de milho secos até a borda da floresta. Lá ele hesitou, então se firmou. "Estou pronto", ele sussurrou e entrou na floresta escura.

"Não", Ansel choramingou, recuando um passo. "Por favor, eu não quero entrar lá." Os lobos se aproximaram, cercando-o, seus pelos eriçados cobertos de sangue.

Ansel seguiu Samson em meio às árvores.

Samson esmagou as camadas de folhas secas enquanto contornava o pântano. Ao alcançar as rochas negras em ruínas da antiga Pawpaw, ele parou, olhou para a muda e soltou um suspiro.

Todas as suas folhas vermelhas haviam caído, os galhos estavam descobertos e ressecados, murchos e emaciados como uma criatura faminta. Ele pensou que, se fosse possível uma árvore parecer triste, seria assim.

Samson queria desviar o olhar, mas não o fez. "Eu falhei com você. Sinto muito."

Um leve som pesaroso saiu da caverna, vindo do fundo do poço.

Ansel olhou da caverna para as doze pedras eretas que circundavam as rochas negras. "Este é um lugar amaldiçoado", ele gritou. "Deus! Ah... Jesus! Jesus, me ajude! Salve minha alma! Por que você não me salva?"

Samson se virou contra ele. "Fique em silêncio. Se insistir, arrancarei a língua da sua boca."

Ansel apertou as próprias mãos na boca. Lágrimas começaram a escorrer por suas bochechas enquanto lutava para não gritar.

Segurando Abitha firme contra o peito, Samson habilmente subiu o aglomerado negro de rochas. Ele a deitou na base da muda, entre as folhas secas e os ossos — ossos pequenos, como as criaturas do povo selvagem.

"É hora de acertar as coisas. Fazer as pazes." Samson respirou fundo e um som melancólico saiu de sua garganta, um lamento agudo e baixo que aos poucos se transformou em um uivo, cada vez mais alto e mais alto, os uivos flutuando pelas árvores, pelas fendas, pela própria terra, todos os lugares sombrios onde os mortos gostavam de se esconder. Ele os chamou, tentando despertá-los.

Céu e Riacho estavam agitados, nadando e voando ao redor de Samson, seus minúsculos olhos a brilhar.

Vozes começaram a responder, subindo do poço. Eram bestas antigas e criaturas do povo selvagem. Mas não eram eles quem Samson procurava.

Ele se ajoelhou e deslizou com leveza a corrente de tranças ao redor do pescoço de Abitha. Ergueu-o para a lua. "Eu sei que você está perto", ele chamou e uivou outra vez, desta vez com a companhia dos lobos, o som ecoando por quilômetros em todas as direções. Ele os sentiu então e fez silêncio, deixando os ecos esmorecerem. Ele olhou para as pedras verticais e esperou.

Uma sombra fantasmagórica apareceu diante de uma das pedras. A forma de uma mulher com cabelos compridos caindo sobre o rosto. Outra apareceu na frente da pedra seguinte no círculo e, uma por uma, até que doze mães se erguiam na frente de doze pedras.

"Três para cada estação, uma para cada ciclo da lua. O círculo está completo." Samson sorriu e colocou a trança no topo da mão inerte de Abitha. "Tudo está pronto." Seus olhos dourados recaíram sobre Ansel e os lobos se acercaram, deixando o homem sem ter para onde ir.

Ansel caiu de joelhos, a balbuciar incoerências.

Samson saltou para baixo, agarrou o homem pelo braço e o arrastou de volta à muda. Ele forçou o homem trêmulo a se ajoelhar diante da pequena árvore. Os olhos esbugalhados de Ansel corriam para todos os lados, saliva escorrendo de sua boca.

Samson posicionou uma longa garra afiada na garganta do homem. "Eu sou o pastor... e eu sou o caçador. Eu sou a vida e eu sou... *a morte!*" Assim, ele enfiou sua garra na carne macia sob a mandíbula de Ansel, rasgando-a, abrindo a garganta do homem.

Samson segurou Ansel enquanto o sangue era bombeado para fora de seu pescoço, encharcando o tronco da muda, respingando na bochecha à mostra de Abitha e ensopando a terra, em meio aos ossinhos ao redor da base da pequena árvore.

"Serpente!" Samson gritou. "Primeira Mãe ... Mãe de todas as Mães. Eu lhe trago sangue. Eu lhe trago um tributo!"

Samson fixou seus olhos dourados sobre as mães. "Chamem-na", ele gritou, ordenando. "Chamem-na agora!"

Uma mãe deu um passo à frente, começou a cantarolar e as outras se juntaram a ela, suas vozes se elevando, enchendo a noite.

Samson jogou a cabeça para trás e uivou, os lobos se juntaram a ele.

O vento se agitou, fazendo as folhas girarem ao seu redor. O pelo de Samson se eriçou. Algo estava vindo. Ele o sentia deslizando nas profundezas, circulando-os, cada vez mais perto.

Um sibilar cheio de fúria irrompeu, fazendo o próprio chão estrondear.

"Mãe Terra", gritou Samson. "Sou eu. Eu retornei!"

O canto das mães cresceu.

Uma grande forma espectral emergiu do chão, uma serpente feita de fumaça e sombra, seu longo corpo envolvendo as pedras antigas enquanto se erguia sobre Samson, a postos, pronta para atacar, seus olhos vermelhos estreitos perfurando seu âmago.

Samson deu à serpente um sorriso feroz, passou as mãos no sangue de Ansel e encharcou as palmas das mãos. "Eu sou o pastor e eu sou o caçador", ele gritou e seus olhos dourados resplandeceram, inflamados por um fogo que ardia em seu interior. "Eu sou a morte e eu sou... *A VIDA!*" Ele colocou as mãos sobre a muda, agarrando com firmeza seu tronco.

A grande serpente deu o bote, avançando sobre Samson, derramando sobre ele uma rajada trovejante de ar quente, e por um momento ele sentiu que seria esmagado sob seu poder enquanto abrasava seu corpo.

Então ela se foi, deixando o coração de Samson martelando, todo o seu ser latejando.

Samson sentiu as pedras tremendo sob seus pés, sentiu o pulso da terra e notou algo abrindo caminho através dos escombros do outono. Em todos os lugares tocados pelo sangue de Ansel, cogumelos, flores silvestres, dezenas deles, brotavam folhas, botões, flores de todas as cores. Vinhas rastejaram por todo o corpo de Abitha, em um enlace ao longo de seus braços e pernas, entrelaçando-se com seus longos cabelos ruivos, acariciando seu rosto.

Uma série de lamentos veio do poço abaixo e um bando de fantasmas saiu da caverna — bestas e criaturas do povo selvagem de toda sorte. E então os ossos, os minúsculos ossos ao redor da muda, começaram a brilhar, a se unir, formando pequenos esqueletos, como o povo selvagem, e começaram a bailar, dançando ao redor da árvore.

Samson riu, um bramido alto que podia ser ouvido por sobre toda a cacofonia.

Então outro fantasma apareceu. Era Edward, marido de Abitha. Ele estava do lado de fora do círculo de pedras. Samson viu que seu espírito estava outra vez inteiro, seus olhos não mais vazios, e sim brilhantes e tristes sobre Abitha. Edward partiu em direção a Abitha, flutuando em direção ao céu a cada passo, até que se afastou e se foi como névoa ao vento.

O pulso subia pelo chão, através de Samson, através de seu coração e suas mãos, depois pela muda, bombeado como sangue, unindo todos eles. Seus olhos brilharam e os galhos da muda recuperaram sua rigidez, estendendo-se à lua, então as folhas carmesim começaram a brotar ao longo de cada galho. E lá, um botão nasceu em um dos galhos. Samson suspirou quando mais dois botões surgiram. Os três florescendo, quase inflamando em flores vermelhas e radiantes. As três flores se abriram, as pétalas se soltaram, flutuando como se não tivessem peso e, em seu lugar, uma pequena fruta ovalada surgiu, rapidamente se expandindo, amadurecendo em um carmesim brilhante.

As mães deram um passo à frente, puxando os cabelos para trás para ver melhor, seus rostos deslumbrados. Céu e Riacho, aos gritinhos, corriam com os fantasmas. Os lobos uivaram, recuando em seguida, seus olhos cheios de admiração.

Samson estendeu a mão, tocou um dos frutos, sentiu seu calor, agarrou-o com as duas mãos e o retirou com cuidado do galho. "Obrigado."

Ele se ajoelhou ao lado de Abitha, e lá, enquanto os fantasmas rodeavam e os esqueletinhos dançavam, ele segurou o fruto sobre a boca de Abitha e o apertou, esmagando-o. A polpa e o suco avermelhados escorreram pelos dedos de Samson, pingando na testa e no rosto de Abitha, deslizando por seus olhos, nariz e boca.

"Eu sou a morte e eu sou a vida, e o ciclo... deve continuar."

Abitha suspirou.

EPÍLOGO

1972, em algum lugar nas colinas da
Floresta Nacional de Monongahela, Virgínia Ocidental

Mike Branson se ajoelhou e examinou os rastros. "É um dos grandes, com certeza", ele supôs. "Tem que ser — veja só o tamanho dessas pegadas."

"Pensei que estávamos caçando esquilos", seu amigo de longa data, Tim Johnson, acrescentou. "Não estamos na temporada dos cervos."

"Não estou vendo nenhum guarda florestal por aí. E você?"

"Claro que não. Aqui, não. Estamos mais longe do que onde o vento faz a curva."

"Então, acho que é temporada de cervo", disse Mike.

Tim riu, bateu na espingarda que sua esposa havia lhe dado no Natal passado. "Acho que é meio que a temporada de qualquer merda que tiver pela frente."

"Amém, irmão", disse Mike, puxando seu cantil. Os dois homens compartilharam um gole de uísque e depois prosseguiram.

Os rastros os levaram a um pequeno riacho e depois a uma ravina estreita, as falésias circundantes cada vez mais íngremes à medida que avançavam.

"Ah, droga!", Tim disse em voz baixa. "Mike, olhe ali." Ele apontou para uma árvore próxima.

"O quê?"

"Ali!"

Mike viu um par de olhos olhando para eles. "Aquilo é um guaxinim?"

"Só tem uma maneira de descobrir", disse Tim. Ele ergueu a espingarda e disparou. O disparou não passou perto do animal, mas atingiu o galho, estilhaçando-o e jogando o guaxinim no chão.

Tim recarregou a arma, mas o animal fugiu antes que pudesse mirar nele. Ele disparou mesmo assim, levantando a terra e as folhas enquanto o guaxinim desaparecia ao longo da subida.

Mike soltou uma vaia. "Isso é que é tiro!" Ele bufou. "Conseguir errar assim, a uma distância tão próxima, *immmmpressionante*. Não deixe que ninguém lhe diga o contrário."

"Cale a boca", disse Tim, pegando o cantil e tomando um longo gole.

Os homens continuaram seguindo as grandes pegadas. Os rastros os levaram mais longe na ravina.

"Mike, você sabe, isso é meio estranho, mas... já estive neste vale pelo menos uma dúzia de vezes, mas não me lembro de ter cruzado este desfiladeiro antes."

"Ah, você só está bêbado"

"Não sei. Tenho certeza de que me lembraria daqui. Quero dizer, olhe ao longo do cume, todas aquelas pequenas cavernas. E algumas dessas árvores, arbustos, pássaros e a merda toda, eles estão... bem... meio estranhos."

"Quieto, você ouviu isso?"

"O quê?"

"Escute."

"Parece alguém cantando... uma mulher, eu acho."

"Sim, eu ouvi. O que uma mulher está fazendo aqui?"

"O que quem quer que seja está fazendo aqui?"

"Provavelmente alguns malditos hippies."

"Bem, se for, teremos que encorajá-los", ele deu uma batidinha em sua espingarda, "a acampar em outro lugar."

Eles seguiram em frente, seguindo a canção longínqua, certos de quem quer que estivesse cantando estava logo na próxima curva. Mas cada curva revelava outra, e outra, então logo perderam a noção da distância que haviam percorrido.

"Mike, vamos ter que voltar logo, a menos você queira passar a noite ao relento."

"Ela está perto. Dá pra perceber."

"Você está dizendo isso a quilômetros. Algo não está certo. Vai escurecer em breve e estou ficando um pouco assustado."

"Ali." Mike apontou. "Veja... fumaça."

Um rastro fino de fumaça subia do lado oposto a um grande aglomerado de rochas. Os dois homens deram a volta e encontraram uma grande árvore com folhas vermelhas brilhantes — dezenas de frutos ovalados pendurados em seus galhos.

"Você já viu uma árvore como essa antes, Tim?"

Tim não respondeu. Ele estava olhando para a cabana de madeira construída na parede do desfiladeiro. A porta e as janelas estavam envoltas em cortinas e contas coloridas, e dezenas de pequenos totens de ossos e penas pendiam ao longo dos beirais. A canção vinha de dentro da cabana.

"Veja lá, eu disse que eram hippies."

A fumaça subia de uma fogueira na frente da cabana. Uma grande panela de ferro pendia de uma haste. Algo estava cozinhando e, o que quer que fosse, cheirava divinamente.

A música parou e a cortina que cobria a porta franziu. Os dois homens ergueram seus rifles.

Uma mulher olhou para fora. Ela tinha longos cabelos ruivos, olhos verdes hipnotizantes e usava um colar de tranças. "Olá, senhores", disse ela em um tom baixo e tranquilizador. "Estou muito feliz em vê-los. Não tenho muita companhia aqui."

Mike e Tim trocaram um olhar. "Você está aqui sozinha?", perguntou Mike.

Ela riu. "Não, é claro que não. Tenho os pássaros e as flores, as árvores e as cobras, as fadas e os sapos, além de todas as maravilhas endiabradas da Mãe Terra. Tantos amigos."

A fumaça mudou de direção então, ainda que não houvesse vento. Seus tentáculos fantasmagóricos flutuavam e se enrolavam ao redor deles. Mike respirou fundo, deliciando-se com o cheiro doce, e nesse instante sentiu uma calma, uma passividade tomar conta de si.

“Estava prestes a começar a preparar o jantar. Gostariam de se juntar a mim?”

Os dois homens assentiram. Mike sorriu, pensando nessa mulher sozinha e tão distante de tudo, bem... quem saberia como as coisas poderiam acabar. E como se estivesse lendo seus pensamentos, a mulher lhe deu um sorriso sedutor. “Vocês, cavalheiros, parecem cansados de sua longa caminhada. Por que vocês não repousam seus rifles e tiram um cochilo antes do jantar?”

Ao ouvir isso, Mike de repente sentiu suas pálpebras caírem. “Parece uma boa”, disse ele. “Muito boa” Seu rifle escorregou de sua mão e ele se deitou na areia, assim como Tim — bem na frente do fogo.

A mulher saiu de trás da cortina e foi então que Mike viu que suas pernas eram as de uma cabra. Pensou *Que pena*, visto que não queria transar com uma mulher com pernas de cabra. Ele também notou que ela tinha pequenos chifres se projetando de sua testa. Mas nada disso importava muito para ele agora, pois o que mais queria no mundo era dormir e nada mais.

Então, Mike notou outra coisa: um peixe. Veio nadando de dentro da cabana.

Isso não está certo, ele pensou.

Então, ele viu que tinha um rosto, como uma criança pequena, que sorria para ele com dentes semelhantes a agulhas.

“Isso com certeza não está certo.”

Um corvo pousou no ombro da mulher e, com certeza, também tinha uma daquelas cabeças de criancinhas. Mas havia mais deles, muitos mais, e de repente eles estavam em todo lugar — a rastejar, nadar, flutuar, saltar para fora dos arbustos, das rochas, de cada pequena fenda e rachadura, de todas as cores, formas e tamanhos. Alguns se assemelhavam a vários animais torcidos juntos, outros como pequenas pessoas nuas com asas de inseto e pele brilhante.

“Mas... que...*diabos?”*

A mulher caminhou até os homens, olhando para eles. “Ah, esqueci de mencionar. Samson se juntará a nós em breve.”

“Samson?”, Mike murmurou, as palavras arrastadas. “Quem é Samson?”

“O demônio.”

B R O M
BRO
ABITHA
SLEWFOOT

B R O M

FOREST

SLEWFOOT

B R O M

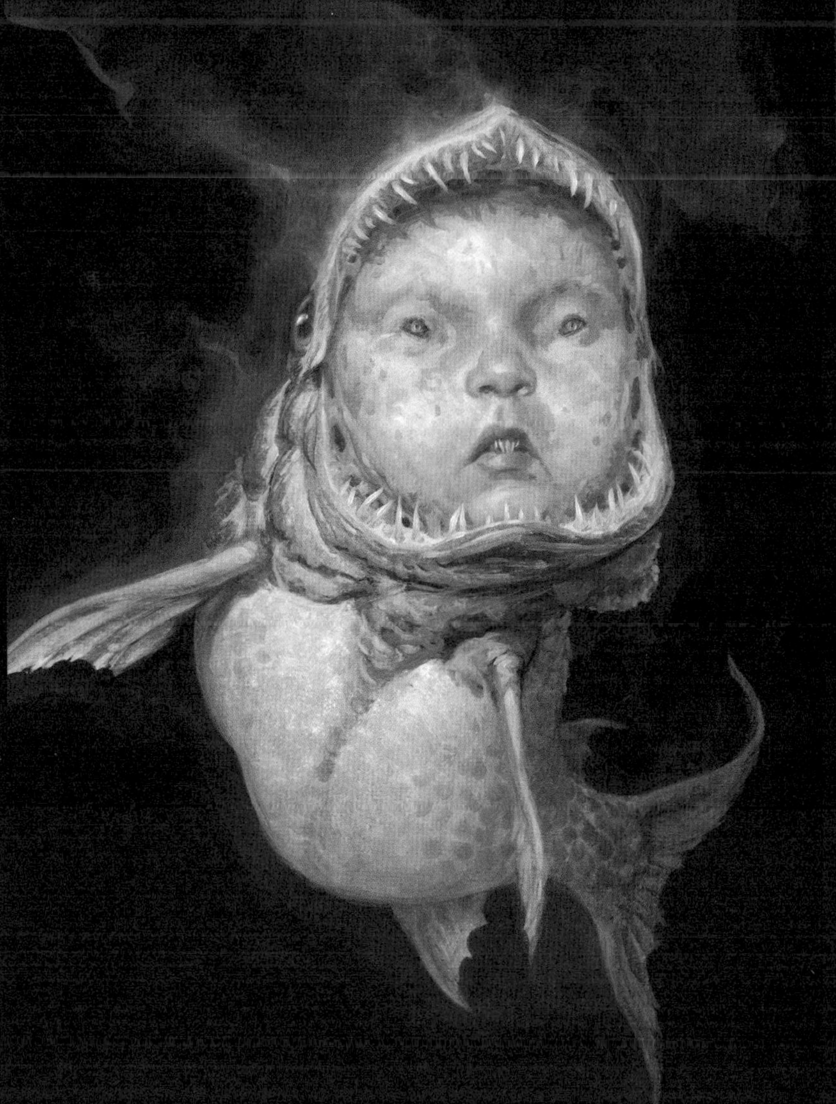

CREEK

SLEWFOOT

SLEWFOOT

B R O M

SLEWFOOT

B R O M

SLEWFOOT

BROM
SLEWFOOT

THE WITCH

AGRADECIMENTOS

Em primeiro lugar, um enorme obrigado aos meus editores, Diana Gill e Kelly Lonesome. Alguns livros são fáceis; outros dão muito mais trabalho. Este livro começou como um grande esforço, mas graças à experiência e orientação desses dois editores fenomenais, encontrei a história que realmente queria contar.

À Bethany Reis por sua experiência editorial, sua diligência e por reparar tantos dos meus erros.

Savannah Tenderfoot da Salt & Sage Books por transmitir seu conhecimento e sua perspectiva sobre o povo pequot.

Evan Pritchard por seu conhecimento histórico.

Uma rodada adicional de agradecimentos vai para meus leitores beta, K. M. Alexander e Redd Walitzki.

E, como sempre, um grande obrigado à Julie Kane-Ritsch, por sua amizade e conselhos.

Brom é um multiartista que emprestou sua visão distinta a todas as facetas das indústrias criativas, entre romances, games, quadrinhos e filmes. Ele é o autor de *The Child Thief* e dos premiados romances ilustrados, *Krampus* (DarkSide® Books, 2022), *The Plucker*, *The Devil's Rose* e *Slewfoot*. Brom atualmente é mantido em um porão úmido em algum lugar nos arredores de Seattle. Saiba mais em bromart.com.

"Oh no, must be the season of the witch!"

— DONOVAN —